Knaur

Von Kate Thompson sind außerdem erschienen:

Der Himmel über Irland
Ellas Traum

Über die Autorin:

Kate Thompson wurde in Belfast geboren und studierte in Dublin französische und englische Literatur, bevor sie eine gefeierte Fernseh- und Theaterschauspielerin wurde. 1989 gewann sie den *Best Actress Award*. Danach arbeitete sie neun Jahre lang für eine erfolgreiche irische Soap-Opera, bevor sie beschloss, etwas ganz anderes zu unternehmen: zu schreiben. Heute lebt sie mit ihrem Mann, ihrer Tochter und ihrer Katze in Dublin.

Kate Thompson

Die Lichter von Dublin

Roman

Aus dem Englischen
von Sonja Hauser

Knaur

Die englische Originalausgabe erschien 1998 unter dem Titel
»It Means Mischief« bei New Island Books, Dublin.

Vollständige Taschenbuchausgabe 2003
Droemersche Verlagsanstalt Th. Knaur Nachf., München
Dieser Titel erschien bereits unter den Bandnummern
61482 und 62309.

Umschlaggestaltung: büroecco, Augsburg
Umschlagabbildung: Getty Images München
Satz: Ventura Publisher im Verlag
Druck und Bindung: Clausen & Bosse, Leck
Printed in Germany
ISBN 3-426-62344-7

2 4 5 3 1

Dank

Mein Dank geht an Monica Frawley, Ruth Hegarty, Maureen McGlynn und meine Schwester Pat, die meine ersten Entwürfe lasen, ohne zu kichern und mir zu sagen, ich solle den Quatsch in den Abfall werfen; an Eunice McMenamin und Seamus Walsh für ihre Hilfe bei Problemen mit dem Computer; an Ciaran Hinds für das Fax aus Australien; an Abby Oppermann für ihre Beratung zum Thema Pferde; an Wesley Burrowes für die Telefonate; an Marie-Louise Roden für die erste Hilfe; an Hazel Douglas für den Garten Eden sowie an alle von Brookside: an meine Lektorin Frances O'Rourke, die nicht nur sensibel, sondern auch diplomatisch ist; an Edwin Higel, Dermot Bolger und Tony Glavin, die mein Projekt für viel versprechend hielten. Darüber hinaus an alle Leute, die es mir gestatten, ihren Namen in meinem Buch zu verwenden, und die mir Glück gewünscht haben. Dieser Roman wäre ohne die Unterstützung der folgenden drei Personen nicht entstanden: Deirdre Purcell, deren fortwährende Ermutigung und erstaunlich positive Einstellung mir dabei halfen durchzuhalten; mein Mann Malcolm, der auch in Zeiten, in denen ich nicht mehr aus und ein wusste, an mich glaubte, und meine Tochter Clara, das Licht am Ende des Tunnels.

Für meine Mutter
Hilary Beaufoy Thompson

1

Sie wachte auf, weil das Telefon zweimal klingelte, dann herrschte Stille. Deirdre O'Dare sah blinzelnd auf die Digitalanzeige ihres Weckers neben dem Bett. Viertel nach acht. Scheiße! Der Wecker hätte eigentlich erst um Viertel vor neun klingeln sollen. Sie drehte sich auf die andere Seite und rollte sich zusammen. Wenn sie so tat, als sei sie gar nicht aufgewacht, konnte sie sich vielleicht selbst überlisten und noch einmal eine halbe Stunde lang schlafen.

»Deirdre? Deirdre, bist du da? Kannst du mich hören?«

Deirdre setzte sich mit einem Ruck auf. Die Stimme kam aus der Diele ihrer Wohnung.

»Deirdre, ich bin's, Nick McCarthy. Ich muss mit dir reden.«

Nick McCarthy? Was hatte ihr Bühnenmeister in ihrer Wohnung verloren? Verwirrt und noch ziemlich verschlafen schälte sich Deirdre aus dem Bett und blieb einen Augenblick lang stehen, bevor sie zur Tür stolperte und vorsichtig hinausschaute. Niemand da – Gott sei Dank, denn sie war splitterfasernackt.

Das Lämpchen am Anrufbeantworter leuchtete grün. Jetzt erst wurde Deirdre klar, dass Nicks Stimme aus dem Gerät gekommen war, das auf dem Boden der kleinen Diele stand.

»Wo steckst du? Wir haben hier einen Notfall, Deirdre.« Nicks Stimme klang dringend. »Ich muss so schnell wie möglich mit dir reden. Könntest du mich bitte unter meiner Handynummer anrufen, wenn du …«

Deirdre hob ab. »Nick? Hallo – ich bin's.«

»Deirdre? Danke, dass du doch noch abgehoben hast.«

»Tut mir Leid, du hast mich überrascht. Ich hatte nicht mit einem so frühen Anruf gerechnet.«

»Entschuldige, dass ich dich in deinem Schönheitsschlaf gestört habe. Du warst gestern Abend bei der Geburtstagsfeier, stimmt's?«

»Ja.«

»Kater?«

»Ein bisschen.«

»Tja, dann wird dir das, was ich dir zu sagen habe, nicht gefallen. Ich wollte dich bitten, heute Morgen eine halbe Stunde früher zu den Proben zu kommen.«

»Ach, warum denn?«

»David will was mit dir besprechen.«

Jetzt war Deirdre plötzlich hellwach. »David? Aber warum denn, Nick? Gibt's irgendein Problem?«

»Nein. Er hat dir gestern Abend auf den Anrufbeantworter gesprochen, aber offenbar hast du seine Nachricht nicht bekommen.«

»Ich bin spät heimgekommen, Nick. Ich war zu müde, um mir die Nachrichten auf dem Anrufbeantworter noch anzuhören.« Panik stieg in ihr auf.

»Kein Problem, Deirdre, aber bitte versuch, heute früher zu den Proben zu kommen. Er will mit dir sprechen, bevor die andern da sind. Unter vier Augen.« Unter vier Augen? Deirdres Herz setzte einen Schlag lang aus. »Sagen wir, um halb zehn?«

»Gut.« Deirdre hätte auch zugestimmt, wenn er sie schon fünf Minuten später hätte sehen wollen.

»Wunderbar. Viertel nach neun wäre noch besser.«

»Okay.« Plötzlich wurde sie unsicher. »Nick? Kannst du mir verraten, worum's geht?«

»Tut mir Leid, Deirdre. Damit hab ich nichts zu tun. Das musst du mit David selber besprechen. Ich kann dir aber sagen, dass er dir nicht den Kopf waschen will. Bis später dann.«

»Gut, Nick. Noch mal entschuldige, dass ich nicht ...«, begann sie, doch Nick hatte bereits aufgelegt.

Sie legte den Hörer auf die Gabel und betrachtete den Anrufbeantworter, der vor ihr auf dem Boden stand. Jetzt leuchtete das rote Lämpchen. Es sah irgendwie Unheil verkündend aus. Deirdre zögerte einen Augenblick, bevor sie auf den Rückspulknopf drückte. Es dauerte eine Weile, bis eine tiefe, sanfte Stimme aus dem Lautsprecher drang. Deirdre ließ sich auf dem Teppich nieder, den Rücken gegen die Wand gelehnt, und lauschte mit geschlossenen Augen, ein Lächeln auf den Lippen. Mein Gott, wie jämmerlich, dachte sie, schon beim Klang seiner Stimme bekomme ich weiche Knie.

»Deirdre, ich bin's, David Lawless. Bitte ruf mich so bald wie möglich zurück. Herzlichen Dank.« Dann nannte er eine Telefonnummer. Deirdre widerstand der Versuchung, sich die Nachricht noch einmal anzuhören, und schaltete den Anrufbeantworter aus, bevor Nick McCarthys Stimme wieder ertönte. Sie notierte sich die Telefonnummer auf einem eselsohrigen Post-It-Block neben dem Apparat und malte ein großes Herz darum, um sie von den übrigen Kringeln auf dem Papier zu unterscheiden.

Als sie noch einen Pfeil durch das Herz zeichnete, kam ihr ein furchtbarer Gedanke. Vielleicht würde sie seine Stimme heute zum letzten Mal hören! Vielleicht würde er ihr erklären, dass er einen Fehler gemacht habe, ihr die Rolle zu geben, dass sie kein Talent als Schauspielerin habe und sich nach etwas anderem umsehen solle. Diese Vorstellung machte ihr Angst. Möglicherweise würde sie wieder als Kellnerin oder Zimmermädchen arbeiten müssen. Andere Alternativen, Geld zu verdienen, hatte sie noch nicht ausprobiert. Und wenn sie ganz ehrlich war, musste sie gestehen, dass sie auch als Schauspielerin nicht sonderlich viel Erfahrung hatte. Zwar hatte sie drei Jahre lang am Trinity College gelernt, aber diese Show von Lawless Productions war ihr erstes richtiges Engagement.

Sie warf einen letzten Blick auf seine Telefonnummer auf dem Block und stand vom Boden auf. Wenn sie pünktlich sein wollte, musste sie allmählich in die Gänge kommen. Während sie sich im Bad frisch machte, dachte sie an den ersten Probentag und Davids Einführungsrede an die Truppe. »Im *Sommernachtstraum* geht's nicht nur um Zauberkraft und Elfen«, hatte er gesagt. »Diese Komödie gehört zu Shakespeares komplexesten Stücken, und wir werden hart arbeiten müssen. Heutzutage haben Elfen beim Publikum nicht viel Chancen, aber in diesem Stück ist die Magie eine Urkraft, und die Elfen sind keine ätherischen, überirdischen Wesen. Sie sind ziemlich erdverbunden und ausgesprochen sexy.« Mein Gott. Vielleicht war es das. Vielleicht war sie einfach nicht sexy genug. Sie beschloss, ihren Wonderbra zu tragen. Normalerweise machte sie sich nicht die Mühe, einen Büstenhalter anzuziehen, aber heute wollte sie so sexy wie möglich aussehen. Sie schaute sich im Spiegel an. Nicht einmal die Tatsache, dass sie den Busen herausstreckte wie ein *Playboy*-Mädchen, schien zu helfen. Sie war die einzige Frau, bei der nicht einmal ein Wonderbra half.

Sie machte sich Kaffee und überprüfte den Inhalt ihres Rucksacks, um sicher zu sein, dass sich alles darin befand, was sie brauchte: Skript, Bleistift, Gymnastikschuhe (sie verzog das Gesicht, als sie sah, wie abgelaufen sie waren), Leggings, ein T-Shirt für die Aufwärmübungen vor der Probe, Fahrradschlüssel, Flickzeug. Fertig. Ein Blick auf die Uhr sagte ihr, dass sie zu früh dran war.

Sie machte sich noch eine Tasse Kaffee und steckte die

letzte Scheibe Toast in den Toaster. Ihre Mitbewohnerin Sarah, die zwei Jahre vor ihr das College abgeschlossen hatte, war so gut organisiert, dass sie immer eine Einkaufsliste an der Kühlschranktür hängen hatte. Doch Sarah hatte einen Einjahresvertrag bei der RSC an Land gezogen und war eine Woche zuvor nach Stratford gefahren. Deirdre machte sich nicht die Mühe, eine Einkaufsliste zu führen. Sonderlich viel Sinn schien das nicht zu haben, wenn sie allein lebte.

Als der Toast aus dem Toaster sprang, schnitt sie ihn in handliche Stücke und wartete, bis er abkühlte. Im Radio lief der Verkehrsfunk. Mittlerweile war Deirdre etwas ruhiger geworden, denn eine innere Stimme sagte ihr, dass die Befürchtungen, die sie nach dem Gespräch mit Nick gehabt hatte, sich als gegenstandslos erweisen würden.

Sie spürte, dass sie keine schlechte Schauspielerin war. Ihre Lehrer im College hatten ihr gesagt, dass sie Talent habe, und sie in den drei Jahren ihres Studiums gefördert, so gut es ging. Warum auch würde ein berühmter Regisseur wie David Lawless sie engagieren, wenn sie nichts taugte? Sie machte erst seit ein paar Wochen bei den Proben mit, und ihre Rolle als erste Elfe im *Sommernachtstraum* war denkbar klein, aber sie hatte das Gefühl, dass sie Eindruck hinterlassen hatte. Die kleine Rolle machte ihr Spaß, und sie ging jeden Tag voller Freude zu den Proben. Deirdre steckte das letzte Stück Toast in den Mund und warf einen Blick auf ihre Uhr. Sie musste sich auf den Weg machen.

Als sie die Sicherheitskette an der Tür löste, sah sie sich in dem Spiegel in der Diele. Hätte sie doch Zeit gehabt, sich die Haare zu waschen! Einem Impuls gehorchend, rannte sie ins Schlafzimmer zurück und sprühte das Diorissimo auf, das ihre Mutter ihr zu Weihnachten geschenkt hatte und das sie nur zu besonderen Gelegenheiten trug. Doch für sie war das, was sie erwartete, eine besondere Gelegenheit. Schließlich würde sie sich gleich mit dem attraktivsten Mann der Welt treffen.

Sie machte ihr Fahrrad an einer Parkuhr bei dem Tanzstudio fest, das der Truppe als Probenraum diente, lief ins Haus, begrüßte die junge Frau am Empfang mit einem atemlosen »Hallo!« und rannte die Treppe, immer zwei Stufen auf einmal nehmend, hinauf. Nachdem sie sich die Haare nervös zurechtgezupft hatte, öffnete sie die Tür zum Probenraum und ließ sie hinter sich ins Schloss fallen. David Lawless unterhielt sich gerade am anderen Ende des Raums mit Nick McCarthy. Er wandte den Kopf, als er die Tür hörte. »Hallo, Deirdre. Danke, dass du früher gekommen bist. Kannst du bitte eine Minute warten? Ich muss noch kurz was mit Nick besprechen.«

Deirdre erwiderte sein Lächeln nervös. »Kein Problem«, sagte sie, nahm den Rucksack von dem Stuhl, auf den sie ihn gelegt hatte, und holte ihr Skript heraus. Sie brauchte eine Beschäftigung, um ihre Verlegenheit zu kaschieren.

An den Seitenrändern des Skripts waren überall Kringel und Skizzen – die meisten davon rasch hingeworfene Porträts von Kollegen aus der Truppe. Am häufigsten hatte sie David Lawless gezeichnet. Wieder regte sich die Angst in Deirdre. Vielleicht wollte er sich deshalb mit ihr unterhalten! Möglicherweise störte es ihn, dass sie ihn bei seiner Arbeit so genau beobachtete. Weil sie bei ihrem ersten Engagement so viel wie möglich lernen wollte, hatte sie es sich angewöhnt, David und den erfahreneren Schauspielern zuzusehen, wenn sie auf die Probebühne traten. Sie war sogar dann gekommen, wenn Szenen geprobt wurden, in denen sie nicht vorkam, damit sie als stille Beobachterin dazulernen konnte.

Sie sah verstohlen zu David Lawless hinüber. Er war deutlich zu alt für sie, das wusste sie, Anfang vierzig. Außerdem war er mit der Schauspielerin Ann Fitzroy verheiratet, die das Miststück in der Seifenoper *Ardmore Grove* spielte. Es hieß, sie sei eine richtige Diva und die Ehe der beiden sei alles andere als glücklich. Man sah es an Davids Blick, dachte Deirdre.

Seine Augen erinnerten sie manchmal an die eines verletzten Panters, den sie einmal in David Attenboroughs Tiersendung im Fernsehen gesehen hatte. Sie fragte sich oft, warum er es so lange in dieser Ehe ausgehalten hatte. Schließlich hatte Irland Anschluss an die Moderne gefunden, und eine Scheidung war auch hier endlich möglich. Wenn Ann Fitzroy im wirklichen Leben der Figur, die sie in der Seifenoper verkörperte, auch nur ein bisschen ähnelte, hatte David zu Hause wahrscheinlich nichts zu lachen.

Mittlerweile hatte Deirdre aufgehört, konzentriert in ihr Skript zu schauen, und beobachtete ihn direkt, da er so sehr in sein Gespräch mit Nick vertieft war, dass er sie nicht bemerkte. Fast hätte sie einen Bleistift herausgeholt und ihn gezeichnet. Er sah gar nicht besonders gut aus, musste sie zugeben, obwohl er groß und dunkel war. Attraktiv machte ihn eher seine Byronsche Ausstrahlung. Er hatte die hohen Wangenknochen und den olivfarbenen Teint eines Slawen und dazu einen schlanken, athletischen Körper. Die schwarzen Haare trug er schulterlang. Bei ihrer ersten Begegnung hatte er sie zu einem Pferdeschwanz zurückgebunden getragen.

Plötzlich sah er sie an. Wie so oft, war sie auch diesmal nicht auf die Wirkung seines Blicks vorbereitet. Sie grinste ihn verwirrt an. Er nickte ihr kurz zu, reichte Nick einen großen braunen Umschlag und nahm das Handy, das gerade zu klingeln begonnen hatte, von seinem Gürtel. »Hallo?«, sagte er mit ziemlich barscher Stimme. »Ja. Genau. Erinnere sie dran, dass sie der Presse die veränderte Besetzungsliste gibt, ja?« Deirdre vergrub die Nägel in ihren Handflächen. Du lieber Himmel, ihre Angst war also doch begründet gewesen: Er setzte sie vor die Tür. Am liebsten hätte sie geweint. »Bitte. Danke.« David legte eine Hand über das Mundstück des Hörers und murmelte Nick etwas zu, bevor er das Gespräch wieder aufnahm. Als Nick an Deirdre vorbei zur Tür des Probenraums ging, sah er sie mit einem mitleidigen Lächeln an.

Sie vergrub die Nägel noch tiefer in den Handflächen. »So bald wie möglich«, sagte David Lawless gerade. »Danke. Tschüs.« Dann befestigte er das Handy wieder an seinem Gürtel und ging zu Deirdre hinüber.

»Tut mir Leid, dass ich dich gestern Abend nicht mehr zurückgerufen habe, David«, sagte sie sofort.

»Ist schon in Ordnung. Ich habe gehört, du warst auf Jessicas Geburtstagsfeier. War's schön?«

»Ja, danke.«

Ihr Herz hämmerte wie wild, als er einen Stuhl nahm und sich ihr gegenüber rittlings darauf setzte, die Arme auf der Rückenlehne. Er strich sich eine Strähne seiner dunkel glänzenden Haare aus der Stirn und lächelte sie an. »Ich möchte dir etwas sagen, Deirdre«, erklärte er ihr mit ernster Stimme. »Ich fürchte, ich kann dir keine lange Bedenkzeit geben. Suki Hayes hat beschlossen, sich von der Truppe zu trennen. Ich möchte, dass du ihre Rolle übernimmst.«

Deirdre brachte kein Wort heraus. Sie saß mit ungläubigem Blick da.

»Tut mir Leid, dass ich dich ganz ohne Vorwarnung damit überfallen muss, aber ich kann's mir nicht leisten, zwei Wochen nach Probenbeginn noch mehr Zeit zu vergeuden.«

Endlich fand sie ihre Stimme wieder. »Das ist nicht dein Ernst, David.«

»O doch, Deirdre. Ich habe dich in den letzten Tagen beobachtet, und ich bin überzeugt, dass du das schaffst. Natürlich hast du nicht viel Bühnenerfahrung, aber du bist fleißig und lernst schnell. Außerdem hast du eine gute, lebhafte Ausstrahlung. Ich kann mir nicht vorstellen, dass es Probleme mit der Gewerkschaft gibt, weil du mit der Rolle selbstverständlich mehr verdienst. Hast du Lust?«

Natürlich hatte sie Lust. Sie hatte soeben ein Angebot bekommen, von dem Jungschauspielerinnen normalerweise nur träumen können. Doch das hier war die Realität, und plötzlich bekam sie es mit der Angst zu tun. »Ja, ich würde die Rolle gern annehmen«, presste sie schließlich hervor. »Es wäre mir eine Ehre.«

Wieder lächelte David Lawless. »Die Hermia ist eine ziemlich lebenslustige Person, Deirdre, und ich habe den Verdacht, dass das für dich auch gilt. Natürlich hätte ich jemanden von außerhalb der Truppe nehmen können, aber das hätte bedeutet, dass wir wieder ganz von vorn anfangen müssen. Ich habe gesehen, dass du bei den Proben alles genau beobachtet hast, also hast du die Rolle wahrscheinlich schon im Kopf. Wenn ich dich als Hermia besetze, spare ich mir und den anderen Zeit und Energie, und das ist in diesem Fall das Wichtigste. Es wird nicht leicht werden, aber ich weiß, dass du es schaffst.« Er legte ihr beruhigend die Hand auf den Arm, und Deirdre spürte, wie sie eine wohlige Gänsehaut bekam. Dann erhob er sich von seinem Stuhl und sah auf die Uhr. »Wir haben noch Zeit auf eine Tasse Kaffee, bevor die andern kommen. Wenn alle da sind, sage ich ihnen, was Sache ist, und dann können wir anfangen.«

Da klingelte wieder das Handy. »Entschuldige«, sagte er mit resigniertem Seufzen, als er danach griff. »Ich hätte das Ding lieber abschalten sollen.«

Deirdre ging immer noch ziemlich verwirrt in Richtung

Cafeteria. Sie konnte es nicht glauben, dass sich ihr Leben soeben völlig verändert hatte.

»Deirdre?«

Sie wandte sich nach ihm um. »Ja?«

»Danke.« Er lächelte ihr noch einmal zu, bevor er das Telefongespräch entgegennahm.

Sie füllte den Wasserkessel in der Cafeteria gleich neben dem Probenraum und setzte sich auf die Arbeitsfläche, während sie darauf wartete, dass das Wasser zu kochen anfing. Dabei blätterte sie den Text ihrer neuen Rolle durch. Die Hermia war eine Traumrolle für eine junge Darstellerin frisch von der Schauspielschule. Die Figur war gleichzeitig sympathisch und verschlagen, und obwohl Suki Hayes, die Schauspielerin, die die Rolle ursprünglich hätte spielen sollen, aussah wie eine junge Frau, der die Männer in Scharen nachliefen, war es ihr nicht gelungen, das Sympathisch-Verschlagene der Figur herauszuarbeiten. Die Kollegen hatten sich in ihrer Abwesenheit in der Cafeteria mehr als einmal über ihre hölzerne Darstellung unterhalten. Deirdre erinnerte sich daran, wie vorsichtig David sich ausgedrückt hatte, als er ihr mitteilte, dass Suki nicht mehr bei ihnen war. »Suki Hayes hat beschlossen, sich von der Truppe zu trennen«, hatte er gesagt. Deirdre hatte den Verdacht, dass Suki letztlich nichts anderes übrig geblieben war und dass sie eine Abfindung bekommen hatte.

Da ging die Tür zur Cafeteria auf, und Jessica Young, die Assistentin des Bühnenmeisters, kam rückwärts herein. Sie balancierte mehrere Packungen Kekse, eine große Dose löslichen Kaffee und ein paar Styroporbecher.

»Hallo, Deirdre«, sagte sie. »Ich hasse diesen kleinen Laden an der Ecke. Die haben nie Tragetaschen. Wie geht's deinem Kater?«

Erst jetzt merkte Deirdre, dass ihr leichter Kater sich inzwischen verflüchtigt hatte. »Gut.« Sie lächelte Jessica an. »Wahnsinnsabend, was?«

»Ja. Ich hab heute Morgen nicht mal den Wecker gehört.« Jessica stellte ihre Einkäufe auf der Arbeitsfläche ab. »Was machst du denn schon hier?«

Plötzlich musste Deirdre lachen.

Jessica sah sie neugierig an. »Was gibt's denn da zu lachen?«, fragte sie.

»Suki macht nicht mehr mit. David hat mich gebeten, die Hermia zu spielen.« Sie konnte es selbst noch immer kaum glauben.

Jessica stieß einen Freudenschrei aus. »Ja! Ich hatte schon so 'ne Ahnung, dass da was im Busch ist. Wow! Da bist du sicher ganz schön stolz!« Sie umarmte Deirdre.

»Allerdings«, gab Deirdre zu und drückte Jessica. »Aber ich hab auch ein bisschen Angst, Jessica. Schließlich bin ich blutige Anfängerin. Vielleicht war Suki Hayes in der Rolle nicht sonderlich gut, aber sie hatte viel mehr Erfahrung als ich.«

»Nicht nur in dieser Hinsicht.« Jessica runzelte grinsend die Stirn. »Vielleicht sieht sie toll aus, aber sie ist eine beschissene Schauspielerin, eine Eintagsfliege.«

»Sie ist schon seit drei Jahren eine Eintagsfliege.«

»Tja, und was hat sie, was wir nicht haben?«

Deirdre zuckte mit den Achseln. »Hypnotische Fähigkeiten?«

Jessica musste lachen. »Vielleicht. Aber hast du sie jemals auf der Bühne gesehen, Deirdre? David hat ihr praktisch jeden Schritt gesagt, und sie hat's immer noch nicht hingekriegt.«

»In der Shampoo-Werbung war sie doch gar nicht so schlecht.«

»Du meinst den Spot, in dem sie kein Wort sagen musste?«

»Ja. Aber ihre Haare haben toll geglänzt, Jessica.«

»Und ihr Schmollmund war auch gekonnt.« Sie lächelten.

Dann kam Deirdre plötzlich ein Gedanke. »Was werden wohl die andern dazu sagen?«, fragte sie besorgt. »Ich meine, dass eine völlig Unbekannte ihre Rolle übernimmt.«

»Keine Sorge, Deirdre, die werden alle hocherfreut sein. Suki hätte dafür gesorgt, dass die Aufführung ein Flop wird – das haben alle gewusst. Und Rory war kreuzunglücklich in seiner Rolle als Lysander. Er hat gesagt, Knutschen mit Suki ist wie Knutschen mit Lassie.«

Als Deirdre klar wurde, dass sie ein paar Liebesszenen mit Rory McDonagh hatte, wurde sie noch nervöser. Sie kannte ihn kaum. Irgendwie sah er gar nicht so schlecht aus mit seinen langen, schlaksigen Gliedern und seinem verlebten Gesicht. Aber sein Leichtsinn gab ihr ein Gefühl der Unsicherheit. Außerdem wusste sie, dass Kate O'Connor, die eine Elfe spielte, ganz verrückt nach ihm war. »Seine Haare sind nicht mausblond«, hatte sie ihn einmal verteidigt, als Deirdre meinte, er könne mal einen Haarschnitt vertragen. »Sie sind von der Sonne gebleicht. Er ist gerade erst aus Marokko zurückgekommen.« Und dabei hatte sie ihn aus der Ferne angeschmachtet.

»Hier – ein Bourbon-Cream-Keks zur Feier des Tages«, sagte Jessica.

»Danke.« Deirdre nahm den Keks und biss ein Stück davon ab.

»Und wer kriegt deine Rolle als erste Elfe?«, wollte Jessica wissen.

»Sophie Burke«, beantwortete Nick McCarthy, der gerade zur Tür hereinkam, Jessicas Frage. »Und du, Jessica, übernimmst dafür die Rolle von Motte. Das heißt, du bist jetzt nicht mehr nur Assistentin des Bühnenmeisters, sondern hast auch noch einen Auftritt auf der Bühne …«

»Toll!«

»Gratuliere, Deirdre.« Nick drückte Deirdre einen Kuss auf die Wange und machte sich über die Kekse her.

»Lass die Finger von den Jammie Dodgers, Nick«, sagte Jessica. »In dem blöden Laden hatten sie nur noch eine Packung, und die gehört Eva. Das sind ihre Lieblingskekse.«

Aus dem Probenraum drang das Geräusch von schlagenden Türen und Stimmengemurmel. Allmählich trafen auch die anderen ein. Wieder wurde Deirdre nervös, denn bald würde David Lawless der Truppe die Umbesetzung mitteilen. Deirdre hoffte besonders auf die Zustimmung einer Schauspielerin. Wenn Eva Lavery mit Davids Entscheidung einverstanden war, wäre Deirdre O'Dares Welt in Ordnung.

Niemand war taktlos genug, in Freudengeschrei auszubrechen, nachdem David die Umbesetzung verkündet hatte, doch Rory McDonagh stieß so etwas wie einen erstickten Seufzer aus, der sich ein bisschen anhörte wie ein »Gott sei Dank«. Die meisten Schauspieler sahen ziemlich erleichtert aus, als sie in Richtung Cafeteria schlenderten, und gratulierten Deirdre. Nur Adrian Pierce und Maeve Kirwan, die das andere Liebespaar in dem Stück spielten, wirkten ein wenig zurückhaltend. Deirdre konnte ihnen das nicht verdenken, denn schließlich würden sie jetzt, da sie die Hermia gab, eine ganze Menge Szenen von neuem proben müssen. Deirdre sah sich nach Eva um, um ihre Reaktion auf die Umbesetzung zu beobachten, aber von der Hauptdarstellerin fehlte jede Spur.

Sophie Burkes Lächeln wirkte wie aufgeklebt, als sie

Deirdre schließlich gratulierte. »Gut gemacht, Deirdre. Du wirst sicher eine … äh … ziemlich *ungewöhnliche* Hermia geben. Ich freue mich für dich.«

»Danke, Sophie.« Sie ist wirklich eine lausige Schauspielerin, dachte Deirdre. Ein bisschen mehr Mühe hätte sie sich schon geben können, überzeugender zu klingen. Sophie hatte genau wie Deirdre gerade erst die Schauspielschule des Trinity College abgeschlossen. Sie hatten also eine gemeinsame Vergangenheit. Deirdre würde Sophie Burke nie verzeihen können, dass diese ihr den hübschen Ben ausgespannt hatte – ihren ersten richtigen Freund. Und Sophie würde es Deirdre nie vergessen, dass diese ihr bei den College-Aufführungen immer alle Rollen weggeschnappt hatte, die sie spielen wollte.

Sophie strich sich eine Strähne ihrer teuer getönten Haare aus dem Gesicht. »Tja, da kriegst du jetzt wohl auch ein bisschen mehr Geld, was?«

Deirdre wusste, dass das, was sie für die Rolle bekam, in Sophies Augen bestenfalls ein Taschengeld war, denn sie erzählte immer wieder von der goldenen Kreditkarte, die ihr Vater ihr zum einundzwanzigsten Geburtstag geschenkt hatte. »Aber ich werde mir auch den Arsch dafür aufreißen«, sagte Deirdre ein wenig forsch, doch dann wurde sie wieder freundlicher. Schließlich wäre sie auch ganz schön sauer gewesen, wenn Sophie die Rolle bekommen hätte. Es hatte keinen Sinn, sich weiter anzufeinden. »Ich wollte dir übrigens noch dazu gratulieren, dass du jetzt die Rolle der ersten Elfe spielst, Sophie«, sagte sie und versuchte es mit einem ermutigenden Lächeln.

Sophie kniff die Augen zusammen. »Nun, eine besonders anspruchsvolle Rolle ist das ja nicht, Deirdre, oder? Aber ich werde versuchen, etwas daraus zu machen. Ich darf doch offen sein, oder? Deine Deutung der Rolle hat mir nicht besonders gefallen. Vielleicht werde ich sie ein bisschen anders interpretieren.«

Deirdre traute ihren Ohren nicht. Das würde sie sich nicht gefallen lassen! Sie lächelte Sophie an. »Nun, wenn diese Interpretation irgendeine Ähnlichkeit mit der von Motte hat, werden sich die Zuschauer sicher vor Lachen kringeln, Sophie«, sagte Deirdre mit ihrer liebenswürdigsten Stimme.

»Reizend, Deirdre«, erwiderte Sophie mit säuerlichem Gesicht und wandte sich ab.

»Zieh die Krallen wieder ein, Schätzchen«, sagte Rory McDonagh, der neben sie getreten war.

»Ach, hallo Rory«, sagte sie, leicht errötend. Hätte er sie doch nicht belauscht!

Er lächelte sie an. »Hoffentlich knutschst du gern. Wir haben eine ganze Menge geile Szenen miteinander.«

»Tja, das ist wohl so.« Sein Blick gab ihr das Gefühl, eine Versagerin zu sein. Sie versuchte, kühl zu bleiben. »Ich glaube, ich werde keine großen Probleme haben, mich emotional mit Hermia zu identifizieren«, sagte sie, bewusst den Jargon imitierend, den ein Gastdozent im College einmal verwendet hatte. »Ich denke, ich kann mich in sie hineinversetzen. Vielleicht werde ich in den Zoo gehen und mich nach einem Tier umsehen, das mir den Schlüssel zu meiner emotionalen Identifikation mit der Rolle liefert.« Mein Gott, was für eine Scheiße, dachte sie.

Rory nickte mit einem höflichen Lächeln.

»Hast du das je gemacht, Rory?«, fragte sie.

»Nein«, erwiderte er mit ausgesprochen interessiertem Blick. »Erzähl mir mehr davon.«

»Nun, als ich im letzten Collegejahr die Cecily in Oscar Wildes *Bunbury oder Ernst sein ist alles*, gespielt habe, hat der Regisseur mir geraten, in den Zoo zu gehen und mich dort nach einem Tier umzusehen, mit dem Cecily Ähnlichkeit hat. Ich hab mich für den Steinbock entschieden und mich während der Proben ganz darauf konzentriert. Meiner Meinung nach hat das meiner Interpretation der Rolle sehr geholfen. Was für ein Tier sollte ich mir deiner Ansicht nach für die Hermia auswählen?«

Rory musterte sie voller Interesse. Deirdre wand sich unter seinem Blick. Er brauchte eine Ewigkeit, bis er etwas sagte. »Eine Füchsin«, sagte er schließlich.

»Ach – das ist eine gute Idee. Danke, Rory.« Seine Wahl war tatsächlich perfekt; die Füchsin war genau das Richtige für Hermia. »Und mit welchem Tier hat Lysander die größte Ähnlichkeit?«

Rory runzelte die Stirn. »Hm. Das ist schwierig. Vielleicht mit einer Wüstenspringmaus?«

»Mit einer Wüstenspringmaus?« Einen Augenblick lang war sie ziemlich verblüfft, dann lächelte sie. Er hatte völlig Recht, sie mit ihrem College-Gequassel auf den Arm zu nehmen. Solche Sachen sagte normalerweise nur Sophie Burke.

Sie fragte sich gerade, wie sie Rory davon überzeugen konnte, dass sie sich selbst doch nicht so ernst nahm, als sie merkte, dass seine Aufmerksamkeit sich schon nicht mehr auf sie richtete. »Wow!«, sagte er.

»Was ist denn los?«

»Die Lavery ist gerade gekommen. Sie trägt schon wieder diese Lederhose.«

Deirdre folgte Rorys Blick. Eva Lavery hatte die Tür des Probenraums gerade hinter sich geschlossen und lehnte daran, ins Gespräch mit David Lawless vertieft. Sie trug silberne Kreolen, ein verwaschenes schwarzes T-Shirt und eine schwarze Lederhose. Eva spielte an dem ausgefransten Saum eines roten Seidenchiffontuchs herum, das über ihren Schultern hing. Sie sah unglaublich lässig aus, als hätte sie sich nicht die geringste Mühe mit ihrer Garderobe gegeben.

»Es sieht unserer Hauptdarstellerin gar nicht ähnlich, zu spät zu kommen«, sagte Rory. »Sie wirkt irgendwie postkoital, findest du nicht auch, Deirdre? Vielleicht ist das der Grund.« Rory schenkte Deirdre ein träges Lächeln. »Ich hol dir eine Tasse Kaffee.« Er war weg, bevor sie etwas sagen konnte.

Hätte sie doch dieses Psychogequatsche sein lassen! Emotionale Identifikation! Mein Gott! Wahrscheinlich hatte er jetzt Angst vor der Zusammenarbeit mit ihr. Würde sie je den richtigen Tonfall für Rory finden? Sie hatte gehört, dass er eine ziemlich wechselhafte Karriere hinter sich hatte. Kate O'Connor hatte ihr erzählt, dass er sieben Jahre zuvor ohne große Schwierigkeiten Schauspieler geworden war. Damals hatte er in den Sommerferien als Pferdetrainer für einen Film gearbeitet. Er hatte Tiermedizin in Galway studiert, dieses Studium aber aufgegeben, als ihn die Schauspielleidenschaft packte.

Als Eva Lavery lachte, sah Deirdre wieder zu ihr hinüber. Sie fragte sich, ob David ihr bereits von der Umbesetzung erzählt hatte. Sie wünschte sich nichts sehnlicher als den Segen der Hauptdarstellerin. Eva Lavery war schon seit Jahren Deirdres großes Vorbild.

Eva gehörte zu den wenigen Schauspielerinnen, denen es gelungen war, sich auch außerhalb Irlands einen Namen zu machen. Sie hatte in einer Reihe hochgelobter Hollywood-Filme mitgespielt, aber der Versuchung widerstanden, nach Amerika zu gehen. Als Deirdre gehört hatte, dass Eva in David Lawless' Inszenierung des *Sommernachtstraums* die Titania und die Hippolyta geben würde, war sie ziemlich erstaunt gewesen. Sie war inzwischen bestimmt Anfang Vierzig, und Deirdre hatte sich die beiden Figuren aus dem *Sommernachtstraum* immer jünger vorgestellt – besonders Titania. Doch als sie Eva dann zwei Wochen zuvor bei der ersten Leseprobe gesehen hatte, hatte sie zugeben müssen, dass die Besetzung genial war. Wenn eine Schauspielerin so viel Charisma besaß wie Eva, spielte das Alter keine Rolle mehr.

Deirdre war überrascht gewesen, dass Eva ziemlich zierlich war. Auf der Leinwand wirkte sie irgendwie kurvenreicher. Aber ansonsten hatte die Kamera nicht gelogen. Ihre hohen, feinen Wangenknochen gaben ihr ein aristokratisches Aussehen. Auch die Kopfhaltung, mit der sie David zuhörte, war aristokratisch. Als sie zu Ende gesprochen hatte, warf sie den Kopf in den Nacken und lachte tief und kehlig – ein ansteckendes Lachen. Deirdre ertappte sich dabei, wie sie lächelte. Plötzlich drehte Eva sich um und sah sie an, und Deirdre war es peinlich, dass sie sie so angestarrt hatte. Doch Eva schien das nichts auszumachen. Sie warf David eine Kusshand zu und durchquerte den Probenraum in Deirdres Richtung.

»Ganz schön clever von David, dir die Rolle zu geben«, sagte sie. »Du schaffst das mit links.«

Deirdre lächelte erleichtert. »Danke, Eva! Aber so sicher bin ich da nicht. Ich habe noch eine Menge harte Arbeit vor mir.«

»Komm ruhig zu mir, wenn du Hilfe brauchst. Ich habe die Hermia vor Ewigkeiten mal für die RSC gespielt.«

»Danke, Eva, gerne.«

»Aber sag David lieber nichts davon. Er hasst es, wenn andere sich in seine Arbeit einmischen.«

»Ach?«

Eva sah sie mit ruhigem Blick an. »Keine Sorge. Ich mische mich nicht in seine Arbeit ein. David und ich haben genau die gleiche Wellenlänge. Aber er ist eben keine Frau. Du verstehst doch, was ich meine, oder?«

Deirdre lachte. »Ja. Frauen können einfach besser miteinander reden.«

Da trat Rory mit einem tropfenden Styroporbecher und einem Jammie-Dodger-Keks zu ihnen, den er Eva wie eine Opfergabe hinhielt. Seine ehrfürchtige Haltung stand in krassem Widerspruch zu seinem schelmischen Blick. »Wieso so spät, meine Schöne?«, fragte er. »Du siehst aus, als wärst du grad aus dem Bett gefallen.«

»Bin ich auch.«

Die beiden lächelten, und Deirdre wurde wieder verlegen, als Rory sie mit seinen boshaften grünen Augen ansah.

»Ach, tut mir Leid, Deirdre«, sagte er, doch es klang alles andere als bedrückt, »deinen Kaffee habe ich völlig vergessen.«

»Ist schon in Ordnung, Rory.«

Rory trat einen Schritt näher an Eva heran und ließ seine Hand über ihren Po gleiten.

»Danke, mein Engel«, sagte sie mit einem katzenhaften Lächeln. »Das fühlt sich wunderbar an.«

»Tja, bei einer so verlockenden Hose kann ich einfach nicht widerstehen.«

»Weißt du, Rory, nicht viele Leute dürfen ihre Hand auf meinen Po legen. Du darfst das nur, weil du so sexy bist. Und anders als die andern.«

Da klatschte Nick McCarthy in die Hände und rief die Schauspieler auf die Bühne, um ihnen die geänderten Probenpläne zu überreichen.

Eva wandte sich Deirdre zu. »Herzlich willkommen in der Welt der richtigen Schauspieler«, sagte sie. »Du wirst sehen, dass diese Welt ein paar angenehme Begleiterscheinungen hat. Zum Beispiel Schauspieler wie Rory.« Dann hakte sie sich bei Rory unter und dirigierte ihn zu den Stühlen, die Jessica gerade kreisförmig aufgestellt hatte. Als sie an David Lawless vorbeikam, schenkte sie ihm ein strahlendes Lächeln.

Deirdre ging zu dem Stuhl, auf den sie ihren Rucksack gelegt hatte. Willkommen in der Welt der richtigen Schauspieler! Jetzt war sie also eine richtige Schauspielerin! Sie kam sich ziemlich erwachsen vor. Voller Vorfreude schlüpfte sie in ihre abgetragenen Gymnastikschuhe. Was für eine prestigeträchtige Inszenierung für ihr Debüt! Sie hatte irgendwo einen Plakatentwurf für David Lawless' Shakespeare-Saison im Phoenix Theatre gesehen. Ganz oben hatten Davids und Evas Namen gestanden, der ihre war in ziemlich kleiner Schrift ziemlich weit unten gewesen. Ob sie ihn jetzt größer drucken würden? Beschäftigt mit ihren eigenen Gedanken, merkte sie nicht, dass Sophie Burke ihr einen giftigen Blick zuwarf, als sie auf die Bühne trat, um sich in Pose zu werfen.

2

Die Generalprobe stand unmittelbar bevor. Bis jetzt war alles unglaublich glatt gegangen. Die Formalitäten mit der Schauspielergewerkschaft Equity waren geregelt; Deirdre beherrschte den Text und hatte sich seit über einer Woche nicht mehr von der Souffleuse aushelfen lassen müssen; fast alle Kollegen waren ausgesprochen nett gewesen. Rory McDonagh hatte sich überraschenderweise als großzügiger und hilfreicher Kollege erwiesen, obwohl es ihr manchmal schwer fiel, ihn einzuschätzen. Irgendwie verunsicherte er sie. In seiner Gegenwart kam sie sich immer ein bisschen dumm vor, auch wenn er offenbar nicht beabsichtigte, ihr dieses Gefühl zu geben. Auch Maeve hatte ihr unter die Arme gegriffen und ihr Tipps gegeben, wie sie am besten mit Adrian Pierce zurechtkam. Adrian orientierte sich an der Stanislawskij-Methode. Sein großes Vorbild war Robert de Niro; er versuchte, auf der Bühne total in seine Rolle hineinzuschlüpfen, und das war für die andern manchmal nicht einfach. »Ist dies schon Tollheit, hat es doch Methode«, kommentierte Maeve den Schlag, den Adrian eines Tages Rory bei den Proben versetzte. Nick McCarthy musste blitzschnell zwischen die beiden gehen, sonst hätte Rory Adrian niedergestreckt.

Außerdem hatte Deirdre eine Menge von Eva Lavery gelernt, die sich wortlos mit David zu verständigen schien. Wenn er eine ihrer Szenen unterbrach, lachte sie, bevor er etwas sagen konnte, und meinte: »Ich weiß schon! Du brauchst mir nichts zu sagen!« Und dann stürzte sie sich von neuem in die Szene.

Deirdre war ein Morgen besonders gut in Erinnerung geblieben, der Morgen, an dem Eva zusammen mit Finbar de Rossa, dem männlichen Hauptdarsteller, probte. Finbar spielte sowohl den Theseus als auch den Oberon. Als Eva die Bühne als Titania betreten hatte, war Deirdres Blick ganz automatisch hinüber zu David Lawless gewandert. Er hatte lässig auf seinem Stuhl gesessen, die langen, jeansbekleideten Beine vor sich ausgestreckt und die Hände hinter dem Kopf verschränkt, während er die Schauspieler beobachtete. Doch seine entspannte Haltung hatte im krassen Widerspruch zu seinem Gesichtsausdruck gestanden. Der war völlig konzentriert gewesen; er hatte den Blick keine Sekunde von Eva Lavery abgewandt.

Eva hatte gerade mit ihrer unnachahmlich rauchigen Stimme und selbstbewusst-gelangweiltem Gesichtsausdruck einen der langen Monologe von Titania begonnen, als sich ihr Blick mit dem Davids traf und sie sofort verstummte. Sie hatte den Kopf herrisch schräg gelegt, eine Augenbraue gehoben und ihm seltsam förmlich zugenickt. Die Bewegung war elegant, ja sogar anmutig gewesen, aber sie hatte auch irgendwie herausfordernd gewirkt. Deirdre war sich mehr denn je eines starken Bandes zwischen den beiden bewusst gewesen. Wenn sie sich in einem Raum aufhielten, knisterte die Luft vor Spannung. Was hatten sie bloß für ein Geheimnis?, hatte sich Deirdre gefragt. Doch dann war ihr klar geworden, wie unhöflich sie die beiden anstarrte, und sie hatte sich wieder auf ihr Skript konzentriert.

An jenem Nachmittag war David nach den Proben zu ihr gekommen und hatte sie auf die Wange geküsst, um ihr zu erklären, dass sie große Fortschritte mache. Sie war rot geworden und hinterher so aufgedreht gewesen, dass sie sogar Sophie auf dem gemeinsamen Weg ins Pub einen Streifen Kaugummi angeboten hatte.

Doch jetzt waren es nur noch zwei Tage bis zur Generalprobe, und sie war völlig aufgelöst. Etwas Merkwürdiges war mit ihrer Darstellung passiert – sie hatte das Gefühl, dass sie den Biss verloren hatte, aber sie wusste auch nicht so recht, was sie falsch machte.

Das war auch David Lawless aufgefallen, denn kurz vor der Generalprobe wies er sie darauf hin, dass sie sich stärker konzentrieren müsse, und sah sie mit kritischem Blick an. »Aber ansonsten bin ich sehr zufrieden mit deiner Arbeit, Deirdre, danke.« Dann wandte er sich einem anderen Schauspieler zu.

Deirdre massierte sich seufzend den Nacken. Sie war müde und spürte, dass sie bald Kopfschmerzen bekommen würde. Das Schild mit der Aufschrift »Bitte nicht rauchen« wurde wie üblich von allen ignoriert, und der Zigarettenrauch trieb ihr die Tränen in die Augen. Es war unerträglich stickig und heiß in dem Probenraum. Etwa eine Woche zuvor war eine Hitzewelle über die Stadt hereingebrochen, und die Schauspieler verbrachten ihre Mittagspause im nahe gelegenen Park. Mittlerweile waren alle von der Sonne gebräunt, bis auf Sophie, die sich weigerte, das Gebäude zu verlassen, weil es ihrer Meinung nach völlig out war, braun zu sein, und sie sich außerdem keinen Hautkrebs holen wollte. Die Elfen probten gerade am hinteren Ende des Raums ihr Lied, und Sophie trällerte am Klavier vor sich hin. Die einzige Elfe mit einer wirklich guten Stimme war Kate O'Connor, doch die versuchte mit ihrem Part eine Dolores-O'Riordan-Interpretation, und das verstärkte Deirdres Kopfschmerzen nur noch. Der Schweiß lief ihr in schmalen Rinnsalen zwischen den Brüsten hinunter.

Drüben bei der Tür zur Cafeteria machten Rory McDonagh und Aidan Hughes, der Schauspieler, der den Puck spielte, Blödsinn mit ihren Styroporbechern. Sie hatten Löcher hineingebohrt und setzten sie sich auf wie Schweineschnauzen. Nick McCarthy warf ihnen einen warnenden Blick zu, woraufhin Rory Aidan etwas zuflüsterte und die beiden sich vor Lachen bogen wie kleine Jungs. Deirdre hatte gehört, dass Aidan Hughes Mitglied von MENSA werden sollte. Schwer zu glauben, dachte sie, so, wie die beiden sich aufführten. Deirdre wandte ihre Aufmerksamkeit seufzend wieder David Lawless zu.

Deirdre hegte eine Lieblingsphantasie, von der sie niemandem auf der Welt erzählt hätte. Sie handelte davon, dass David endlich seine Frau verließ und entdeckte, dass Deirdre O'Dare viel faszinierender und tiefgründiger war, als ihm bis dahin bewusst gewesen war. Manchmal schmückte sie diese Grundhandlung mit einer düsteren Nebengeschichte aus: Sie vermutete, dass die Scheidung von Ann Fitzroy sich für David als ziemlich schwierig erweisen würde, denn keine Frau mit ein bisschen Verstand würde einen Mann wie David Lawless kampflos ziehen lassen, am allerwenigsten eine Frau, die sich allmählich dem näherte, was man im Allgemeinen als das »mittlere Alter« bezeichnete. Also ließ Deirdre die Seifenoperndarstellerin in ihrer Phantasie eines nicht näher erklärten Todes sterben (»Sie war auf der Stelle tot, David. Sie hat keine Schmerzen gehabt. Du brauchst dir keine Vorwürfe zu machen«, hörte sie sich selbst sagen, wenn er sich Trost suchend an sie wandte). Und dann murmelte sie immer ein kleines Gebet, um Ann Fitzroy im wirklichen Leben vor allem Unheil zu schützen. Nach einer angemessenen Zeit der Trauer könnte David sich eine andere Partnerin wählen. Er würde sich für eine jüngere Frau entscheiden – das taten die Männer immer –, und sie würde schon auf ihn warten. Das einzige Problem war, dass sie etwas von einer Tochter im Teenageralter gehört hatte. Es war ein bisschen seltsam, in ihrer Phantasie eine Stieftochter im Teenageralter zu haben, doch dieses Problem löste Deirdre, indem David beschloss, sie ins Internat zu schicken. Natürlich wollte Deirdre ihren Traummann ganz für sich allein haben.

Sie spielte diese Phantasie gerade im Kopf durch und war soeben bei der Stelle angelangt, an der David sie mit ehrfürchtigem Blick betrachtete, als sehe er sie zum ersten Mal, als sie merkte, dass die gemeinsame Besprechung der Notizen zu Ende ging. Die Schauspieler erhoben sich gähnend und streckten sich oder zündeten sich eine frische Zigarette an.

Auf der anderen Seite des Raums hatte sich inzwischen Eva zu Rory und Aidan gesellt. Als Kate O'Connor an ihnen vorbeiging, sagte Eva: »Tolle Sandalen hast du da. Wo hast du die gekauft?«

»Danke fürs Kompliment, Eva. Letzte Woche bei Penney's. Die waren total billig – neun Pfund fünfundneunzig.«

»Das ist wirklich günstig«, sagte Eva und strich sich mit der Hand die blonden Haare zurück, die danach nur noch zerzauster aussahen. »Es macht dir doch nichts, wenn ich mir auch ein Paar hole, oder?«, fragte sie Kate.

»Aber nein«, sagte Kate errötend und ausgesprochen geschmeichelt. »Du könntest sie gern anprobieren, aber sie sind dir sicher zu groß. Du hast viel kleinere Füße als ich.«

Deirdre warf einen Blick auf Evas winzige Füße und dann auf ihre eigenen. Im Vergleich zu denen der Hauptdarstellerin sahen die ihren aus wie Boote. Deirdre hatte ihre Füße immer schon gehasst.

Drüben auf der anderen Seite blinzelte Rory Kate O'Connor zu, die noch röter wurde und murmelte, sie müsse dringend jemanden anrufen, bevor sie verschwand. Rory sah interessiert Kates Hinterteil nach, dann schaute er mit gerunzelter Stirn zu Deirdre herüber. Deirdre senkte sofort den Blick und nestelte am Verschluss ihres Rucksacks herum.

Meistens ging Deirdre nach den Proben zusammen mit

Kate und Jessica in den Pub, doch heute beschloss sie, sofort nach Hause zu fahren, weil sie ihre Rolle noch einmal durchgehen wollte.

Sie schlenderte die Treppe hinunter, wünschte der Frau am Empfang geistesabwesend ein schönes Wochenende und trat hinaus in den grellen Sonnenschein. Der Heimweg würde kein Vergnügen werden, weil der größte Teil der Strecke bergauf führte. Deirdre ging um die Ecke und suchte in ihrem Rucksack nach dem Fahrradschlüssel. Dann hob sie den Blick und hielt inne: Ihr Fahrrad stand nicht mehr an der Parkuhr, an der sie es immer ankettete. Deirdre vergewisserte sich, dass sie es nicht an einer anderen Parkuhr festgemacht hatte, doch der einzige andere Drahtesel, den sie entdecken konnte, war das Luxusmodell von Sophie Burke.

»Scheiße«, sagte sie und fing an, vor Zorn zu weinen.

»Was ist denn los, Schätzchen?«, hörte sie da Eva Laverys Stimme hinter sich.

»Ach – hallo, Eva«, sagte Deirdre peinlich berührt und wischte sich die Tränen mit einem Taschentuch ab. »Mir ist was Dummes passiert – man hat mir das Rad gestohlen.«

»Ach, das ist ja schrecklich. Ist schon das zweite Rad, das diese Woche hier in der Gegend geklaut worden ist. Adrians ist gestern verschwunden.« Eva sah sie durch ihre dunkle Sonnenbrille an. »Du Arme. Weißt du was? Ich nehme dich mit. Wo wohnst du denn?«

»In der Nähe der St. Patrick's Cathedral«, sagte Deirdre. »Aber nur, wenn's kein Umweg ist.«

»Überhaupt nicht, Schätzchen. Ich wohne gleich um die Ecke, an der South Circular Road.« Dabei deutete sie auf einen weißen Wagen, der halb auf dem Gehsteig stand. Das Auto sah aus, als sei es monatelang nicht gewaschen worden. Deirdre wusste nicht so recht, welche Marke es war. Während sie darauf wartete, dass Eva die Tür aufschloss, las sie den Schriftzug »Karmann Ghia« darauf, unter den jemand in den Schmutz geschrieben hatte: »Bitte wasch mich. Ich bin so hübsch.«

Eva zog einen Strafzettel unter dem Scheibenwischer heraus, knüllte ihn zusammen und warf ihn, knapp an einer einbeinigen Taube vorbei, in einen Abfallkorb.

»Entschuldige das Durcheinander«, sagte Eva, stieg in den Wagen und öffnete die Beifahrertür von innen. Dann schob sie einen Stapel Skripte, Bücher, alte Zeitungen, Bananenschalen, Kassettenhüllen und Strafzettel auf den Boden. Sie drehte den Zündschlüssel im Schloss, und sofort ertönte laute Rockmusik aus dem Kassettenrecorder.

»Hoppla. Vielleicht sollte ich was Ruhigeres einlegen.« Sie holte eine andere Kassette aus dem Handschuhfach und reichte sie Deirdre. »Hier – steck bitte die rein, ja? Dann fahre ich mal los.«

Während Eva den Wagen aus der engen Parklücke herausmanövrierte, legte Deirdre die Kassette ein, und aus den Lautsprechern drang die Stimme von kd lang. Ein bisschen ruhiger geworden, lehnte Deirdre sich auf dem Beifahrersitz zurück. Es war schon merkwürdig, neben ihrem großen Vorbild im Wagen zu sitzen, dachte sie.

»Du wohnst an der St. Patrick's Cathedral, hast du gesagt?«

»Ja.«

»In einem von den großen Wohnblöcken?«

»Ja. Ich wohne erst seit ein paar Wochen dort, seit Beginn der Proben.«

»Allein oder mit jemandem zusammen?«

»Ich habe eine Mitbewohnerin. Na ja, im Moment bin ich allein, weil sie ein Engagement bei der RSC hat.«

»In London oder in Stratford?«

»In Stratford.«

»Die Glückliche. Mir hat's dort immer gefallen. Wann kommt sie denn wieder zurück?«

»Erst mal nicht. Sie probt gerade *König Lear*, und danach macht sie gleich mit dem *Wintermärchen* weiter. Sie kommt mich besuchen, wenn sie damit auf Tournee gehen. Irgendwie fehlt sie mir.«

»Warum suchst du dir keine neue Mitbewohnerin? Sophie hat mir erzählt, dass sie sich gerade nach einer Wohnung umschaut.«

Deirdre sah Eva von der Seite an. Die Schauspielerin grinste.

Deirdre grinste zurück. Jetzt ging es ihr schon wieder viel besser. »Sarah will nicht, dass jemand einzieht, während sie weg ist, weil sie einen Raum haben möchte, in dem sie sich in den Ferien mit ihrem Freund treffen kann. Außerdem gehört die Wohnung ihrem Onkel. Der will nicht jeden drin haben. Ich habe großes Glück gehabt. Wenn er nicht gewesen wäre, müsste ich immer noch bei meinen Eltern in Kilmacanogue wohnen und jeden Tag mit dem Bus in die Stadt fahren.«

»Was machen denn deine Eltern?«

»Dad ist Töpfer. Er kommt ganz gut zurecht – Kilkenny Design nimmt ihm viele von seinen Sachen ab. Und Mum malt. Früher war sie Schauspielerin, aber das hat sie aufgehört, als ich auf die Welt gekommen bin.«

»Wie heißt sie denn?«

»Rosaleen O'Dare.«

»Dann ist O'Dare also dein richtiger Name?« Eva klang überrascht. »Das ist so ein perfekter Künstlername, dass ich dachte, du hast ihn angenommen.«

»Nein, nein, das ist mein richtiger Name, auch wenn er klingt, als hätte ich ihn mir ausgedacht. Ich bin mir immer ein bisschen unsicher gewesen, ob ich ihn vielleicht ändern soll. Was meinst du, Eva?«

»Wehe! Der Name ist perfekt – kurz und einprägsam. Komm ja nicht auf die Idee, ihn zu ändern.«

Da starb plötzlich der Motor ab, und hinter ihnen begann ein Hupkonzert, das Eva gar nicht beachtete, während sie in aller Ruhe den Motor wieder anließ. Deirdre hatte den Eindruck, dass es ihr insgeheim Freude machte, die anderen Fahrer zu ärgern. Deirdre war erstaunt darüber, wie viel Selbstbewußtsein die Schauspielerin besaß.

»Wie hieß deine Mutter denn mit Mädchennamen?«, wollte Eva wissen.

»Whelan.«

»Whelan. Rosaleen Whelan. Ja, klar!«, rief Eva aus. »Sie war in der Abbey School, oder? Da war ich auch kurze Zeit – aber das ist Ewigkeiten her.« Eva strich sich die Haare aus dem Gesicht und runzelte die Stirn, als versuche sie, sich an etwas zu erinnern. »Sie war gut, deine Mutter. Das Talent hast du von ihr geerbt.«

»Danke, aber …«

»Das meine ich ernst. Ich wusste vom ersten Probentag an, dass du das Zeug zur Schauspielerin hast. Nicht viele versuchen, so konzentriert von ihren Kollegen zu lernen.« Eva winkte jemandem auf der Straße zu. »Das ist Marianne. Ich muss sie mal anrufen.« Deirdre erhaschte einen Blick auf Marianne Faithful, die gerade in einen Wagen stieg. Sie war zutiefst beeindruckt. »Weißt du, Deirdre, viele Schauspieler meinen, in ihrem Job geht's darum, von den anderen gesehen zu werden«, fuhr Eva fort. »Aber sie täuschen sich – zuerst müssen sie lernen, genau zu beobachten. Ach – ich liebe diesen Song!« Sie drehte das Lied lauter und schenkte Deirdre ein breites Lächeln.

»Irgendwas ist doch nicht in Ordnung, oder, Schätzchen?«, sagte Eva dann ganz unvermittelt. »Ich meine, abgesehen davon, dass man dir das Fahrrad gestohlen hat. Bei der

Probe heute hat dich was aus der Fassung gebracht. War's die Bemerkung von David?«

Deirdre biss sich auf die Lippe. »Nein, eigentlich nicht. Er hatte völlig Recht mit dem, was er gesagt hat. Damit habe ich kein Problem, Eva – ich weiß bloß nicht, wie ich's besser machen soll. Heute war ich besonders schlecht – anders lässt sich das nicht ausdrücken –, und ich verstehe einfach nicht, warum! Die ganze Woche dachte ich, ich mache Fortschritte, aber dann war's plötzlich vorbei damit. Was soll ich bloß machen? David bedauert's wahrscheinlich inzwischen schon, dass er nicht Sophie die Rolle gegeben hat. Sie war heute toll als erste Elfe.« Plötzlich war Deirdre wieder den Tränen nahe. »Finbar de Rossa scheint auch gemerkt zu haben, wie schlecht ich war. Er hat mir seine Hilfe angeboten.«

»Finbar hat dir seine Hilfe angeboten? Damit meint er vermutlich Privatunterricht. Bei ihm musst du deutliche Grenzen ziehen. Er hat den denkbar schlechtesten Ruf, Deirdre, aber das hast du sicher schon gehört. Er versucht's bei jeder. Außer bei mir. Vor mir hat er Angst.«

Deirdre war bereits aufgefallen, dass die beiden Hauptdarsteller sich außerhalb der Szenen, die sie zusammen spielen mussten, nicht sonderlich viel zu sagen hatten.

»Warum nennst du Finbar manchmal ›Iggy‹, Eva?«, fragte Deirdre, plötzlich neugierig geworden. »Das wollte ich dich schon immer fragen.«

Eva lächelte fröhlich. »Weil Rossa sein Künstlername ist, Schätzchen. Eigentlich heißt er Ignatius Looney.«

Deirdre musste lachen. Da sagte Eva: »Weißt du was? Du könntest eigentlich mit zu mir kommen, dann machen wir eine Flasche Wein auf. Vielleicht kann ich dir ja helfen. Schließlich sollst du dir nicht während des Wochenendes das Gehirn zermartern. Arschloch!«, schrie sie einem Autofahrer zu, der sie geschnitten hatte, und drückte auf die Hupe.

»Würdest du das wirklich tun, Eva? Das wäre toll.« Deirdre stieß einen Seufzer der Erleichterung aus. Plötzlich hatte sie das Gefühl, dass doch noch alles in Ordnung kommen würde.

Bald schon hielt Eva den Wagen vor einer Reihe viktorianischer Backsteinhäuser an.

Ein Dschungel aus pinkfarbenen Clematis umrankte die Haustür der Nummer zweiundzwanzig, und auch in dem winzigen Vorgarten wucherten zahllose Pflanzen.

Leise eine Melodie summend, holte Eva einen Schlüssel aus ihrer großen Ledertasche, schloss die Tür auf und ging Deirdre voran ins Haus. Deirdre machte die Tür hinter sich zu und sah sich interessiert in der Diele um. Sie war in grellen, heftig kontrastierenden Rot-, Pink- und Purpurtönen gestrichen. Eigentlich, hätte man meinen können, konnte das nicht gut gehen, aber irgendwie passte es doch. Eine türkische Brücke bedeckte das glänzende Parkett, und an den Wänden hingen riesige Drucke von Theaterentwürfen David Hockneys. Zwei Türen führten zu Empfangsräumen, und dazwischen stand ein kleiner Eichentisch voll mit Briefen, der von zwei antiken Stühlen flankiert wurde.

Ohne auf das blinkende Licht des Anrufbeantworters zu achten, nahm Eva die Briefe von dem Tischchen und lief voraus ins Kellergeschoss. Während sie die Treppe hinunterging, sah sie die Post durch. Jedes Mal; wenn sie auf eine Rechnung stieß, gab sie ein verärgertes Geräusch von sich und warf sie zu Boden.

Nach der Unordnung im Wagen überraschte es Deirdre ziemlich, wie aufgeräumt es im Kellergeschoss war. Früher hatten sich hier wohl einmal mehrere kleine Zimmer befunden, doch die Wände waren entfernt worden, sodass ein großer Raum mit Küche, Ess- und Wohnbereich entstanden war, von dem aus man den Garten hinter dem Haus über einen verglasten Anbau erreichen konnte. Das Glas machte das Kellergeschoss luftig und hell. Die Wände waren korallenrot gestrichen und mit Originalen irischer Künstler geschmückt. Zwei große, bernsteinfarbene Samtsofas standen zu beiden Seiten eines offenen Kamins mit schmiedeeisernem Gitter und hübschen Art-Nouveau-Kacheln. Neben dem Kamin befanden sich Nischen mit Regalbrettern, auf denen zahllose Bücher und Artefakte standen.

Am liebsten hätte Deirdre sich genauer umgesehen. Sie war völlig aus dem Häuschen, als sie die Namen der Künstler las, deren Werke die Wände zierten, besonders den von Eithne Jordan, einer Freundin ihrer Mutter und Schwester des Filmemachers Neil Jordan.

»Mach dir's bequem, Schätzchen«, sagte Eva und warf die Briefe in eine leere Obstschale auf der langen Anrichte, die den Ess- vom Wohnbereich trennte. Deirdre setzte sich auf einen der zwölf antiken Stühle an dem riesigen Refektoriumstisch in der Mitte des Raumes.

»Rot oder weiß?«

Deirdre hörte, dass eine Kühlschranktür geöffnet wurde. »Weiß bitte, Eva«, sagte sie.

Die Schauspielerin trat mit einer Flasche Weißwein in der einen, zwei langstieligen Gläsern in der anderen Hand und einem Korkenzieher aus Holz unterm Kinn um die Anrichte herum. »Wir haben Glück«, sagte sie. »Das Zeug hier ist was Besonderes. Ich hab gestern ein paar Flaschen davon in den Kühlschrank gestellt, weil abends noch einige Freunde zum Essen vorbeischauen wollten, aber die mussten dann in die Holles Street, weil das Baby früher gekommen ist. Außerdem hast du dir eine Belohnung verdient, du Arme.« Eva entfernte geschickt die Aluminiumfolie vom Hals der Flasche, zog den Korken heraus und füllte die Gläser. »Prost!«, sagte sie dann und hob ihr Glas an die Lippen. Deirdre tat es ihr gleich und genoss den ersten Schluck des kalten Weines. Obwohl sie keine Weinkennerin war, merkte sie doch, dass dieser viel besser schmeckte als alles, was sie bisher im Pub getrunken hatte.

»Was für ein tolles Haus«, sagte Deirdre. »Du hast zwei Wohnungen, stimmt's, Eva? Ich hab in irgendeiner Zeitschrift gelesen, dass du das Haus hier in Dublin behalten hast, obwohl du die meiste Zeit in London arbeitest.«

»Stimmt. Ich habe eine Wohnung in London, aber mein Herz ist hier. Diese Stadt hier ist mein Zuhause, egal, wo ich gerade arbeite.« Eva hatte angefangen, in ihrer Tasche herumzusuchen. »Ich habe mir das Haus vor Jahren mit dem Geld gekauft, das ich mit meinem ersten Film verdient habe. Ich liebe es. Ach … wo sind bloß die verdammten Zigaretten?« Eva leerte den Inhalt ihrer Tasche auf den Tisch. Schließlich fand sie eine Packung Marlboro Light unter einem ziemlich schmutzigen Spitzentaschentuch.

Dann ging plötzlich ohne Vorwarnung die Glasschiebetür zum Garten auf. Eine kleine, ältere Frau marschierte mit einer Tasche voller Wäscheklammern an der Blümchenschürze herein.

Eva sprang von ihrem Sitz hoch. »Mrs. O'Toole! Sind Sie immer noch da? Ich dachte, Sie sind schon Ewigkeiten weg.«

Jetzt wurde Deirdre klar, wieso Evas Haus so aufgeräumt war. Mrs. O'Toole war offenbar Evas Haushälterin.

»Tja, ich wollte auch schon längst weg sein«, sagte Mrs. O'Toole mit leicht säuerlichem Gesicht. »Aber diese Woche habe ich ganze zwei Stunden länger gebraucht.« Dabei sah sie die Zigarettenpackung in Evas Hand einen Augenblick lang so vorwurfsvoll an, dass die Schauspielerin sie auf den Tisch fallen ließ. »Es ist immer das Gleiche mit Ihnen, Eva«, sagte Mrs. O'Toole. »Je härter Sie arbeiten, desto mehr vergammelt die Wohnung. Die Wäsche ist seit dem letzten Mal, als ich hier war, nicht gemacht worden, und an dem Stapel Pappkartons sehe ich, dass Sie sich wieder nur von Fastfood ernährt haben.« Mrs. O'Toole verzog missbilligend den Mund.

Eva wirkte aufrichtig zerknirscht. »Tut mir wirklich Leid, Mrs. O'Toole.« Sie lächelte. »Nächste Woche gebe ich mir mehr Mühe, das verspreche ich.«

»Hmph.« Mrs. O'Toole betrachtete sie mit spöttischem Blick. »Tja, dann gehe ich jetzt.« Mit diesen Worten zog sie die Schürze aus, faltete sie und schob sie zusammen mit dem Beutel für die Wäscheklammern in die Schublade einer Kommode. »Passen Sie mal lieber ein bisschen besser auf sich auf.« Dann stapfte sie hinauf und hob unterwegs die Briefe mit den Rechnungen auf, die Eva auf dem Weg hinunter zu Boden geworfen hatte.

»Oje«, sagte Eva, nachdem die Haustür ins Schloss gefallen war. »Ich hatte ihr gesagt, dass ich damit aufgehört habe.« Sie holte die Zigaretten wieder vom Tisch, zündete sich eine an und sog den Rauch genussvoll ein. »Na ja, ich hab ja auch fast aufgehört. Ich rauche nur noch kurz vor der Premiere, und danach lasse ich es wieder sein. Das fällt mir überhaupt nicht schwer. Aber«, sagte sie, trank noch einen Schluck Wein und stützte die Ellbogen auf den Tisch, »nun erzähl mir mal, was dir Kummer macht, Deirdre.«

Deirdre fühlte sich durch das Interesse Evas ermutigt, sie mit einem Redeschwall zu überschütten, in dem sie ihr zu erklären versuchte, was sie zur Verzweiflung trieb. Es war gar nicht so leicht zu beschreiben, was sie fühlte, aber Eva hörte ihr aufmerksam zu, ohne sie zu unterbrechen. Das Telefon klingelte zweimal, doch Eva überließ die Annahme des Gesprächs dem Anrufbeantworter. Als Deirdre mit ihren Ausführungen fertig war, drückte die Schauspielerin ihre zweite Zigarette aus und füllte die Weingläser nach.

»Ich weiß genau, was los ist, Schätzchen, und glaube mir,

du brauchst dir keine Sorgen zu machen.« Sie ließ nachdenklich einen Finger über den Rand ihres Glases gleiten. »Ich möchte es dir folgendermaßen erklären: Im Augenblick stagnieren deine Fortschritte. Du bist gerade dabei, dich von deiner Rolle zu distanzieren, sodass du sie objektiver sehen kannst. Verstehst du, was ich meine?«

Deirdre nickte. »Ich glaube schon«, sagte sie.

»Die Situation wirkt wahrscheinlich schrecklich künstlich und uninspiriert auf dich, aber das ist nur vorübergehend so, glaube mir.« Eva legte den Kopf ein wenig schräg. »Hast du manchmal das Gefühl, dass du dich bei den Proben selbst von der Decke aus beobachtest?«

»Ja, genau das ist es!«

Eva strich sich die Haare aus dem Gesicht und steckte sie mit einer Klammer zurück, die auf dem Tisch lag.

»Wie gesagt, mach dir darüber keine Sorgen, Schätzchen. Auf der Stelle treten wirkt vielleicht unproduktiv, ist aber manchmal sehr, sehr wichtig.« Sie trank einen Schluck Wein. »Hermia geht's gut, Deirdre. Du kannst sie im Augenblick bloß nicht spüren. Aber sie wartet schon darauf, dass du wieder zu ihr kommst.«

Deirdre glaubte ihr. Sie wollte sich gerade mit einer Umarmung bei der Schauspielerin bedanken, als diese ausrief: »Du lieber Himmel! Ist es schon so spät?«

Die Uhr an der Wand über der Anrichte zeigte acht.

»Ich gehe jetzt lieber«, sagte Deirdre, die gerne noch ein bisschen in Evas gemütlicher Wohnung geblieben wäre. Natürlich gab es auch in der Wohnung von Sarahs Onkel alles Lebensnotwendige, aber sie war eher ein Ort, an dem man schlief, als ein richtiges Zuhause.

»Ach was, geh noch nicht«, sagte Eva. »Ich habe einen Bärenhunger. Weißt du was? Wir lassen uns was zu essen bringen.«

»O ja, toll!« Deirdre war ganz aus dem Häuschen vor Freude darüber, zusammen mit ihrem großen Vorbild zu essen. Noch einen Monat zuvor hätte sie sich so etwas nicht träumen lassen. Plötzlich musste sie lachen. »Aber versteck die Kartons mal lieber vor Mrs. O'Toole, Eva.«

»Stimmt. Vielleicht sollte ich ein paar Äpfel in die Schale da legen und den Wok aus dem Schrank holen, damit's so aussieht, als hätte ich die ganze Woche Obst und andere gesunde Sachen gegessen. Ich bin ganz schön gerissen, was?« Eva goss den restlichen Wein in ihre Gläser und stellte die leere Flasche auf den Boden. »Wir könnten noch eine Flasche aufmachen. Nächste Woche können wir uns das nicht mehr leisten, da geht's dann richtig rund.«

Deirdre hatte bereits Angst vor der bevorstehenden Woche. Auf eine Probe, in der die technischen Fragen geklärt würden, folgten die Generalprobe am Montag und weitere Proben am Dienstag und Mittwoch sowie Voraufführungen am Abend. Am Donnerstagabend würde Deirdre auf der Bühne des Phoenix Theatre zum ersten Mal vor großem Publikum auftreten. Bei dem Gedanken daran wurde ihr flau im Magen.

Eva nahm das schnurlose Telefon vom Tisch und wählte auswendig eine Nummer. Ohne eine Speisekarte vor sich zu haben, rasselte sie eine ganze Liste von Gerichten herunter. »Zwei Zwiebel-*bhajees*, ein Hühnchen-*bhuna*, ein *alloo saag*, ein *chana pilau*, ein bisschen *raeta* – ach ja, und jede Menge *poppadoms*, bitte.« Dann hielt sie mit der Hand das Mundstück des Hörers zu und fragte Deirdre: »Ist das in Ordnung?« Deirdre nickte lächelnd. Plötzlich war sie sehr, sehr glücklich.

Ein paar Stunden später fragte Deirdre, ziemlich satt und angetrunken, Eva, warum David Lawless Suki Hayes ihrer Meinung nach überhaupt die Rolle der Hermia gegeben hatte. Die Frage beschäftigte sie schon seit Ewigkeiten.

Eva hob skeptisch eine Augenbraue. »Sag bloß, du kannst dir das nicht denken.«

»Ach! Meinst du, sie waren zusammen im Bett?« Deirdre war entsetzt. Sie hatte schon viel von Jungschauspielerinnen gehört, die sich für die Karriere durch alle Betten schliefen, aber sie war überzeugt gewesen, dass David Lawless sich niemals auf so etwas einlassen würde.

Eva betrachtete die Zigarette, die sie sich gerade angezündet hatte, und drückte sie langsam wieder aus. »Suki ist natürlich sehr, sehr sexy, und David war mit Sicherheit geschmeichelt, dass sie mit ihm ins Bett gegangen wäre. Ob sie's dann tatsächlich getan haben, weiß der Himmel allein.« Die Schauspielerin zuckte die Achseln. »Aber David ist auch nicht immun gegen Schmeicheleien, Deirdre. Das ist niemand.«

Eva hob den Blick. Ihre Stimmung schien sich verändert zu haben. Sie trank ihr Glas aus und erhob sich mit einem Lächeln, das gezwungen fröhlich wirkte. »Und jetzt werde ich dich hier rausscheuchen. Es ist schon spät, und ich möchte, dass du dir deinen Text noch mal anschaust, bevor du ins Bett gehst. Dann fällt dir die Arbeit morgen leichter. Träum was Schönes, Deirdre.«

Nach einem kurzen Kuss auf die Wange schickte Eva Deirdre hinaus in die milde Dubliner Nacht.

3

Eva hatte Recht gehabt. Am nächsten Morgen hatte Deirdre überhaupt keine Panik mehr, und am Sonntagabend war sie beim Lesen ihres Textes mit einem Lächeln auf den Lippen eingeschlafen. Das Skript hatte die ganze Nacht über wie ein Schutzschild auf ihrer Brust gelegen.

Als sie das Theater am Montagmorgen um zehn Uhr betrat, herrschte überall Chaos. Die Crew hatte den ganzen Sonntag bis tief in die Nacht hinein am Bühnenbild, am Ton und am Licht gearbeitet. Kabel lagen auf den roten Plüschsitzen im Zuschauerraum, hingen von den Beleuchtungsmasten, rollten sich wie Schlangen in den Gängen. Die Lichttechniker hatten alle Hände voll zu tun. Deirdre beobachtete sie bang, während sie sorglos Scheinwerfer die Leitern hinaufschleppten und über schmale, wackelige Laufstege hievten. Hammerschläge erfüllten das Theater.

Deirdre ließ den Blick ein wenig verloren über den Zuschauerraum schweifen, bis sie ein bekanntes Gesicht entdeckte. Jenny Cummings, die Bühnenbildnerin, saß zusammengesunken im Parkett, einen Styroporbecher mit Kaffee in der Hand, die Beine über der Rückenlehne des Vordersitzes. Sie blinzelte zur dunklen Bühne und kritzelte dann wie verrückt in ihr Notizbuch. Deirdre setzte sich vorsichtig, um nicht über ein Kabel zu stolpern, in ihre Richtung in Bewegung.

Plötzlich erklang aus dem hinteren Teil des Zuschauerraums eine Anweisung, und die Bühne erstrahlte in hellem Licht. »Wow«, sagte Deirdre und ließ sich mit offenem Mund auf den nächsten Sitz sinken.

Das Bühnenbild bestand aus Musselinstreifen, die sich in

der Luft bewegten. Im einen Augenblick waren sie fahl silbern schimmernde Birken vor einem nachtblauen Himmel, im nächsten wurden daraus durch die veränderte Beleuchtung die goldenen Säulen eines Palastes, die sich in den azurblauen Himmel erhoben. Dann begannen grüne Lichter über diese Säulen zu spielen und sie in die Ranken eines dunkelgrünen Dschungels zu verwandeln. »Mensch, Jenny, das ist toll!«, rief Deirdre aus.

Jenny wandte sich ihr mit einem Lächeln zu. »Hallo, Deirdre. Gefällt's dir?«

»Wahnsinn. Ich kann's gar nicht erwarten, auf dieser Bühne aufzutreten.«

»Danke, Deirdre.«

»Dieses Bühnenbild hat etwas sehr Sinnliches.«

»Freut mich, dass du das sagst. Genau die Wirkung wollte ich. Und deswegen tragt ihr Schauspieler auch echte Seide.« Jenny rieb sich gähnend die Augen. »Unsere Sponsoren haben sich beschwert, dass das zu teuer wird, aber dann hab ich sie gefragt, wie die Schauspieler sexy aussehen sollen, wenn sie jeden Abend irgendeinen billigen Stoff im heißen Licht der Scheinwerfer tragen müssen.« Sie trank ihren Kaffee aus, zerdrückte den Styroporbecher und ließ ihn auf den Boden fallen.

Jetzt war die Bühne wieder dunkel. Deirdre stand auf. »Weißt du, wo ich jetzt hin muss, Jenny?«

»Ja. Die halten drüben in der Garderobe eine Besprechung ab, bis wir hier so weit sind.«

Deirdre sah das Kabelchaos mit zweifelndem Blick an.

»Keine Sorge«, sagte Jenny. »Das Durcheinander hier ist gar nicht so schlimm. Wir sind viel organisierter, als es auf den ersten Blick aussieht. Und wir sind ziemlich genau im Zeitplan, was eher ungewöhnlich ist.« Jenny gähnte noch einmal und streckte sich. »Vielleicht habt ihr vor der

Generalprobe sogar noch ein bisschen Zeit für eine Imbisspause.« Da drang ohrenbetäubender Lärm aus den Kulissen, und Jenny konzentrierte sich wieder auf die Bühne.

Nach der Besprechung ließ Nick McCarthy sie eine fünfzehnminütige Pause machen, und Deirdre verschwand in die Garderobe, die sie sich in den folgenden vier Monaten mit Maeve Kirwan und den drei Elfen teilen sollte. Sie befand sich ganz oben in dem Gebäude, ein langer, neonbeleuchteter Raum. Das einzige natürliche Licht drang durch ein Glasoberlicht in der niedrigen Decke, dessen Außenseite mit Maschendraht und Taubendreck bedeckt war. Eingerichtet war der Raum lediglich mit ein paar einfachen Stühlen und einer alten, ziemlich schmuddeligen Chaiselongue. An drei Wänden befanden sich lange Tresen, die als Frisierkommoden dienten und über denen Schminkspiegel angebracht waren. Einige Glühbirnen rund um die Spiegel fehlten, nur ein einziger war vollständig ausgestattet.

Der Platz unter diesem Spiegel war bereits besetzt. Ein cremefarbenes Handtuch lag über dem Tresen, und darauf stand ein ganzes Arsenal von Kosmetika. Über dem Spiegel waren zahllose Plüsch- und Keramikglücksbringer aufgereiht, und unter dem Tresen ruhte ein teurer schwarzer Kosmetikkoffer. Über der Rückenlehne des Stuhls hing ein Frotteehandtuch, von dem noch das Preisschild baumelte. Deirdre warf einen Blick auf das Preisschild und bekam ein flaues Gefühl im Magen.

Da marschierte Sophie Burke herein. »Ist das nicht schrecklich hier?« Sie zog ihren Kosmetikkoffer unter dem Tresen hervor und begann, noch mehr Schminksachen herauszuholen. Deirdre fiel eine ganze Reihe ziemlich teurer Markennamen auf. »Es ist alles völlig verdreckt. Ich bin heute schon um neun Uhr dagewesen und hab mindestens zehn

Minuten gebraucht, den Platz hier einigermaßen sauber zu kriegen.«

»Mich wundert's, dass du niemanden gebeten hast, das für dich zu machen.«

Deirdre hatte völlig vergessen, dass Sophie keinen Sinn für Humor hatte.

»Das habe ich ja«, sagte Sophie. »Ich habe Jessica gefragt.«

»Mein Gott, Sophie! Du hast Nerven.«

»Entschuldige, Deirdre, schließlich gehört das zu ihren Aufgaben, auch wenn sie jetzt auf die Bühne darf.«

»Und was hat sie dann gesagt?«

»Tja, leider hat sie sich geweigert. Aber ich hab beschlossen, Nick nichts davon zu erzählen.«

Dann, dachte Deirdre, hätte Nick ihr sicher gesagt, sie solle sehen, wie sie selbst zurechtkäme.

»Ich möchte nicht, dass unsere Freundschaft durch einen so unwichtigen Zwischenfall belastet wird«, fuhr Sophie fort. »Schließlich werden wir eine Menge Zeit auf engstem Raum verbringen müssen.«

Deirdre beschloss, sich einen Spiegel so weit wie möglich von Sophie entfernt zu suchen.

»Was für ein Glück, dass ich den besten Platz erwischt habe«, sagte Sophie mit einem gekünstelten Kichern. »Mein Spiegel hat sogar alle Glühbirnen!«

Während Deirdre ihre Sachen auspackte, überlegte sie, ob das tatsächlich Glück gewesen war oder vielleicht eher etwas damit zu tun hatte, dass Sophie sich ein paar Glühbirnen von anderen Spiegeln unter den Nagel gerissen hatte. Sie beobachtete, wie Sophie Vitamintabletten aus ihrem Köfferchen holte und sie mit einigen Schlucken Aqua Libra hinunterspülte. »Es wundert mich, dass du keine Cappuccino-Maschine mitgebracht hast, Sophie«, sagte sie.

»Ach, das ist gar keine schlechte Idee, Deirdre! Erinnere mich doch morgen noch mal dran.«

Allmählich trafen auch die anderen Schauspieler ein. Maeve begrüßte Deirdre mit einem schrägen Grinsen, als sie sah, welchen Platz Sophie sich gesichert hatte. Deirdre und Maeve hatten sich mittlerweile ein wenig angefreundet, und Deirdre wusste, dass Maeve Sophie ebenso sehr misstraute wie sie selbst. Maeve war ausgesprochen talentiert, elegant und klug und sah auch noch ein bisschen wie Uma Thurman aus. Sophie beneidete sie sehr um all das: Einmal hatte sie sogar unvorsichtigerweise eine abfällige Bemerkung darüber gemacht, dass sie Lesbierin war.

Maeve suchte sich einen Platz am anderen Ende des Raumes, gleich neben Deirdre, aus, und begann, ihren abgeschabten Lederrucksack auszupacken. Alle ihre Sachen sahen benutzt aus, und Deirdre fand es amüsant, sie mit Sophies Neuerwerbungen zu vergleichen. Als Maeve einen fadenscheinigen Seidenkimono über die Rückenlehne ihres Stuhls hängte, strich Sophie mit überheblichem Lächeln über den Ärmel ihres flauschigen cremefarbenen Bademantels.

Das Rattern von Rädern kündigte das Nahen der Kostümbildnerin an. Sie schob ein Kleidergestell mit bauschigen Seidenkleidern herein. Deirdre hatte nur eine Anprobe hinter sich, bei der entschieden worden war, dass das ursprünglich für Suki Hayes gedachte Kostüm nicht abgeändert werden musste. Sie konnte es kaum erwarten, es wieder anzuziehen, mit den Händen über die glatte safranfarbene Seide zu streichen und den federleichten Stoff auf der Haut zu spüren. Jenny hatte Recht gehabt! Seide machte einfach sexy.

Zehn Minuten später schlenderte Deirdre zusammen mit Maeve zur technischen Besprechung hinüber in die Kulissen. »Ich hasse technische Besprechungen«, sagte Maeve. »Ich hab schon ein paar erlebt, die bis in die frühen Morgenstunden gedauert haben. Aber ich denke, die heute wird kein Problem.« Dann ließ sie sich im Schneidersitz auf dem Boden nieder.

»Wieso glaubst du das?«, fragte Deirdre und setzte sich neben Maeve, die Arme um die Knie geschlungen.

»David hat sich für diese Inszenierung die besten – und teuersten – Leute ausgesucht. Er hat eine ganze Menge Geld in diese Saison investiert. Genau wie Eva übrigens.«

»Das wusste ich nicht. Das heißt, sie gehört auch zum Management?«

»Ja, und das heißt auch, dass hier nicht geknausert wird. Wir arbeiten mit hochkarätigen Leuten zusammen, Deirdre. Außerdem hat David Lawless den meisten seiner Kollegen noch etwas anderes voraus.«

»Ach? Was denn?«

»Integrität. Im moralischen wie im künstlerischen Sinne.«

Deirdre reckte den Hals ein wenig, um durch einen Spalt im Vorhang hinaus in den Zuschauerraum sehen zu können. In der Dunkelheit konnte sie die Silhouette von David Lawless erkennen, der zwischen Jenny Cummings und dem Beleuchtungschef im Parkett saß.

»Bitte auf zwei«, sagte David Lawless gerade zum Beleuchtungschef, und Deirdre bekam beim Klang seiner Stimme ein wenig Herzklopfen. Dann erhob sie sich, um sich auf ihren Auftritt vorzubereiten.

Wie erwartet verlief die technische Besprechung beinahe reibungslos. Zwar kamen ein paarmal die Einsätze für den Ton zu spät, einige Scheinwerfer mussten noch genauer justiert werden, und Finbar de Rossa fing zu schmollen an, als er merkte, dass Eva ein bisschen mehr im Rampenlicht stand als er, aber um fünf waren alle fertig und konnten bis zu den Aufwärmübungen tun und lassen, was sie wollten. Nick

McCarthy erinnerte sie daran, dass sie sich pünktlich um fünf vor halb acht wieder einfinden mussten.

Die meisten Schauspieler verließen während der Pause das Gebäude. Deirdre brauchte ein bisschen Zeit für sich. Sie beschloss, die Tatsache zu nutzen, dass niemand in der Garderobe sein würde, und ging in Richtung Treppe.

Als sie am Souffleurkasten vorbeikam, hörte sie, wie Eva Jessica fragte, ob sie ihr einen Gefallen tun und ihr ein Sandwich aus dem Laden an der Ecke bringen könne. Deirdre blieb stehen, froh über eine Gelegenheit, der Schauspielerin dafür zu danken, dass sie am Samstagabend so nett zu ihr gewesen war.

»Eva?«

»Ach, hallo, Schätzchen.« Eva legte den Arm um Deirdres Taille und dirigierte sie weg von den Bühnenarbeitern, die sich jetzt wieder auf der Bühne zu schaffen machten. Alle waren hektisch, weil sie die letzten Handgriffe noch vor acht Uhr, vor dem Beginn der Generalprobe, erledigen mussten.

»Na, wie geht's dir heute?«, erkundigte sich Eva.

»Ach, viel besser, Eva, danke«, sagte Deirdre. »Du hast Recht gehabt. Jetzt hab' ich den Dreh wieder raus. Ist schon komisch, was?«

»Also verträgst du dich wieder mit Hermia? Siehst du.« Die Schauspielerin lächelte.

»Na ja, hoffentlich bin ich nicht voreilig mit meinem Urteil«, sagte Deirdre und klopfte auf das Holz der Kulisse. »Ganz herzlichen Dank für deine Gastfreundschaft neulich Abend«, fügte sie hinzu. »Das Essen war toll. In Zukunft bestelle ich meine Sachen auch bei dem Laden.«

»Keine Ursache, Schätzchen. Ich hab mich über deine Gesellschaft gefreut. Und viel Spaß heute Abend.« Eva sah nach rechts, wo David Lawless noch einmal alles inspizierte. »Denn um den Spaß geht's doch letztlich«, fügte sie noch über die Schulter hinweg hinzu, während sie zu Lawless hinüberging, sich bei ihm unterhakte und ihn beiseite zog.

Wieder einmal war Deirdre über die Vertrautheit der beiden verblüfft. Sie spürte so etwas wie Eifersucht aufkommen, unterdrückte sie aber sofort wieder. Schließlich gehörte David Lawless nur in der Phantasie ihr.

Die Garderobe war, wie sie gehofft hatte, leer. Deirdre aß das Thunfisch-Sandwich, das sie sich am Morgen zu Hause gemacht hatte, und ging ihren Text, zusammengerollt auf der durchgesessenen Chaiselongue, zum tausendsten Mal durch. Die Lektüre des Skripts tat ihr alles andere als gut und führte nur dazu, dass sie sich fragte, ob sie ihren Text tatsächlich konnte. Plötzlich kam er ihr sehr fremd vor.

Also nahm sie einen Stapel alter Theaterprogramme und blätterte sie durch. Eines davon erinnerte sie an eine Produktion der *Heiligen Johanna*, die Deirdre im Vorjahr gesehen hatte, mit Suki Hayes in der Titelrolle. Deirdre überflog ihre Kurzbiografie. Beeindruckend. Wie hatte sie das bloß geschafft? Wie hatte sie all die Regisseure davon überzeugt, dass sie genau die Richtige für die besten Rollen war?

Deirdre warf einen Blick auf die Porträtaufnahme neben der Kurzbiografie der Schauspielerin. Suki sah mit aufreizendem Blick ein wenig von der Seite in die Kamera. Es steckte eine Orchideenblüte in ihren Haaren, die ihr bis über die nackten Schultern reichten, und ihre Lippen waren leicht geöffnet. Deirdre betrachtete Sukis Schmollmund genau und versuchte, ihn zu imitieren. Sie kam sich sofort albern vor und wusste, dass sie damit niemanden überzeugen würde.

Sie warf das Programm weg und erhob sich. Es war ziemlich heiß und stickig, und da sich das Oberlicht nicht öffnen ließ, machte sie die Tür auf in der Hoffnung auf Durchzug. Ihr T-Shirt fing allmählich an, ihr am Leib zu kleben. Als sie es ein wenig vom Körper weg zog, fiel ihr Blick auf das safrangelbe Seidenkleid, das so einladend auf dem Bügel hing. Sie konnte der Versuchung nicht widerstehen, schlüpfte aus T-Shirt und Jeans und streifte das Kleid über. Der glatte Stoff glitt über ihre nackte Brust. Deirdre begann, sich in der Mitte des Raums zu drehen, die Arme ausgestreckt, die Haare flatternd. So etwas hatte sie zum letzten Mal getan, als sie zehn war. Wahrscheinlich, dachte sie, sah sie schrecklich albern aus, aber das war ihr egal.

Irgendwann hörte sie mit den Pirouetten auf, weil sie ihre Energie nicht schon vor der Probe verpulvern wollte. Widerwillig setzte sie sich erneut der Hitze aus und ließ sich auf dem Teil der Chaiselongue nieder, der am wenigsten durchgesessen war.

Sie lag eine ganze Weile so da, zu träge, sich umzuziehen. Die Hitze machte sie schläfrig. Müde überlegte sie, ob irgendwer auf die Idee kommen würde, Ventilatoren in den Garderoben anzubringen oder die Wände in einer anderen Farbe zu streichen, und warum sie noch keine Angst vor der Generalprobe hatte, die schon in ein paar Stunden beginnen würde. Sie rollte sich bequem auf der Chaiselongue zusammen, legte den Kopf auf den linken Arm und schloss die Augen.

»Flaming June.«

Deirdre fuhr mit einem Ruck hoch.

David Lawless lehnte in der Tür und sah sie an.

»Wie bitte?«, stotterte Deirdre. Dabei strich sie sich die Haarsträhnen zurück, die ihr im Gesicht klebten, und setzte sich ordentlich hin, die Knie sittsam zusammengepresst. Ihr Kostüm war nach den Pirouetten nicht mehr ganz so frisch wie zuvor. Voller Schrecken merkte Deirdre, dass ihr die Seide von der Schulter gerutscht und ihre rechte Brust halb entblößt war. Deirdre überlegte, ob sie den Stoff hochziehen sollte oder nicht. Sie wusste, dass das Davids Aufmerksamkeit nur auf die nackte Haut lenken würde, also ließ sie alles so, wie es war, und tat so, als sei es ihr nicht aufgefallen.

»Ich hätte dich nicht stören sollen«, sagte David Lawless und strich sich die Haare mit der lässigen Geste zurück, die Deirdre nur zu gut kannte und die ihr Herz jedes Mal ein wenig schneller schlagen ließ. Sie blinzelte und räusperte sich, um ihre Verwirrung zu kaschieren. »Du hast gerade eben genau wie das Gemälde von Frederick Leighton ausgeschaut«, fuhr er fort. »Es heißt ›Flaming June‹. Kennst du es?«

»Ich glaube nicht«, murmelte sie. Ihre Stimme klang wie die einer Schülerin, die zum Direktor zitiert worden war.

»Ich habe es sehr bewundert, bevor die zahllosen Reproduktionen es seiner sinnlichen Wirkung beraubt haben. Inzwischen kann man eine Postkarte davon in jedem Schreibwarenladen kaufen. Sieh's dir an, du wirst dich sofort wieder erkennen.«

Deirdre versuchte, höflich interessiert zu wirken, doch sie wusste, dass ihre Augen sie verrieten. Sicher spürte auch David Lawless das erotische Knistern in der Luft.

Plötzlich straffte er die Schultern und kam auf sie zu. Seine Stimme klang verändert: »Weißt du, Deirdre, du bist wirklich sehr begabt«, sagte er und berührte mit den Fingern den Stoff an der Stelle, an der die Seide ihr über die Schulter gerutscht war. »Und du bist sehr, sehr jung. Ich beneide dich um all die Jahre, die du noch vor dir hast. Wenn ich noch einmal jung wäre, würde ich wahrscheinlich vieles anders machen.«

Sie konnte seine Augen nicht richtig sehen, weil er mit dem Rücken zum Licht stand, aber es lag Bedauern in der Geste, mit der er den Träger ihres Kleides wieder über ihre Schulter schob.

»Vielleicht ist es noch nicht zu spät«, sagte er, wie zu sich selbst. Dann änderte sich sein Verhalten plötzlich. »Lass mich nicht hängen, Deirdre«, sagte er in scherzendem Tonfall. »Gib dein Bestes heute Abend.« Dann wandte er sich mit einem Lächeln ab und ging ohne Eile wieder zur Tür.

Deirdres Haut brannte an der Stelle, wo David sie berührt hatte.

4

Premierenabend. Deirdre stand auf der Bühne, und alles fing an, schrecklich schief zu gehen. Sie konnte überhaupt nicht verstehen, warum Maeve und Adrian Pierce mitten in eine Szene hineingeplatzt waren, in der sie nichts verloren hatten, also versuchte sie, die beiden zu ignorieren, und begann in einer an Shakespeare angenäherten Sprache und im richtigen Versmaß zu improvisieren, doch Maeve und Adrian wollten einfach nicht verschwinden. Sie war noch nie zuvor in einer solchen Bühnensituation gewesen und hatte keine Ahnung, wie sie damit umgehen sollte.

Hätte doch wenigstens Rory ihr geholfen! Schließlich hatte er viel mehr Erfahrung als sie. Sie spielte die Balkonszene mit ihm, und er war alles andere als kooperativ, zischte ihr etwas zu, etwas, das sie nicht verstand. Sie gab sich größte Mühe, aber als sie es auch dann noch nicht verstand, wurde sie immer verwirrter. Rory brachte sie noch mehr durcheinander, indem er ihre Hände packte und sie seitlich von ihrem Körper festhielt. Sie wehrte sich, schaffte es aber nicht, sich zu befreien. Sie sah, dass er die Lippen bewegte, hörte jedoch seine Worte immer noch nicht. Also versuchte sie, sie von seinen Lippen abzulesen. »Du bist im *falschen Stück*«, sagte Rory. »Im falschen Stück. Das hier ist keine Aufführung von *Romeo und Julia*, Deirdre. Du bist nicht Julia, sondern Hermia. *Hermia*. Wir spielen den *Sommernachtstraum*.«

Hinter Rory entdeckte sie David Lawless, der sie mit zu Schlitzen verengten Augen beobachtete. Er ließ den Blick über ihren Körper wandern, bis er bei ihren Brüsten anlangte. Deirdre stellte mit Entsetzen fest, dass sie splitternackt war. Eine Hand strich über ihre Brustwarze, die sofort hart wurde. Sie war sich sicher, dass David Lawless sie berührt hatte, doch als sie den Blick hob, sah sie, dass Rory sie streichelte. Er ließ einen Finger leicht über ihre linke Brust gleiten und betrachtete sie nachdenklich, während er wiederholte: *Ein Sommernachtstraum. Ein Sommernachtstraum.*

Das Publikum in der Schwärze des Zuschauerraums nahm den Refrain auf: *Ein Sommernachtstraum. Ein Sommernachtstraum.*

Sie mühte sich ab, Sinn in all das zu bringen, doch Rory McDonaghs Finger, der immer wieder über ihre Brustwarze strich, hinderte sie daran, einen vernünftigen Gedanken zu fassen. *Ein Sommernachtstraum.* Der hypnotisierende Chor der Zuschauer wurde lauter, bis sie das Gefühl hatte, er befinde sich direkt in ihrem Kopf. *Nachtstraum. Nachtstraum. Traum. Traum.*

Traum.

Deirdre wachte mit heftig klopfendem Herzen auf. Ihr Atem ging schnell, und sie war schweißgebadet. Im Magen hatte sie ein flaues Gefühl.

Sie zwang sich dazu, die schwarze Wolke ihres Alptraums beiseite zu schieben. Ganz allmählich beruhigte sich ihr Atem wieder, und auch ihr Herzschlag normalisierte sich. Eine Weile lag sie mit weit geöffneten Augen da, aber einen Eindruck aus dem Traum wurde sie einfach nicht los: das Gefühl von Rory McDonaghs Hand auf ihrer Brust und die Erregung, die sie in ihr erzeugt hatte.

Plötzlich wurde ihr bewusst, dass es tatsächlich der Premierenabend war. Kein Wunder, dass sie sich so merkwürdig fühlte, kein Wunder, dass sie diesen Alptraum, einen klassischen Schauspieleralptraum, gehabt hatte. Sie schwang die Beine über die Bettkante, blieb noch eine Weile sitzen und betrachtete sich selbst im Schrankspiegel, als sehe sie sich zum ersten Mal nackt. Was, zum Teufel, hatte diese Sexgeschichte in ihrem Traum zu suchen gehabt? Sie hatte nie zuvor einen Alptraum gehabt, in dem auch erotische Elemente vorgekommen waren. Und warum hatte Rory McDonagh ihre Brust gestreichelt und nicht David Lawless? Schließlich hatte er es in der Realität fast getan. Das ergab alles keinen Sinn.

Verwirrt strich sie mit der Hand über ihren Bauch und ihre Brust. Ihre Brustwarze wurde sofort hart, und sie ließ die Hand sinken. Wie albern. Wieso sollte ein Traum Sinn ergeben? Deirdre stand auf und schüttelte das Oberbett aus, bevor sie ins Bad ging. Merkwürdig, dachte sie, während sie die Dusche aufdrehte, wie schnell Träume verblassten. Schon jetzt erinnerte sie sich nicht mehr genau an die Einzelheiten. Vielleicht war es doch nicht Rorys Hand gewesen, die sie da gestreichelt hatte, sondern die von David Lawless – ja, ganz bestimmt sogar.

Als sie später zu einer Besprechung im Theater ankam, herrschte eine Atmosphäre kaum gebändigter Panik. Die Leute dort hasteten hin und her, um in letzter Minute noch das eine oder andere zu erledigen. Da Jenny Cummings die Garderobe als zusätzliche Werkstatt mit Beschlag belegt hatte, stank es dort nach Farbe und Kleber, und sie mussten die Besprechung im Zuschauerraum abhalten, wo das Reinigungspersonal mit Staubsaugern zwischen den Reihen hin und her huschte.

Die Besprechung verlief reibungslos. Hinterher sagte Nick McCarthy ihnen, sie sollten zehn Minuten Pause machen, bevor sie ihre Notizen verglichen. Eigentlich wollte niemand diese Pause; alle wären froh gewesen, es so schnell wie möglich hinter sich zu bringen.

Als David Lawless schließlich eintraf, wirkten seine Augen, die die Farbe von dunklem Honig hatten, erschöpft. Doch ansonsten ließ er sich seine Müdigkeit nicht anmerken.

Er trug seine Ideen wie üblich überlegt und diplomatisch vor. Als er damit fertig war, hob er den Blick von seinem Block und sah Eva an.

»Eva, zu dir kann ich eigentlich nichts sagen, weil ich der aufrichtigen Meinung bin, dass deine Leistung nicht besser sein könnte. Allerdings noch eine kleine Warnung: Pass auf, dass deine Gefühle in deiner Auseinandersetzung mit Oberon darüber, wer den kleinen Jungen bekommen soll, nicht mit dir durchgehen, besonders bei der Zeile: ›Das Feenland kauft mir dies Kind nicht ab.‹ Die Szene ist emotional schon ziemlich aufgeladen. Vielleicht solltest du sogar versuchen, sie ein bisschen zu entschärfen.«

Deirdre war aufgefallen, dass Eva im Verlauf der Proben gerade diese Stelle immer intensiver dargestellt hatte. Auch Maeve hatte das bemerkt. Deirdre hielt Evas Interpretation für makellos, denn die Zeilen waren voller Sorge und Bedauern, und wenn sie von ihrem »Wechselkind« sprach, brach ihr fast die Stimme. Deirdre begriff nicht so ganz, warum David Lawless Eva bat, sich gerade bei dieser Passage zurückzuhalten – es sei denn natürlich, er machte sich Gedanken, dass sie sich emotional zu sehr verausgaben könnte.

Es herrschte langes Schweigen. »Eva? Was hältst du davon?«, fragte David. »Wirst du versuchen, dich ein bisschen zurückzuhalten?«

Deirdre sah Eva an, die den Blick gesenkt hatte und an einem losen Knopf an ihrem Blusenärmel herumzupfte. Dann hob sie den Kopf, sah David direkt an und schenkte ihm ein so merkwürdiges Lächeln, dass Deirdre eine Gänsehaut bekam. »Das kann ich nicht«, sagte Eva einfach, erhob sich und verließ den Zuschauerraum.

Deirdre war erstaunt. Sie hatte nicht erwartet, dass Eva Lavery behaupten würde, irgendetwas nicht zu können. Es herrschte verlegenes Schweigen. Sogar David Lawless wirkte überrascht. Deirdre hatte noch nie zuvor erlebt, dass jemand ihn aus der Ruhe gebracht hatte. Er schien Mühe zu haben, sich wieder in den Griff zu bekommen.

»Ich möchte mich bei euch allen dafür bedanken, dass ihr so diszipliniert gearbeitet habt. Gerade in den letzten Tagen war es ganz schön hart, aber ihr alle habt das erstaunlich gut hingekriegt, und ohne zu murren.«

Deirdre schaute schnell zu Sophie hinüber, die fast unerträglich selbstgefällig wirkte. Dann traf sich ihr Blick mit dem von Maeve, und als sie merkten, dass sie das Gleiche gedacht hatten, mussten sie die Köpfe senken, um ihr Lächeln zu verbergen: Schließlich hatten sie von Sophie von Anfang an *nur* Murren gehört.

»Besonders möchte ich mich bei Deirdre O'Dare dafür bedanken, dass sie so kurzfristig eingesprungen ist.«

Deirdre sah David erschrocken an. Er schwieg und erwiderte ihren Blick eine ganze Weile, dann erhob er sich. »Heute wird ein außergewöhnlicher Abend werden, das habe ich im Gefühl. Gebt euer Bestes und viel Spaß!«

Deirdre ging mit den Kollegen hinter die Bühne und wanderte von Garderobe zu Garderobe, um kleine Blumensträuße abzuliefern, die sie im Verlauf des Tages gebunden hatte. Auch die meisten anderen Schauspieler hatten sich an die Tradition gehalten, am Premierenabend kleine Geschenke zu machen, sodass die Garderoben voller Karten und Glücksbringer waren.

Rory McDonagh hatte seinen Kollegen kleine Plastiktiere geschenkt. An dem Schaf für Deirdre – wohl eine Anspielung auf ihr Gespräch über den Steinbock – befand sich ein kleiner Zettel mit der Aufschrift: »Lass uns dafür sorgen, dass der heutige Abend kurzweilig wie ein Traum wird, Deirdre. Nun, bis auf die Knutscherei, die soll länger dauern. Alles

Liebe, R.« Sophie hatte eine Katze bekommen, Maeve einen Schäferhund und Jessica einen kleinen Esel. Kate O'Connor war sichtlich erfreut über das Kätzchen, das Rory ihr mit großer Geste überreicht hatte. Dieses Kätzchen war das einzige Tier aus Plüsch und nicht aus Plastik.

Maeve schenkte Deirdre einen schmalen Band mit Gedichten von Walt Whitman, von denen das erste den Titel »Ich singe den Leib, den elektrischen« hatte. Deirdre musste wieder an die Berührung von Davids Hand am Vorabend denken. Sophie bekam die englische Ausgabe von Rimbauds *Une saison en enfer*.

Sarah hatte Deirdre eine Karte aus Stratford geschickt, auf der sie ihr alles Gute wünschte und ihr mitteilte, dass sie sich von ihrem Freund in Dublin getrennt und in einen jungen Mann in Stratford verliebt hatte. Mit ihrer großen, geschwungenen Schrift hatte sie ein PS hinzugefügt: »Wieso habe ich beim Anblick dieser Karte an Dich gedacht?« Auf der Vorderseite war eine Reproduktion von Edvard Munchs »Der Schrei« zu sehen.

Eva hatte ihnen allen eine Piccolo-Flasche Champagner mit einer Karte auf den Platz gestellt, auf der sie sie bat, die Flasche nicht vor der Vorstellung aufzumachen, weil sie sonst Probleme mit David bekommen würde.

Deirdre öffnete den Umschlag, der an ihrer Flasche lehnte, und las den in lilafarbener Tinte und Großbuchstaben darauf geschriebenen Text: »LEUCHTE, LEUCHTE ... ALLES LIEBE, EVA.« Plötzlich merkte Deirdre, dass sie Eva keins ihrer Sträußchen gebracht hatte. Sie machte sich sofort auf den Weg zu ihrer Garderobe, weil sie wusste, dass sie sie später keinesfalls stören durfte. Sie klopfte leise an der Tür und wartete, bis Eva sie bat hereinzukommen.

In ihrer Garderobe sah es aus wie in einem Blumenladen, und so roch es auch. Sogar der Abfalleimer aus Plastik musste als Vase herhalten. Darin steckte ein Strauß riesiger weißer Chrysanthemen.

Eva trug einen langen weißen, mit Stickereien verzierten Baumwollmorgenmantel und stand auf einem Bein mitten im Zimmer. Den linken Fuß hatte sie, das Knie nach außen gedreht, gegen den rechten Oberschenkel gestemmt, und die Arme hielt sie gefaltet über dem Kopf. Sie sah aus wie die buddhistische Gottheit Shiva.

»Hallo, Schätzchen«, begrüßte sie sie.

»Ach, Eva – tut mir wirklich Leid, dass ich dich störe«, sagte Deirdre verlegen. »Ich wollte dir nur die hier bringen und mich für den Champagner bedanken.« Deirdre legte ihr Sträußchen auf Evas Garderobentisch und hatte sofort das Gefühl, dass ihre Gabe im Vergleich zu den anderen ziemlich mickrig wirkte. Auf dem Spiegel entdeckte sie einen kleinen Plastikfuchs. Irgendwie überraschte sie das. Schließlich hatte Rory *ihre* Darstellung der Hermia mit einer Füchsin verglichen. Warum hatte er dann Eva dieses Tier geschenkt? Deirdre wäre ein Fuchs viel lieber gewesen als ein Schaf.

»Ach, Schätzchen, das ist aber nett, danke!«, sagte Eva, die mittlerweile ihren linken Fuß mit der Hand umfasst hielt und das Bein streckte wie eine Tänzerin. Dabei glitt der Morgenmantel ein wenig beiseite, und Deirdre erhaschte einen kurzen Blick auf ihren Oberschenkel. Die schmale, ein paar Zentimeter lange Narbe knapp über ihrem Knie entging ihr nicht. Sie wandte den Blick ab und machte sich auf den Weg zur Tür. »Die sind wirklich hübsch!«, rief Eva aus, lockerte das Bein ein wenig und setzte den Fuß wieder auf dem Boden auf, bevor sie zum Garderobentisch ging, Deirdres Sträußchen nahm und das Gesicht darin vergrub. »Ach, die duften wunderbar, Deirdre! Sind die aus deinem Garten in Wicklow?«

Deirdre blieb an der Tür stehen und nickte verlegen. »Ja.

Meine Mutter musste gestern sowieso in die Stadt, und da hab ich sie gebeten, mir ein paar Blumen aus dem Garten mitzubringen.«

»Was für eine nette Idee! Endlich mal Blumen aus einem richtigen Garten und nicht aus irgendeinem Gewächshaus. Schau dir die bloß mal an.« Sie rümpfte verächtlich die Nase, während sie auf ein teures Arrangement aus Gladiolen, Lilien und Rosen deutete. Deirdre fand das Bouquet ziemlich eindrucksvoll und hätte sich gewünscht, berühmt genug zu sein, um ebenfalls solche Sträuße zu bekommen.

»Na, Deirdre, bist du nervös?« Eva nahm ein rohes Ei aus einer Schale und schlug es in ein Glas.

»Mm – ich hab schon ein bisschen zittrige Knie.«

»Gut. Erst ein kleiner Adrenalinstoß gibt deinem Auftritt den richtigen Kick. Ich hab so was von Lampenfieber, ich kann's dir gar nicht sagen.«

Erstaunt beobachtete Deirdre Eva, wie diese eine ziemliche Menge Worcestersauce über das rohe Ei goss. Dann trank sie das Ganze in einem Zug.

»Eva – igitt!«, rief Deirdre. »Wie kannst du das Zeug bloß trinken?«

»Das ist Protein pur. Was glaubst du, was das für ein Energieschub ist. Das solltest du auch mal probieren. Das hier und ein paar Bananen, und schon kann mich nichts mehr halten. Hier – iss auch eine.« Sie holte eine reife Banane aus einer Obstschale und reichte sie Deirdre.

Während Deirdre artig ihre Banane aß, kehrte sie in ihre Garderobe zurück. Ein neuer Umschlag lag auf ihrem Platz. Deirdres Herz setzte einen Schlag lang aus, als sie die Schrift von David Lawless sah. Bemüht, ruhig zu bleiben, holte sie die Karte aus dem Kuvert. Sie erkannte das Bild darauf sofort. Es war eine Reproduktion des Gemäldes, mit dem er sie verglichen hatte – Frederick Leightons »Flaming June«. Sie war verblüfft, denn er hatte Recht gehabt: Die Stellung der schlafenden Frau darauf war praktisch identisch mit der, die Deirdre an jenem Abend auf der Chaiselongue in ihrer Garderobe eingenommen hatte. Doch die Frau auf dem Bild war um einiges üppiger als Deirdre. Ihre Rundungen waren mit fließendem, safranfarbigem Seidenchiffon bedeckt, unter dem die Brustwarzen deutlich zu erkennen waren. Das Gemälde hatte etwas zutiefst Warmes und Sinnliches. Deirdre bekam fast ein bisschen weiche Knie, als sie merkte, dass David sie als diese wunderbar erotische Frau gesehen hatte.

Also ist er doch versucht gewesen, meine Brust zu berühren!, dachte sie. Also findet er mich doch begehrenswert! Es fiel ihr schwer, die Erregung zu unterdrücken, die der Gedanke in ihr erzeugte. *Vielleicht begehrt er mich genauso sehr wie ich ihn …* Da fiel ihr wieder ein, was er gesagt hatte, als er ihre nackte Schulter mit dem Morgenmantel bedeckt hatte: »Wenn ich noch mal jung wäre, würde ich alles anders machen.« Das war ganz eindeutig ein Hinweis auf seine zerrüttete Ehe gewesen. Vielleicht war er endlich bereit, der Vergangenheit den Rücken zu kehren und sich der Zukunft zuzuwenden.

Sie betrachtete das Bild auf der Karte noch eine ganze Weile, bevor sie sie aufklappte. Im Innern stand: »Für Deirdre, die ›die Unschuld von Cytherens Tauben‹ verkörpert. Viel Glück, David.«

»Die Unschuld von Cytherens Tauben!« Die Worte stammten aus einer Passage, in der Hermia sich bereit erklärt, sich mit ihrem Geliebten zu treffen. Das war der Beweis. David Lawless begehrte sie!

5

Alle auf Anfang für Akt Eins, bitte«, klang Nick McCarthys Stimme krächzend aus der Lautsprecheranlage. Deirdre ging steif die Treppe zu den Kulissen hinunter.

Die Stimmung hinter der Bühne war spannungsgeladen, nicht zuletzt wegen des Lärms von der anderen Seite des Vorhangs. Deirdre war nicht darauf vorbereitet, wie laut die Premierenzuschauer sich unterhielten.

Der Stress schlug sich im Verhalten aller Schauspieler nieder, wenn auch auf unterschiedliche Weise. Maeve ging wie eine Indianerin in die Hocke, schlang die Arme um die Beine, wippte zu einem selbst vorgegebenen Rhythmus vor und zurück und kaute an einem Fingernagel herum. Rorys Gesichtsausdruck blieb undurchdringlich, während er hin und her lief. Als jedoch der Lärm aus dem Zuschauerraum nicht nachließ, hörte Deirdre ihn hektisch vor sich hinmurmeln. Adrian Pierce war nervös wie ein Rennpferd am Start, und Deirdre hielt sich von ihm fern, um nicht von dieser Nervosität angesteckt zu werden. Eva Lavery und Finbar de Rossa standen ein wenig voneinander entfernt in den Kulissen ihnen gegenüber und warteten darauf, dass es endlich losging, Eva völlig aufrecht und absolut bewegungslos, das Gesicht verschlossen.

Als der Vorhang sich schließlich hob und das Gemurmel aus dem Zuschauerraum nachließ, machte sich eine fast greifbare Erregung breit. Eva schloss die Augen, und Deirdre sah, dass sie tief durchatmete. Ein paar Sekunden lang blieb sie so stehen, dann konzentrierte sie sich auf Finbar und ging Arm in Arm mit ihm, lächelnd und ganz und gar entspannt, auf die Bühne. Finbar begann den ersten Dialog.

Deirdre merkte, wie sich ihr der Magen zusammenkrampfte, als sie ihren ersten Einsatz hörte. Plötzlich fand sie sich auf der Bühne wieder, ohne recht zu wissen, wie sie dorthin gelangt war, und ihr Magen beruhigte sich ein wenig. Das Stück war in vollem Gange.

Deirdre brachte den Abend so mühelos hinter sich, dass sie fast das Gefühl hatte zu schweben. Nichts ging schief, und die Akteure wirkten wie ein homogenes Ganzes. Die Freude, die das Ensemble am Spiel hatte, übertrug sich auf das Publikum. Das Premierenpublikum war besonders schwer zufrieden zu stellen, doch am Ende des Abends wussten alle, dass das Kunststück gelungen war: Die Zuschauer fraßen ihnen aus den Händen.

Als Aidan Hughes als Puck die letzten Zeilen des Stücks sprach, bekam Deirdre eine Gänsehaut:

Nun gute Nacht! Das Spiel zu enden,
Begrüßt uns mit gewognen Händen!

Es herrschte kurzes Schweigen, als müssten alle erst einmal Luft holen, bevor tosender Applaus losbrach. Deirdre war völlig überwältigt. Auf so etwas war sie nicht vorbereitet gewesen, und sie sah, dass es den anderen genauso ging.

Als sie sich zum Schlussapplaus hinter dem Vorhang versammelten, dämmerte ihnen allmählich, was sie geschafft hatten, und auf Deirdres Gesicht breitete sich ein strahlendes Lächeln aus. Maeve war völlig weggetreten, Rory euphorisch, und Eva Lavery lachte voller Freude, während sie sich verbeugte. Auch Adrian Pierce, der beim Applaus sonst immer die Stirn runzelte, lächelte heute.

Die Schauspieler wurden wieder und wieder hinausgerufen, und als die Zuschauer sich schließlich erhoben, um zu klatschen, klatschten die Akteure zurück. Die Inszenierung war nicht nur ein Erfolg, sondern ein Triumph.

Hinterher knallten Champagnerkorken, die Leute lachten und gratulierten sich gegenseitig.

Auch Maeve und Deirdre öffneten ihre Piccolo-Flaschen und machten sich daran, das Make-up aus ihrem Gesicht zu entfernen. Später würden sie sich mit ihren Freunden im Pub treffen, doch zuvor empfingen sie noch die Glückwünsche all der Leute, die unmittelbar mit dem Theater zu tun hatten. Maeves Lächeln erreichte nicht immer ihre Augen, wenn sie sich dafür bedankte, aber Deirdre freute sich jedes Mal über ein Kompliment. Als es endlich ein bisschen ruhiger wurde, lehnte Maeve sich auf ihrem Stuhl zurück und betrachtete kritisch ihr Gesicht im Spiegel. Dann wischte sie sich mit einem Wattebausch den Lippenstift vom Mund und goss den Rest der Piccolo-Flasche in einen Styroporbecher. »Ist fast ein bisschen symbolisch für die ganze Schauspielerei, was?«, sagte sie, nicht ohne Zynismus. »Man trinkt Champagner aus einem völlig mit Make-up verschmierten Styroporbecher.«

Meagher's, die Stammkneipe der Theaterleute, war überfüllt, aber die Atmosphäre nicht ganz so hektisch wie hinter der Bühne. Man hatte einen Nebenraum für die Premierenfeier reserviert und Live-Musik organisiert. Michael Meagher, der Wirt, kam kaum noch nach mit dem Ausschenken.

Deirdre ließ den Blick auf der Suche nach ihren Eltern über die Anwesenden schweifen. Schließlich entdeckte sie sie auf der anderen Seite des Raumes und machte sich zu ihnen auf den Weg. Dabei hörte sie so viele Komplimente, dass sie gar nicht mehr so recht wusste, wie sie damit umgehen sollte, also konzentrierte sie sich voll und ganz auf ihre Eltern. Ihre Mutter sah immer noch erstaunlich jung aus, dachte Deirdre, und sie war schön.

Sowohl ihre Mutter auch als ihr Vater strahlten vor Stolz. Ihre Mutter legte die Arme um Deirdre. Ihr Vater, der, wenn es darum ging, Gefühle zu zeigen, immer schon etwas zurückhaltender gewesen war, ließ lediglich eine Hand auf ihrer Schulter ruhen. »Gut gemacht, Deirdre«, sagte er mit seiner sanften Stimme.

Dann trat Rosaleen einen Schritt zurück. »Ich weiß, dass ich in dieser Hinsicht ein bisschen voreingenommen bin«, sagte sie. »Aber du warst einfach perfekt. Wenn ich nur ein Quäntchen von deinem Talent gehabt hätte, hätte ich den Job nie aufgegeben. Du bist besser, als ich es je gewesen bin, Deirdre.«

Da fing Deirdre plötzlich zu weinen an. Rosaleen nahm sie in den Arm und strich ihr beruhigend übers Haar. Es war, als müsse sich die Anspannung, die sich in den vergangenen Wochen angestaut hatte, nun Bahn brechen. Deirdre lachte und weinte gleichzeitig, obwohl sie versuchte, sich zu beherrschen. »Scheiße, Mum«, sagte sie, während sie sich die Tränen mit einem Taschentuch, das Rosaleen ihr gegeben hatte, aus den Augen wischte. »Ich werde noch eine richtige Heulsuse. Wie peinlich! Hoffentlich hat mich niemand gesehen.« Sie putzte sich die Nase und sah sich verstohlen im Raum um.

»Keine Sorge, meine Liebe. Die sind alle viel zu sehr damit beschäftigt, über sich selber zu reden. Hast du ein neues Kleid?«

»Ja.« Deirdre hatte sich für den Premierenabend ein kurzes, ärmelloses Kleid aus schlichtem schwarzem Satin von Marc O'Neill geleistet.

»Das ist ausgesprochen sexy.«

»Danke. Ihr habt ja gar nichts zu trinken. Was soll ich euch bringen?« Deirdre fiel auf, dass ihr Vater sein Sakko nicht ausgezogen hatte und ziemlich rot im Gesicht war. »Warum ziehst du denn dein Sakko nicht aus, Dad? Ich such uns einen

Platz zum Sitzen. Ich kann's gar nicht fassen, dass es hier drin so schnell voll geworden ist. Die Hälfte der Leute kenne ich nicht mal.«

»Danke fürs Angebot, aber wir wollen nichts. Es ist schon spät.« Rosaleen nahm Deirdre das feuchte Taschentuch ab und steckte es in ihre Handtasche. »Wir sind nur geblieben, um dir zu sagen, wie toll du warst.«

»Ach, geht noch nicht! Die Party fängt doch erst an. Bitte – ich hole euch ein Glas Wein und stelle euch ein paar Kollegen vor, ja? Eva Lavery würde sich gern mit dir unterhalten, Mum, da bin ich mir sicher. Sie kennt dich noch aus der Zeit an der Abbey School.«

Doch Rosaleen ließ sich nicht überreden. »Wir haben noch eine lange Fahrt vor uns, Deirdre, und du weißt, dass Jack solche Feiern hasst.«

»Tut mir Leid, dass ich so ungesellig bin«, sagte ihr Vater. »Ich habe damals schon die Premierenabende deiner Mutter gehasst, ihr das aber erst gesagt, nachdem sie den Beruf aufgegeben hatte. Ich habe diese Abende immer schweigend ertragen.«

»Deirdre! Tolle Leistung!« Ein Freund aus Collegetagen drückte Deirdre auf dem Weg zur Theke einen Kuss auf die Wange. »Soll ich dir was zu trinken mitbringen?«

»Danke, Mark, aber ich hab noch was. Können wir uns später ein bisschen unterhalten?«

»Klar. Das Stück ist toll, und du hast hinreißend ausgesehen«, sagte Mark, bevor er in der Menge verschwand.

Rosaleen wandte sich Deirdre mit einem Lächeln zu. »Siehst du, du brauchst deine Eltern heute Abend wirklich nicht.«

Ihr Vater drückte ihr einen Kuss auf die Stirn. »Gute Nacht, mein Liebes«, sagte er. »Wirklich prima gemacht. Besuch uns doch mal am Wochenende. Du fehlst mir.«

»Gute Nacht, Dad.« Sie gab ihm ebenfalls einen Kuss. »Ich komme demnächst mal am Sonntag zum Mittagessen raus, ist das in Ordnung?«

»Ja, gut. Dann mache ich einen großen Braten.«

Rosaleen beugte sich ein wenig vor, um sich mit einer Umarmung von ihrer Tochter zu verabschieden. »Ruf mich doch morgen Vormittag an und erzähl mir, wie die Party gelaufen ist.« Dann verschwanden die beiden.

»Du warst ganz schön gut. Teufel, du siehst auch sehr gut aus heute Abend.«

Als Deirdre sich umwandte, sah sie, dass Rory McDonagh neben ihr stand. Sie versuchte, nicht darauf zu achten, dass er ihr in den Ausschnitt schaute. »Danke, Rory. Du warst auch ziemlich gut.« Als sie sich plötzlich wieder an ihren Traum erinnerte, wurde sie rot. Sie suchte verzweifelt nach einem Gesprächsthema, mit dem sie ihre Verlegenheit kaschieren konnte. Ihr Blick wanderte zu Eva Lavery hinüber, die sich gerade umgeben von Bewunderern drüben am Buffet bediente. Rory sah ebenfalls zu ihr hinüber.

»Die Frau ist ein richtiger Star«, sagte er mit einem Lächeln.

Deirdre nickte. »Ja, stimmt. Was hat sie nur, was die anderen nicht haben?«

Rory wirkte nachdenklich. »Nun, das lässt sich nicht so genau sagen. Sie zieht die Leute einfach an. Sie ist ein bisschen wie ein Magnet. Und obendrein ist sie ziemlich sexy.«

»Dann stehst du also auf sie? Ich hätte eigentlich gedacht, dass sie dir zu alt ist, Rory.«

Rory lächelte. »Das macht sie ja gerade so attraktiv, Schätzchen. Du hast doch sicher schon gehört, dass jüngere Männer oft ältere – nein, ich sollte sagen, reifere – Frauen anziehend finden, oder? Meine Liebste ist auch ein paar Jahre älter als ich.« Dabei nickte er in Richtung einer Frau an einem

Tisch in der Nähe. »Ich kenne niemanden, der nicht gern mit Eva Lavery ins Bett gehen würde«, sagte Rory und musterte Deirdre mit boshaftem Blick, als wolle er sie provozieren, doch sie ließ sich nicht aus der Ruhe bringen.

»Und mit wem geht Eva?«, fragte Deirdre. Sie versuchte, deutlich kultivierter zu klingen, als sie sich fühlte, denn eigentlich machte das Thema Sex sie nervös.

»Natürlich mit Lawless«, antwortete Rory und sah ihr direkt in die Augen. Ein Lächeln spielte um seine Lippen, als er ihr Unbehagen bemerkte. Lachend streckte er die Hand aus und ließ sie über ihre heiße Wange gleiten. »Aber das hast du doch gewusst, oder?«

Deirdre wandte den Blick ab.

»Tja, so ist das«, sagte er mit gespieltem Tadel in der Stimme. »Irgendwann vergucken sie sich alle in ihn. Und was ist mit mir, Schätzchen? Findest du mein gutes Aussehen und meine flotte Art nicht auch unwiderstehlich? Was meinst du? Sollen wir's mal miteinander versuchen, Deirdre?«

»Ich könnte mir vorstellen, dass deine Freundin was dagegen hätte, Rory.«

»Marian? Ich glaube, sie wäre dir sogar dankbar für eine kleine Atempause.«

Da kam Eva bei ihnen vorbei. »Hallo, Hübscher«, rief sie Rory zu. »Du warst gestern Nacht in Gedanken bei mir.«

Deirdre erinnerte sich wieder an den Traum mit Rory McDonaghs Hand auf ihrer Brust. »Hey«, platzte sie heraus, »der junge Mann kommt ganz schön rum in der Nacht.« Dann unterdrückte sie ein Lächeln und wurde rot, als die beiden Schauspieler sie fragend ansahen.

»Ach – das erklärt zumindest, warum ich heute Morgen so gerädert war«, sagte Rory und wandte seine Aufmerksamkeit wieder Eva zu.

»Ich kann mir gar nicht vorstellen, warum«, meinte Eva.

»Schließlich habe bei unserem kleinen Rendezvous im Kopf *ich* die ganze Arbeit gemacht.« Dann verabschiedete sie sich mit einem koketten Lachen von ihnen und ging zu David Lawless hinüber.

Deirdre fragte sich, ob sie je zu einem solchen locker flirtenden Gespräch in der Lage sein würde. Sie hatte das Gefühl, dass das Leben sehr viel leichter wäre, wenn sie auch nur ein bisschen von dem lockeren Mundwerk hätte, das Eva auszeichnete.

»Ich hol dir was zu trinken, Deirdre. Was möchtest du denn?«

»Danke, Rory. Vielleicht ein Glas Weißwein.«

Rory zuckte zusammen. »Von dem Weingut Monsieur Meagher? Du bist wirklich ein mutiges Mädchen, Deirdre. Bin gleich wieder da.«

Deirdre lehnte sich gegen eine Säule und musterte interessiert Rorys Freundin. Marian, hatte er gesagt, hieß sie. Deirdre hatte einmal gehört, dass er sich über ihre ständige berufliche Überlastung beklagte. Offenbar arbeitete sie freiberuflich als Journalistin. Deirdre hatte sie schon ein paar Mal zusammen mit Rory in Meagher's gesehen. Sie hatte ein intelligentes Gesicht, das ein bisschen an Renaissance-Gemälde erinnerte, und wirkte ziemlich kultiviert, was Deirdre angesichts der Tatsache, dass sie mit einem Mann wie Rory zusammen war, überraschte.

Kurze Zeit darauf kam er mit ihrem Wein zurück.

Je später es wurde, desto mehr stieg auch der Lärmpegel. Der Wirt und seine Angestellten kamen mit den Bestellungen nicht mehr nach, und die Gäste sangen heiser in einer Ecke des Raumes gegen die Band in der anderen an. Nach einigen Gläsern mittelmäßigem Weißwein wanderte Deirdre in einem Zustand der Halbtrance zwischen den Menschen hindurch. Die Luft war mittlerweile schwer vom Rauch der Zigaretten, und Sophie Burke, in deren Gesellschaft Deirdre sich unerklärlicherweise plötzlich befand, hatte »Envy« von Gucci deutlich zu großzügig verwendet. Sophie warf sich zusammen mit dem Schönen Ben in Pose, wahrscheinlich, um wie eine Reklame für Calvin Klein auszusehen. Deirdre konnte sich nicht mehr vorstellen, dass sie sich je für Ben interessiert hatte. Er sprach schon seit fünfzehn Minuten ununterbrochen über sich selbst und hatte sie kein einziges Mal gefragt, wie es ihr ging. Er hatte nicht einmal ihren Auftritt als Hermia erwähnt. Eigentlich, dachte Deirdre, hätte sie ihn seinerzeit mit einer großen Geschenkschleife um den Hals an Sophie weiterreichen sollen.

Deirdre beschloss, ein bisschen Luft zu schnappen, und ging hinaus auf die kleine Terrasse vor Meagher's.

Der Wirt gab sich wirklich große Mühe, mit den konkurrierenden Lokalen in der Nähe Schritt zu halten, und baute gerade einen Biergarten für die lauen Sommerabende. Er war erst teilweise fertig und sah ein bisschen kitschig aus mit seinen Gartenmöbeln aus Plastik und dem verspielten Mauerwerk, aber zumindest die Blumen in den Körben waren echt. Deirdre fragte sich, wann sie endlich dazu kommen würden, auch das Innere des Pubs zu renovieren. Rory McDonagh hatte geschworen, dass er in Zukunft zu O'Riordan's am anderen Ende der Straße gehen würde, wenn der Wirt beschließen sollte, aus Meagher's ein »typisch irisches« Pub zu machen.

Draußen auf der Terrasse waren nicht viele Leute, weil die meisten drinnen mitsangen. Lediglich zwei betrunkene Theaterleute führten eine alkoholisiert-tiefsinnige Diskussion, und hinter ein paar Bierfässern knutschte ein Liebespaar.

Growler, der Pubkater, der auf einem der Bierfässer gedöst hatte, streckte sich ausgiebig und drückte sich kurz gegen Deirdres Schienbein, bevor er sich auf die Suche nach einer willigen Katze machte. Deirdre ließ die Hand über sein Fell gleiten und sah ihm nach, wie er in der Dunkelheit verschwand. Plötzlich wurden die von der Decke baumelnden Blumenkörbe durch einen leichten Luftzug in Schwingung versetzt. Der Duft von Sommerlilien stieg ihr in die Nase, als sie sich, ein wenig in der frischen Nachtluft zitternd, über das Geländer beugte.

»Ist dir kalt?«

Deirdre brauchte sich nicht umzudrehen, um zu wissen, wer sie das fragte. Er hatte nach ihr gesucht, genau wie sie es erwartet hatte. »Nein, eigentlich nicht, David«, sagte sie mit verträumter Stimme. Dabei ließ sie träge die Finger über ihren nackten Arm gleiten, hob dann die Hand zum Ausschnitt und öffnete den obersten Knopf ihres Kleides. Schließlich drehte sie sich zu ihm um. Sie wusste, dass ihre Körpersprache ziemlich deutlich war, aber das hatte sie beabsichtigt. Sie drückte sich ein wenig gegen das Geländer, damit ihre Beine besser zur Geltung kamen, und trank einen Schluck Wein.

»Ich hatte noch gar keine Gelegenheit, dir für die Karte zu danken«, sagte sie und senkte viel sagend den Blick.

»Keine Ursache«, sagte David. »Danke für die Rose – und für deine tolle Leistung heute Abend.« Dabei lächelte er sie an. Sie lächelte zurück und gab sich größte Mühe, Suki Hayes' Schmollmund zu imitieren. Leider merkte sie nicht, dass sie ein bisschen wie eine erstaunte Forelle aussah.

»Ich wollte mich unter vier Augen mit dir unterhalten, Deirdre. Deshalb bin ich hier herausgekommen, wo man einander wenigstens noch hört. Setzen wir uns doch, ja?« O ja!, jubelte Deirdre innerlich, als er sie leicht am Ellbogen berührte und zu einem Tisch auf der anderen Seite der Terrasse dirigierte. Sicher, dachte sie, hatte auch er das Knistern gespürt, als seine Finger sich auf ihre Haut gelegt hatten. Er zog einen

Stuhl unter einem Tisch heraus und bat sie, darauf Platz zu nehmen. Sie ließ sich ein wenig wackelig darauf sinken.

»Ach, diese dummen Schuhe«, kicherte sie. »Mit den Dingern kann man einfach nicht richtig gehen.« Ihr fiel auf, dass Davids Gesicht einen unsicheren Ausdruck angenommen hatte, und sie hatte das Gefühl, dass sie ihm eine weitere Erklärung schuldig war. »Die hohen Absätze, weißt du. An die muss ich mich nach all den Jahren in Birkenstock-Sandalen erst gewöhnen.« Sie sagte das, als erzähle sie ihm einen besonders guten Witz.

»Verstehe«, sagte David lächelnd. »Weißt du was, Deirdre, vielleicht sollte ich ein andermal mit dir reden.«

»Nein, nein!« Deirdre war entsetzt. »Ich würde wirklich sehr gerne jetzt mit dir sprechen – ich meine, wann ergibt sich denn sonst schon die Gelegenheit dazu? Schließlich habe ich immer ziemlich viel zu tun.« Mein Gott, was für eine dämliche Ausrede. »Aber natürlich weiß ich, dass es dir auch nicht anders geht«, fügte sie hastig hinzu.

»Bist du sicher, dass du mir folgen kannst?« Er klang nicht sonderlich überzeugt. »Denn ich habe dir etwas ziemlich Wichtiges zu sagen.«

Etwas Wichtiges! »Aber natürlich. Selbstverständlich kann ich dir folgen. Sprich ruhig, David.«

Er sah sie mit ein wenig schräg gelegtem Kopf an, die Augen nachdenklich zu Schlitzen verengt. Deirdre hatte ihn noch nie attraktiver gefunden. »Hör aufmerksam zu, Deirdre«, sagte er mit seiner lasziven Stimme. »Als Erstes möchte ich wissen, ob du einen Agenten hast.«

»Noch nicht.« Deirdre beugte sich vor, um den Eindruck von Konzentriertheit und Aufmerksamkeit zu vermitteln, wunderte sich aber, dass ihr Ellbogen sofort von der Tischkante abrutschte.

»Gut. Sally Ruane war heute Abend in der Vorstellung,

und wir haben uns über dich unterhalten. Sie war beeindruckt von deiner Leistung, und sie wäre bereit, dich auf meine Empfehlung hin zu vertreten. Fürs Erste natürlich nur auf Probe.« David Lawless sah sie an. »Du hast doch sicher schon von Sally Ruane gehört, oder?«, fragte er sie mit einer Stimme, als spreche er mit einem kleinen Kind.

»Aber sicher!« Deirdres Gesicht hellte auf, als sie begriff. »Sie ist eine von den Theateragentinnen in Dublin, stimmt's?«

»Genau. Hier ist ihre Visitenkarte. Setz dich morgen mit ihr in Verbindung. Sie erwartet deinen Anruf.« David reichte ihr die Karte mit dem Aufdruck »Sally Ruane Management«, und Deirdre bedankte sich überschwänglich. Er fiel ihr sofort ins Wort.

»Nächster Punkt. Ich weiß nicht, ob du schon etwas von den Gerüchten über die Veränderungen in der nächsten Saison gehört hast.«

»Nein.« Deirdre deutete ihr Interesse an, indem sie die Augen weit aufriss. In der Dämmerung sahen seine Haare aus, als hätten sie nachtblaue Strähnchen.

»Das wundert mich, denn alle anderen hier scheinen Bescheid zu wissen – obwohl es sie nichts angeht. Es ist noch nicht offiziell. Ich möchte dir jetzt etwas Vertrauliches mitteilen, Deirdre.« Er sah sie mit ernstem Blick an. »Du bist für die nächste Produktion schon als erste Hexe vorgesehen, das weißt du ja, aber ich möchte dich außerdem noch als Kammerzofe von Lady Macbeth. Du hast in den letzten Wochen bewiesen, dass du sehr großes Talent besitzt, und du könntest ein bisschen mehr Bühnenerfahrung vertragen. Die Rolle ist klein, aber du weißt ja, was die Leute sagen …«

»Es gibt keine kleinen Rollen, nur kleine Schauspieler«, sagte Deirdre.

»Genau. Und ich bin mir ziemlich sicher, dass du etwas aus der Rolle machen kannst.«

Wieder musste David Lawless sie in ihren überschwänglichen Dankeshymnen bremsen. »Hör zu, Deirdre, jetzt wird's nämlich kompliziert.«

»Ach?« Sie schlug umständlich die Beine übereinander, damit sie besser zur Geltung kamen. Das Kleid rutschte ihr dabei gefährlich hoch über die Oberschenkel.

»Wir haben ein Problem mit der letzten Produktion. Du hast ja vielleicht schon gehört, dass Eva bei Neil Jordans aktuellem Projekt mitmacht. Er fängt früher damit an als geplant, was bedeutet, dass sie Zeitprobleme bekommen könnte. Sie wird nicht in der Lage sein, Theaterinszenierung *und* Film zu schaffen, und die Filmgesellschaft hat die vertragliche Priorität. Tja, schade, aber das heißt, dass wir keine Cleopatra mehr haben.«

Deirdre fiel die Kinnlade herunter. David Lawless bot *ihr* die Rolle der Cleopatra an! Sie versuchte, die Fassung nicht zu verlieren, und platzte dann heraus: »David, was soll ich sagen? Danke! Ich kann's gar nicht glauben!«

»Tut mir Leid, Deirdre, ich kann dir nicht ganz folgen.«

»Du willst, dass ich die Rolle von Eva übernehme? Die Cleopatra. Das ist der Wahnsinn!«

David Lawless senkte den Kopf. Deirdre fragte sich, warum seine Mundwinkel zuckten. Wenige Sekunden später hatte er seine Gesichtsmuskeln wieder unter Kontrolle und sah ihr in die Augen. »Tut mir Leid, Deirdre, das hast du falsch verstanden. Du wirst jetzt leider den Mund halten und mir zuhören müssen. Ich biete dir *nicht* die Rolle der Cleopatra an.«

Deirdre wirkte plötzlich so verletzlich, dass er die Hand ausstreckte und auf ihren Arm legte. Die Sache war ihr so peinlich, dass sie seine Berührung kaum wahrnahm.

»Du darfst nicht vorgreifen. Vielleicht kriegst du nicht die Rolle der Cleopatra, aber ich habe immer noch gute Nachrichten für dich. Wir haben uns für die einfachste Lösung entschieden. Ich werde dir das jetzt nicht im Detail erklären, weil ich den Verdacht habe, dass du im Augenblick Probleme hast, mir zu folgen.« Er lächelte sie fragend an, und sie nickte betrübt. »Langer Rede kurzer Sinn: Wir spielen stattdessen *Hamlet*. Ich habe Maeve Kirwan gefragt, ob sie die Rolle der Ophelia übernehmen könnte, aber sie ist den September über leider mit einer Seifenoper beschäftigt. Ich sage dir offen, dass du nicht meine erste Wahl bist, aber wenn *ich* es nicht tue, tut's jemand anders, und zwar wahrscheinlich auf ziemlich gehässige Art.«

»Ich bin nicht deine erste Wahl wofür?«, fragte Deirdre ein wenig unsicher.

»Nun, natürlich für die Ophelia.« David Lawless warf den Kopf in den Nacken und lachte schallend. »Du bist ganz schön durcheinander heute Abend, was, Deirdre?« Sie fand sein Lachen ziemlich sexy. »Ich gehe mal davon aus, dass du damit zufrieden bist, oder? Ist doch ein kleiner Ausgleich dafür, dass du nicht die Cleopatra spielst, findest du nicht auch?«

Sie war völlig aus dem Häuschen. »Klar! Die Ophelia! Danke, danke, David, da...« David blieb nichts anderes übrig, als sich über den Tisch zu beugen und ihr zwei Finger auf die Lippen zu legen, um sie zum Schweigen zu bringen. Deirdre hielt sofort den Mund. Dann wölbte David seine Hände um ihr Gesicht. Sie hielt den Atem an.

»Sch, Deirdre. Nimm dir ein bisschen Zeit, um über das nachzudenken, was ich dir gesagt habe, ja? Wir unterhalten uns bald wieder. Pass auf dich auf und genieß die Party.«

Als er sich erhob und Anstalten machte, wieder hineinzugehen, bekam Deirdre Panik. Und was war mit ihrem Tête-à-tête? Es war alles nicht so, wie es sein sollte. »Geh noch nicht! Bitte, David!«

Er wandte sich zu ihr um, sah sie lange an und kehrte dann langsam zu ihrem Tisch zurück. Diesmal setzte er sich nicht, sondern blieb neben ihrem Stuhl stehen. »Was ist denn?«, fragte er und warf einen Blick auf seine Uhr. Er wirkte entspannt, aber Deirdre merkte, dass seine Stimme einen leicht ungeduldigen Tonfall angenommen hatte. Sie rappelte sich mühsam hoch und hielt sich an der Rückenlehne ihres Stuhls fest. Er sah sie besorgt an.

»Alles in Ordnung, Deirdre?«

Er stand ganz nahe bei ihr. »Ja, alles in Ordnung, danke.« Zu ihrer eigenen Überraschung legte sie den Arm um seinen Nacken und zog ihn näher zu sich heran. Dann schloss sie die Augen und hob ihren Mund zum Kuss. Ihre Lippen berührten die seinen, und sie ließ die Zungenspitze ganz leicht darüber gleiten. Sie merkte, dass sein Körper sich verkrampfte, doch sie drückte sich noch fester an ihn.

»Hör auf damit, Deirdre.« Als sie die Augen wieder aufschlug, legte David Lawless die Hände auf ihre Schultern und hielt sie auf Armeslänge von sich weg. Sie wurde sofort wieder nüchtern. Sein Blick war sehr ernst, und seine hohen Wangenknochen schienen in der Dunkelheit noch weiter hervorzustehen als sonst. »Du bist wirklich sehr begehrenswert«, sagte er mit sanfter Stimme. »Aber wir sollten unsere berufliche Beziehung nicht aufs Spiel setzen.«

Dann legte er die Hand kurz auf seine Lippen und übertrug den Kuss, den er darauf gedrückt hatte, auf die ihren. »Pass auf dich auf«, sagte er zum zweiten Mal an diesem Abend und ging.

Deirdre wäre vor Scham am liebsten im Erdboden versunken. Plötzlich hatte sie nur noch das Bedürfnis zu verschwinden, nach Hause zu gehen, sich ins Bett zu legen und die Decke über den Kopf zu ziehen. Nur der Schlaf konnte sie vergessen machen, was sie gerade getan hatte.

Als sie sich in Richtung Gastraum bewegte, versuchte sie sich zu erinnern, wo sie ihre Handtasche gelassen hatte. Mit wem hatte sie sich zuletzt unterhalten? Mit Sophie. Deirdre hielt von der Schwelle aus nach ihr Ausschau. Mittlerweile waren viele Leute gegangen, und nur die Trinkfesten hielten noch durch. Deirdre bekam am Rande mit, dass Finbar de Rossa sich ein bisschen zu eng gegen Kate O'Connor drückte und dass Rory und Aidan Hughes an der Theke hingen und schallend lachten. Keine Spur von Marian. Deirdre war erleichtert, als sie sah, dass Sophie noch immer am selben Tisch saß. Deirdre atmete tief durch und ging auf sie zu.

»Hallo, Sophie.« Sie war überrascht, dass ihre Stimme ziemlich normal klang. »Ist meine Tasche noch bei dir?«

»Mein Gott, was ist denn mit dir passiert? Du siehst ja schrecklich aus.« Sophie wirkte ausnahmsweise tatsächlich einmal aufrichtig.

»Danke.«

»Setz dich, Deirdre. Immer mit der Ruhe. Ich habe deine Tasche hier bei mir.«

Deirdre war so schwindelig, dass sie Angst hatte umzufallen, also befolgte sie Sophies Rat.

»Ich muss heim.«

»Wenn du möchtest, kannst du dir mit mir und Ben ein Taxi teilen«, sagte Sophie mit für sie untypischer Liebenswürdigkeit. Wahrscheinlich, dachte Deirdre, hatte sie zu viel getrunken. »Ben ist gerade raus, um eins zu holen ... Mein Gott, er ist ja so ein Schatz«, fügte Sophie mit einem verträumten Blick in Richtung Tür hinzu.

»Wer?«, fragte Deirdre ohne großes Interesse. Inzwischen hatte sie insgeheim den obersten Knopf ihres Kleides wieder geschlossen und drehte lustlos eine Haarsträhne zwischen den Fingern.

»David. Sieh doch nur – da drüben ist er. Dieses Hemd ist

einfach toll, findest du nicht auch? Bringt die Farbe seiner Augen so gut zur Geltung.«

Deirdre konnte sich nicht beherrschen und folgte Sophies Blick in Richtung Tür. David hatte die Jacke über die Schultern gelegt und wollte offensichtlich gerade gehen. Eine elegante kühle Blondine stand neben ihm. Irgendwie kam sie Deirdre bekannt vor.

Plötzlich wurde Deirdre neugierig. »Wer ist denn die Frau?«, fragte sie Sophie.

»Was, das weißt du nicht?«, fragte Sophie ungläubig. »Ann Fitzroy natürlich – der Seifenopernstar.«

»Ann Fitzroy. Seine Frau?«

Sie sah, wie die Frau über etwas lachte, das David gerade sagte, und dann die Hand mit besitzergreifender Geste auf seinen Arm legte, als Eva Lavery an ihnen vorbeiging. Ann würdigte das Lächeln, das Eva ihnen zuwarf, mit einem kleinen Kopfnicken.

»Mm«, sagte Sophie. »Ich bewundere sie schon seit Jahren. Wahrscheinlich könnte man sie als mein Vorbild bezeichnen. Sieh sie dir bloß an. Sie ist nicht nur eine Superschauspielerin, sondern auch die perfekte Ehefrau.«

Deirdre sah sich Ann Fitzroy noch einmal genauer an. Sie trug ein langes, rückenfreies Etuikleid, das metallisch schimmerte und sie aussehen ließ, als sei sie in flüssiges Silber getaucht. Deirdre stellte sich vor, an ihrer Stelle neben David zu stehen. Wenn sie sich nicht so elend gefühlt hätte, hätte sie schallend lachen müssen. Wie hatte sie nur auf die Idee kommen können, dass David Lawless sich für eine Frau wie sie interessierte? Bei dem Gedanken, dass sie sich tatsächlich ausgemalt hatte, den Mann zu heiraten, zuckte sie zusammen.

»Offenbar«, fuhr Sophie fort, »hat sie ein untrügliches Gespür fürs Geschäft, und natürlich hat sie auch unglaublich gute Verbindungen. Mein Großvater hat mir erzählt, dass David ohne sie nie so weit gekommen wäre, wie er heute ist.«

»Dein Großvater?« Was zum Teufel hatte Sophie Burkes Großvater mit der ganzen Sache zu tun?

»Du hast mir also die ganze Zeit nicht zugehört, stimmt's?«, fragte Sophie beleidigt. »Das habe ich dir gerade erzählt. Mein Großvater ist Mitglied im selben Golfklub wie Ann Fitzroys Vater.« Sie hörten Ann Fitzroys glockenhelles Lachen quer durch den Raum. »Sie sind wirklich ein schönes Paar, die beiden, findest du nicht auch?«, sagte Sophie.

»Ich dachte, die Ehe ist nicht sonderlich gut?«

»Glaub nicht alles, was du hörst, Deirdre. Hinter dem Tratsch aus dem Golfklub steckt im Regelfall viel mehr als hinter dem aus der Theaterwelt, weißt du. Ann ist ziemlich wichtig für David.«

Drüben bei der Tür nickte Ann Fitzroy gerade wissend einem Sponsor zu, der ihr in die Jacke half. Sie dankte ihm mit einem Lächeln, bei dem ihre kleinen weißen Zähne zum Vorschein kamen. Sogar die waren perfekt, dachte Deirdre betrübt.

Da kam Ben herein und winkte Sophie zu. »Das Taxi ist da«, rief er.

David und Ann Fitzroy gingen gerade hinaus. Der Wirt höchstpersönlich hielt ihnen die Tür auf und nickte ihnen mit jenem schmeichlerischen Lächeln zu, das er ausschließlich David Lawless und Rory McDonagh vorbehielt. Als David über die Schwelle trat, wandte er sich noch einmal kurz um und sah Deirdre lächelnd an. Sie erhob sich ein wenig schwankend von ihrem Platz und schaffte es, ebenfalls zu lächeln. Das war die beste schauspielerische Leistung, die sie in ihrem bisherigen Leben geboten hatte.

Doch am liebsten wäre Deirdre O'Dare im Erdboden versunken.

6

Deirdre hatte einen mordsmäßigen Kater. Als sich Erinnerungssplitter an den vergangenen Abend in ihr Gehirn zu bohren begannen, versuchte sie verzweifelt, wieder einzuschlafen, um alles zu vergessen, doch schon bald gab sie es auf.

Sie schlüpfte vorsichtig aus dem Bett und tappte zum Bad. Dabei folgte sie einer Spur auf dem Boden liegender Kleidungsstücke und kämpfte gegen ihr Übelkeitsgefühl an. Sie hatte einen schlechten Geschmack im Mund, und ihr Gehirn fühlte sich an, als sei es während der Nacht angeschwollen und drücke gegen ihren Schädel. Deirdre schluckte ein paar Aspirin, putzte sich die Zähne, schlurfte hinüber in die Küche und setzte den Wasserkessel auf. Jetzt brauchte sie unbedingt Koffein. Als sie dann die Hände um die Kaffeetasse wölbte, zwang sie sich, sich mit der Situation zu konfrontieren.

Sie suchte nach mildernden Umständen, fand aber keine. Sie hatte sich ausgerechnet vor dem Menschen zum Narren gemacht, nach dessen Hochachtung sie sich am meisten sehnte. Das bisschen Glaubwürdigkeit, das sie bis dahin vielleicht besessen hatte, war unwiederbringlich dahin. Schön, sie war also ziemlich betrunken gewesen. Aber das entschuldigte ihr Verhalten nicht. Es war unbeschreiblich arrogant von ihr gewesen anzunehmen, dass er sich für sie interessieren könnte, nur weil sie jung und ungebunden war. Sie hatte Glück gehabt, denn die meisten Männer hätten keine Sekunde gezögert, die Situation auszunutzen. Er jedoch hatte ihr gegenüber ziemlich deutlich werden müssen, damit ihr endlich klar wurde, dass David Lawless eben nicht so wie die meisten Männer war.

Ihre Panik wuchs, als sie begriff, welche Auswirkungen ihr Verhalten möglicherweise auf ihre Karriere haben würde. Wahrscheinlich bereute David es inzwischen schon, ihr die Rolle der Ophelia angeboten zu haben, und sie konnte es ihm nicht verdenken, wenn er es sich anders überlegte. Das hätte sie verdient.

Sie musste etwas unternehmen, um den Schaden, den sie angerichtet hatte, wieder gutzumachen. Eigentlich hätte sie am liebsten den Kopf in den Sand gesteckt, aber sie wusste genau, dass das Problem sich nicht einfach so in Luft auflösen würde. Sollte sie ihm schreiben, wie Leid ihr die Sache tat? Zumindest eine Entschuldigung musste sie ihm schicken. Aber ein Brief war letztlich eine feige Lösung. Und außerdem würde sie ihm im Theater wieder unter die Augen treten müssen. Nein. Sie würde persönlich mit ihm sprechen müssen, und zwar je früher, desto besser. Sie würde ihn sofort anrufen.

Nachdem sie diese Entscheidung getroffen hatte, fühlte sie sich schon ein bisschen besser und griff nach ihrem abgegriffenen Kunstleder-Filofax. Auf dem Weg zum Telefon suchte sie hektisch nach seiner Nummer. Aber was sollte sie zu ihm sagen? Sollte sie sich nicht besser etwas zurechtlegen, bevor sie ihn anrief? Nein, nein, wenn sie das tat, verließ sie sicher der Mut. Sie würde einfach in den sauren Apfel beißen und ihm sagen müssen, dass die Sache ihr schrecklich peinlich war. Vielleicht würde er ihr dann verzeihen.

Nachdem sie ein paar Atemübungen gemacht hatte, die sie in der Schauspielschule gelernt hatte, nahm sie den Telefonhörer in die Hand und wählte die Nummer. Doch es meldete sich nur der Anrufbeantworter. Scheiße, Scheiße, Scheiße. Wieder kam Deirdre ins Wanken. Auf ein Gespräch mit David war sie vorbereitet gewesen – aber was für eine Nachricht konnte sie auf den Anrufbeantworter sprechen? Vielleicht etwas Ähnliches wie: »Hallo, David, ich bin's, Deirdre O'Dare. Tut mir Leid, dass ich gestern so viel getrunken und versucht habe, dich anzumachen«?

»Hallo. Wir können Ihren Anruf im Augenblick nicht persönlich entgegennehmen«, meldete sich das Band. Es war nicht die Stimme von David Lawless, sondern die von Ann Fitzroy. Deirdre erkannte sie sofort von zahllosen Werbespots im Fernsehen und Radio, normalerweise für Body-Lotions oder Haarshampoo. Die Stimme der Schauspielerin klang wohl moduliert und kultiviert. Deirdres ursprünglicher Impuls, sofort aufzulegen, wurde durch eine merkwürdige Faszination von dieser Stimme verdrängt.

»Bitte sprechen Sie uns Ihre Nachricht auf Band oder schicken Sie uns nach dem Piepston ein Fax. Sie können mich außerdem unter folgender Handynummer erreichen: 087 ...«

Deirdre erschrak, als die Aufnahme abrupt unterbrochen wurde und sich eine weibliche Stimme meldete: »Ann Fitzroy.« Der Klang dieser Stimme hatte wenig Ähnlichkeit mit dem der Aufnahme. Deirdre unterdrückte den Reflex, sofort aufzulegen.

»Ach, hallo. Könnte ich ... äh ... könnte ich bitte mit Mr. Lawless sprechen?«

»Darf ich fragen, wer Sie sind?« Das war eher ein Befehl als eine Frage.

»Deirdre O'Dare.« Schweigen. »Ich ... ich spiele im *Sommernachtstraum* von Mr. Lawless mit.«

Wieder Schweigen. »Wollen Sie mit ihm über Ihre Rolle sprechen?«

Deirdre gab sich Mühe, nicht zu schlucken. »Ja.«

»Ich verstehe«, sagte Ann Fitzroy. »Einen Augenblick.« Ihre Stimme klang eisig.

Es dauerte ziemlich lange, bis David ans Telefon kam, und während die Sekunden vergingen, wuchs Deirdres Anspannung. Was war, wenn irgendjemand gestern Abend beobachtet hatte, wie Deirdre Anns Mann anmachte, und diese Bescheid wusste? Nein. Sie war sich ziemlich sicher, dass niemand etwas mitbekommen hatte.

Doch vielleicht hatte David seiner Frau von der Sache erzählt? Das würde erklären, warum Ann Fitzroy ihr gegenüber gerade so kühl gewesen war. Bitte, lieber Gott, nein. Vielleicht sollte sie doch noch auflegen. Aber da hörte sie plötzlich Davids Stimme.

»Deirdre.«

»Ach, hallo, David«, stammelte sie.

»Ich hab mir schon gedacht, dass du mich heute Morgen anrufen würdest.« Ein Lächeln schwang in seiner Stimme mit, und sie schämte sich noch mehr.

»Das gestern Abend tut mir Leid, wirklich Leid«, hörte sie sich selbst mit zittriger Stimme sagen.

»Schon in Ordnung, Deirdre«, beruhigte er sie. »Mach dir darüber keine Gedanken. Was mich angeht, ist gestern Abend nichts passiert, okay?«

»Es tut mir Leid, David«, sagte sie wieder. »Ich hab keine Ahnung, welcher Teufel mich geritten hat. Es war unverzeihlich von mir, dass ich dich in eine so kompromittierende Situation gebracht habe.« Sie holte tief Luft. »Deine Frau hat nicht – du hast nicht …«

»Meine Frau weiß nichts. Ich halte es nicht für nötig, ihr alle Einzelheiten über mein Privatleben zu erzählen. Deirdre, du kannst sicher sein, dass niemand weiß, was gestern Abend passiert ist, und auch nie jemand etwas darüber erfahren wird.« Seine Stimme war jetzt leise und sehr, sehr sanft, und zum ersten Mal seit Beginn des Gesprächs spürte Deirdre so etwas wie Erleichterung.

»Danke, dass du so viel Verständnis hast«, stotterte sie. »Und ich verspreche, dass es nie wieder passiert.«

»Es tut mir fast Leid, das zu hören.« Seine Stimme klang samtig. »Nicht jeden Abend versuchen begehrenswerte junge Frauen, mich zu verführen.«

»O doch – du merkst es bloß nicht«, sagte Deirdre, doch dann hätte sie sich am liebsten selbst einen Tritt verpasst. »Sie gehen bloß ein bisschen subtiler vor als ich, das ist alles.«

David Lawless musste lachen, und plötzlich war Deirdres Welt wieder in Ordnung.

»Danke für deinen Anruf, Deirdre. Wahrscheinlich ist dir das nicht leicht gefallen. Aber du hast nicht nur Charme, sondern auch Mut. Bis später dann. Und vergiss nicht, einen Termin mit Sally Ruane zu vereinbaren. Ich habe das Gefühl, dass du schon bald eine Agentin brauchen wirst.«

»Ja, David.«

»Und nimm dir Shakespeares gesammelte Werke vor. Du wirst *Hamlet* noch mal lesen müssen. Tschüs, Deirdre.«

»Tschüs, David – und noch mal danke.«

Deirdre legte auf und seufzte tief. David Lawless war das beste Mittel gegen Kater, das sie kannte.

Sie blieb eine Weile auf dem Boden des Flurs sitzen und spielte mit ihren Haaren. Die Sache mit Ann Fitzroy hatte sie neugierig gemacht. Warum war sie am Telefon so kühl zu ihr gewesen, wenn David ihr nichts von Deirdres plumpen Annäherungsversuchen erzählt hatte? Ihr war aufgefallen, dass David die Sache mit seiner Frau ziemlich locker abgetan hatte. Was hatte er gesagt? »Ich halte es nicht für nötig, ihr alle Einzelheiten über mein Privatleben zu erzählen«? Das war merkwürdig. Was für ein Privatleben? Vielleicht hatte David ein Verhältnis mit jemandem? Sie hatte sich schon oft gedacht, dass er wahrscheinlich Eva Lavery liebte, aber wenn sie tatsächlich ein Verhältnis miteinander hatten, war das ein ziemlich gut gehütetes Geheimnis. Und Deirdre wusste nur zu gut, wie schwierig es war, in der Welt des Theaters etwas geheim zu halten.

Vielleicht sollte sie am Abend versuchen, Sophie Burke auszufragen, denn Sophie liebte Klatsch. Also bot sich ein vorübergehender Waffenstillstand mit ihr an. Deirdre klappte entschlossen ihr Filofax auf. Genau, das würde sie tun: Sie würde Sophie nach der Vorstellung auf einen Drink bei Meagher's einladen. Möglicherweise wusste auch Maeve etwas über die Geschichte mit David und Ann Fitzroy. Schließlich hatte Maeve in *Ardmore Grove*, der Seifenoper, durch die Ann Fitzroy bekannt geworden war, mitgespielt und deshalb sicher schon mal mit ihr zu tun gehabt.

Deirdre machte sich auf den Weg ins Schlafzimmer, um ihre Ausgabe von Shakespeares gesammelten Werken zu suchen. Dann kam ihr ein Gedanke: Wer würde den Hamlet spielen?

An jenem Abend waren alle Leute im Theater euphorisch.

Trotz der allgemeinen Nachwirkungen der Premierenfeier herrschte angesichts des Erfolgs vom Vorabend bei allen Mitgliedern des Ensembles Hochstimmung. Fotokopien der Kritiken – nur Hymnen – waren ans Schwarze Brett in der Garderobe gepinnt, und Nick McCarthy verkündete über die Lautsprecheranlage, dass der Vorverkauf gewaltig angezogen habe.

Es gab eine Menge Gerede darüber, dass *Antonius und Cleopatra* einer Produktion von *Hamlet* würde weichen müssen. Alle wussten, dass Eva Lavery sich schon immer gewünscht hatte, einmal die Cleopatra zu spielen. Es war wahrscheinlich ziemlich schlimm für sie gewesen, die Rolle aufgeben zu müssen, aber es gab wegen des geänderten Drehplans für den Neil-Jordan-Film keine andere Möglichkeit.

Doch Evas Mitwirken war wesentlich, denn von ihrer

Berühmtheit hing ein großer Teil des Erfolgs für die ganze Produktion ab, in die eine Menge Geld investiert worden war. Die Inszenierungen von David Lawless würden ohne den Star Eva Lavery einfach nicht so viele Besucher anlocken. Also hatten sie und David nach einem für sie weniger anstrengenden Projekt gesucht und waren auf *Hamlet* verfallen. Eva hatte die Rolle von Gertrude, Hamlets Mutter, bereits vor nicht allzu langer Zeit in New York gespielt, so dass sie dafür keine so intensiven Vorarbeiten leisten musste.

Das gesamte Ensemble rätselte, wer im *Hamlet* welche Rolle übernehmen würde. Am meisten interessierten sich natürlich alle dafür, wen David Lawless sich als den Prinzen von Dänemark ausgesucht hatte.

Die Aufwärmübungen für die Aufführung endeten im totalen Chaos, weil die meisten Schauspieler einen ziemlichen Kater hatten und zu leichtfertig waren, um die Sache ernst zu nehmen – bis auf Sophie, die alle, die es wagten, sie in ihren Konzentrationsübungen zu stören, mit bitterbösen Blicken bedachte. Deirdre war Sophie bis dahin bewusst aus dem Weg gegangen und hatte sich vorgenommen, sich erst später im Pub zu ihr zu setzen, um ihr die Informationen zu entlocken, die sie interessierten. Fürs Erste wollte sie sich nicht in Mutmaßungen über die Besetzung der Rollen in *Hamlet* verwickeln lassen, weil sie den Verdacht hatte, dass Sophie wahrscheinlich nicht zu einem Gespräch mit ihr bereit wäre, wenn sie erst einmal wüsste, dass ihre Erzfeindin die Ophelia spielen würde.

Rory McDonagh stand direkt hinter Sophie und äffte sie gekonnt nach, als sie begannen, ihre Stimmübungen zu machen. »Mi, mi, mei, mei, mu, mu, mu«, intonierten sie unisono, und Deirdre musste fast die Bühne verlassen, um nicht laut loszulachen. Aidan Hughes verschwand tatsächlich mit der Hand vor dem Mund, doch sein Gesichtsausdruck deutete eher darauf hin, dass ihm übel war, nicht darauf, dass er das Lachen zurückhalten wollte.

Nick McCarthy war alles andere als erfreut. »Nun gebt euch bitte ein bisschen mehr Mühe, damit wir keinen katastrophalen zweiten Abend erleben«, schalt er sie. »Ich weiß ja, dass ihr alle erleichtert seid über den Premierenerfolg, aber das heißt nicht, dass ihr euch jetzt auf die faule Haut legen könnt. Vergesst nicht, dass die Leute da draußen 'ne Menge Geld für ihre Karten bezahlt haben. Die wollen keine Truppe von faulen, übernächtigen Typen auf der Bühne sehen, sondern unterhalten werden, und es sieht fast so aus, als müsstet ihr euch Mühe geben, damit die da draußen heute Abend was zu sehen kriegen für ihr Geld.«

Deirdre hatte ein schlechtes Gewissen wegen ihrer Albernheit und beschloss, in der Vorstellung ihr Bestes zu geben. Sie stellte sich vor ihrem ersten Auftritt ganz ruhig in die Kulisse wie Eva Lavery am Abend zuvor, schloss die Augen und atmete tief durch. Dann hatte sie plötzlich eine tolle Idee: Wenn sie den Stoff ihres Rockes hinter ihrem Rücken raffte, konnte sie die Seide wie eine Schleppe herauslassen, sobald sie die Bühne betrat. Was für ein Entree! Sie war stolz auf ihren Einfall und fast ein bisschen traurig, dass ihr der Gedanke nicht schon früher gekommen war. Sie sah, dass Rory sie mit neugierigem Blick musterte, als sie den Stoff ihres Kleides raffte, kurz bevor sie hinaustrat.

Als sie vor ihm hinausschwebte, stolperte sie und blieb mit dem Saum ihres Rockes hängen. Einen Augenblick lang hatte sie keine Ahnung, was sie tun sollte. Dann zog sie so unauffällig wie möglich an ihrem Kleid, doch es tat sich nichts. Sie zog noch einmal, diesmal fester. Noch immer passierte nichts. Völlig verzweifelt bückte sie sich und zerrte mit aller Kraft. Als sie das Ratschen hörte, traf sich ihr Blick mit dem Rorys. Der sah sie boshaft von der Seite an und wandte dann dem Publikum kurz den Rücken zu, damit es sein spöttisches Lächeln nicht sehen konnte. Plötzlich wurde es Deirdre heiß und kalt, und absolut entsetzt war sie, als ihr ein lautes Lachen entschlüpfte. Rory hatte sich dem Publikum immer noch nicht zugewandt. Seine Schultern hoben sich, und in seinem Gesicht zuckte ein Muskel.

Die Kollegen auf der anderen Seite der Bühne wurden mittlerweile immer nervöser. Adrian Pierce trat sogar ein paar Sekunden lang aus der Rolle, und Eva und Finbar gaben sich größte Mühe, nicht auf Deirdre zu achten. Dann übernahm Finbar die Kontrolle, marschierte quer über die Bühne, packte Deirdre mit einer trügerisch lässigen Geste am Arm und dirigierte sie nach vorn und weg von Rory.

Deirdre wurde ganz blass und versuchte in der Zeit, in der Finbar seinen restlichen Text sprach, sich wieder zu fangen. Sie schaffte es nicht, ihren Kollegen in die Augen zu sehen, weil sie das Bild von ihrem Auftritt und Rorys spöttischem Grinsen einfach nicht los wurde und fast wieder gelacht hätte. Das war ihr auf der Bühne noch nie passiert, und es erschreckte sie. Die Lachkrämpfe, die sie von Zeit zu Zeit überfielen und die sie zu unterdrücken versuchte, trieben ihr den kalten Schweiß auf die Stirn.

Es dauerte nicht mehr lange, bis sie ihren ersten Text sprechen musste. Sie holte tief Luft und richtete den Blick fest auf die mittlere Distanz. Wie durch ein Wunder lief der Dialog mit Finbar reibungslos, doch sie war sich bewusst, wie besorgt Eva und Finbar sie musterten und offenbar darum beteten, dass ihre Konzentration ausreichte. Sie schaffte es nicht, Rory McDonagh, der immer noch auf der anderen Seite der Bühne stand, die üblichen verführerischen Blicke der Hermia zuzuwerfen. Sie hatte schon Angst vor dem Moment, wenn die anderen die Bühne verlassen würden und sie mit ihm allein wäre, denn dann würde sie ihm wieder in die Augen sehen müssen.

Die komische Seite des Zwischenfalls verblasste sehr schnell, als ihr klar wurde, welche Folgen ihr ausgesprochen unprofessionelles Verhalten möglicherweise haben würde. Aber darüber durfte sie sich jetzt keine Gedanken machen – zuerst musste sie einigermaßen unbeschadet durch die Szene kommen.

Nun kam der Augenblick, in dem sie sich wieder mit Rory treffen musste. Zum Glück schien auch er sich inzwischen beruhigt zu haben, obwohl er ihr nicht direkt in die Augen sah, sondern sich auf ihre linke Augenbraue konzentrierte. Als Maeve schließlich auf die Bühne trat, hatten sie alles wieder im Griff. Trotzdem fiel es Deirdre schwer, die letzten Zeilen der Szene nicht mit allzu viel Erleichterung in der Stimme zu sprechen, sondern mit der leichten Erregung, die sie einstudiert hatten:

Lysander, halt Wort! – Was Lieb erquickt,
Wird unserm Blick bis morgen Nacht entrückt.

Ihr war ziemlich mulmig, als sie in die Garderobe ging, um sich bei den anderen zu entschuldigen. Rory war bereits dort. Finbar nahm ihrer beider Entschuldigung ziemlich kühl entgegen, doch Eva reagierte großzügig. »Das kann jedem mal passieren, Schätzchen – besonders am zweiten Abend, wenn alle ein bisschen verkatert sind. Massier mir doch bitte kurz die Schultern, ja? Ich bin völlig verspannt. Ja, genau da, wunderbar!«

Während Deirdre Evas Schultern knetete, sagte sie: »Aber ich habe die ganze Szene ruiniert, Eva!«

»Nein, Deirdre. Ich weiß, dass du das Gefühl hattest, alle Zuschauer starren dich an, aber ich bezweifle, dass irgendjemand außer uns was gemerkt hat – schließlich ist dir ja Finbar zu Hilfe gekommen. Ein bisschen weiter oben, Schätzchen, danke. Und jetzt knete mich durch, so fest du kannst.«

Als Deirdre das Haarteil beiseite schob und Evas Nackenmuskeln zu massieren begann, fiel ihr zum ersten Mal eine kleine Tätowierung unmittelbar unter ihrem Haaransatz auf, ein winziger bunter Kampffisch. Sie kannte diesen Fisch, weil ihr Vater ein Aquarium mit exotischen Fischen zu Hause hatte. Mehr als einen von der Sorte konnte man nie ins Aquarium setzen, denn zwei brachten sich sofort gegenseitig um. Deirdre sagte nichts, da sie das Gefühl hatte, dass eine Tätowierung an einer so verborgenen Stelle sicher etwas sehr Privates war.

»Solche Zwischenfälle auf der Bühne empfinden Schauspieler immer als viel schlimmer als das Publikum«, fuhr Eva fort. »Ich habe Schauspieler schon oft in ganz ähnlichen Situationen gesehen wie dich heute Abend, und dem Publikum ist das gar nicht aufgefallen. Allerdings musst du dich noch bei Nick entschuldigen, sonst hat er vielleicht das Gefühl, dass er David Bescheid sagen muss.«

»Du lieber Himmel!« Deirdre schlug die Hand vors Gesicht.

»Deirdre, nun nimm's mal nicht so schlimm! Jedem Schauspieler passiert so was mal. Weißt du, wie John Gielgud das beschrieben hat? Er hat's ›süße Pein‹ genannt, was übrigens auch gar keine so schlechte Bezeichnung deiner Massagetechnik wäre. Aua ... Nun lass mich los, sonst komme ich zu spät zu meinem Auftritt.«

Rory äffte auf der anderen Seite der Garderobe Deirdres Stolpern sowie ihren verblüfften Gesichtsausdruck nach, als sie auf der Bühne an ihrem Kleid gezerrt hatte. Als er merkte, dass sie ihn beobachtete, warf er ihr eine Kusshand zu, und sie musste über den Schalk in seinen Augen lachen. Allerdings war es ein ziemlich schuldbewusstes Lachen.

Dann gesellte sie sich zu Maeve, die im Schneidersitz auf dem Boden saß und den Immobilienteil der aktuellen *Irish Times* las.

»Du denkst doch nicht etwa dran umzuziehen, oder?«, fragte Deirdre und setzte sich neben sie.

»Nein, das kann ich mir nicht leisten. Wohnungen sind im Augenblick rasend teuer. Aber es ist ein schöner Traum. Vielleicht werde ich eines Tages mal ein schönes großes Haus in der Vico Road besitzen.«

Deirdre las zusammen mit Maeve die Anzeigen. Auf der ersten Seite wurde ein Herrenhaus aus der georgianischen Zeit mit Tennisplatz und Stallungen für 695.000 Pfund angeboten. In der Clew Bay standen zwei Insel-Cottages zum Verkauf. Auf den folgenden Seiten wurden die Immobilien billiger, waren aber immer noch zu teuer für die beiden Schauspielerinnen.

»Da, schau«, sagte Maeve plötzlich. »Da steht ein Haus in der Straße zum Verkauf, in der David wohnt. Mein Gott, ist es dort teuer. In der Gegend sind die Preise in den letzten Jahren enorm gestiegen.«

Deirdre sah sich die Adresse genauer an. Es war eine Straße mit ausgesprochen schönen, freistehenden Häusern aus der viktorianischen Zeit im Bezirk Dublin 6.

»Tja, da ist Ann wahrscheinlich ganz schön stolz.« Maeves Tonfall ließ Deirdre aufhorchen.

»Ann Fitzroy?«

»Ja. Sie ist versessen auf Innenausstattung, große Einladungen und solche Sachen. Im Wesentlichen geht's ihr drum, eine schöne Fassade aufzubauen.«

»Du hast doch in *Ardmore Grove* mit ihr zusammengearbeitet, oder, Maeve?«

»Ja, ich hatte das Vergnügen.«

»Und – wie ist sie?«

Maeve äußerte sich zurückhaltend: »Willst du die offizielle Version hören oder die Wahrheit?«

»Die Wahrheit, bitte. Ich verspreche dir, dass ich nichts weitersage.«

Maeve schlug die nächste Seite der Zeitung auf, um die Fotos der Häuser darauf anzusehen. »Nun«, sagte sie dann. »Sie wirkt so unglaublich kultiviert, aber ich habe sie auch schon ganz anders erlebt. Sie kann wegen der kleinsten Sachen total ausrasten. Vielleicht ist sie insgeheim ziemlich unsicher, aber das ist keine Entschuldigung dafür, wie sie die Leute behandelt. Sie wird schrecklich eifersüchtig, wenn irgendjemand außer ihr wahrgenommen wird und lässt es den Betreffenden dann auch spüren. Wow! Schau dir mal den Wintergarten da an! Und ...« Maeve senkte die Stimme ein wenig. »Und sie gibt ganz schön an damit, dass sie ein Seifenopernstar ist. Obwohl sie wahrscheinlich lieber öfter am Theater arbeiten würde. Du weißt schon, die wirklich guten Rollen, die Eva spielt. Ziemlich sicher ist sie stinkesauer, dass David sie nicht gebeten hat, als Cleopatra einzuspringen, als Eva ihm absagen musste. Ich habe den Verdacht, dass sie und Eva Lavery sich nicht sonderlich gut leiden können.«

»Ach?« Jetzt war Deirdre noch neugieriger als zuvor, denn Maeve erzählte normalerweise nie so viel.

»Hm. Wahrscheinlich sieht sie Eva als Rivalin Nummer eins.« Maeve hob den Blick einen Moment vom Immobilienteil der Zeitung und sah sie nachdenklich an. »Meiner Ansicht nach ist Ann Fitzroy ganz schön anstrengend – immer entweder himmelhoch jauchzend oder zu Tode betrübt, aber nie normal und ausgeglichen.«

»Wow.« Deirdre gefiel der Gedanke, dass David Lawless eine psychisch labile Frau hatte, gar nicht so schlecht. Maeve hatte ihn einmal als »integren Mann« bezeichnet. Vielleicht war das der Grund, warum er immer noch mit Ann Fitzroy verheiratet war! Weil er das Gefühl hatte, sie schützen zu müssen.

Maeve warf einen kurzen Blick über die Schulter, um sich zu vergewissern, dass niemand sie hören konnte. »Allerdings würde man ihr das in der Öffentlichkeit nie anmerken. Sie ist immer so ruhig und kultiviert, ein bisschen wie eine Eiskönigin.« Maeve begann, an einem Fingernagel herumzukauen. »Die meisten Leute, die sie nicht näher kennen, haben einen Heidenrespekt vor ihr. Und die, die sie kennen, fürchten sie. Ich persönlich gehe ihr aus dem Weg, so gut ich kann.«

»Ich hab sie gestern Abend das erste Mal in natura gesehen. Sie wirkt hübscher als im Fernsehen.«

»Ja, die meisten Fernsehschauspieler sind im wirklichen Leben attraktiver als auf der Mattscheibe. Die Kamera macht dich dicker, als du wirklich bist.«

»David hat gestern Abend gesagt, dass du im Herbst wieder in der Seifenoper anfängst?«

»Stimmt.« Endlich war es Maeve gelungen, das Stück Nagelhaut zu lösen, an dem sie schon eine ganze Weile herumgekaut hatte, und jetzt saugte sie am rohen Fleisch. »Scheiße. Wenn ich bloß mit dem Nägelkauen aufhören könnte. Das tut ziemlich weh.«

»Das ist die einzige schlechte Angewohnheit, die du hast, Maeve.«

»Danke, Deirdre.«

»Wirst du viel mit Ann Fitzroy zu tun haben, wenn du wieder in der Seifenoper anfängst?«

»Keine Ahnung. Ich weiß noch nicht, wie die Geschichte diesmal weitergeht. Ich hoffe, dass ich so wenig wie möglich mit ihr zu tun habe. Die Frau verbreitet nur schlechte Stimmung. Rory hat ihr den Spitznamen ›die tragische Ann‹ gegeben.«

Über Lautsprecher hörte Deirdre, dass sie bald wieder auf die Bühne musste. Sie erhob sich und streckte sich. »Ach – Deirdre!« Maeve schlug sich mit der Hand gegen die Stirn. »Ich hab ja völlig vergessen, dir zu gratulieren. Ich hab gehört, dass du die Ophelia spielen sollst!«

»Stimmt, Maeve, danke.« Deirdre war außer sich vor Freude. Sie hatte es ihrer Freundin schon erzählen wollen, sich dann aber doch dagegen entschieden, weil diese die Rolle vor ihr angeboten bekommen hatte und ablehnen musste. Typisch Maeve, dachte Deirdre, dass sie ihr gegenüber davon nicht einmal etwas erwähnt hatte. »Und weißt du was? David Lawless hat mit Sally Ruane über mich gesprochen. Ich habe heute ihre Sekretärin angerufen, und die hat mir einen Termin für Montagmorgen gegeben!«

»Toll! Sophie wird sich sicher über die Neuigkeit freuen«, meinte Maeve mit einem Grinsen. »Weiß sie's schon?«

»Nein.« Deirdre lächelte ebenfalls. »Ich glaube, ich warte noch eine Weile, bis ich's ihr sage.«

Im Pub setzte sich Deirdre nach der Vorstellung den zweiten Abend in Folge an Sophies Tisch, die sich in Gesellschaft der anderen Elfen befand und sich mit ihnen über die mögliche Rollenverteilung in der *Hamlet*-Inszenierung unterhielt. Deirdre beschloss, fürs Erste nur zuzuhören.

»Das ist wirklich eine seltsame Wahl«, sagte Sophie gerade. »Wieso ausgerechnet *Hamlet*?«

»Das war wohl Evas Entscheidung«, meinte Jessica. »Sie wollten ein Stück, das sich auf der Bühne gut macht, aber nicht zu anstrengend für sie ist. Außerdem ist sie Teilhaberin, da kann sie innerhalb gewisser Grenzen praktisch alles machen, was sie will.«

Sophie verzog den Mund. »Mein Gott, sie hält sich wirklich für toll.«

Kate O'Connor sah sie ein wenig verwirrt an. »Warum auch nicht, Sophie? Schließlich *ist* sie toll.«

»Aber der *Hamlet* steht und fällt mit der Hauptrolle – zuerst besetzt man den Prinzen und dann die anderen Rollen. Ich habe keine Ahnung, wie sie's immer schafft. Nun ja, David Lawless wickelt sie jedenfalls um den Finger, das sieht man deutlich. Ich finde das wirklich egoistisch von ihr.« Ihr zorniger Blick wirkte fast komisch. Bitte lass sie keine Mutmaßungen darüber anstellen, wer die Ophelia spielt, betete Deirdre.

»Ich glaube, sie *haben* einen Hamlet«, sagte Jessica ziemlich leise, damit niemand sie hörte, obwohl dafür in dem lauten Pub keine große Gefahr bestand. Deirdre spitzte die Ohren.

»Ach, wen denn?« Die Schauspielerinnen beugten sich alle gleichzeitig vor.

»Wahrscheinlich Aidan Hughes«, meinte Kate. »Oder Adrian Pierce. Das läge auf der Hand, findet ihr nicht? Er ist so in sich gekehrt.« Sie wischte an ihrer Wange herum, an der immer noch ein bisschen Elfen-Make-up klebte. »Aber natürlich würde David sich nicht für die offensichtliche Lösung entscheiden. Ich wette, er nimmt Rory McDonagh!« Deirdre fiel auf, dass ein leichter Glanz in Kates Augen trat, als sie Rorys Namen erwähnte.

»Oje – hoffentlich nimmt er keinen von denen. Sonst kommt doch kein einziger Zuschauer.«

Das war unfair von Sophie, dachte Deirdre, denn Rory hatte eine ganze Menge Fans nach einigen Filmen, in denen er mitgespielt hatte, und ihr war schon aufgefallen, dass immer mehr Fanpost für ihn kam und sich in der Garderobe sammelte. Doch offenbar hatte er sie entweder noch nicht bemerkt oder sich einfach noch nicht die Mühe gemacht, sie sich anzusehen. Das war ganz schön cool, dachte Deirdre, so ruhig mit Briefen von Verehrerinnen umzugehen. Wenn einmal ein Fanbrief für sie käme, beschloss sie, würde sie ihn auch lange genug ungeöffnet herumliegen lassen, damit alle ihn sahen.

Jessica genoss es, im Mittelpunkt zu stehen. Sie spannte sie noch ein wenig auf die Folter, indem sie einen Schluck von ihrem Sol-Bier trank, und sagte dann: »Nein, nicht Adrian. Soweit ich weiß, spielt er den Horatio. Und Rory und Aidan sind beide zu alt, um den Sohn von Eva darstellen zu können.« Flüsternd fügte sie hinzu: »Die Rolle des Hamlet ist Mark Llewellyn angeboten worden.«

»Mark Llewellyn!« Kate sprang aufgeregt auf, und sogar Sophie schien beeindruckt. »Meinst du Mark Llewellyn aus *Yeats Country*?«

»Natürlich meint sie den, Kate«, sagte Sophie in schneidendem Tonfall. »Schließlich gibt's keine anderen Mark Llewellyns in der britischen Schauspielergewerkschaft, oder?«

»Mein Gott, toll ist der«, sagte Kate verzückt. »Er sieht ein bisschen aus wie ein junger Rory McDonagh, findet ihr nicht auch?«

»Tja, hoffen wir mal, dass er sich nicht so benimmt wie Rory. Ein Witzbold in der Truppe ist mehr als genug«, sagte Sophie. Dann fiel ihr plötzlich etwas ein: »Wisst ihr was? Eva hat die Gertrude schon mal vor ein paar Jahren in einer New Yorker Inszenierung gespielt. Deswegen haben sie sich für den *Hamlet* entschieden! Weil sie die Rolle in- und auswendig kennt. Mein Gott, wie faul sie doch ist! Das nächste Mal wird sie die Rolle noch telefonisch erledigen!«

Deirdre hatte Sophie im Verdacht, dass sie sich nur deshalb so negativ über Eva Lavery äußerte, weil diese nie Zeit für sie hatte. Sophie hatte sich während der ersten zwei Probenwochen immer wieder an sie herangemacht, aber nur mit dem Erfolg, dass Eva sich weiter und weiter von ihr distanzierte. Völlig außer sich war sie gewesen, als Deirdre das Abendessen bei Eva erwähnt hatte. Seitdem nannte Sophie Eva sarkastisch immer wieder »Deirdres neue Busenfreundin«.

»Ja, das ergibt Sinn, Sophie«, sagte Jessica. »Ich habe David sagen hören, dass Eva ihre Verpflichtungen auf diese Weise erfüllen kann, ohne die Saison zu gefährden.«

»Woher weißt du denn das alles, Jessica?«, fragte Kate.

»Ich hab's gehört, wie er das gestern Abend einem von den Sponsoren gesagt hat.«

»Und warum will er Mark Llewellyn und nicht einen aus der Truppe?«, meldete Deirdre sich zum ersten Mal zu Wort.

»*Yeats Country* hat so großen Erfolg gehabt, dass sie ihn wahrscheinlich holen, damit er Zuschauer anlockt.«

»Na, da haben sie aber Glück gehabt, dass er Zeit hat«, meinte Kate.

»Offenbar war Eva das richtige Lockmittel. Ich habe David sagen hören, dass Mark Llewellyn sich auf die Chance gestürzt hat, mit Eva zusammenzuarbeiten.«

»Auf dieser Welt wimmelt's bloß so von Eva-Lavery-Fans«, bemerkte Sophie mit eisiger Stimme. »Aber ich muss sagen, dass Mark Llewellyn nicht so ganz mein Typ ist. Mir sind kultiviertere Männer lieber. David Lawless zum Beispiel. Oder Finbar de Rossa.« Finbar de Rossa! Deirdre war entsetzt, hielt aber den Mund. Wie konnte Sophie nur die Namen von David Lawless und Finbar de Rossa in einem Atemzug nennen? »Finbar hat wirklich Klasse, findet ihr nicht auch? Und wisst ihr was? Ich glaube, er steht auf mich!«, fügte sie kokett hinzu und zog die Beine an, damit alle ihre neuen rosafarbenen Wildlederpumps sehen konnten.

Jessica und Deirdre wandten den Blick ab, aber Kate fiel darauf herein. »Ach, Sophie – deine Schuhe sind ja toll! Sind die neu?«

»Die alten Dinger? Nein – die habe ich schon seit Ewigkeiten. Ich hab sie mir vor ungefähr sechs Wochen bei Harvey Nicks gekauft«, sagte sie beiläufig. »Übrigens, was glaubt ihr? Wer wird die Ophelia spielen?« Sie ließ den Blick durch den Raum schweifen und schließlich auf Maeve ruhen, die den Arm locker um ihre Freundin Jacqueline Moynihan gelegt hatte. Sie hatten beide eine Flasche Rolling Rock in der Hand und unterhielten sich. Sophie verzog boshaft den Mund. »Wahrscheinlich Maeve. Ha! Der arme Mark Llewellyn wird sich ganz schön wundern, wenn er rausfindet, dass seine Ophelia lesbisch ist!«

»Ich bin mir ziemlich sicher, dass Maeve die Ophelia nicht spielt«, sagte Jessica. »Soweit ich weiß, fängt sie im Herbst wieder in *Ardmore Grove* an.«

Da sprang Deirdre auf und fragte: »Möchte irgendjemand was zu trinken?« Die drei Schauspielerinnen sahen sie erstaunt an, denn die Einzige von ihnen, die es sich leisten konnte, eine Runde auszugeben, war Sophie, und die bot so etwas nie an.

»Sophie – was möchtest du?«

»Danke, Deirdre, ich nehme noch mal das Gleiche.«

»Jessica? Kate?«

»Bist du dir sicher?«, fragte Kate.

»Ja.« Es wäre ihr eine Runde Drinks wert, wenn sie Sophie so davon abhalten konnte, weiter über die Besetzung der Ophelia zu spekulieren. »Wisst ihr, ich hab heute ein bisschen Geld reingekriegt.« Das stimmte sogar. Als sie ihre Mutter ein paar Stunden zuvor angerufen hatte, hatte diese ihr gesagt, sie habe soeben fünf ihrer Gemälde an ein großes Unternehmen verkauft und werde Deirdre einen Teil des Geldes abgeben. Sie hatte zwar keinen Betrag erwähnt, aber aufgrund ihrer fröhlichen Stimme rechnete Deirdre mit ungefähr hundert Pfund. Deirdre hatte sich wahnsinnig gefreut, denn das bedeutete, dass der Scheck für das Kleid, das sie sich für den Premierenabend gekauft hatte, doch nicht platzen würde.

Während sie darauf wartete, dass der Mann hinter der Theke ihr die Drinks gab, fragte sie sich, was Mark Llewellyn wohl sagen würde, wenn er herausfand, dass seine Ophelia völlig unbekannt war. Als sie dem Mann hinter der Theke das Geld reichte, sah sie ihr Spiegelbild hinter der Bar. Hör auf zu jammern, Deirdre, sagte sie sich. Schließlich muss jeder mal klein anfangen, und wenn es ein junger Schauspieler wie Mark Llewellyn schaffte, warum dann nicht auch sie?

Eigentlich ging's nur ums Selbstvertrauen. Wenn sie von jetzt an positiv dachte, würde sie vielleicht eine gesündere Lebenseinstellung entwickeln. Also reckte sie den Hals ein wenig, damit ihre Wangenknochen besser zur Geltung kamen, nahm das Wechselgeld mit einem freundlichen Lächeln von dem mürrischen Mann hinter der Theke entgegen und machte sich wieder auf den Weg zu Sophies Tisch. Dabei stellte sie fest, dass es gar nicht so leicht war, sich mit mehreren Flaschen elegant durch eine Menge zu bewegen, und sie versuchte, ihre Frustration mit einem gelangweilten Blick zu kaschieren.

»Was ist denn los mit dir, Deirdre? Du schaust aus, als hätte dir jemand was in den Hintern gesteckt.«

Sie bemerkte Rorys nervtötendes Grinsen, als er um sie herum zur Theke ging.

»Ach, Rory, du bist ja so was von pueril«, seufzte sie, erfreut darüber, das Wort endlich einmal verwenden zu können. Sie war in einem Artikel von *Vanity Fair* darüber gestolpert und hatte es so faszinierend gefunden, dass sie es in ihrem Wörterbuch nachgeschlagen hatte. Es bedeutete »infantil«, »substanzlos«. Wahrscheinlich, so dachte sie, würde Rory es nicht verstehen. Sie lächelte ihn mitleidig an.

»O nein, Schätzchen, ich bin alles andere als substanzlos«, sagte Rory mit einem anzüglichen Lachen. Verdammt. Rory liebte also auch schöne Wörter. »Ganz im Gegenteil. Soll ich dir das mal beweisen, Deirdre? An einem Ort, wo wir beide ganz allein sind?« Seine Stimme klang verführerisch, und sie spürte, dass er ihr Unbehagen genoss. Warum gelang es ihm immer wieder, sie dranzukriegen? Sie kam sich in seiner Gegenwart manchmal vor wie eine Zehnjährige. Sein Lachen hallte ihr in den Ohren, während sie sich einen Weg zurück zu ihrem Tisch bahnte.

Dort saßen mittlerweile auch ein paar Studenten der Gaiety School of Acting, die die Vorstellung gesehen hatten. Sophie hielt es offenbar nicht für angemessen, sich mit Studenten zu unterhalten, jetzt, wo sie selbst professionelle Schauspielerin war, denn sie hatte ihren Stuhl ein wenig weggerückt und bemühte sich, ihnen keinerlei Beachtung zu schenken. Erfreut darüber, Sophie endlich allein zu erwischen, rückte Deirdre ihren Stuhl zu ihr.

»Prost.«

»Prost.« Sophie nippte so vorsichtig an der Bierflasche, weil sie es, dachte Deirdre, wahrscheinlich hasste und nur tat, um nicht hoffnungslos altmodisch zu wirken. Deirdre fragte sich, wie sie die Unterhaltung in die Richtung lenken könnte, die sie sich vorstellte, ohne dass es zu auffällig wurde. Doch Sophie kam ihr ungewollt zu Hilfe.

»Wie hast du denn das Kleid von Ann Fitzroy gestern Abend gefunden? Das von deiner Freundin Eva Lavery ist ja im Gegensatz dazu ganz schön abgefallen.«

Deirdre war zwar der Meinung gewesen, dass Evas Kleid echte Klasse hatte, widersprach Sophie aber lieber nicht und gab nur ein unverbindliches Geräusch von sich.

»Ich finde, Ann hat einfach toll ausgesehen, eigentlich viel zu elegant für die Kneipe hier. Ganz schön traurige Feier gestern, was? Die Singerei und dann auch noch Wurststullen, oje. Sie hätten wenigstens Sushi bestellen können.« Sie trank einen weiteren Schluck aus ihrer Flasche. »Woher Ann das Kleid wohl hat? Es hat irgendwie französisch ausgeschaut.«

»Sie muss ziemlich viel Geld haben, was meinst du, Sophie?« Deirdre stürzte sich sofort auf die Gelegenheit, die sich ihr da bot.

»Allerdings.«

Deirdre wusste, dass das, was Sophie Burke als »reich« bezeichnete, viel mehr Geld bedeutete als das, was sie sich selbst darunter vorstellte, also musste Ann Fitzroy wirklich ziemlich wohlhabend sein. »Ich hätte nicht gedacht, dass man mit Seifenopern so gut verdient.«

»Ach, Ann ist finanziell unabhängig. Ihr Vater ist vor zwei Jahren gestorben und hat ihr ein Vermögen hinterlassen. Die Leute munkeln, dass sie Millionärin ist. Mein Großvater spielt Golf mit dem Notar, der das Testament aufgesetzt hat.«

Das war ja besser als erwartet, dachte Deirdre. Sophie war an jenem Abend ungewöhnlich mitteilsam. »Kennst du sie denn persönlich, Sophie?«

»Nun, nein … nicht persönlich.« Sophie war es offenbar nicht recht, das zugeben zu müssen. »Aber ich weiß eine ganze Menge über sie, durch den Golfklub«, fügte sie fröhlich hinzu.

»Das ist ja faszinierend«, sagte Deirdre. »Ich habe gehört, dass sie eine ziemlich komplexe Persönlichkeit ist.«

»Ja, das stimmt. Sie hat eine Menge tragische Sachen erlebt. Ich bin immer schon der Meinung gewesen, dass Leid den Menschen komplexer macht.«

Kein Wunder, dass Sophie selbst einer der eindimensionalsten Menschen war, die Deirdre je kennen gelernt hatte. »Was ist passiert, Sophie?«

»Ach, anscheinend hat sie ganz am Anfang ihrer Ehe ein paar Fehlgeburten und Frauenprobleme gehabt.«

»Ja, das ist wirklich tragisch. Aber sie hat dann doch noch ein Kind bekommen, oder?«

»Ja, ja, ein Mädchen namens Aoife.« Sophie war sichtlich erfreut darüber, Deirdre mit so viel Wissen über die Verbindung von David Lawless und Ann Fitzroy beeindrucken zu können. »Sie ist jetzt ungefähr achtzehn. Ich habe gehört, dass David sie abgöttisch liebt.«

Deirdre lächelte Sophie an, was ihr nicht leicht fiel. »Wie lange sind Ann und David denn schon verheiratet?«, fragte sie, als wolle sie nur das Gespräch weiterführen.

»Lass mich mal nachrechnen.« Es dauerte ewig. »Sicher mehr als zwanzig Jahre«, sagte sie schließlich.

»Wow – dann hat sie sich aber ganz schön gut gehalten.«

»Nun, sie waren noch sehr jung, als sie geheiratet haben, noch nicht mal zwanzig.« Sophie beugte sich ein bisschen vor. »Mein Großvater hat mir erzählt, dass sie heiraten *mussten*.«

»Du meinst, Ann war schwanger?« Sophie nickte. Deirdre zuckte die Achseln. »Na und?«

»Ich weiß, heute ist das keine große Sache mehr, aber damals schon. Besonders für Leute wie die Lawlesses und die Fitzroys. Ach, hallo, Finbar!« Sophie winkte lächelnd Finbar de Rossa zu, der gerade zur Theke wollte. Deirdre fürchtete schon, dass er bei ihnen stehen bleiben würde, doch zu ihrer Erleichterung schenkte er Sophie nur ein Lächeln, das er vermutlich zuvor lange genug im Spiegel geübt hatte, und ging weiter.

Zu Deirdres Freude fuhr Sophie genau dort fort, wo sie aufgehört hatte. »Weißt du, sie stammen beide aus sehr gutem Hause, und da ist es wichtig, dass man den Schein wahrt.«

»David kommt auch aus einer wohlhabenden Familie?«

»Aber ja. Das sind die Westmeath Lawlesses, du weißt schon – die Brauerfamilie.« Nun, dachte Deirdre, das wurde ja immer interessanter. »Obwohl David natürlich nicht so reich ist wie Ann«, sagte Sophie. »Seinem Vater war es nicht recht, dass er zum Theater gegangen ist, und er hat den größten Teil des Geldes Davids jüngerer Schwester vererbt.«

»Du bist ja ein Quell der Information, Sophie.«

Sophie schenkte ihr ein selbstgefälliges Lächeln. »Wart's ab, es wird noch besser. Ich hab dir ja gesagt, dass es eine tragische Geschichte ist.«

»Erzähl weiter«, ermutigte Deirdre sie. »Das ist alles wirklich sehr spannend.«

»Nun, Davids Schwester war die einzige Vernünftige in der Familie, jedenfalls hat Davids Vater das so gesehen. Seiner Ansicht nach waren die beiden Jungen …«

»Es gibt also auch noch einen Bruder?«

Sophie bedachte Deirdre mit einem bedeutungsvollen Blick. »Es *gab* einen Bruder.«

»Ist er tot?«

»Ja, er ist schon vor über zwanzig Jahren gestorben«, sagte Sophie mit einem Seufzen. Jetzt war sie ganz in ihrem Element. »Jedenfalls«, fuhr sie fort, »waren die beiden Jungen nach Ansicht von Davids Vater ganz und gar verantwortungslos, und deshalb konnte man ihnen das Familienvermögen nicht anvertrauen.«

Allmählich begann Sophie, Deirdre auf die Nerven zu

gehen, also beschleunigte sie die Angelegenheit ein wenig. »Aber die Ansicht des Vaters hat sich als falsch erwiesen«, sagte sie.

»Ja. David hat großen Erfolg gehabt, wie wir alle wissen – anders als sein älterer Bruder Richard. Ich habe gehört, dass sein Vater neulich vor dem ganzen Golfklub gesagt hat, sein zweiter Sohn sei ein Genie und ein integrer Mann, und es sei keine Schande gewesen, eine junge Frau zu schwängern, denn schließlich sei er ja zu Ann gestanden. Und außerdem hätten die beiden ihm zu einer hübschen kleinen Enkelin verholfen. Natürlich wäre es wirklich tragisch gewesen, wenn David etwas anderes gemacht hätte.«

»Das heißt also, dass es noch mehr tragische Zwischenfälle in ihrem Leben gegeben hat?«, fragte Deirdre.

Sophie sah Deirdre lächelnd aus ihren grünen Augen an. »Weißt du, Deirdre, eigentlich sollte ich dir das alles nicht erzählen, weil es mit jemandem zu tun hat, vor dem du, das weiß ich, große Achtung hast. Obwohl es inzwischen so lange her ist, dass die meisten Leute es wahrscheinlich vergessen haben.« Sophie schürzte die Lippen und nippte noch einmal an ihrer Bierflasche.

Der Lärmpegel im Pub war gestiegen, und Deirdre fiel es immer schwerer zu verstehen, was Sophie sagte. »Von wem sprichst du, Sophie?«, schrie sie fast. Sophie gab sich zurückhaltend. Offenbar wollte sie Deirdre noch ein bisschen auf die Folter spannen. »Ach, Sophie, nun mach kein solches Geheimnis daraus.«

Sophie sah Deirdre ein wenig beleidigt an. »Tja, tut mir Leid, Deirdre. Ich hatte immer gedacht, dass du dich nicht sonderlich für Garderobentratsch interessierst. Bis jetzt hast du jedenfalls nie danach gefragt.«

Deirdre fiel sofort eine Ausrede ein: »Nun, ich bin aber ein großer Fan von Ann Fitzroy.«

»Tatsächlich?« Sophie wirkte skeptisch. »Du hast sie bei der Party gestern Abend doch nicht mal erkannt.«

»Aber nur, weil das Licht so schlecht war und weil sie in Wirklichkeit so anders ausschaut.« Deirdre beobachtete, wie Finbar sich mit seinem Drink in ihre Richtung in Bewegung setzte. Diesmal sah es so aus, als wolle er sich zu ihnen gesellen, also gab sie sich keine allzu große Mühe mehr, die Dringlichkeit ihrer Fragen zu verbergen. »Nun sag doch, Sophie, wen hast du vorher gemeint?«, fragte sie. »Wolltest du damit andeuten, dass David vielleicht eine andere geheiratet hätte, wenn Ann Fitzroy nicht schwanger gewesen wäre?«

»Genau.«

»Wen?«

Sophie grinste süffisant. »Deine neue Freundin, Deirdre. Eva Lavery.«

Das erklärte manches. Deirdre hatte ja bereits vermutet, dass die beiden eine gemeinsame Vergangenheit hatten.

Finbar setzte sich neben Sophie, die Deirdre noch schnell etwas ins Ohr flüsterte, bevor sie sich Finbar zuwandte. Doch im selben Augenblick drehte jemand die Lautstärke des Fernsehers hoch. Völlig frustriert musste Deirdre Sophie bitten, das, was sie gesagt hatte, zu wiederholen.

»Ich habe gesagt«, zischte Sophie ihr zu, »dass Eva Lavery für den Tod von Davids Bruder Richard verantwortlich war. Wenn sie nicht gewesen wäre, wäre er heute noch am Leben.«

Deirdre reagierte zuerst ziemlich verblüfft, gab sich dann aber zynisch. »Ach, tatsächlich, Sophie?«

Sophies Gesicht nahm den Ausdruck an, den es immer hatte, wenn sie sich mit Angehörigen des anderen Geschlechts unterhielt. »Ja, Deirdre«, sagte sie und wandte ihr dann den Rücken zu.

Deirdre erhob sich. Sie war froh, dass Sophie ihr Gesicht nicht sehen konnte, denn sie war ziemlich verwirrt.

»Deirdre!« Kate O'Connor kam durch die Menge auf sie zu. »Deirdre!« Warum hast du uns das denn nicht früher erzählt? Maeve hat mir gerade gesagt, dass du die Ophelia spielst!«

»Ja, stimmt, Kate. David hat mir die Rolle gestern Abend angeboten.«

Aus den Augenwinkeln sah Deirdre, wie Sophie Burkes Rücken sich verkrampfte.

7

Am nächsten Morgen rief Deirdre als Erstes ihre Mutter an.

»Mum? Du erinnerst dich doch, dass ich dir neulich Abend gesagt habe, Eva Lavery kennt dich noch aus der Zeit an der Abbey School, oder? Du weißt doch auch, wer sie ist, stimmt's?«

»Aber sicher. Eva Lavery vergisst man nicht so schnell. Allerdings habe ich sie nicht lange gekannt, weil sie später in den Kurs gekommen ist als ich und ihn nicht zu Ende gemacht hat.«

»Könntest du mir was sagen?«

»Was denn genau?«

»Nun, Sophie hat mir gestern Abend so eine Geschichte über Eva erzählt, ist aber nicht bis zum Ende gekommen, und jetzt bin ich furchtbar neugierig, wie's ausgegangen ist.«

»Warum rufst du sie nicht einfach an?«

»*Eva*?«

»Nein, Dummerchen, Sophie natürlich.«

»Ach, Mum, das kann ich nicht machen. Dann müsste ich ihr auf Knien nachrutschen, und sie würde sich ins Fäustchen lachen. Außerdem wird sie mir jetzt, wo sie weiß, dass ich die Ophelia spiele, sowieso nichts mehr erzählen.«

»Sag bloß nicht, dass ihr euch immer noch nicht leiden könnt.«

»Doch. Du weißt ja, dass wir schon ein paar unangenehme Dinge miteinander erlebt haben, Mum.«

»Findest du das nicht auch ein bisschen kindisch, Deirdre? Die Sache mit Ben ist doch sicher schon zwei Jahre her. Es ist albern, jemandem so lange böse zu sein.«

»Es geht ja nicht nur um die Angelegenheit mit Ben, Mum. Sophie kann einem auch sonst ganz schön auf den Wecker gehen.«

Ihre Mutter seufzte, klang aber auch ein bisschen amüsiert. »Na schön. Was willst du wissen?«

»Nun, Sophie hat gesagt, dass ...«

»Augenblick, Deirdre«, sagte Rosaleen. »Ich habe eine Idee. Warum kommst du nicht einfach raus? Ruf mich an, wenn du unten an der Bray-Haltestelle bist, dann hole ich dich ab und lade dich zum Essen in Avoca Handweaver's ein. Mir geht's finanziell im Moment ganz gut, und außerdem haben wir uns schon Ewigkeiten nicht mehr richtig unterhalten.«

»Danke, Mum, du bist wirklich ein Schatz. Ich würde mich wahnsinnig über ein richtiges Essen freuen. Ich weiß nicht, wie lange ich schon aus der Dose esse.«

»Das kann ich mir vorstellen«, sagte Rosaleen. »Wahrscheinlich nicht nur aus Dosen, sondern auch noch dieses Zeug zum Mitnehmen. Komm so gegen drei, dann ist nicht mehr so viel los im Avoca.«

»Gut. Weißt du was, Mum? Vielleicht klingt das abgedroschen, aber ich liebe mein Leben. Tschüs.«

»Tschüs, Deirdre.« Deirdre hörte, dass ihre Mutter lächelte.

Sie legte auf und ging ins Schlafzimmer, um die Yoga-Übungen zu machen, die sie am Premierenabend bei Eva gesehen hatte. Deirdre hatte sich daraufhin sofort ein Buch über Yoga in einem Antiquariat gekauft. Leider war alles gar nicht so einfach, wie es auf den Fotos aussah, denn es gelang ihr nicht nur nicht, wie die junge Frau darauf immer zu lächeln, sondern sie wurde auch die ganze Zeit von allen möglichen Gedanken, die meisten davon ziemlich frivol, heimgesucht. Um sich davon abzulenken, legte sie eine Kassette von

Portishead ein. Dabei überlegte sie, welche Musik David Lawless wohl hörte. Wahrscheinlich nicht Portishead. Eher schon Mozart. Bestimmt etwas Klassisches. Sie stellte sich die beiden zusammen im Bett vor, Mozart-Musik im Hintergrund: Die weißen Laken hatten sich in einer Ecke des Betts gebauscht, und das Sonnenlicht drang durch die dünnen weißen Vorhänge. Sie lagen vom Sex erschöpft und befriedigt ineinander verschlungen da, und ihr Haar war auf den Kissen ausgebreitet wie ein Fächer. Was würde er wohl zu ihr sagen? Wahrscheinlich so etwas wie »Ich bete dich an«, dachte Deirdre.

Was tat sie da bloß? Sie vergeudete ihre Zeit immer noch mit sexuellen Phantasien über einen Mann, der ihr deutlich zu verstehen gegeben hatte, dass er sich nicht für sie interessierte. An jenem Abend der Generalprobe war sie überzeugt davon gewesen, dass er sie begehrte, doch inzwischen wusste sie, dass dem nicht so war. Wenn sie sich selbst gegenüber ganz ehrlich war, musste sie zugeben, dass seine Geste, ihr den Morgenmantel wieder über die Schulter zu schieben, eher etwas Väterliches gehabt hatte.

Deirdre drehte Portishead lauter und summte mit, um die Verlegenheit darüber, dass sie sich so getäuscht hatte, zu übertönen. Und dann versetzte sie dem Yoga-Buch einen Tritt, sodass es unterm Bett landete.

Sogar um drei Uhr nachmittags war die Hölle los im Avoca Handweaver's. Ganze Busladungen mit Touristen waren hier abgestiegen, und Deirdre und Rosaleen mussten fast fünfzehn Minuten lang anstehen, bis sie mit ihren vollbeladenen Tabletts die Kasse erreichten.

Es war wieder ein strahlender Tag. Die Hitzewelle dauerte nun schon die zweite Woche an, und auf der Terrasse vor dem Lokal saßen entspannte, gut gelaunte Leute. Die Gärten rund herum waren voller Blumen, und von den Balken an der Terrasse hingen ebenfalls Blumenkörbe. Deirdre und Rosaleen entdeckten einen leeren Tisch gleich bei den Stufen, die hinunter zum Rasen führten, wo eine alte Zypresse mit tief hängenden Ästen stand.

Während sie warteten, hatte Rosaleen Deirdre alle Neuigkeiten über die Familie erzählt, und jetzt fragte Deirdre sie nach Eva Lavery.

»Ich hab schon drauf gewartet, dass du darauf zu sprechen kommst«, sagte Rosaleen, als Deirdre sich über ihre Pasta hermachte. »In deinem Beruf hat man ständig mit Klatsch zu tun. Früher hast du dich nie für solche Sachen interessiert. Wahrscheinlich fängst du irgendwann auch noch an, Teenie-Magazine zu lesen.« Deirdre erwähnte lieber nichts davon, dass sie in ihrer Freizeit tatsächlich ziemlich häufig das *Hello!*-Magazin las.

Rosaleen holte ein braunes DIN-A4-Kuvert aus ihrer Handtasche und schob es Deirdre hinüber. »Hier. Schau dir das mal an.«

Deirdre öffnete den Umschlag und holte drei ziemlich abgegriffene Schwarzweißfotos heraus. »Wow!«, sagte sie. »Wo hast du denn die her?«

»Aus einer Kiste im Speicher. Da sind auch noch ein paar alte Theaterprogramme drin.«

»Die sind ja toll, Mum.«

Auf dem ersten Foto waren ein paar Leute zu sehen, die um eine halbfertige Theaterkulisse herumstanden. Einen Augenblick lang glaubte Deirdre sich selbst darauf zu erkennen, doch dann begriff sie, dass das ihre Mutter sein musste, ungefähr zwanzig Jahre jünger. »Mein Gott, Mum, wie jung du da bist! Und wie schön!« Ihre Mutter stand ein wenig abseits von der Gruppe. Sie trug eine Jeans und ein weißes Männerhemd, und die lockigen Haare fielen ihr über die Schulter.

Rosaleen lehnte sich lächelnd zurück. »Damals war ich nicht viel jünger als du jetzt«, sagte sie. »Schau dir das Foto noch mal genauer an.«

Deirdre wandte sich wieder dem Bild zu

Im Vordergrund stand eine zierliche Frau, die trotzig die Hände in die Hüften gestemmt hatte und in die Kamera lachte. Sie trug eine enge Satinhose, ein Top und hohe Schuhe mit Knöchelriemen und großen Tupfen. Sie hatte lange blonde Haare und riesige, schwarz geschminkte Augen, die Deirdre unter dem langen Pony gerade noch erkennen konnte. Sie sah aus wie eine Zwölfjährige.

»Das ist Eva!«

»David hat das Foto bei den Proben gemacht. Ich erinnere mich nicht mal mehr, welches Stück das war.« Rosaleen trank einen Schluck Wein. »Erkennst du die Frau da hinten rechts?«

Deirdre betrachtete das Bild noch einmal und erkannte Ann Fitzroy, die ein wenig rechts hinter Eva stand. Ann bedachte Eva mit einem bösen Blick von der Seite. Sie hatte sich also überhaupt nicht verändert.

»Das heißt, dass sie alle drei zur gleichen Zeit an der Abbey School waren? Was für ein erstaunliches Foto!«

»Schau dir die anderen auch noch an. Du kannst sie behalten, wenn du möchtest.«

»Danke, Mum. Die sind ein Stück Theatergeschichte.« Deirdre legte das Probenfoto auf den Tisch. Das nächste Bild zeigte David Lawless. Er saß auf dem Boden, den Rücken gegen die Wand gelehnt, schlaksig und locker wie immer. Damals waren seine Haare ein wenig länger gewesen, und er wirkte fast ein bisschen zu dünn. Auf dem Foto schaute er mit jenem eindringlichen Blick, den Deirdre nur zu gut kannte, von der Kamera weg. Sie konnte sich schon denken, wen er ansah.

Bei dem dritten Bild handelte es sich um eine Großaufnahme von Eva, wahrscheinlich an einem windigen Tag am Strand fotografiert. Sie hatte den Mantelkragen hochgeschlagen, und der Wind blies ihr die Haare ins Gesicht. Sie schaute nicht in die Kamera, und sie lächelte auch nicht. Ihre grauen, ungeschminkten Augen wirkten fast schwarz. Sie sah unglaublich traurig, aber auch sehr, sehr schön aus.

»Für welche Produktion war denn dieses Foto, Mum?«

»Keine Ahnung, Deirdre.«

Deirdre starrte das Foto noch eine Weile an, bevor sie es zu den anderen legte und sich dann wieder über ihr Essen hermachte. »Sophie Burke hat gestern Abend angedeutet, dass David etwas mit Eva hatte.«

»Das stimmt.« Rosaleen schob den Salzstreuer ans andere Ende des Tisches. »Du solltest nicht so viel Salz verwenden, Deirdre.«

»Tut mir Leid, Mum. Erzähl weiter.«

»Lass mich überlegen. Ich weiß noch, dass Eva auf der Bühne ausgeflippt ist, ungefähr sechs Monate nachdem David die Sache mit Ann angefangen hatte. Ann war ziemlich irritiert, denn sie hat David als eine Art Trophäe betrachtet. So Unrecht hatte sie mit der Einschätzung wahrscheinlich auch nicht.«

Deirdre konnte das verstehen. »Sophie hat mir erzählt, dass er aus der Familie der Westmeath Lawlesses stammt.«

»Ja, aber bei der Trophäenjagd ging's nicht nur um den gesellschaftlichen Aspekt, Deirdre. David hatte einfach auch Glamour. Er hatte Energie und Stil und sah gut aus – er hatte einfach alles. Wenn ich ehrlich bin, hätte ich ihn auch nicht von der Bettkante gestoßen, aber ihm bin ich vermutlich nicht mal aufgefallen.«

»Doch, bestimmt, Mum. Du hast so toll ausgesehen auf dem Foto.«

Rosaleen lächelte. »Danke, Schatz. Jedenfalls waren er und Ann ein wunderschönes Paar. Ann hat das natürlich gewusst.«

»Und wie war *sie*?«

»Spröde. Egoistisch. Schwierig – aber gesellschaftlich gefragt. Ich muss sagen, ich habe mir nie die Mühe gemacht, sie richtig kennen zu lernen. Ich weiß noch, dass sie absolut keinen Sinn für Humor hatte.« Rosaleen schenkte Deirdre Wasser nach und füllte dann ihr eigenes Weinglas damit auf. »Alle haben sich gefragt, wieso David sich die Beziehung mit ihr angetan hat, aber sie war eben ausgesprochen kultiviert und schön, und wir waren damals alle noch jung und leicht zu beeindrucken und haben solchen Dingen zu große Bedeutung beigemessen. Mein Gott, Deirdre, du scheinst ja am Verhungern zu sein! So, wie du die Pasta reinschlingst! Wahrscheinlich hast du wieder nicht regelmäßig gegessen, oder?«

»Ich versuch's, Mum. Und ich nehme jeden Tag Vitamintabletten.«

Rosaleen seufzte. »Du musst besser auf deine Gesundheit achten, Deirdre, das habe ich dir schon oft gesagt. Ich wusste, dass du dich nicht mehr ums Essen kümmern würdest, sobald du allein wohnst. Du hast abgenommen. Bevor du wieder in die Stadt zurückfährst, kommst du noch mit nach Hause und nimmst ein paar frische Lebensmittel mit.«

»Danke, Mum.« Deirdre brach ein Stück Vollkornbrot ab und steckte es in den Mund. »Und was ist passiert, als Eva in der Abbey School aufgetaucht ist?«

»Sie hat uns alle sofort an die Wand gespielt.« Rosaleen runzelte die Stirn und versuchte, sich zurückzuerinnern. »Jemand hatte sie in einer Amateur-Inszenierung von *Pygmalion* entdeckt und sie gefragt, ob sie nicht die Schule besuchen will. Das wundert mich nicht. Sie ist einfach ein Naturtalent.«

»War sie das auch schon ganz am Anfang?«

»Ja. Und sie war wunderschön. Die beiden hätten ein attraktives Paar abgegeben. Ich kann's David nicht verdenken, dass er sich in sie verliebt hat. Sie war menschlich und klug und witzig.«

»Tja, das ist sie immer noch.«

»Das kann ich mir vorstellen.«

»Was ist dann passiert, Mum?« Deirdre spießte die letzte Nudel auf und wandte sich ihrem Salat zu.

»Was hat Sophie dir gestern Abend erzählt?«

»Dass David ihrer Meinung nach Ann Fitzroy nur geheiratet hat, weil er sie geschwängert hatte.«

Rosaleen nickte.

»Und außerdem hat sie etwas ziemlich Schlimmes über Eva gesagt.«

»Wahrscheinlich hat sie Davids Bruder erwähnt, oder?«

Deirdre bekam große Augen. »Das ist doch nicht wahr, oder?«

Rosaleen fragte vorsichtig: »Was genau ist nicht wahr?«

»Dass Eva Lavery für seinen Tod verantwortlich ist.«

Rosaleen lachte. »*Das* hat Sophie dir also erzählt? Tja, dann bin ich ja froh, dass ich die Sache wieder ins Lot rücken kann.«

»Fein.« Deirdre biss in eine Cocktailtomate, und der Saft spritzte auf ihr weißes T-Shirt, genau auf die Stelle, wo sich ihre Brustwarze durchdrückte. »Scheiße«, sagte sie und rieb erfolglos mit einer Papierserviette daran herum.

»Lass mich überlegen. Ich weiß noch, dass Ann ihre Schwangerschaft nicht lange, nachdem David die Sache mit Eva angefangen hatte, verkündet hat. David und Eva hatten eine Weile versucht, die Geschichte geheim zu halten, aber sie waren so offensichtlich glücklich miteinander, dass sie das einfach nicht schafften. Nicht einmal die besten Schauspieler der Welt hätten sich so verstellen können.« Rosaleen lächelte wehmütig. »Es war so schade. Sie waren wie geschaffen füreinander, wie die zwei Hälften einer Seele.«

Deirdre machte sich über ihre Erdbeernachspeise her.

»Aber David hatte das Gefühl, dass er sich Ann gegenüber nicht aus der Verantwortung stehlen darf?«

»Ja. Er war ein verantwortungsbewusster Mann. Ist er wahrscheinlich immer noch.«

»Stimmt«, sagte Deirdre, nicht ganz ohne Bedauern.

»Ich weiß, dass beide Familien großen Druck auf ihn ausgeübt haben, damit er sie heiratet. Seine Mutter war damals sehr krank; sie hatte Krebs. Das hat seine Entscheidung mit Sicherheit beeinflusst. Sie ist kurz nach seiner Heirat mit Ann gestorben.«

»Armer David.«

»Und arme Eva. Sie hat die Sache ziemlich aus der Bahn geworfen.«

»Tatsächlich?«

»Ja, und da kommt Davids Bruder ins Spiel. Soll ich uns einen Kaffee holen?«

»Nein, danke, Mum, die Geschichte ist einfach zu spannend. Hör jetzt bitte nicht auf.«

»Na schön. Aber dann gib mir was von deiner Nachspeise ab. Die sieht lecker aus.«

Deirdre reichte ihrer Mutter einen großen Löffel ihrer Erdbeernachspeise.

»Hm, wunderbar. Jedenfalls«, sagte Rosaleen und wischte sich den Mund ab, »ist Eva völlig verzweifelt. Sie ist nach London gegangen, und offenbar war der einzige Kontakt, den sie dort noch zu David hatte, der über seinen älteren Bruder Richard. Der war ein ziemlicher Teufelsbraten und ein Schwein – sein Vater hatte ihn praktisch enterbt.«

»Sophie hat das auch erwähnt. Hast du ihn je kennen gelernt?«

»Ich habe ihn einmal auf einer Party in Dublin gesehen. Er war David ähnlich, allerdings noch hagerer, fast schon ausgemergelt. War gar nicht unattraktiv. Ein bisschen hat er ausgeschaut wie der junge Keith Richards.«

»Und Eva hat sich auf ihn eingelassen?«

»Ja, die klassische Ersatzhandlung. Dabei war Rick alles andere als gut für sie. Er hat einfach alles gemacht: Sex, Drogen und sogar ein bisschen Rock 'n' Roll. War der Leadsänger von so 'ner Band – wie hieß die gleich wieder? ›Mephisto Ritz‹, ja genau. Das war die Zeit des Glam Rock.«

»Glam Rock? Du meinst David Bowie und Roxy Music und solche Sachen?«

»Genau. Ich war damals ganz versessen auf Steve Harley. Wahrscheinlich habe ich sogar noch ein paar von seinen Platten oben im Speicher. Noch ein bisschen Nachspeise, bitte.«

»Du kannst den ganzen Rest haben, Mum. Ich bin satt.« Deirdre schob ihrer Mutter den Teller hin.

»Jedenfalls hat Eva sich treiben lassen. Sie hat Drogen genommen. Soweit ich weiß, war sie in den ersten paar Monaten in London ganz schön fertig.«

Als eine Angestellte die Teller abräumte, hörte Rosaleen kurz auf zu reden.

»War alles in Ordnung?«, fragte die junge Frau mit einem Lächeln.

»Ja, wunderbar. Besonders die Erdbeernachspeise. Von der hätte ich gern das Rezept«, antwortete Rosaleen.

»Ach, ich fürchte, das ist geheim«, sagte die junge Frau und stellte die Teller auf ein Tablett. »Schöner Tag heute, finden Sie nicht auch? Wenn das Wetter schön ist, sind auch die Leute gut drauf. Das macht meinen Job viel angenehmer.

Wär's nicht toll, wenn wir jeden Sommer so schönes Wetter hätten?«

Die junge Frau war wirklich sehr nett, aber Deirdre wünschte sich, dass sie endlich verschwand, denn so würde sie das Ende der Geschichte nie hören.

»Ich hab neulich in der Zeitung gelesen, dass das alles mit der globalen Erwärmung zu tun hat«, sagte Rosaleen. Oje, dachte Deirdre, jetzt stieg ihre Mutter auch noch in das Gespräch ein. »Das Ozonloch ...«

Mit einem resignierten »Entschuldigt mich einen Augenblick« erhob sich Deirdre, um doch noch einen Kaffee zu holen. Als sie zurückkehrte, war ihr Tisch sauber und die junge Frau verschwunden.

Sie stellte den Kaffee vor ihrer Mutter ab und setzte sich wieder. »Danke«, sagte Rosaleen und warf einen Blick auf ihre Uhr. »Mein Gott, ist es schon so spät? Da erzähle ich wohl lieber die Geschichte mit Eva weiter, wenn du auch noch ein paar frische Lebensmittel kriegen sollst. Du musst bald wieder zum Bahnhof. Wo war ich stehen geblieben?«

»Eva war gerade mit Davids Bruder Rick zusammen.«

»Ja, genau. Nun, eines Abends sind sie und Rick völlig zugedröhnt zu einem Gig außerhalb von London gefahren. Sie hatten einen Unfall, und Rick war auf der Stelle tot. Keiner weiß, wer schuld war.«

Einen Augenblick lang verschlug es Deirdre die Sprache. »Mein Gott, Mum, das ist ja kaum zu glauben.«

»Traurig, nicht?«

Wieder schwieg Deirdre eine Weile, dann sagte sie: »Was war mit Eva?«

»Sie war offenbar nicht so schwer verletzt. Aber natürlich steckt man so etwas nicht so leicht weg.«

Deirdre erinnerte sich wieder an die Narbe am Oberschenkel der Schauspielerin.

»Wie ist Eva damit zurechtgekommen? Was hat sie nach dem Unfall gemacht?«

»Sie ist eine Weile untergetaucht. Dann hat sie sich irgendwann zusammengerissen und mit den Drogen aufgehört. Und sie ist wieder nach London zurück. Sie hat ein Stipendium der RADA bekommen. Und der Rest ist, wie es so schön heißt, Geschichte.« Rosaleen erhob sich von ihrem Stuhl. »Komm, Deirdre, wir müssen gehen.«

»Mum?«

»Ja?«

»Sophie hat mir erzählt, dass Ann kurz nach der Heirat mit David eine Fehlgeburt hatte. Stimmt das? Oder meinst du, sie war vielleicht gar nicht schwanger, als sie ihn geheiratet hat? Möglicherweise hat sie ja gedacht, durch diese Schwangerschaft könnte sie ihn an sich binden.«

Rosaleen zuckte lächelnd die Achseln. »Tja, das weiß wahrscheinlich nur Ann selbst mit letzter Sicherheit. Weißt du, ich habe nach dir zwei Abgänge gehabt, und das würde ich niemandem wünschen. Aber für manche Frauen kommt so etwas gerade recht. Du bist sicher auch nicht die Erste, die auf diesen Gedanken kommt, Deirdre. Ich habe Ann nie für den mütterlichen Typ gehalten, und ich kann mir auch nicht vorstellen, dass sie einfach so in eine Schwangerschaft hineinstolpert, dazu war Ann viel zu kontrolliert. Sie wollte immer alles bekommen, was sie sich einbildet. Und damals wollte sie Erfolg als Schauspielerin.«

Und David Lawless wollte sie auch bekommen, dachte Deirdre, als sie ihrer Mutter zum Wagen folgte.

An jenem Abend kam sie mit mehreren Tüten voller frischer Lebensmittel – Salat, Tomaten, Frühlingszwiebeln, Radieschen, Brokkoli, Spargel, Kartoffeln und Bio-Eiern – im Theater an. Rosaleen hatte darauf bestanden, dass sie alles mitnahm, obwohl Deirdre genau wusste, dass sie wahrscheinlich nicht einmal die Hälfte davon essen konnte. Die andere Hälfte würde im Kühlschrank vor sich hin schimmeln. Deirdre hatte einfach keine Begabung fürs Kochen. Sie und Sarah hatten in den ersten Wochen ihres Zusammenwohnens versuchte, sich beim Küchendienst abzuwechseln, es aber schon bald wieder sein lassen. Am Ende hatte dann doch fast immer Sarah gekocht. Dafür hatte Deirdre die meisten anderen Aufgaben im Haushalt übernommen, wie zum Beispiel Staub saugen oder das Bad putzen.

Während Deirdre nun die Treppe zu ihrer Garderobe hinaufkeuchte, hatte sie eine Idee. Sie würde einen Teil der Lebensmittel verschenken. Maeve würde sich darüber freuen, das wusste sie, denn ihre Freundin Jacqueline arbeitete für einen Partyservice und war eine teuflisch gute Köchin. Vielleicht konnte auch Rory etwas davon brauchen, obwohl sie sich nicht vorstellen konnte, dass er sich jemals die Mühe machte zu kochen, oder dass Marian je die Zeit dazu fand. Dass Eva nichts damit anzufangen wusste, war Deirdre klar. Sie würde höchstens sagen: »Es gibt doch andere Leute, die kochen und einem die Sachen dann fertig ins Haus bringen, oder?« Dann fiel ihr wieder ein, dass Eva vor der Vorstellung gern ein rohes Ei zu sich nahm.

Also stellte Deirdre die Tüten auf dem Treppenabsatz ab und kramte eine Schachtel mit dem Aufdruck eines glücklich vor sich hin pickenden Huhns daraus hervor. Dann klopfte sie an Evas Tür. Als sie nichts hörte, versuchte sie es noch einmal, diesmal lauter. Offenbar war sie noch nicht in ihrer Garderobe. Deirdre beschloss, ihr die Eier einfach auf den Garderobentisch zu stellen.

Als sie die Tür aufmachte, hätte sie den Eierkarton fast vor Schreck auf den Boden fallen lassen. David Lawless kam gerade aus der Dusche am anderen Ende des Raumes. Er war tropfnass und nackt. Einen Augenblick lang bemerkte er ihre Anwesenheit nicht, und Deirdre hielt den Atem an, in der Hoffnung, dass er wieder in die Dusche zurückkehren würde, ohne sie zu sehen. Doch dann entdeckte er sie. Im Gegensatz zu Deirdre schien ihn das Treffen nicht im Geringsten aus der Fassung zu bringen. Ganz ruhig streckte er die Hand nach einem Handtuch aus.

»Ach, Deirdre, natürlich bist du es«, sagte er und schüttelte ein wenig belustigt den Kopf, während er das Handtuch um seine schmalen Hüften schlang. »Bitte entschuldige dich jetzt nicht schon wieder.« Dann gähnte er und strich sich mit der Hand über das unrasierte Kinn.

Wenn er ihr die Entschuldigung doch zugestanden hätte! Jetzt konnte sie ihm nicht einmal erklären, warum sie einfach in Eva Laverys Garderobe gekommen war. Sie kam sich sehr albern vor. Den Eierkarton immer noch gegen die Brust gepresst, drehte sie sich zur Tür um, wo Eva mit leicht tadelndem Gesichtsausdruck vor ihr stand.

»David. Du hast wieder meine Dusche benutzt, ohne mich vorher zu fragen. Ich weiß, dass das die einzige gut funktionierende im ganzen Theater ist, aber ich hatte fast kein Duschgel mehr, und ich würde wetten, dass du's aufgebraucht hast.« Dann marschierte sie in den Raum und schlüpfte aus ihren Sandalen, bevor sie Deirdre mit einem strahlenden Lächeln begrüßte. »Hallo, Schätzchen.«

Eva machte nicht den Eindruck, als fände sie es merkwürdig, Deirdre O'Dare mitten in ihrer Garderobe, gleich neben einem halbnackten David Lawless stehend, vorzufinden. Das verwirrte Deirdre noch mehr. Sie hatte das Gefühl, dass sie die Situation erklären sollte, aber sie brachte keinen Ton heraus. Stattdessen stolperte sie auf die Schauspielerin zu, drückte ihr den Eierkarton in die Hand, drehte sich um und verschwand in Richtung Tür.

»Für mich? Das ist aber nett«, hörte sie Eva mit verwunderter Stimme sagen. Hoffentlich, dachte Deirdre, war dort noch niemand von den anderen, denn sie brauchte jetzt ein bisschen Zeit, um die peinliche Situation zu verarbeiten. Als David Lawless die Hand nach dem Handtuch ausgestreckt hatte, war ihr etwas Ungewöhnliches auf seinem gebräunten Unterleib, knapp über seiner Schambehaarung, aufgefallen. Aus Angst davor, dass er ihren Blick falsch interpretieren könnte, hatte sie nicht allzu lange hingesehen, aber sie konnte mit ziemlicher Sicherheit sagen, was es gewesen war: die gleiche Tätowierung, die Eva Lavery im Nacken trug – ein Kampffisch; nur war die seine noch ganz frisch.

An jenem Abend war kaum jemand aus der Truppe im Meagher's. Kate und Jessica hatten sich auf die Jagd nach männlichen Begleitern begeben, und Maeve wollte sich in der Spätvorstellung einen Film ansehen, den Deirdre schon kannte. Deirdre beschloss, die anderen nicht in The Kitchen zu begleiten, weil sie Eva unbedingt eine Erklärung für die peinliche Situation in ihrer Garderobe geben wollte. Doch zu ihrer Enttäuschung konnte sie Eva im Meagher's nirgends entdecken.

Als sie ihren Weißwein bezahlte, sah sie sich nach bekannten Gesichtern um. Adrian Pierce saß ganz allein in einer Ecke und las ein Buch. Offenbar wollte er nicht gestört werden. Finbar de Rossa war ins Gespräch mit einer attraktiven Asiatin vertieft, und Deirdre hatte nicht den Eindruck, dass er ihre Gesellschaft suchte. Um den Billardtisch herum standen noch ein paar andere Leute vom Theater, aber Deirdre war keine gute Billardspielerin. In der Gruppe war auch Joe aus der Bühnenschreinerei, der ein Auge auf Deirdre hatte, die sein Interesse jedoch nicht erwiderte.

Sie winkte den Jungs freundlich zu und setzte sich allein an einen Tisch, auf dem jemand einen *Evening Herald* hatte liegen lassen. Sie nahm die Zeitung in die Hand und verfluchte sich dabei innerlich dafür, dass sie sich den Wein gekauft hatte, bevor sie sich sicher sein konnte, angenehme Gesellschaft zu haben. Wäre sie doch gleich nach Hause gegangen! Sie blätterte den *Evening Herald* durch und trank ihren Wein in kleinen, schnellen Schlucken. Nach einer Weile legte sie die Zeitung weg, griff nach ihrem Rucksack und machte sich auf den Weg zur Tür. Sie spürte Joes Blick auf sich, als sie am Billardtisch vorbeikam. Als sie durch die Tür ging, stieß sie mit Rory McDonagh zusammen.

»Na, gehst du schon nach Hause, Schätzchen?«

»Hallo, Rory. Ja, ist niemand da heute Abend.«

»Bin ich niemand? Komm, ich spendiere dir einen Drink.«

Deirdre überlegte, was ihr lieber wäre: Sich zu Hause vor den Fernseher zu setzen und sich irgendeine alberne Talkshow anzusehen oder sich mit Rory zu unterhalten. Rory gewann. »Na schön. Danke, Rory.«

»Wahrscheinlich willst du wieder diesen scheußlichen Weißwein, oder? Wie du das Zeug bloß verträgst. Önophil wirst du wohl nie werden, was, Deirdre?«

Deirdre nahm sich vor, das Wort später nachzuschlagen. Sie würde Rory jedenfalls nicht den Gefallen tun, ihn danach zu fragen. So wie sie ihn kannte, war es nur ein bombastischer Ausdruck für etwas Anzügliches. Sie ging wieder zu dem Tisch, den sie gerade verlassen hatte, und widmete sich erneut dem *Evening Herald*. Finbar de Rossa hatte inzwischen lässig den Arm auf die Bank hinter dem Rücken der attraktiven Asiatin gelegt, die seinen Ausführungen mit zunehmend gelangweiltem Gesichtsausdruck lauschte.

Als Rory zurückkam, stellte er die Drinks ab, warf seinen Mantel über die Rückenlehne der Sitzbank und setzte sich neben sie. Dann trank er einen großen Schluck von seinem

Bier, wischte sich den Mund mit dem Handrücken ab und atmete tief durch. »Ah, das war gut. Genau das Richtige.«

»Du hast also wieder einen Kater, wie üblich. Siehst auch nicht besonders aus, das muss ich dir schon sagen.«

»Aufmerksam wie immer, meine liebe Deirdre. Meine äußere Erscheinung spiegelt ziemlich genau meine innere Befindlichkeit wider.«

»Wo hast du dich gestern Abend denn herumgetrieben?«

»Ich war in schlechter Gesellschaft.«

»In wessen?«

»Ach, ich war mit meinem guten Freund und Trinkkumpan Aidan Hughes unterwegs. Hinterher sind noch Finbar und Lawless dazugestoßen.«

»*David* Lawless?«

»Ja«, sagte Rory, überrascht über ihren ungläubigen Tonfall.

»Du hast dich mit David Lawless voll laufen lassen?«

»Mein Gott, Deirdre, was ist da schon Sensationelles dran? Sogar ein Supertyp wie David kann sich hin und wieder mal hängen lassen. Ich hätte eigentlich erwartet, dass dich Finbars Anwesenheit mehr überrascht.«

Deirdre war allerdings neugierig. »Ja, stimmt, das ist auch merkwürdig. Wieso war er dabei?« Sie wusste, dass Rory nur mit Finbar de Rossa ausging, wenn er es gar nicht vermeiden konnte.

»Er kommt in einen Nachtklub, den ich mir gern mal anschauen wollte.«

»Ach. Wo denn?«

»Ist ein kleines Hotel in Ballsbridge. Ziemlich trauriger Schuppen, wie sich später rausgestellt hat, aber wir haben uns trotzdem ordentlich einen hinter die Binde gegossen.«

»Ich kann mir gar nicht vorstellen, dass David Lawless sich betrinkt.«

»Er ist wunderbar als Betrunkener. Ein richtiger Lord. Ganz anders als Finbar. Der wird bösartig.« Rory griff in die Tasche seines Mantels und holte zwei Päckchen Erdnüsse heraus. Eins schob er ihr hin. »Da. Damit du wieder ein bisschen was auf die Rippen kriegst, Deirdre. Marian hat mir erklärt, dass die Dinger jede Menge Kalorien haben.«

Deirdre wollte mehr über David Lawless hören. »Wie lange seid ihr denn unterwegs gewesen?«, fragte sie.

»Keine Ahnung.« Rory steckte eine Hand voll Erdnüsse in den Mund. »Ziemlich lange. Irgendwann als Finbar seine Liam-Neeson-Story zum dritten Mal erzählt hat, haben wir's dann nicht mehr ausgehalten.«

»Welche denn?«

Er lächelte sie an. »Tja, dachte ich mir's doch, dass du auch schon die meisten kennst. Die, die folgendermaßen beginnt: ›Als Liam und ich bei den Dreharbeiten zu *Excalibur* mitgemacht haben, waren wir öfter in einem tollen Pub, das hieß Sheehan's …‹ und so weiter und so fort …« Rory fing an zu schnarchen.

»Ich glaube, die habe ich noch nicht gehört«, sagte Deirdre lächelnd.

»Tja, Schätzchen, dann hast du was verpasst! Schau, da drüben ist er. Soll ich ihn rüberholen?« Dabei stand er auf und winkte Finbar de Rossa zu. Deirdre versuchte, ihn daran zu hindern und ihn auf seinen Platz zurückzuziehen.

Finbar winkte zurück, offenbar erfreut darüber, mit der attraktiven Asiatin gesehen worden zu sein. »Hallo, Rory. Wie geht's deinem Kater?«, rief er Rory zu.

»Wahrscheinlich schlechter als deinem, aber mit ziemlicher Sicherheit nicht ganz so schlecht wie dem von David. Er hat heute Abend gar nicht gut ausgesehen. Nachdem wir uns von dir getrennt hatten, sind wir noch im MacNamara's gelandet.«

»Selber schuld«, sagte Finbar lächelnd und wandte sich wieder der asiatischen Schönheit zu.

»Wo ist denn MacNamara's?«, fragte Deirdre.

Rory hörte ihr nicht zu. »Ganz schön sexy«, murmelte er, halb zu sich selbst, während er Finbars Exotin beäugte. »Wie macht er's nur? Vielleicht überlegt sie sich's anders und kommt mit zu mir, wenn ich ihn dazu bringe, ihr seine Filmstar-Geschichten zu erzählen.«

»Wo ist MacNamara's?«, fragte Deirdre noch einmal.

»Das weißt du nicht?«, fragte er ungläubig. »Ach, das hab ich völlig vergessen: Du bist ja Deirdre O'Dare.«

Verletzt über seine Andeutung, dass sie nicht allzu viel Ahnung von der Welt hatte, wehrte sie sich: »Es ist nicht so, dass ich überhaupt nichts über das Dubliner Nachtleben weiß, Rory, obwohl ich aus der Provinz komme. Letzten Freitag war ich zum Beispiel im Renard's und am Wochenende davor im Lillie's und an Jessicas Geburtstag im POD. Später werde ich wahrscheinlich noch ein paar Freunde in The Kitchen treffen.« Doch tatsächlich hatte sie keine Lust mehr, hinüber in die andere Kneipe zu gehen.

Rory warf den Kopf in den Nacken und lachte. »Nein, ich glaube dir gern, dass du schon in ein paar Lokalen warst, Deirdre, aber das hatte ich nicht gemeint. Wahrscheinlich ist es auch nur Wunschdenken meinerseits, wenn ich mir einbilde, dass du noch ›intacta‹ bist.« Deirdre sah ihn verständnislos an, woraufhin er sie mit einem übertrieben hoffnungsvollen Blick bedachte. »Soll das heißen, dass du's bist?«

»Wie bitte?«

»›Intacta‹, wie in ›virgo intacta‹. Ich habe den Eindruck, dass Jungfrauen heute ungefähr so selten sind wie Einhörner. Aber wenn du meine Frage korrekt beantwortest, könnte dies der Abend der Abende für dich werden, Deirdre.«

»Ich bin nicht Jungfrau, sondern Steinbock.«

Wieder lachte Rory. »Mein Gott, Deirdre, das ist doch nicht dein Ernst, oder? Sogar Suki Hayes hätte den Witz verstanden, und die ist schon seit Jahren nicht mehr ›intacta‹.«

»Dann erklär mir's doch.«

»Dir was beizubringen, macht wirklich Spaß, Deirdre. Das Wort ›intacta‹ bezieht sich auf das unverletzte Jungfernhäutchen.«

Wieder war Deirdre Rory ins offene Messer gelaufen. Sie wurde tiefrot. »Du bist wirklich unmöglich, Rory«, sagte sie und wandte den Blick ab.

»Ich weiß«, sagte er selbstzufrieden, während er sein Bier austrank und noch ein weiteres bestellte. »Möchtest du auch noch ein Glas Pferdepisse, Schätzchen?«

Deirdre hätte ihn am liebsten sitzen lassen, aber sie wollte noch mehr über seine Sauftour mit David Lawless erfahren. »Na schön«, sagte sie. »Die Runde geht auf mich.«

Nachdem sie die Drinks bezahlt und zum Tisch gebracht hatte, nahm sie das Gespräch wieder auf.

»Ihr seid also heute Nacht bei MacNamara's gelandet. Ist wahrscheinlich eine üble Kneipe, was?«

»Genau, Ms. O'Dare. Und wir sind nicht heute Nacht dort gelandet, sondern heute früh.« Rory schenkte ihr ein laszives Lächeln, streckte sich und verschränkte die Hände hinter dem Kopf. Deirdre fiel auf, dass die Haare an seinen Unterarmen golden auf seiner gebräunten Haut glänzten. Dann sah sie die Muskeln unter seinem engen, kurzärmeligen schwarzen T-Shirt, und plötzlich spürte sie den Impuls, die Hand auszustrecken und sie über seinen Bauch gleiten zu lassen. Mein Gott, Deirdre, nun reiß dich zusammen, dachte sie, überrascht über sich selbst. Rory beobachtete sie aus halb geschlossenen Augen. Sie wurde ziemlich unsicher und sauer, als sie merkte, dass er sich auf den Tomatenfleck auf ihrem T-Shirt konzentrierte.

»Ihr wart also ganz schön lange unterwegs«, sagte sie, um ihn abzulenken.

»Tja, bis ungefähr zehn Uhr früh. Ich glaube sogar, dass es schon fast elf war, weil wir erst so gegen halb zwölf bei Eagle's gelandet sind. Aber so genau kann ich mich nicht mehr erinnern. Das wirst du wahrscheinlich verstehen.«

»Also hast du zusammen mit David Lawless bis heute Vormittag um elf gesoffen!« Deirdre fiel die Kinnlade herunter.

»Nein, nicht die ganze Zeit. Wir sind noch zu dritt in den Meridian Grill gegangen und haben was gegessen, bevor wir uns auf den Weg zu MacNamara's gemacht haben.«

Deirdre kannte den Meridian Grill, ein die ganze Nacht geöffnetes, ziemlich schmuddeliges Lokal, das von Alkoholikern und Prostituierten frequentiert wurde. Der Gedanke, dass auch David Lawless dort verkehrte, schockierte sie zutiefst. Und wo zum Teufel war das Eagle's?

»Dieses Eagle's ist nicht noch ein Pub, oder?«

Rory schüttelte lächelnd den Kopf. »Johnny Eagle ist ein Tätowierer. Der Beste. Und das wird dich überraschen: Die Sache war Davids Idee. Er hat die ganze Zeit davon erzählt, dass er sich immer schon ein Tattoo machen lassen wollte. Er hat sogar darauf bestanden, dass ich mir auch eines machen lasse. Hat übrigens ganz schön weh getan, wenn man bedenkt, dass ich von dem Alkohol schon ziemlich benebelt war.«

Ein Tätowierer. Allmählich begann Deirdre zu begreifen.

»Das ist also passiert!«

»Was ist passiert?«

»David Lawless hat sich betrunken und dann beschlossen, sich ein Tattoo machen zu lassen!«

»An dir ist wirklich eine Detektivin verloren gegangen, Deirdre.«

Sie bedachte ihn mit einem vernichtenden Blick. »Nein, nein, ich hab mir nur so meine Gedanken gemacht, als ich's heute Abend gesehen habe. Ich meine, es ist doch merkwürdig, dass ein Mann wie er so was tut, oder? Bei dir hätte ich nichts anderes erwartet, Rory, aber ich hätte nie gedacht, dass ...«

Als sie Rorys Gesichtsausdruck sah, schwieg sie, und als sie sein boshaftes Lachen hörte, wurde ihr bewusst, was sie gerade gesagt hatte.

»Scheiße. Ich meine ... du brauchst nicht zu glauben, dass ... Scheiße!« Deirdre wusste, dass ihre Wangen tiefrot waren.« Sie versuchte, sie mit den Händen zu bedecken, während Rory sie skeptisch anlächelte.

»Ganz ruhig, Deirdre. Dein Privatleben geht nur dich was an.«

»Aber es ist nichts ...«

»Keine Sorge, Deirdre. Dein Geheimnis ist bei mir gut aufgehoben.«

»Macht's euch was aus, wenn wir uns zu euch setzen? Das ist Jasmin.«

Nein, nicht dieser verdammte Finbar de Rossa. Er hatte wirklich eine ans Unheimliche grenzende Begabung, immer im falschen Augenblick aufzukreuzen. Aber eigentlich hätte sie es ja wissen müssen, dass er der Versuchung, seine exotische Schönheit zu präsentieren, nicht widerstehen konnte. Deirdre sank resigniert auf ihren Platz zurück. Jetzt würde sie Rory nicht mehr davon überzeugen können, dass sie kein Verhältnis mit David Lawless hatte. Sie hoffte nur, dass er niemandem sonst etwas sagte, denn an die Folgen, die *das* haben würde, wagte sie nicht zu denken. Aber sie wusste von Maeve, dass Rory letztlich kein Plappermaul war.

Während sie so tat, als interessiere sie sich für Finbars endlose Anekdote über seine Zusammenarbeit mit Harrison

Ford, fiel ihr auf, dass die exotische Schöne immer wieder verstohlen Rory McDonagh musterte. Finbar schien das nicht zu bemerken, doch Rory schenkte ihr ein laszives Lächeln. Das ärgerte Deirdre. Du Schwein, dachte Deirdre. Gleich zeigst du ihr deine Tätowierung, was? Warum bloß hatte er ihr nicht zugehört, als sie ihm zu erklären versucht hatte, woher sie die Sache mit Davids Tattoo wusste, statt sofort falsche Schlüsse zu ziehen?

Da fiel ihr der Anblick von David wieder ein, wie er nackt in Eva Laverys Garderobe gestanden und sie angelächelt hatte – und wieder war sie verwirrt. Hätte sie doch nie die Idee gehabt, Eva die Eier zu schenken! Und wenn er die Tür verschlossen hätte, wäre die ganze blöde Angelegenheit nie passiert. Sie kam sich vor wie Alice im Wunderland. Die Geschichte wurde immer merkwürdiger und merkwürdiger.

8

Am Montagmorgen ging Deirdre die Stufen zur Tür eines eleganten georgianischen Gebäudes in der Baggot Street hinauf. Nach einem Blick auf ihre Uhr beschloss sie, die Klingel mit der Aufschrift »Sally Ruane Management« nicht zu drücken, denn sie war zehn Minuten zu früh dran. Also legte sie den blauen Ordner mit den beiden Fotos und ihrem Lebenslauf auf die oberste Stufe und setzte sich darauf, froh darüber, dass sie eine Unterlage hatte. Sie wollte keinesfalls das Risiko eingehen, ihr schlichtes Kleid mit geometrischem Muster schmutzig zu machen. Es war genau das Richtige für ihr Treffen mit der Agentin, dachte sie. Weder zu flippig noch zu streng.

Um Punkt zehn Uhr erhob sie sich, um auf die Klingel zu drücken. Als sie die Hand ausstreckte, ging die Tür auf, und ein stämmiger Motorradkurier in Lederkleidung und mit schwarzem Helm stieß mit ihr zusammen. Deirdre geriet aus dem Gleichgewicht, und ihr Ordner landete vor dem Kellerfenster eines Restaurants. Er ging auf, und Lebenslauf und Fotos flatterten heraus. »Entschuldigung«, murmelte der Kurier, während er die Stufen hinunterhastete und auf sein Motorrad sprang wie ein Cowboy in einem schlechten Western auf sein Pferd.

»Sie hätten sich wenigstens noch die Zeit nehmen können, mir zu helfen«, rief Deirdre dem Kurier hinterher, als dieser die Baggot Street mit halsbrecherischer Geschwindigkeit hinunterbrauste.

Dann beugte sie sich über das Geländer und sah, dass ihre Fotos direkt neben einem kleinen Stapel schwarzer Abfallsäcke lagen, aus denen eine ölige Flüssigkeit drang. Sie konnte es nicht fassen. Sie hatte alles getan, um einen guten Eindruck auf Sally Ruane zu machen, und jetzt war alles umsonst.

Sie drückte gegen das Tor am oberen Ende der Treppe zum Kellergeschoss. Es war verschlossen. Und das Restaurant hatte noch nicht geöffnet. Deirdre schaute voller Verzweiflung zu ihren Fotos hinunter. Es blieb ihr nur noch, über das Geländer zu klettern. Es waren ziemlich viele Leute auf der Straße unterwegs, und sie würde aussehen wie ein Volltrottel, aber ohne ihren Lebenslauf und ihre Bilder konnte sie nicht bei Sally Ruane vorsprechen. Also schwang sie ein Bein übers Geländer, dabei rutschte ihr Kleid bis fast zum Gesäß hoch. Ein vorbeigehender Geschäftsmann starrte ihre nackten Beine an; sie bedachte ihn mit einer Grimasse. Dann schwang sie auch noch das andere Bein hinüber und verfluchte dabei den Kurier.

Am Fuß der Treppe kniete sie nieder und sammelte ihre Fotos ein. Eines war mit der Vorderseite nach unten auf der öligen Flüssigkeit gelandet, sodass sie es nicht mehr verwenden konnte. Das Gleiche galt für den Ordner. Das zweite Foto hatte auch etwas abbekommen, war aber gerade noch zu gebrauchen. Sie wischte den größten Teil von dem öligen Zeug mit einem Papiertaschentuch weg. Zwar würde ein Fleck auf dem weißen Rand bleiben, doch zumindest war ihr Gesicht noch deutlich zu sehen.

Es war vier Minuten nach zehn, als sie auf die Klingel drückte. Eine sachliche Stimme meldete sich über die Gegensprechanlage: »Wer ist da?«

»Deirdre O'Dare. Ich habe einen Termin bei Sally Ruane.«

»Kommen Sie herein. Wir sind im ersten Stock.«

Dann erklang der Summer an der Tür, und Deirdre trat in eine geräumige Eingangshalle mit grauem Steinfußboden. Sie lief hastig die Stufen zum ersten Stock hinauf und klopfte an die Tür mit dem Messingschild, auf dem stand: Sally Ruane Management.

»Herein«, hörte sie eine Stimme von drinnen.

Eine rundliche Frau mit freundlichem Gesicht und kleiner Brille mit Metallgestell saß an einem großen Teakholzschreibtisch, auf dem ein Computer stand. Auf der einen Seite befand sich ein ordentlicher Stapel Briefe und auf der anderen einer mit Manuskripten. Das Licht flutete in den Raum und verlieh ihm eine luftige Atmosphäre. Ein langer Beistelltisch aus Glas, auf dem eine Auswahl von Zeitschriften und Zeitungen fächerförmig arrangiert war, wurde von zwei riesigen Sofas flankiert. An den Wänden hingen gerahmte Theaterplakate, und in einem Aquarium in einer Ecke des Zimmers schwammen bunte Fische herum. Drei Türen führten aus dem Vorzimmer, zwei auf der linken Seite und eine auf der rechten. Deirdre hoffte, dass sich hinter einer davon die Toilette verbarg, denn sie musste sich dringend die Hände waschen.

Die Frau sah Deirdre über den Rand ihrer Brille hinweg an. »Deirdre?«

Deirdre nickte. »Ja.«

»Schön, Sie kennen zu lernen.« Die Frau erhob sich und streckte Deirdre die manikürte Hand zum Gruß hin. Deirdre ergriff sie vorsichtig, weil sie fürchtete, die Frau könne beim Anblick ihrer verschmierten Finger zurückschrecken, doch diese schüttelte sie mit festem Griff. »Ich bin Mary Sheridan, Sallys Sekretärin. Sally hat gerade einen Anruf bekommen. Es wird wohl noch ein bisschen dauern. Setzen Sie sich doch und blättern Sie in den Zeitschriften, während Sie warten. Möchten Sie einen Kaffee oder Tee?«

»Nein, danke.« Allmählich wurde Deirdre nervös. »Aber könnten Sie mir bitte sagen, wo die Toilette ist?«

»Da durch.« Die Frau deutete auf eine der Türen und

schenkte Deirdre ein freundliches Lächeln, bevor sie sich wieder dem Computer zuwandte.

In der Toilette drehte Deirdre die Wasserhähne auf, nahm sich eine ordentliche Menge von der flüssigen Seife und schrubbte ihre Hände, als probe sie die Schlafwandelszene von Lady Macbeth. Als sie sich im Spiegel ansah, bemerkte sie, dass von dem Schmutz auch etwas auf ihrer rechten Wange gelandet war. Während sie sich das Gesicht wusch, stellte sie sich voller Entsetzen vor, wie sie möglicherweise mit Sally Ruane gesprochen hätte, ohne zu merken, dass sie aussah wie eine Automechanikerin, wenn die Agentin nicht durch den Anruf aufgehalten worden wäre.

Dann kehrte sie so unauffällig wie möglich ins Vorzimmer zurück und setzte sich auf die Kante des Sofas. Sie wagte es nicht, sich ganz zurückzulehnen, weil sie fürchtete, sonst nicht mehr allein hochzukommen. Deirdre schlug eine Ausgabe der *Irish Times* auf und gab vor, sie zu lesen. Von Zeit zu Zeit musste sie vor Aufregung schlucken. Sie warf gerade einen Blick auf ihre Uhr, als plötzlich die Tür zum Flur aufging und eine elegante, nordisch anmutende Frau hereinkam. Es war Ann Fitzroy. Deirdre blieb der Mund offen stehen, aber zum Glück fiel das niemandem auf, auch Ann Fitzroy nicht, die einfach an ihr vorbeisegelte.

»Ach, Ann, das ist wieder mal perfektes Timing«, sagte Mary Sheridan. »Ich wollte Ihnen das Skript gerade per Kurier schicken.«

»Tja, dann habe ich Ihnen ja die Mühe gespart. Ich war auf dem Weg ins Studio und dachte, da kann ich's gleich selbst abholen. Ist Sally da?«

»Ja, aber ich fürchte, sie ist schrecklich beschäftigt. Jerome ist spurlos verschwunden; keiner weiß, wo er steckt.«

»Du lieber Himmel, nicht schon wieder. Als er das das letzte Mal gemacht hat, haben sie ihn irgendwann in New

Orleans aufgespürt. Ich begreife gar nicht, warum die Leute ihn immer wieder engagieren. Selbst wenn er seinen vertraglichen Pflichten nachkommt, geht er allen auf die Nerven, weil er so viel säuft.«

Aus Ann Fitzroys teurer Wildledertasche drang das Klingeln eines Handy. Sie holte das Gerät heraus und sagte: »Hallo? Ann Fitzroy.« Plötzlich klang ihre Stimme sinnlich und freundlich, ganz anders als damals, als Deirdre mit ihr telefoniert hatte.

»Hallo, Eddie.« Sie ging anmutig zu dem Sofa gegenüber von Deirdre und setzte sich. Dann schlug sie die langen, gebräunten, sorgfältig enthaarten Beine übereinander. »Ja, ich glaube, ich habe um vier Uhr Zeit. Aber lass mich zuerst in meinem Kalender nachsehen.« Sie holte einen in Schweinsleder gebundenen Filofax aus ihrer Tasche, der sofort wie durch ein Wunder auf der richtigen Seite aufklappte. »Eddie? Geht's auch um halb fünf? Ja? Du bist ein Schatz. Wie viele Skripte? Fernsehen oder Rundfunk? Bis halb fünf dann.«

Ann Fitzroy lehnte sich auf dem riesigen Sofa zurück und wählte mit einem kleinen Seufzen eine Nummer auf ihrem Handy. Sie wirkte elegant wie immer mit ihrer karamelfarbenen Hemdbluse aus Wildleder und den dazu passenden Schuhen. Ein einzelner Armreif zierte ihre leicht gebräunten Arme, und Deirdre sah, dass sie den Körper einer Frau hatte, die regelmäßig Sport trieb. Sie hatte sich für ihr Alter sehr gut gehalten, besser als Eva Lavery, der man deutlich ansah, dass sie ein bewegtes Leben hinter sich hatte.

»Hallo, Schatz.« Ann Fitzroy warf ihre glänzende, silberblonde Mähne nach hinten. »Ich werd's heute nicht schaffen, nach Hause zu kommen.«

Deirdres Herz setzte einen Schlag aus. Mit ziemlicher Sicherheit sprach sie mit David! Deirdre blätterte weiter in der *Irish Times*, ohne irgendetwas von dem wahrzunehmen, was darin stand. Dabei gab sie sich größte Mühe, nicht so zu wirken, als lausche sie.

»Ich habe einen Termin um halb fünf. Aber um die Zeit hast du ja sowieso Proben, oder? Du bist einfach zu perfektionistisch, David. Die Inszenierung läuft, da brauchst du doch nicht mehr so intensiv an den Details herumzufeilen, oder?« Mit der freien Hand holte Ann Fitzroy eine Puderdose aus ihrer Tasche und betrachtete ihr Gesicht im Spiegel. »Ich wollte dich nur dran erinnern, dass wir uns heute Abend mit den Johnstons treffen. Ja, im Cooke's, um acht.« Es folgte eine Pause. »Tja, dann musst du das eben absagen. Ich habe die Sache mit dem Abendessen letzte Woche ausgemacht, da kann ich sie jetzt nicht einfach hängen lassen. Es ist *wichtig*, David. Gut. Bitte sag mir so bald wie möglich Bescheid. Hinterlass mir eine Nachricht, falls ich das Handy nicht eingeschaltet haben sollte. Tschüs, Schatz.«

Deirdre zuckte innerlich zusammen. Das »Schatz« hatte alles andere als überzeugend geklungen. Sie hätte genauso gut »du Schwein« sagen können. Mary Sheridan, das fiel Deirdre auf, wandte den Blick nicht vom Computerbildschirm.

Ann Fitzroy glättete eine Augenbraue, klappte die Puderdose wieder zu und steckte sie zusammen mit dem Handy in ihre Handtasche. Dann stieß sie erneut einen Seufzer aus. »Warum ist das Leben nur so stressig?«, sagte sie verärgert, an niemand Bestimmten gewandt. Schließlich musterte sie Deirdre mit abschätzigem Blick.

Mary Sheridan kam Deirdre zu Hilfe. »Kennen Sie sich? Ann Fitzroy, Deirdre O'Dare.«

Deirdre rappelte sich unbeholfen hoch. Als sie merkte, dass ihre Hände ein wenig feucht waren, wischte sie sich die rechte so unauffällig wie möglich an ihrem Kleid ab, bevor sie sie Ann Fitzroy hinstreckte. »Hallo, Ann. Freut mich, Sie kennen zu lernen.«

Ann Fitzroy erhob sich nicht vom Sofa, sondern erwiderte ihren Händedruck nur träge. Dabei musterte sie Deirdre kühl. Der Ausdruck in ihren Augen veränderte sich nicht, obwohl sie ihren Mund zu einem Lächeln verzogen hatte.

»Deirdre O'Dare?« Sie wirkte nicht sonderlich interessiert. »Ach ja. Sie spielen doch die Hermia in der *Sommernachtstraum*-Inszenierung meines Mannes, stimmt's? Waren Sie das, mit der ich neulich am Telefon gesprochen habe?« Sie klang jetzt noch abwesender als zuvor.

»Ja.« Deirdres Herz hämmerte wie wild gegen ihre Brust. Warum musste sie dieser Frau ausgerechnet unmittelbar vor ihrem Gespräch mit Sally Ruane begegnen? Sie war auch so schon nervös genug.

»Was für ein Pech, dass das mit der Besetzung nicht richtig geklappt hat.« Sie sah Deirdre mit berechnendem Blick an und schlug dann die gepflegte Hand vor den Mund. »Ich meine natürlich beim ersten Mal – mit Suki Hayes.« Dann gab sie ein frostiges Lachen von sich. »Sie haben wahrscheinlich ziemlich hart arbeiten müssen, um mit den anderen Schritt zu halten.«

»Ja, das stimmt.« Etwas anderes fiel Deirdre nicht ein. Sie kam sich vor wie ein pickeliger Teenager in ihrem schlichten Kleid mit dem geometrischen Muster.

»Ich habe gehört, Sie spielen auch die Ophelia? Wie schade, dass Maeve keine Zeit hat. Aber ich glaube, dass Sie das schon irgendwie schaffen.« Sie schenkte Deirdre ein unaufrichtiges Lächeln und warf einen Blick auf ihre schlichte Golduhr. »Tja, ich muss jetzt los.«

»Vergessen Sie Ihr Skript nicht, Ann.« Mary Sheridan reichte ihr einen dicken Umschlag.

»Danke, Mary. Grüßen Sie Sally doch bitte von mir, ja? Ach, und sagen Sie Ihr, dass ich kein Interesse an dem Vertrag mit dem Hersteller von der Feuchtigkeitscreme habe, wenn er nicht ein bisschen mehr bietet. Das Skript für den Werbespot im Fernsehen ist einfach gräßlich.« Dann segelte Ann Fitzroy hinaus.

Mary Sheridan schenkte Deirdre einen mitfühlenden Blick. »Machen Sie sich nicht so viele Gedanken über sie, meine Liebe. Sie meint das nicht so. Das ist einfach ihre Art.«

Deirdre war alles andere als überzeugt. Maeve hatte also doch Recht gehabt, dachte sie zornig. Ann Fitzroy war tatsächlich ein Miststück. Wie konnte sie nur so boshaft sein! Deirdre hätte sich das nicht gefallen lassen dürfen. Wenn sie Ann Fitzroy jemals wieder begegnete, würde sie ihr die Meinung sagen. Als sie wieder die *Irish Times* aufschlug, legte sich ihr Zorn allmählich und machte einem so starken Gefühl der Demütigung Platz, dass sie am liebsten angefangen hätte zu weinen.

Die Gegensprechanlage auf dem Schreibtisch von Mary Sheridan summte. »Mary? Jetzt bin ich endlich fertig. Sie haben den Blödmann in Rio gefunden. Ist Deirdre O'Dare da?«

»Ja, sie ist da.«

»Gut – dann schicken Sie sie rein.«

»Sally, kann ich zuvor noch kurz mit Ihnen sprechen?«, fragte Mary Sheridan mit Blick auf Deirdre.

»Aber klar. Kommen Sie rein.«

Mary verschwand durch die Tür auf der rechten Seite, und Deirdre war froh, eine Weile allein zu sein, denn das bedeutete, dass sie tief durchatmen und zumindest versuchen konnte, sich wieder ein bisschen zu fangen.

Wenig später kam Mary zurück. »Deirdre? Sie können jetzt reingehen.«

Deirdre stand auf und sammelte ihre Sachen zusammen. Mary Sheridan hatte gemerkt, dass ihr Foto und ihr Lebenslauf nicht in einem Umschlag waren.

»Vielleicht sollten Sie die hier reinstecken«, sagte sie und reichte ihr lächelnd einen großen Umschlag.

»Danke. Mir ist da ein Missgeschick passiert. Der Ordner ist mir leider runtergefallen und jetzt völlig verdreckt.«

»Das ist Sally nicht wichtig. Sie ist ziemlich bodenständig. Sie wird Ihnen gefallen.«

Deirdre klopfte an die Tür und betrat Sallys Büro. Es war größer als das Vorzimmer, aber nicht so elegant. Hier wurde gearbeitet, das sah man. Auf fast allen verfügbaren Oberflächen lag Papier, und an den Wänden lehnten zahllose Stapel aus Skripten, Büchern und Videobändern. Hinter Sallys Schreibtisch hingen mehrere große Kalender, auf denen praktisch alle Tage mit Leuchtmarker angestrichen waren. An einer Pinnwand befanden sich Zeitungsausschnitte, gelbe Post-Its, Karikaturen von Gary Larson sowie jede Menge Fotos. Deirdre erkannte fast alle Gesichter.

»Freut mich, Sie kennen zu lernen, Deirdre. Setzen Sie sich doch.« Sally Ruane saß hinter ihrem Schreibtisch, zum Teil verdeckt durch die Papierstapel. Sie erhob sich, um Deirdre die Hand zu geben. »Entschuldigen Sie das Durcheinander hier.«

»Es freut mich auch, Sie kennen zu lernen, Ms. Ruane. Danke, dass Sie sich die Zeit für mich nehmen.« Deirdre merkte, dass ihre Stimme zittrig klang. Sie hatte sich immer noch nicht ganz von ihrer Begegnung mit Ann Fitzroy erholt.

Sally schob vorsichtig einen Stapel Dokumente beiseite, sodass sie ihre zukünftige Klientin besser sehen konnte, und setzte sich wieder. »Wissen Sie, das hier ist alles künstlich erzeugtes Chaos. Ich weiß genau, wo alles ist, auch wenn es anderen schwer fällt, das zu glauben. Mary möchte immer ein bisschen Ordnung schaffen, aber ich lasse sie nicht.« Sally zog ein Bein hoch und schlang ihre Arme ums Knie. Sie trug eine schwarze Jeans und eine weite schwarze Samtbluse. Die schwarzen Haare waren zu einem strengen Bob geschnitten. Sie hatte die längsten Beine, die Deirdre je gesehen hatte. Sally lächelte Deirdre so freundlich an, dass diese sich allmählich zu entspannen begann.

»Sie haben die besten Referenzen. Es kommt nicht allzu oft vor, dass David jemanden persönlich empfiehlt. Sie können sich darauf einiges einbilden.«

»Ich bin ihm auch sehr dankbar.«

»Ich war bei der Premiere im Theater. Sie sind wirklich gut, Deirdre.«

»Danke, Ms. Ruane. Danke für das Kompliment.«

»Das meine ich auch so. Ich schmeichle niemandem, Deirdre. Und sagen Sie doch bitte Sally zu mir.« Sie stützte das Kinn auf ihr Knie. »Sie können sich darauf verlassen, dass ich immer absolut offen zu Ihnen sein werde. Das hier ist kein Metier für Waschlappen und Weicheier, also machen Sie sich darauf gefasst, dass Sie 'ne ganze Menge einstecken müssen, wenn Sie in dem Beruf überleben wollen. Das klingt vielleicht ziemlich abgedroschen, aber ich muss ehrlich zu Ihnen sein. Sie müssen sich von Anfang an klar darüber sein, dass Sie sich keine Illusionen über Ruhm und Reichtümer und Hollywood machen sollten. Solche Leute kann ich nicht brauchen.«

Deirdre nickte ernst. Das, was Sally da gerade sagte, hatte man ihr bereits an der Schauspielschule eingebläut.

»Sie haben unglaubliches Glück gehabt, es in so kurzer Zeit so weit gebracht zu haben, Deirdre. Dass Sie jetzt überhaupt in meinem Büro sitzen, ist keine schlechte Leistung – das meine ich übrigens nicht überheblich. In den letzten achtzehn Monaten habe ich lediglich eine einzige Anfängerin in meine Kartei aufgenommen. Sie hat ein eindrucksvolles Debüt hingelegt, aber dann beschlossen, London im Sturm zu erobern. Inzwischen hat sie seit einem Jahr keinen Auftrag mehr bekommen, und das, obwohl sie wirklich was kann. Es kann ziemlich schlimm sein, wenn man erkennt, wie schnell und unvorhersehbar ein viel versprechender Schauspieler wieder in der Versenkung verschwindet.« Sally nahm eine Zigarette aus einer Packung auf dem Schreibtisch und zündete sie sich an. Deirdre wagte gar nicht daran zu denken, was passieren würde, wenn jemals ein Feuer in ihrem Büro ausbrach. »Der Erfolg, den Sie momentan haben, hört irgendwann auch wieder auf, Deirdre. Und Sie sollten auf den Augenblick vorbereitet sein, wenn das passiert. Sobald Ihr Vertrag mit Lawless Productions ausläuft, stehen Sie auf der Straße. Ich werde Ihnen helfen, so gut ich kann, doch Sie müssen selber auch etwas tun. Aber das wissen Sie schon alles, oder?«

»Ja.« Deirdre nickte. »Ich werde mein Bestes versuchen, Sally. Meine Lehrer an der Schauspielschule haben mich schon gewarnt, dass mein Job ein hartes Geschäft ist.«

»Und besonders die Damen sind sich nicht immer grün. Aber das haben Sie ja wahrscheinlich bereits gemerkt, oder? Ann Fitzroy war vorhin offenbar nicht gerade gnädig zu Ihnen.«

Deshalb hatte Mary Sheridan Sally also gebeten, noch kurz mit ihr sprechen zu dürfen, bevor Deirdre zu ihr ging. Die beiden wurden Deirdre von Minute zu Minute sympathischer.

Dann nahm Sally plötzlich den Fuß vom Stuhl, stützte die Ellbogen auf den Schreibtisch und musterte Deirdre intensiv. »Schade, dass ich Sie letzte Woche noch nicht gekannt habe. Da war Juliet Rathbone-Lyon bei mir. Sie soll den neuen Grace-O'Malley-Film besetzen. Ich hätte Sie mir gut als junge Grace vorstellen können.«

Deirdre hatte bereits von dem Film gehört. Es handelte

sich um eine große amerikanische Produktion, die sich mit dem Leben von Grace O'Malley, der legendären irischen Piratenkönigin, beschäftigte. Die Rolle der älteren Grace hatte Jessica Lange übernommen. Und jetzt suchten sie nach einer Darstellerin, die die junge Grace spielen konnte.

»Wahrscheinlich«, sagte Sally mit zweifelndem Gesichtsausdruck, »können Sie nicht nächste Woche nach London fliegen, um sich mit ihr zu treffen, oder? Natürlich müssten wir das mit dem Theater abklären, aber wenn Sie am Sonntag fliegen würden, könnte ich mit Juliet einen Termin gleich am Montagmorgen arrangieren. Dann wären Sie am Abend zur Vorstellung wieder da. Haben Sie jemanden, bei dem Sie in London unterkommen können?«

Deirdre fiel sofort ihre Cousine Nuala ein. Sie hatte sie schon seit Jahren nicht mehr gesehen, war sich aber sicher, dass sie nichts dagegen hätte, sie eine Nacht bei sich schlafen zu lassen. »Ja«, sagte sie sofort. Allerdings erwähnte sie lieber nicht, dass sie keine Ahnung hatte, woher sie das Geld für den Flug nehmen sollte.

»Gut. Und dann sagen Sie mir bitte noch, wann die Proben zu *Macbeth* beginnen.«

»Am Dienstag in einer Woche. Eigentlich sollten sie schon am Montag anfangen, aber Finbar de Rossa muss noch einen Film nachsynchronisieren, also hat David beschlossen, den Probenbeginn um einen Tag zu verschieben.«

»Wunderbar. Ich sehe, was ich tun kann.« Sally erhob sich von ihrem Stuhl, um Deirdre zur Tür zu bringen. Neben Sally kam sich Deirdre winzig vor.

»Nun, Deirdre«, sagte Sally an der Tür. »Schön, Sie kennen gelernt zu haben. Ich glaube, wir werden gut miteinander zurechtkommen, solange Sie nicht erwarten, berühmt zu werden, okay?«

Deirdre erwiderte das freundliche Lächeln der Agentin; dann fiel ihr plötzlich etwas ein. »Ach, mein Lebenslauf und die anderen Sachen. Die liegen in einem Umschlag auf Ihrem Schreibtisch.« Deirdre fragte sich, ob Sally Ruane in der Lage sein würde, ihren Umschlag in dem Chaos aufzuspüren.

Sally interpretierte ihren Blick richtig. »Ich finde die Sachen schon, Deirdre, machen Sie sich da mal keine Sorgen. Bis bald. Tschüs.«

»Übrigens, Sally ... Mein Foto ist ein bisschen ...äh ...«

Aber da klingelte das Telefon auf Sallys Schreibtisch. »Tschüs, Deirdre«, sagte sie und schob die Schauspielerin sanft durch die Tür.

Deirdre ging sofort zur nächstgelegenen Telefonzelle und rief ihre Mutter an, um ihr zu sagen, dass sie nun eine richtige Agentin hatte.

»Das sind ja wunderbare Neuigkeiten! Du bist wahrscheinlich völlig aus dem Häuschen, Deirdre.«

»Ja. Ich hatte zuerst ganz schön Angst, aber sie ist wirklich nett, überhaupt nicht einschüchternd.«

»Wir stoßen heute Abend beim Essen auf dich an. Den Erfolg hast du dir verdient.«

»Mum? Die Sache hat nur einen Haken.«

»Und der wäre?«

»Sie will, dass ich am Sonntag nach London fliege wegen der Besetzungsliste für einen Film. Sie suchen jemanden, der in einer amerikanischen Produktion die junge Grace O'Malley spielt, und sie denkt, ich könnte die Richtige für die Rolle sein.«

»Noch mehr gute Nachrichten!«, sagte Rosaleen. »Und wo ist der Haken?«

»Ich hab kein Geld, Mum, und der Flug kostet sicher ein Vermögen. Ich frage dich ungern, aber könntest du mir ein bisschen was leihen? Ich verspreche dir, dass ich es so bald wie möglich zurückzahle – in Raten, immer wenn ich meine Gage kriege.«

Rosaleen schwieg eine Weile, dann fragte sie: »Deirdre? Hast du schon mal nachgeschaut, wie viel auf deinem Konto ist, seit ich dir gesagt habe, dass ich dir eine Kleinigkeit zukommen lasse?«

»Nein. Ich habe bis jetzt noch keine Zeit gehabt, zur Bank zu gehen.«

»Tja, dann schau mal lieber nach.«

»Mum!« Deirdre war plötzlich total aufgeregt. »Wie viel hast du mir überwiesen?«

»Ich hab eine ganze Menge Geld für die Gemälde bekommen, Deirdre. Mehr, als ich normalerweise verlange. Ich hab dir dreihundert Pfund überwiesen.«

Deirdre bekam vor Erleichterung ganz weiche Knie. »Mum, du bist ein Schatz! Ich kann dir gar nicht sagen, wie glücklich ich bin. Danke, Mum, danke ...« Da war die Sprechzeit zu Ende, und die Verbindung brach ab.

Am Nachmittag, als sie im Theater eintraf, ging sie sofort in die Garderobe. David Lawless hatte die Truppe zu einer Probe um vier Uhr einberufen. Deirdre fiel wieder ein, dass Ann Fitzroy ihn am Telefon in ziemlich verbittertem Tonfall einen Perfektionisten genannt hatte, und wieder hatte sie Mitleid mit ihm. Was für ein Elend, dachte sie, mit einer solchen Frau verheiratet zu sein!

Wie üblich kamen die meisten zu spät, sodass sie noch ein paar Minuten warten mussten. Deirdre setzte sich neben Maeve, die gerade wie jeden Tag in einem *Hello!*-Heftchen las. Sie brannte darauf, ihr alles über ihren Termin bei Sally Ruane und die Reise nach London zu erzählen, obwohl sie noch nichts Definitives wusste. Sie hatte den ganzen Nachmittag in ihrer Wohnung darauf gewartet, dass das Telefon klingelte. Als sich nichts tat, hatte sie allen Mut zusammengenommen und, kurz bevor sie ins Theater gegangen war, Sallys Nummer gewählt. Wahrscheinlich, so dachte sie, würde sie das Warten nie lernen. Natürlich wollte sie die Agentin nicht unnötig belästigen, aber sie wollte unbedingt Bescheid wissen. Doch die wusste selbst noch nichts, da sie Juliet Rathbone-Lyon nicht erreicht hatte. Deirdre würde sich also bis zum nächsten Tag gedulden müssen.

Sie setzte sich neben Maeve auf das Kunstledersofa und sah über ihre Schulter in die Zeitschrift. »Wer ist denn diese Woche drin? Irgendjemand, den ich kenne?«, fragte sie.

»Tara Palmer-Tomkinson, wie immer. Ach, und da wäre noch jemand, den *ich* kenne.«

»Ach?«, fragte Deirdre. »Wer denn?«

»Gabriel Byrne.«

»Du kennst Gabriel Byrne? Das glaube ich dir nicht, Meave.«

»Doch. Ich hab sogar mal mit ihm knutschen dürfen. Ich war damals noch eine blutige Anfängerin, und ich hatte auch nur eine winzige Rolle, aber er war unglaublich nett und hat sich um mich gekümmert wie ein Vater.«

Erst jetzt wurde Deirdre klar, dass Maeve offenbar älter war, als sie vermutet hatte. Sie war von Erwachsenen umgeben, auch wenn diese sich nicht so verhielten.

»Mein Gott, Maeve, was für eine Verschwendung!«

Maeve sah sie fragend an. »Was meinst du damit?«

»Na, du weißt schon – da hat man schon mal Gelegenheit, mit Gabriel Byrne zu knutschen, und dann kann man's nicht mal genießen, weil man lesbisch ist.«

Maeve lachte und nahm Deirdre kurz in die Arme. »Ach, Deirdre, du kannst schon manchmal ziemlich komisch sein!«, sagte sie. Dann sah sie Deirdre mit einem nachdenklichen Lächeln an und fügte hinzu: »Weißt du, ich hab's durchaus genossen ...«

Als Deirdre sah, dass Rory eintraf, warf sie einen Blick auf ihre Uhr. Er war zehn Minuten zu spät dran. Da kam Deirdre ein Gedanke. »Maeve? Weißt du, was ›önophil‹ ist?«

»Hm. Jemand, der önophil ist, kennt sich aus mit guten Weinen. Warum?«

»Ach, ist nicht so wichtig.«

Eva Lavery ging an ihnen vorbei und hinterließ eine Wolke von Eau d'Issey. Sie trug eine Schlangenlederhose und ein enges schwarzes T-Shirt. »Mein Gott, Eva«, hörte Deirdre Rory mit heiserer Stimme ausrufen. »Du siehst einfach hinreißend aus.«

Eva machte einen Schmollmund. »Was hat's schon für einen Sinn, hinreißend auszusehen, Schätzchen? Ich würde mich, offen gestanden, viel lieber hinreißen lassen.«

»Vielleicht von mir?«, fragte er.

Eva beugte sich zu ihm hinüber und gab ihm einen Kuss auf den Mund, der, das fiel Deirdre auf, ein bisschen länger dauerte, als es sich geschickt hätte. »Hm. Vielleicht«, sagte sie mit verführerischem Lächeln.

»Hallo, Eva«, sagte Maeve, als diese sich zu ihnen gesellte. »Wie war das Wochenende?«

»Ach, nicht wieder die verdammte Tara Palmer-Tomkinson«, rief sie nach einem Blick in das *Hello!*-Magazin aus. »Wie mein Wochenende war? Ach, ruhig – ich war daheim im Bett mit meinen Liebhabern, und ich habe zu viel Champagner getrunken. Tja, und dann bin ich noch nackt durchs Haus getanzt. So wie jedes Wochenende eben.«

Die Schauspielerin sah David an, der ihren Blick erwiderte. Dann drehte David sich um und verließ den Raum. Eva schaute ihm nach. Sie zuckte zusammen, als Jessica Young auf sie zutrat und ihr die Hand auf den Arm legte.

»Eva? Würdest du dir bitte noch mal den Kranz ansehen? Ich habe gehört, dass du damit Probleme hattest, aber jetzt sollte es eigentlich klappen. Ich hab ihn zum Trocknen auf den Tisch gelegt.«

»Klar, Jessica.« Eva hakte sich bei ihr unter. »Mir wäre es lieber gewesen, wenn Jenny nicht darauf bestanden hätte, so viele Lobelien in den Kranz zu flechten«, sagte sie, während sie sich auf den Weg zur Tür machten.

»Warum?«

»Weil die Unglück bringen. Sie stehen für Boshaftigkeit und Dreistigkeit. Sie hätte lieber Maiglöckchen nehmen sollen. Oder Kartoffelblumen. Die symbolisieren Güte.«

»Und wofür stehen Maiglöckchen?«, fragte Jessica.

»Für die Wiederkehr des Glücks.« Dann verschwanden Eva und Jessica in den Kulissen.

»Maeve? Glaubst du, Eva hat die Geschichte mit dem Champagner und den Liebhabern ernst gemeint?«, fragte Deirdre.

»Klar.« Maeve streckte sich gähnend. »Das Tolle an Eva ist, dass sie so offen ist. Wenn Sophie so etwas sagen würde, würde es sich prätentiös anhören, und wir wüssten alle, dass sie uns beeindrucken will. Aber Eva sagt einfach die Wahrheit.«

»Wirklich?«

»Ja. Wer würde schon freiwillig erzählen, dass er nackt durchs Haus tanzt? Manche Leute machen so was vielleicht, und die meisten Leute würden's vermutlich gern tun, aber ich kenne nicht viele Menschen, die unbefangen genug sind, es zu erzählen. Es muss wahr sein.«

Da rief Nick McCarthy sie zur Probe. Deirdre suchte in ihrem Rucksack nach dem Text und fragte sich, wie lange die Proben dauern würden. Sie hatte seit dem Frühstück nichts mehr gegessen und schrecklichen Hunger. Als sie die Garderobe verließ, kam sie an Eva vorbei, die mit dem Kranz auf dem Kopf auf dem Tisch saß, mit den Beinen wippte und dabei eine kleine Melodie auf einem Jagdhorn blies. »Dieses Horn ist einfach toll«, sagte sie. »Wenn du die Hand halb darüber hältst, klingt's wie eine Katze mit Verstopfung. Versuch's mal.«

Sie reichte das Horn Deirdre, die versuchsweise hineinblies und dabei das Ende halb mit der Hand zuhielt, wie Eva es ihr geraten hatte. Beide Schauspielerinnen mussten schallend über den Ton lachen, der herauskam.

Als sie sich wieder ein bisschen beruhigt hatten, legte Deirdre das Horn vorsichtig auf seinen Platz zurück. »Eva?«, fragte sie.

»Ja?«

»Ich habe ein paar alte Fotos, die dich vielleicht interessieren könnten. Ich bringe sie dir später in deine Garderobe, wenn du möchtest.«

»Danke, Schätzchen. Was ist denn drauf?« Eva sprang vom Tisch und schlenderte mit Deirdre auf die Bühne.

Plötzlich fragte sich Deirdre, ob es eine so gute Idee war, Eva die Fotos zu zeigen. Vielleicht rissen sie nur alte Wunden auf. Aber jetzt war es zu spät, das Angebot zurückzunehmen.

»Ach, es sind Fotos von alten Inszenierungen.«

Allmählich versammelten sich alle auf der Bühne und warteten darauf, dass David die Leitung übernahm. Er lümmelte in einer der ersten Reihen im Parkett, die langen Beine ausgestreckt und die Daumen in die Gürtelschlaufen eingehängt. Er war völlig vertieft in seine Notizen und ließ den Mittelfinger seiner rechten Hand immer wieder geistesabwesend über eine Stelle knapp unterhalb seines Hüftknochens gleiten.

»Was zum Teufel macht David denn da?«, fragte Eva, ohne wirklich eine Antwort zu erwarten.

»Ach, das ist wahrscheinlich die Tätowierung«, sagte

Deirdre. »Eine Freundin von mir hat sich auch kürzlich eine machen lassen, und sie sagt, dass es die ersten Tage schrecklich juckt.« Plötzlich wurde Deirdre bewusst, dass sie wieder genau den gleichen Fehler gemacht hatte wie neulich bei Rory. Wie um Himmels willen sollte sie sich diesmal herausreden? Schließlich hatte sie Eva immer noch nicht erklärt, was sie an jenem Abend in ihrer Garderobe zu suchen gehabt hatte, und je länger sie mit ihrer Erklärung wartete, desto schwieriger wurde es. Auf keinen Fall wollte sie zugeben, dass sie David Lawless nackt gesehen hatte.

»Was für eine Tätowierung denn?« Eva starrte sie verblüfft an.

»Nun, äh ... Rory McDonagh hat mir davon erzählt, also weiß ich nicht so genau, ob ich's glauben soll oder nicht, aber offensichtlich haben er und David sich tätowieren lassen. Er sagt, es war Davids Idee.« Deirdre war ausgesprochen stolz darauf, diese Erklärung gefunden zu haben. Jetzt brauchte sie zumindest nicht zuzugeben, dass sie die Tätowierung mit eigenen Augen gesehen hatte.

Doch Eva schien das, was sie sagte, kaum zu hören. Sie starrte David an, der sich gerade die Haare aus dem Gesicht strich und von seinem Notizbuch aufsah. Dann musterte er die Truppe mit seltsam leerem Blick.

Eva jedoch schien von innen heraus zu strahlen. Sie betrachtete ihn mit glänzenden Augen. »Es ist ein Kampffisch, stimmt's?«, fragte sie leise.

Deirdre erwiderte nichts.

9

Am folgenden Montagmorgen war Deirdre trotz aller Bemühungen zu spät zu ihrem Termin mit Juliet Rathbone-Lyon gekommen. Sally hatte sie am Telefon gewarnt, dass das Gespräch mit ihr alles andere als leicht werden würde. »Juliet ist ein harter Brocken und gibt sich nicht gern mit dummen Menschen ab. Nehmen Sie das nicht persönlich, denn sie hält fast alle außer sich selbst für dumm. Sie ist spröde und ziemlich unnahbar, hat aber einen sehr guten Ruf in der Branche. Versuchen Sie einfach, nichts zu sagen, was sie ärgern könnte, und lassen Sie sich nicht aus der Ruhe bringen. Vergessen Sie nicht, dass dieses Treffen mit Ihnen auch in Juliets Interesse ist. Und bemühen Sie sich nicht, einen besonders guten Eindruck auf sie zu machen – seien Sie einfach Sie selbst.«

Oje. Sie hasste es, wenn Leute so etwas sagten.

Deirdre war am Nachmittag zuvor in Gatwick angekommen und hatte bei ihrer Cousine Nuala in Clapham übernachtet. Doch statt früh ins Bett zu gehen und pünktlich aufzustehen, hatte sie Nualas brüllenden kleinen Sohn beaufsichtigen müssen und deshalb den Wecker nicht gehört.

Jetzt saß sie in einem Taxi und war zur nächsten U-Bahn-Station unterwegs.

Obwohl Nualas Wohnung nicht weit von der U-Bahn entfernt war, dauerte es im dichten morgendlichen Verkehr Ewigkeiten, dorthin zu kommen. Wenn Deirdre den Weg besser gekannt hätte, wäre sie zu Fuß gegangen. Es war schon sehr heiß, und die anderen Autofahrer begannen, aggressiv zu werden.

Sobald Deirdre das U-Bahn-Zeichen entdeckte, gab sie

dem Fahrer das Geld und sprintete zur Station. Bereits im Taxi hatte sie einen Blick auf den U-Bahn-Plan geworfen und voller Erleichterung festgestellt, dass die Northern Line, mit der sie fahren würde, sie direkt zum Leicester Square brachte. Im Stadtplan hatte Deirdre gesehen, dass es von dort aus nicht mehr weit bis zu Juliet Rathbone-Lyons Büro in Soho war. Sie kaufte eine Fahrkarte und rannte hinunter. Gerade eben war ein Zug eingefahren, und ausnahmsweise einmal hatte sie Glück.

Von Clapham Common bis Leicester Square waren es nur sieben Haltestellen. Deirdre verfolgte die Strecke auf dem Plan über dem Fenster: Clapham North, Stockwell, Oval, Kennington, Elephant and Castle. Elephant and Castle! Nach ihrer Karte hätte sie in Waterloo sein sollen – wie war sie nur in Elephant and Castle gelandet? Deirdre bekam einen Schweißausbruch und quetschte sich zwischen ihren Mitreisenden durch, um einen genaueren Blick auf den Plan werfen zu können. Die Leute um sie herum sahen sie fragend an, doch das war ihr im Moment egal. Sie merkte sofort, wo sie den Fehler gemacht hatte. In ihrer Erleichterung darüber, dass in Clapham Common sofort ein Zug eingefahren war, hatte sie sich nicht die Mühe gemacht zu überprüfen, welche Strecke er fuhr. Sie war in der richtigen Linie, aber in einem Zug, der einer anderen Streckenführung folgte. Sie musste umsteigen.

Sobald die Türen aufgingen, rannte Deirdre hinaus und durch die labyrinthartigen Gänge, um zu dem Bahnsteig zu gelangen, auf dem die Züge in südlicher Richtung abfuhren. Vielleicht, so dachte sie, war dies die Strafe dafür, dass sie Sophie Burke und Ann Fitzroy so schlimme Dinge gewünscht hatte. Überall waren Menschen, die genauso schnell vorwärts kommen wollten wie sie selbst und die Gänge und Rolltreppen verstopften.

Es war höllisch heiß. Deirdre spürte, wie ihr der Schweiß ausbrach, und die Haare klebten ihr an der Stirn. Die Luft war trocken und staubig, und der Hals tat ihr beim Atmen weh. In der Ferne hörte sie den Lärm von Baumaschinen. Sie folgte weiter den Schildern, die sie zu den Zügen in südlicher Richtung führen sollten, bis sie entsetzt vor einem stehen blieb, auf dem stand: »Wartungsarbeiten auf der südlichen Linie. Wir bitten um Verständnis für eventuelle Unannehmlichkeiten.«

Deirdre ging in die Hocke und vergrub verzweifelt das Gesicht in den Armen. Wahrscheinlich, so dachte sie, konnte sie das Gespräch mit Juliet Rathbone-Lyon jetzt vergessen. Mittlerweile war sie ohnehin so aus der Fassung, dass sie alles verderben würde. Sie würde aufgeben. Deirdre rappelte sich hoch und lehnte sich gegen die Wand. Sie war so ausgelaugt, dass sie nicht einmal mehr die Kraft zum Weinen hatte. Wie hatte sie die Sache nur so vermasseln können? Das war typisch für sie.

Dann dachte sie darüber nach, was sie am Abend den Kollegen im Theater sagen sollte. Sie würde sich schrecklich blamieren. Besonders unangenehm war der Gedanke daran, wie David Lawless auf die Sache reagieren würde. Dass sie Rory davon erzählte, konnte sie sich nicht einmal vorstellen, denn der würde ihr den Rest der Saison damit vermiesen. Plötzlich fiel ihr Sophie ein, ihr gespielt besorgter Gesichtsausdruck, ihr selbstgefälliges Lächeln, ihr Getuschel. Das durfte nicht passieren. Deirdre nahm ihre Tasche und setzte sich in Richtung Rolltreppen in Bewegung. Irgendwie würde sie es schon nach Soho schaffen.

Sie erinnerte sich wieder an eine Situation, in der Jessica Young mit einem Problem zu David Lawless gekommen war. Er hatte ihr aufmerksam zugehört und ihr dann einen Rat gegeben. Seine letzten Worte waren gewesen: »Du hast dein Leben selbst in der Hand, Jessica, lass dich nicht von anderen Leuten durcheinander bringen.« Egal, wie aggressiv Juliet Rathbone-Lyon wäre, selbst sie müsste Verständnis für diese Situation haben.

Es hatte keinen Sinn, wieder in die U-Bahn einzusteigen, dazu war zu wenig Zeit. Sie würde ein Taxi nehmen. Also ging sie nach oben, winkte ein Taxi herbei und lehnte sich auf dem Rücksitz zurück. Die Rush-hour war mittlerweile vorüber, und mit ein bisschen Glück würde sie es in zwanzig Minuten nach Soho schaffen.

Sie holte ihr Schminktäschchen heraus und sah sich im Spiegel an. Oje, dachte sie, ich schaue aus wie eine verrückte Irin. So konnte sie sich nicht bei Juliet Rathbone-Lyon blicken lassen. Folglich wischte sie mit ein bisschen Spucke und einem Papiertaschentuch den Schmutz aus ihrem Gesicht, kämmte sich die Haare und legte Lippenstift auf. Dann schloss sie die Augen und versuchte, sich zu beruhigen, indem sie tief durchatmete.

Schließlich hielt das Taxi vor einem hohen Gebäude in der Lexington Street. Mittlerweile war es fast elf. Sie war eine ganze Stunde zu spät dran, nicht nur eine halbe, wie sie befürchtet hatte.

»Das macht 'nen Zehner«, sagte der Taxifahrer in gleichgültigem Tonfall. Zehn Pfund! Das Gespräch mit Juliet Rathbone-Lyon wurde ein teures Vergnügen. Deirdre reichte dem Fahrer den genauen Preis. Natürlich war ihr das peinlich, aber sie konnte sich ein Trinkgeld einfach nicht leisten.

Als sie an der Tür klingelte, versuchte sie, ganz ruhig zu bleiben. Nach kurzem Warten wurde sie über die Gegensprechanlage instruiert, den Aufzug ins oberste Stockwerk zu nehmen.

Wie in der Eingangshalle unten befanden sich im Empfang oben überall glänzendes Metall und ausgesprochen kantige

Stühle, die aussahen, als würden sie anfangen herumzumarschieren, wenn niemand da war. Deirdre spürte, wie ihre Entschlossenheit zu schwinden begann. Eine sehr hübsche Empfangsdame saß an einem Schreibtisch mit Glasoberfläche am anderen Ende des Raumes. Sie sah Deirdre fast ein bisschen ängstlich an. Viel älter als Deirdre war sie mit Sicherheit nicht.

»Deirdre O'Dare?«, fragte sie.

»Ja. Ich fürchte, ich bin ziemlich spät dran.«

»Eine gewisse Nuala hat hier angerufen, um uns zu sagen, dass Sie um halb elf hier sein würden. Jetzt ist es elf.«

Deirdre war erleichtert – und auch ziemlich überrascht – darüber, dass die junge Frau keineswegs vorwurfsvoll klang.

»Ja, ich weiß. Es tut mir wirklich Leid. Ich habe mich mit der U-Bahn verfahren und musste schließlich ein Taxi nehmen.« Sie biss sich auf die Lippe. »Glauben Sie, dass Ms. Rathbone-Lyon noch mit mir sprechen will?«

»Das kann ich Ihnen nicht sagen. Sie spricht gerade mit jemandem – ich warte lieber, bis sie fertig ist, bevor ich ihr sage, dass Sie hier sind.« Die junge Frau stand auf. Sie war ziemlich klein, hatte struppig vom Kopf abstehendes, blond gebleichtes Haar und trug ein leuchtend rotes Kostüm mit schlichtem Blazer und gerade geschnittenem, knöchellangem Rock, dazu einen Goldgürtel und Modeschmuck. Deirdre wusste, dass die Sachen eine Menge Geld gekostet hatten. »Möchten Sie einen Tee oder einen Kaffee?«, fragte die junge Frau höflich.

»Ein Glas Wasser, bitte.«

»Mit oder ohne Kohlensäure?«

»Ohne, bitte.«

»Mit oder ohne Eis?«

»Ohne, bitte.« Deirdre fragte sich, wie oft die Arme diese Litanei tagtäglich herunterbeten musste.

»Setzen Sie sich doch und machen Sie es sich bequem. Ich hole Ihnen gleich Ihr Wasser.«

Wie sollte man es sich auf solchen Möbeln bequem machen? Eine leuchtend orangefarben bezogene Chaiselongue sah noch am gemütlichsten aus. Deirdre setzte sich versuchsweise darauf – das Ding war steinhart. Dann kam die junge Frau mit dem Wasser zurück. Deirdre bedankte sich und saß weiterhin kerzengerade auf der Chaiselongue. Dabei betrachtete sie die Drucke an den Wänden, Poster von Filmen, für die Juliet Rathbone-Lyon in den vergangenen zwanzig Jahren die Besetzung übernommen hatte. Deirdre hatte die meisten davon gesehen und war beeindruckt von den berühmten Namen auf den Plakaten.

Da begann ihre Nase zu laufen, und sie hatte keine Papiertaschentücher mehr. »Entschuldigen Sie?«, sagte sie zu der jungen Frau an der Rezeption. »Hätten Sie vielleicht ein Papiertaschentuch für mich?«

»Aber natürlich.« Die junge Frau holte eine winzige tomatenrote Handtasche hervor und nahm ein Päckchen Papiertaschentücher heraus. »Sie können die ganze Packung behalten, wenn Sie wollen. Ich habe noch eine in meinem Schreibtisch.«

»Wirklich? Das ist wirklich nett von Ihnen. Ich habe das Gefühl, dass ich sie brauchen werde.«

Die junge Frau sah sie erschrocken an. »Sie bekommen doch keinen Heulkrampf, oder?«, fragte sie besorgt.

»Nein, nein. Ich fürchte nur, dass ich eine Sommergrippe kriege.«

»Ich bin in letzter Zeit ständig erkältet. Wahrscheinlich kommt das von der ewigen U-Bahn-Fahrerei. Die Luft da unten ist einfach schrecklich. Wie ist das übrigens passiert, als Sie sich verfahren haben?«

Deirdre erklärte es ihr so kurz wie möglich.

»Augenblick mal.« Die junge Frau holte einen U-Bahn-Plan aus einer ihrer Schreibtischschubladen. »Schauen Sie: Wenn Sie bis Bank weitergefahren wären, hätten Sie die Central Line zur Tottenham Court Road nehmen können, und dann wären's nur noch ein paar Minuten zu Fuß gewesen. Das habe ich heute auch gemacht. Entschuldigung, das hätte ich lieber nicht sagen sollen, oder?«, fügte sie hinzu. »Wahrscheinlich haben Sie ein Vermögen fürs Taxi ausgegeben. Aber ich mache ständig solche Sachen. Da denke ich, ich helfe den Leuten, und plötzlich stelle ich fest, dass ich alles nur noch schlimmer gemacht habe. Tut mir Leid.«

»Ist schon in Ordnung. Das passiert mir auch die ganze Zeit.« Deirdre fand die junge Frau sympathisch. Sie sah wieder zu den gerahmten Plakaten hinüber. »Ist wahrscheinlich toll, hier zu arbeiten und jede Menge berühmte Leute kennen zu lernen, was?«, sagte sie.

»Ach, ich habe noch keine wirklich berühmten Leute kennen gelernt. Ich bin hier nur zur Aushilfe. Es ist mein erster Tag. Wenn's doch schon der letzte wäre«, fügte sie mit düsterem Gesicht hinzu.

»Ist der Job so hart?«

»Eigentlich nicht, aber *sie* da drin« – dabei nickte sie mit dem Kopf in Richtung der Tür hinter ihr – »ist knallhart.«

»Juliet Rathbone-Lyon?«

»Hm. Ich hab im Leben noch keinen so unhöflichen Menschen kennen gelernt. Ich spiele mit dem Gedanken, die Agentur anzurufen und mich über sie zu beschweren. Heute Morgen hat sie mir was Biestiges an den Kopf geworfen, das erzähle ich Ihnen lieber nicht. Sie ist eine mürrische ...«

Deirdres entsetzter Blick ließ sie die Hand vor den Mund schlagen. »Oje, jetzt hab ich's schon wieder gemacht. Ich hab ganz vergessen, dass Sie sie ja noch gar nicht kennen. Hoffentlich hab ich Ihnen jetzt keine zu große Angst eingejagt. Schließlich möchte ich Sie nicht noch nervöser machen, als Sie wahrscheinlich schon sind. Tut mir Leid.«

»Ist schon in Ordnung«, sagte Deirdre, obwohl sie tatsächlich ziemlich aus der Fassung war. »Meine Agentin hat mich bereits vorgewarnt.«

»Lassen Sie uns über was anderes reden, ja?«, sagte die junge Frau und legte den Kopf ein wenig schräg. »Wissen Sie was? Sie sind heute schon die zweite mit dem Akzent. Ist das nicht komisch? Wo kommen Sie denn her?«

»Aus Dublin.« Eigentlich hatte Deirdre jetzt keine große Lust mehr auf Small talk, weil ihre Angst vor dem Drachen, der da hinter der Tür auf sie wartete, immer größer wurde. Am liebsten hätte sie die Uhr vorgedreht.

»Ach, das heißt, dass die junge Frau, die vorher da war, auch aus Dublin ist«, sagte die kleine Blondine glücklich.

Plötzlich wurde Deirdre neugierig. »Wie hat sie denn geheißen?«

»Äh ... lassen Sie mich mal überlegen ... Es steht hier im Terminkalender. Ja, genau: Sophie Burke. Sie hatte um halb zehn einen Termin mit der Hexe.«

Fast hätte Deirdre lachen müssen. Eigentlich hätte sie sich das ja denken können.

Plötzlich ging die Tür auf, und der attraktivste Mann, den Deirdre je gesehen hatte, kam herein. Er drehte sich noch einmal kurz um, um etwas zu der Frau im anderen Zimmer, wahrscheinlich Juliet Rathbone-Lyon, zu sagen.

»Denken Sie nicht zu lang drüber nach, Schätzchen. Ich bin bekannt für meinen Wankelmut und warte nicht gern. Sofortige Befriedigung, das ist mein Motto.« Deirdre konnte nicht hören, was der junge Mann darauf erwiderte, aber jedenfalls reagierte die Frau mit einem lauten Lachen. »Schätzchen, Sie sind einfach zum Anbeißen, und ich bin schrecklich gefräßig. Am liebsten würde ich Sie auf der Stelle auffressen. Bis bald dann.«

Dann ging die Tür zu, und der junge Mann trat ganz ins Zimmer. Deirdre wagte es nicht, den Blick zu heben, weil sie sich nicht dabei ertappen lassen wollte, wie sie ihn anstarrte. Trotzdem bekam sie mit, dass er ein dickes Manuskript aus einem Umschlag genommen hatte und jetzt darin herumblätterte.

Dann hörte sie die junge Frau mit angespannter Stimme ins Telefon sagen: »Deirdre O'Dare ist da, Ms. Rathbone-Lyon.« Sie schwieg einen Augenblick, machte eine Grimasse in Richtung Hörer und legte ihn mit einem Knall auf. »Sie sagt, Sie sollen warten. Ganz so höflich hat sie's allerdings nicht ausgedrückt«, fügte sie etwas leiser hinzu.

Deirdres Körper verkrampfte sich. Sie versuchte, ruhig zu bleiben, aber das gelang ihr nicht. Ihre Nase begann wieder zu laufen. Sie holte ein Papiertaschentuch aus der Packung, die sie in der Hand hielt, und schnäuzte sich so unauffällig wie möglich. Als sie den Blick hob, merkte sie, dass der junge Mann sie ansah.

»Hallo«, sagte sie. »Schöner Tag heute, nicht?« Mein Gott, wie peinlich, dachte sie.

»Hallo«, erwiderte er. »Ja, stimmt.«

Eigentlich sah er nicht so aus, als würde er sie beißen, dieser attraktive, groß gewachsene dunkle Fremde. Er hatte sogar das richtige Alter für sie, dachte Deirdre, Anfang bis Mitte Zwanzig. Er musterte sie mit seinen dunklen Augen.

»Wollen Sie zu Juliet?«

»Ja. Vorausgesetzt, sie hat noch Zeit für mich. Ich bin ziemlich spät dran.«

»Worum geht's? Um den Grace-O'Malley-Film?«

»Ja.«

»Das hab ich mir schon fast gedacht, als ich Ihren Akzent gehört habe. Aus welchem Teil Irlands kommen Sie?«

»Aus Dublin. Ich fliege heute Nachmittag wieder zurück, weil ich abends einen Auftritt habe.« Deirdre freute sich, ins Gespräch einfließen lassen zu können, dass sie einen Job hatte, denn das zählte in der Branche ziemlich viel.

»In welchem Stück?«

»Im *Sommernachtstraum*. Ich spiele die Hermia«, fügte sie hinzu, stolz, sich noch ein bisschen brüsten zu können.

»Ist das die Inszenierung von David Lawless?« Seine Stimme klang neutral, aber seinen Augen war das Interesse deutlich anzusehen. Deirdre hatte den Eindruck, dass sie ihn irgendwoher kannte – vielleicht vom Kino oder vom Fernsehen.

»Ja.« Dabei lehnte sie sich auf der Chaiselongue zurück und versuchte, entspannt zu wirken. »Sie sind ja ganz schön gut informiert über das, was im irischen Theater läuft.«

»Nun, die Inszenierung hat tolle Kritiken in der britischen Presse bekommen. Eva Lavery spielt die Titania, stimmt's?«

»Genau. Sie ist toll in der Rolle.«

»Ja?«, fragte der junge Mann.

»Ja. Sie gehört außerdem zu den nettesten Menschen, die ich kenne.«

»Dann ist sie also keine Diva?«

»Nein, überhaupt nicht.«

Da klingelte das Telefon. »Natürlich, Ms. Rathbone-Lyon«, sagte die junge Frau an der Rezeption in übertrieben höflichem Tonfall und bedachte Deirdre mit einem mitfühlenden Blick. »Sie sollen jetzt reingehen.«

Plötzlich bekam Deirdre Panik. Am liebsten wäre sie weggelaufen, aber das war nicht möglich. Sie wandte sich Hilfe suchend dem Fremden zu, doch der sah sie schon nicht mehr an, sondern betrachtete stirnrunzelnd den Teppich. »Viel

Glück«, sagte die freundliche junge Frau, als Deirdre auf die Tür zu Juliet Rathbone-Lyons Büro zuging.

»Ja, viel Glück«, sagte auch der Fremde mit einem Lächeln.

»Danke«, erwiderte sie. »Ich habe das Gefühl, dass ich das brauchen kann.« Dann betrat sie das Büro von Juliet Rathbone-Lyon.

Als sie die Tür hinter sich schloss, schrillte das Telefon. Ohne Deirdre Beachtung zu schenken, nahm Juliet Rathbone-Lyon den Hörer von der Gabel. »Ja? Ach, Daniel, hallo. Nein, kein Problem, ich hab im Moment gerade ein bisschen Zeit.« Dann erhob sie sich, ging hinüber zum Fenster, lehnte sich gegen den Rahmen und schaute auf die Straße hinunter. Den Hörer hatte sie zwischen Kinn und Schulter eingeklemmt, mit den Fingern spielte sie an einem maschinenbeschriebenen Blatt herum.

Deirdre blieb an der Tür stehen, unsicher, was sie tun sollte. Sie wollte sich nicht setzen, ohne dazu aufgefordert worden zu sein. Wahrscheinlich würde sie warten müssen, bis Juliet Rathbone-Lyon ihr Telefonat beendet hatte. Sie wandte ihr immer noch den Rücken zu, doch schon der kurze Blick, den Deirdre auf sie erhascht hatte, hatte ihr gezeigt, dass sie ausgesprochen gut aussah. Irgendwie überraschte Deirdre das. Sie hatte sich eher eine Frau wie die böse Hexe aus den 101 Dalmatinern vorgestellt. Juliet Rathbone-Lyon hatte lange, glänzende schwarze Haare, die im Nacken mit einem Kamm zusammengehalten wurden, blaue Augen und eine tolle Figur, die in einem nachtblauen Oberteil, einer dazu passenden Hose und hochhackigen Schuhen bestens zur Geltung kam.

Während sie sich am Telefon über vertragliche Details und andere geschäftliche Dinge unterhielt, wurde Deirdre immer nervöser.

Endlich hörte sie Juliet Rathbone-Lyon sagen: »Am Freitag um vier? Ja, bis dahin müsste ich eigentlich wieder zurück sein. Gut, Daniel. Und sei gewarnt: Erfreut bin ich über die Sache nicht. Ja. Tschüs.«

Dann legte sie auf, wandte sich vom Fenster ab und musterte Deirdre, eine Augenbraue hochgezogen, den Mund zu einem schmalen Strich zusammengepresst.

»Deirdre O'Dare?«, fragte sie mit kritischem Blick.

Deirdre sank der Mut. Am liebsten hätte sie sich unter dem Teppich verkrochen. »Tut mir schrecklich Leid, dass ich so spät dran bin, Ms. Rathbone-Lyon. In südlicher Richtung sind wegen Wartungsarbeiten keine Züge gefahren, und ich …«

»Setzen Sie sich.«

Deirdre war froh, dass sie ihr ins Wort gefallen war. Ihre U-Bahn-Geschichte war so kompliziert, dass sie ohnehin nicht überzeugend geklungen hätte.

»Meine Aushilfe« – sie zischte das Wort – »hat mich informiert, dass jemand angerufen hat, um uns zu sagen, dass Sie später kommen würden, weil Sie verschlafen haben.«

Danke, Nuala, dachte Deirdre.

»Nun, das stimmt auch. Aber ich wäre längst nicht so spät dran gewesen, wenn die …«

»Ich sage Ihnen jetzt mal was, Deirdre.« Juliet Rathbone-Lyon lehnte sich zurück und schlug die schlanken Beine übereinander. »Eine Dubliner Kollegin von Ihnen, die mit den gleichen Schwierigkeiten zu kämpfen hatte wie Sie, hat es geschafft, heute Morgen um halb zehn hier zu sein. Sie hatte sich genauestens über den Film informiert und alle erhältlichen Biografien über Grace O'Malley gelesen. (Das ist nicht fair! dachte Deirdre frustriert. Auch sie hatte sich die ganze vergangene Woche auf dieses Gespräch vorbereitet, bis jetzt aber keine Gelegenheit bekommen, das zu zeigen.) Sie sah gut aus und war ganz reizend. Mit anderen Worten: Sie war durch und durch professionell, obwohl sie genau wie Sie frisch von der Schauspielschule kommt. Ich sehe hier, dass Sie sogar die gleichen Kurse besucht haben.«

Sie warf einen Blick auf das maschinenbeschriebene Blatt Papier, mit dem sie während des Telefonats herumgespielt hatte. Es war Deirdres Lebenslauf. »Soll ich Ihnen etwas sagen, Deirdre? Ich würde Ihnen vorschlagen, sich ein Beispiel an ihrer Freundin Sophie Burke zu nehmen. Dadurch, dass Sie mehr als eine Stunde zu spät hier eingetroffen sind, haben Sie mir nicht nur Unannehmlichkeiten bereitet, sondern mich auch noch aggressiv gemacht, und ich habe keine Zeit für so etwas. Ich würde sagen, dass Sie erst einmal mein Büro verlassen und über die Dinge nachdenken, die ich Ihnen gerade gesagt habe.« Dabei knüllte sie Deirdres Lebenslauf zu einem Ball zusammen und warf ihn mit glänzenden Augen in den Papierkorb. Juliet Rathbone-Lyon genoss es, Deirdre so fertig zu machen.

Deirdre sah die Frau völlig verständnislos an, die es offenbar gewöhnt war, andere Menschen wie Scheiße zu behandeln. Zum zweiten Mal an jenem Morgen erinnerte sich Deirdre an die Worte von David Lawless: »Du hast dein Leben selbst in der Hand, lass dich von anderen Leuten nicht durcheinander bringen.« Plötzlich musste Deirdre lächeln.

»Was gibt es da zu grinsen?«, fragte Ms. Rathbone-Lyon verärgert. »Ich kann mir nicht vorstellen, dass irgendetwas Lustiges an dieser Situation ist.«

»Ich hab nur gerade gedacht«, sagte Deirdre und hob den Blick von ihren Händen, die erstaunlicherweise völlig ruhig in ihrem Schoß lagen, »dass ich froh bin, nicht Sie zu sein.«

Als sie aufstand, um zur Tür zu gehen, sah sie, dass Juliet Rathbone-Lyon einen Augenblick lang die Beherrschung verlor.

»Na, wie ist's gelaufen?«, fragte die junge Rezeptionistin.

Deirdre lachte erleichtert. »Ach, ich finde, gar nicht so schlecht. Ich habe gerade etwas ziemlich Befriedigendes getan: Ich bin einfach gegangen.«

»Was? Das ist doch nicht Ihr Ernst, oder?« Die junge Frau wirkte gleichzeitig ungläubig und schadenfroh.

»O doch.« Wieder lachte Deirdre. Sie konnte selbst kaum glauben, was sie getan hatte.

»Ganz schön mutig, das muss ich sagen«, hörte sie den gut aussehenden Fremden sagen.

»Ach!«, rief Deirdre aus. »Sind Sie immer noch da? Ich dachte, Sie sind längst gegangen.«

»Nein, nein, ich hab mich an die hübsche junge Frau hier rangemacht.« Er schenkte der Rezeptionistin ein Lächeln, das diese sofort erwiderte.

»Kommen Sie mit«, sagte er und nahm Deirdre bei der Hand. »Ich glaube, Sie haben sich jetzt einen doppelten Espresso verdient nach Ihrem Erlebnis mit der Rathbone-Lyon. Ich lade Sie ein.«

An der Tür drehte er sich noch einmal zu der jungen Frau an der Rezeption um und sagte: »War nett, mit Ihnen zu reden.«

»Gleichfalls«, meinte sie und winkte Deirdre zu. »Freut mich, eine so mutige Frau wie Sie kennen gelernt zu haben«, sagte sie, und ein kleines Lächeln spielte um ihren Mund, als sie, den Blick auf den gut aussehenden Schauspieler gerichtet, hinzufügte: »Und Glück haben Sie auch, was?«

Als sie zusammen durch die Straßen von London gingen, fragte er sie, was genau in Juliet Rathbone-Lyons Büro passiert war, und sie erzählte es ihm nur zu gern.

Er dirigierte sie zu einem kleinen Café in Soho, wo es, so sagte er, hervorragenden Kaffee gab. Er bestellte sich einen

Espresso, und sie entschied sich für einen Cappuccino und ein Sandwich, weil sie plötzlich merkte, dass sie schrecklichen Hunger hatte.

Allmählich ließ die Wirkung des Adrenalinstoßes von ihrer Begegnung mit Juliet Rathbone-Lyon nach. Wie sollte sie ihr Verhalten ihren Kollegen und ihrer Agentin erklären? Sie wusste, dass das, was sie soeben getan hatte, ziemlich mutig gewesen war, aber es war auch verantwortungslos. Wahrscheinlich telefonierte Juliet Rathbone-Lyon gerade mit Sally Ruane.

»Wie heißen Sie eigentlich?«, fragte der junge Schauspieler.

Deirdre beschloss, den unangenehmen Zwischenfall erst einmal zu verdrängen, weil sie ohnehin nichts mehr daran ändern konnte. »Deirdre O'Dare.«

»Und ich bin Sebastian Hardy«, stellte er sich vor.

Sie gaben einander über den Tisch hinweg die Hand und mussten über die Absurdität dieser förmlichen Geste lachen. Plötzlich wurde Deirdre schüchtern. Das ging ihr immer so, wenn sie mit besonders gut aussehenden Männern redete. Sie strich sich die Haare aus dem Gesicht. Was sollte sie nur zu ihm sagen?

»Danke, dass Sie mich da rausgeholt haben«, brachte sie schließlich heraus.

»Keine Ursache.« Er gab einen Löffel Zucker in seinen Espresso. »Jetzt sind Sie sich nicht mehr so sicher, stimmt's?«

»Weswegen?«

»Ob Sie da drin wirklich das Richtige getan haben.«

»Ja, stimmt. Eigentlich war es ziemlich dumm.«

»Machen Sie sich nicht zu viele Gedanken darüber. Juliet ist nicht die Einzige, die sich um Besetzungen kümmert, und *Grace* ist auch nicht der einzige Film, der gedreht wird. Talent setzt sich auf lange Sicht immer durch. Wenn Sie was drauf haben, kriegen Sie auch Rollen. So einfach ist das.« Er trank einen Schluck Kaffee und verzog das Gesicht, weil er noch heiß war.

»Wird sie mich nicht bei allen Kollegen schlecht machen?«

»Wahrscheinlich nicht. Natürlich wird Sie Ihnen auch keinen Gefallen tun, aber sie wird's nicht in der Gegend herumposaunen, dass eine völlig Unbekannte aus Dublin ihr über den Mund gefahren ist. Sie war sowieso längst fällig. Es gibt bloß nicht so viele Leute, die sich so was trauen, das ist alles.«

Deirdre fühlte sich geschmeichelt. Sie warf einen Blick auf ihr Sandwich, ein Riesending mit knusprigem Ciabatta-Brot, grünem Salat, Tomaten und Hühnchenstücken in sämiger Sauce. Sie wusste, dass jeder Versuch, dieses Sandwich einigermaßen würdevoll zu essen, in einen Alptraum ausarten würde, aber ihr knurrte der Magen. Also biss sie versuchsweise ein Stück von der Ciabatta herunter. Dabei landete eine Tomatenscheibe auf dem Teller, doch das schien Sebastian nicht aufzufallen.

»Erzählen Sie mir doch ein bisschen von sich«, sagte er. Ihr ganzes Leben lang hatte Deirdre davon geträumt, dass ein gut aussehender Fremder sie genau dazu auffordern würde. Fast hätte sie sich verschluckt.

»Wollen Sie wirklich was über mich wissen?«

»Warum hätte ich denn sonst gefragt?«, antwortete er und blies auf seinen Kaffee, um ihn zu kühlen. Sein Mund war wohlgeformt und sinnlich. Deirdre ertappte sich dabei, wie sie ihn anstarrte, und wandte hastig den Blick ab. »Gefällt Ihnen die Arbeit für Lawless Productions, Deirdre?«

»Ja! Sie ist einfach toll.« Besonders cool war die Antwort nicht gewesen, dachte Deirdre, aber sie konnte einfach nicht anders.

»Ich habe gehört, dass dieser Lawless ziemlich gut ist.«

»Ja, das stimmt, Sebastian. Er arbeitet wirklich mit den

Schauspielern zusammen und dirigiert sie nicht bloß herum. Sie wissen doch, was ich meine, oder?«

Sebastian nickte lächelnd. »Ja, allerdings. Erzählen Sie mir mehr.«

»Nun, David sagt, ein unsicherer Schauspieler liefert auch eine unsichere Leistung – er hat diese absolut positive Arbeitseinstellung.« Sebastian hörte ihr gebannt zu. Das gefiel ihr. Sie hatte bis dahin noch nicht so viele Männer kennen gelernt, die in der Lage waren, über andere Dinge als über sich selbst zu sprechen.

»Und wie ist die Zusammenarbeit mit Eva Lavery?«, fragte er sie, als sie alles über David Lawless erzählt hatte. Deirdre war auch voll des Lobes über sie. Sie wusste, dass sie zu viel redete, aber sie fühlte sich immer noch unsicher in Gesellschaft dieses gut aussehenden Mannes, und Sebastian Hardy schien es nichts auszumachen. Er wirkte interessiert und ermutigte sie sogar, die kleinsten Details zu erzählen.

Schließlich sagte sie: »Ich glaube, ich höre jetzt lieber auf, sonst schlafen Sie mir noch vor Langeweile ein.«

»Aber nein«, sagte er und musterte sie eindringlich. »Ich finde Sie ausgesprochen faszinierend.«

Deirdre wurde rot und musste lachen. Sie biss ein Stück von ihrem Sandwich herunter und kaute eine ganze Weile darauf herum, bevor sie sagte: »Und was ist mit Ihnen, Sebastian? Jetzt müssen Sie mir etwas über sich erzählen.«

Er wurde ein wenig zurückhaltender. »Ach, über mich gibt's nicht viel zu erzählen. Ich habe vor ein paar Jahren die RADA abgeschlossen und seitdem immer wieder einen Job gekriegt.«

»Beim Theater oder beim Fernsehen?«

»Von beidem ein bisschen. Ich hab eine Saison lang beim Citz in Glasgow mitgemacht, dann kamen letztes Jahr ein paar Inszenierungen am Royal Exchange in Manchester, und bis vor kurzem war ich am National. Ich hatte Glück und konnte zwischendurch sogar noch einige Filme und eine Serie für die BBC unterbringen.«

Vielleicht hatte er Glück gehabt, dachte Deirdre, oder aber er war ganz schön begabt. »Was für eine Serie war das denn?«

»*Hurting People*.«

Jetzt fiel ihr plötzlich wieder ein, woher sie sein Gesicht kannte. *Hurting People* war eine Serie, die im Norden Englands spielte und anfangs des Jahres mit großem Erfolg ausgestrahlt worden war. »Jetzt weiß ich, wer Sie sind! Sie haben doch den Heroinsüchtigen gespielt, stimmt's? Wie hieß er gleich noch mal?«

»Soup.«

»Genau! Mein Gott, waren Sie gut in der Rolle! Es wundert mich, dass ich Sie nicht früher erkannt habe.«

»Da sind Sie nicht die Einzige. Ich hab ziemlich mitgenommen ausgeschaut in der Serie.« Er beugte sich über den Tisch und entfernte einen Krümel von ihrem Kinn. »Entschuldigung, aber der stört mich schon die ganze Zeit.«

Wieder wurde Deirdre rot. »Ja, stimmt, Sie haben tatsächlich ziemlich kaputt ausgesehen in der Serie. Im wirklichen Leben sind Sie jedenfalls viel attraktiver.« Sie wurde noch röter. »Wer ist denn auf die Idee gekommen, Sie so völlig gegen den Strich zu besetzen? Das war ein genialer Einfall.«

»Juliet Rathbone-Lyon.«

Deirdre verschluckte sich, und jede Menge Ciabatta-Krümel fielen aus ihrem Mund. Zum Glück war Sebastian nicht entsetzt, sondern musste lachen.

»Tut mir Leid, dass ich ihren Namen schon wieder ins Gespräch bringe.«

»Ist schon in Ordnung.« Deirdre lächelte. »Ha! Sie wird's noch bereuen, wie sie mit mir umgesprungen ist, wenn sie erst hört, wie gut ich als Ophelia bin«, sagte sie und schob den Teller mit dem nur halb gegessenen Sandwich weg. Auf eine weitere Krümelschlacht wollte sie sich nicht einlassen.

»Ophelia? Ich wusste gar nicht, dass Lawless in dieser Saison auch den *Hamlet* inszeniert.«

»Nun, eigentlich hatte er das auch nicht vor.« Deirdre erklärte Sebastian die Gründe für den Programmwechsel. Als sie fertig war, fiel ihr auf, wie schweigsam er geworden war.

»Also spielt Eva Lavery die Gertrude«, sagte er. »Wer gibt den Hamlet?«

»Soweit ich weiß, hat man die Rolle Mark Llewellyn angeboten.«

»Ach. Mit dem bin ich befreundet.« Deirdre war beeindruckt. »Ich habe ihn schon eine ganze Weile nicht mehr gesehen. Ich muss ihn mal anrufen.« Dann lächelte er und warf einen Blick auf seine Uhr. »Ich glaube, ich muss los.«

Auch für sie wurde es Zeit. Sie griff nach ihrem Portemonnaie, doch Sebastian Hardy legte die Hand auf ihren Arm. »Lassen Sie mal, ich mache das schon.«

»Ach, das ist aber nett von Ihnen. Danke, Sebastian.«

Als Sebastian seine Brieftasche aufmachte, flatterte ein Zeitungsausschnitt heraus. Deirdre bückte sich danach, doch Sebastian kam ihr zuvor. Sie erhaschte einen kurzen Blick darauf. Das Foto hatte sie erst im vergangenen Monat in der *Vanity Fair* ihrer Mutter gesehen. Es stammte aus einem Fotoessay über die Größen des britischen Theaters von Lord Snowdon, und das Bild zeigte Eva Lavery. Tja, wieder ein unglücklicher Verehrer, dachte Deirdre wehmütig. Sie konnte sich gut vorstellen, wie er sich fühlte.

»Was hatten Sie denn bei Juliet Rathbone-Lyon zu tun, Sebastian?«, fragte sie ihn, während er auf sein Wechselgeld wartete.

»Ich habe eine Filmrolle in Australien angeboten bekommen.«

»In Australien! Wow. Da wollte ich immer schon hin. Was ist es denn für eine Rolle, und wann soll's losgehen?«

Sebastian senkte den Blick. »Wissen Sie, Deirdre, ich möchte nicht unhöflich sein, aber ich würde lieber erst darüber sprechen, wenn ich sie ganz sicher habe, denn wir haben uns noch nicht über die finanzielle Seite unterhalten.«

Deirdre war es peinlich, dass sie wieder einmal mit der Tür ins Haus gefallen war. »Tut mir Leid, Sebastian. Ich sollte wirklich nicht immer so neugierig sein.«

»Schon in Ordnung.« Er sah sie mit seinen dunklen Augen an. »Wissen Sie, ich möchte mich nur nicht selbst unter Druck setzen.«

Vor dem Café ergriff Sebastian ihre Hand. »Das Treffen mit Ihnen war eine Offenbarung«, sagte er mit undurchdringlichem Gesichtsausdruck. »Es passiert wirklich nicht jeden Tag, dass man jemanden kennen lernt und sich gleich so gut versteht, nicht wahr? Ich kann Sie wirklich sehr gut leiden, Deirdre O'Dare.«

»Danke, Sebastian. Mir geht's genauso.« Wie schön, zur Abwechslung mal ganz offen mit jemandem sein zu können, dachte Deirdre. »Ich würde mich freuen, wenn wir uns irgendwann wieder sehen.«

»Ich könnte mir durchaus vorstellen, dass das passiert«, sagte er, beugte sich ein wenig vor und berührte mit seinen Lippen kurz die ihren. Dann wandte er sich lächelnd von ihr ab und ging in die andere Richtung davon.

Deirdre hätte fast das Atmen vergessen.

10

Zu Deirdres Erleichterung ereignete sich auf der Heimreise nichts Ungewöhnliches. Nach der Geschichte mit der U-Bahn hätte sie eigentlich eine weitere Katastrophe erwartet. In Dublin stieg sie in den Flughafenbus zur Stadtmitte und ging sofort zum Theater. Unterwegs holte sie sich noch schnell einen Hamburger. Natürlich war sie viel zu früh dran, aber sie hatte sich vorgenommen, sofort die unangenehme Aufgabe zu erledigen, die zentnerschwer auf ihr lastete.

Sie aß den Hamburger in der Garderobe, holte tief Luft und nahm den Hörer von der Gabel. Es meldete sich Mary Sheridan.

»Deirdre, so, wie sich's anhört, sind Sie an einem öffentlichen Telefon«, sagte sie auf Deirdres erste ziemlich wirre Worte. »Geben Sie mir die Nummer, dann sage ich Sally, sie soll Sie gleich zurückrufen.«

Es dauerte nur ein paar Sekunden, bis das Münztelefon klingelte. Deirdre machte sich darauf gefasst, sich entschuldigen zu müssen.

Da hörte sie Sallys Stimme. »Tja, Deirdre, lange haben Sie nicht gebraucht, um uns in eine kompromittierende Situation zu bringen! Was zum Teufel ist denn passiert heute Morgen? Ich habe fast eine halbe Stunde mit Juliet Rathbone-Lyon telefoniert, um sie ein bisschen zu beruhigen. Besonders angenehm war das nicht, aber das können Sie sich ja vorstellen. Was haben Sie denn zu ihr gesagt?«

Deirdre erzählte Sally zerknirscht die Geschichte.

»Mein Gott, Deirdre, das haben Sie ja wunderbar hingekriegt. Sie haben nicht nur ein paar Leuten die Zeit gestohlen, sondern obendrein noch Ihr eigenes Geld vergeudet und Ihre Chance auf eine ordentliche Rolle vertan. Die Sache mit der Rolle hat nämlich bis heute Morgen gar nicht so schlecht ausgeschaut, wissen Sie.«

Deirdre zuckte zusammen.

»Wenn Sie in dem Geschäft bleiben wollen, müssen Sie lernen, dass es nichts bringt, wenn man einflussreiche Leute vor den Kopf stößt. Ein bisschen Falschheit ist manchmal gar nicht so schlecht. Sie könnten zum Beispiel damit anfangen, dass Sie Juliet Rathbone-Lyon einen ausgesprochen freundlichen Brief schreiben, um sich zu entschuldigen. Natürlich wird sie nicht darauf eingehen, aber vielleicht ist sie dann wenigstens nicht mehr ganz so sauer auf mich. Eines weiß ich jedenfalls: Sally Ruane Management wird nicht den Kopf für Sie hinhalten.«

»Tut mir Leid, Sally«, sagte Deirdre, den Tränen nahe.

»So, das war der offizielle Teil«, fuhr Sally fort. »Inoffiziell möchte ich hinzufügen, dass ich Ihnen letztlich keinen Vorwurf wegen dem machen kann, was Sie getan haben. Juliet ist in letzter Zeit ziemlich arrogant geworden – das sagen alle, und einige Leute wären froh, wenn sie den Mut hätten, ihr das ins Gesicht zu sagen. Ich eingeschlossen. Und jetzt setzen Sie sich bitte hin und schreiben den Brief, Deirdre. Ach, ich habe RTE übrigens auf Sie hingewiesen. Es wird bald eine neue Figur in *Ardmore Grove* eingeführt. Lassen Sie es mich wissen, sobald Sie den Probenplan für *Macbeth* haben. Dann vereinbare ich einen Vorsprechtermin für Sie.«

»Was?«, fragte Deirdre ungläubig. »Heißt das, dass Sie mich nicht aus Ihrer Kartei streichen?«

»Deirdre, ich habe Sie nicht wegen Ihrer guten Umgangsformen in meine Kartei aufgenommen. Mir geht's um was anderes, nämlich um Ihre Fähigkeiten als Schauspielerin.

Aber bitte tun Sie mir einen Gefallen und reißen Sie sich ein bisschen zusammen, wenn Sie den nächsten Termin wahrnehmen. Bis bald.« Dann legte sie auf.

Deirdre war ganz schwindelig vor Erleichterung. Was für eine tolle Frau, diese Agentin. Sie würde sich mit einem kleinen Geschenk bei ihr bedanken.

Doch zuerst musste sie den Brief an Juliet Rathbone-Lyon hinter sich bringen. Was sollte sie bloß schreiben? Sie hasste Geschäftsbriefe. Die einzigen, die überhaupt noch Briefe von ihr bekamen, waren Sarah und ihre Großmutter in Westport. Sie würde die Sache aufschieben und Maeve bitten, ihr dabei zu helfen.

Sie las gerade ihr Horoskop in einer der alten Ausgaben von *Cosmopolitan* und versuchte festzustellen, ob irgendetwas von den Vorhersagen eingetroffen war, als Sophie in einem aufreizenden Samtgewand hereinkam. Zumindest, das fiel Deirdre auf, wirkte sie ein bisschen schuldbewusst.

»Hallo, Deirdre«, flötete sie. »Hast du das Kleid da heute Morgen zu dem Vorstellungsgespräch getragen?«

Deirdre hatte immer noch ihr praktisches Kleid mit dem geometrischen Muster an. »Ja«, sagte sie, alles andere als gnädig. »Nun sag bloß nicht, dass du *das* da getragen hast.«

Sophie wurde rot. »Ach, dann hast du also gehört, dass ich auch das Glück hatte, mit Juliet zu sprechen? Nein, nein, das habe ich nicht getragen. Natürlich nicht. Das ist was Festlicheres für heute Abend. Ich geh mit Ben im Frère Jacques zum Essen. Weißt du, ich habe heute Geburtstag.« Deirdre widerstand der Versuchung, Sophie zu gratulieren. »Ich hab mein Louise-Kennedy-Kleid zu dem Termin getragen«, fuhr sie fort. »Wie ist's gelaufen? Sie ist nett, findest du nicht auch?«

Deirdre gab ein unverbindliches Geräusch von sich. Sie würde Sophie nicht erzählen, wie spektakulär sie die Sache in den Sand gesetzt hatte. Das konnte jemand anders erledigen. Außerdem musste sie aufpassen, dass Sophie nichts von der Rolle in *Ardmore Grove* erfuhr – jedenfalls nicht von ihr, denn über kurz oder lang würde sie die Sache ohnehin mitkriegen.

Sophie bedachte sie mit einem koketten Blick. »Ich glaube, ich habe mich ganz gut geschlagen. Wir haben uns, soweit ich das beurteilen kann, ziemlich gut verstanden.«

Deirdre blieb eine Antwort erspart, weil in dem Augenblick Maeve hereinkam.

»Hallo, Deirdre. Wie ist's gelaufen?«

»Komm mit.« Deirdre nahm Maeve an der Hand und zog sie in die Garderobe, wo sie ihr alles erzählte.

Maeve setzte sich an ihren Platz und lauschte Deirdres Geschichte interessiert. Als diese mit dem Erzählen fertig war, schenkte sie ihr einen anerkennenden Blick. »Ganz schön mutig, Deirdre. Niemand sollte sich so etwas gefallen lassen. Wir Schauspieler lassen uns schon zu lange von solchen Egomanen verheizen.« Sie nahm ein paar Blütenblätter von dem kleinen Strauß in die Hand, den Deirdre ihr zum Premierenabend geschenkt hatte, und rollte sie zwischen ihren Fingern hin und her, die man elegant hätte nennen können, wenn nicht die abgekauten Nägel gewesen wären.

»Danke für die Unterstützung, Maeve.« Deirdre drückte Maeve einen Kuss auf die Wange. »Was zum Teufel soll ich in dem Brief schreiben?«

»Halte dich so kurz wie möglich. Entschuldige dich dafür, dass du zu spät gekommen bist und ihr die Zeit gestohlen hast, aber entschuldige dich nicht für das, was du gesagt hast. Denn das war deine ganz persönliche Meinung.«

Deirdre sah Maeve voller Bewunderung an. »Wie kommt es, dass du so klug bist, Maeve?«, fragte sie und spielte mit dem Schaf und dem Schäferhund herum, die Rory ihnen zur

Premiere geschenkt hatte. »Wenn mir doch solche Sachen auch einfallen würden.«

»Tja, ich bin eben schon ein bisschen älter als du, Deirdre. Aber mach dir mal keine Sorgen – man lernt immer dazu.«

Als Deirdre später bei Meagher's vorbeischaute, musste sie feststellen, dass die Kunde von ihrem beruflichen Fastselbstmord in Juliet Rathbone-Lyons Büro bereits die Runde gemacht hatte und sie so etwas wie eine Heldin geworden war. Sie erzählte gerade Eva davon, als Rory hereinstolzierte.

»Ich habe gehört, dass man dir gratulieren kann, Deirdre«, sagte er und stellte ein Glas Weißwein vor ihr ab. »Auf das kleine Schäfchen, das es mit Madame Lyon, der Löwin, aufgenommen hat.« Er setzte sich zu ihnen. »Ich habe wieder mal so schrecklich unzüchtige Gedanken über dich gehabt, liebste Eva. Du siehst heute besonders knackig aus. Wer ist denn der Glückliche?«

»Unzüchtige Gedanken? Ach, wie schön. Ruf mich doch später an, dann können wir sie übers Telefon weiter spinnen. Besonders würde ich mich freuen, wenn du's mit italienischem Akzent machst.«

»Mein französischer ist aber besser.«

»Auch recht. Aber jetzt hör dir bitte die Geschichte von Deirdre an, Schätzchen. Sie hat heute Morgen einen ausgesprochen faszinierenden jungen Mann kennen gelernt.«

»War wohl ein hübscher Kerl, was, Deirdre?«

»Ja, allerdings, Rory.«

»Was für eine Überraschung.« Rory gähnte.

»Dunkel oder blond?«, fragte Eva.

»Sehr dunkel. Und er hatte wahnsinnig erotische Augen.«

»Hm. Klingt so, als könnte mir der auch gefallen«, sagte Eva und lächelte David Lawless zu, der gerade zusammen mit Nick McCarthy den Pub betreten hatte.

»Jedenfalls«, sagte Deirdre, »heißt er Sebastian Hardy. Er hat vor ein paar Monaten in dieser BBC-Serie *Hurting People* mitgespielt. Habt ihr die gesehen? Er war der Drogensüchtige, einfach toll. In Wirklichkeit schaut er natürlich viel, viel besser aus. Und er war unglaublich nett, überhaupt nicht eingebildet. Er hat mir einen Kaffee und ein Sandwich spendiert, nachdem …«

»Großzügig ist er also auch noch«, meinte Rory.

»Hast du ein Problem damit, Rory?«, fragte Deirdre genervt. »Man könnte fast meinen, dass du eifersüchtig bist.«

»Ja, ich bin eifersüchtig. Mit deinem unglaublichen Scharfblick hast du das mal wieder auf Anhieb richtig erkannt, Schätzchen. Weißt du, es ist schon seit Ewigkeiten mein größter Wunsch, Deirdre O'Dare ein Sandwich zu kaufen. Bitte lass mich das doch mal machen, Deirdre, damit ich zufrieden sterben kann.«

Eva mischte sich ein. »Sebastian Hardy? Ich glaube, den kenne ich. Ich meine, ich habe nie mit ihm gesprochen, aber ich habe ihn ziemlich sicher mal in einer Aufführung von *Endstation Sehnsucht* am Royal Exchange gesehen. Das war vor einem Jahr oder so – ich hab damals gerade für Granada gearbeitet.«

»Stimmt!«, rief Deirdre aufgeregt. »Das ist er. Er hat gesagt, er hätte einige Zeit in Manchester gearbeitet.«

Eva wirkte nachdenklich. »Er war ziemlich gut«, sagte sie. »Ich hätte gern mit ihm gesprochen, aber irgendjemand hatte einen Tisch im Restaurant reserviert, und da hatten wir keine Zeit mehr, noch zu ihm in die Garderobe zu gehen. Ja.« Eva Lavery nickte. »Du hast Recht, Deirdre. Er ist ein außerordentlich intensiver Schauspieler.«

»Ganz schön langweilig hier heute Abend, was?«, sagte Rory. Dabei gähnte er noch einmal, erhob sich und streckte sich ostentativ.

»Hör auf damit, Rory. Du weißt doch, dass ich dich am liebsten gleich ausziehen und auffressen würde, wenn du so was machst.«

»Ich möchte dir was sagen, Eva.« Er beugte sich ein wenig vor, sodass er der Schauspielerin etwas ins Ohr sagen konnte, machte sich aber nicht die Mühe, zu flüstern. »Ich bin viel, viel leckerer als ein Sandwich.«

Eva betrachtete ihn mit amüsiertem Blick. »Schau, da drüben ist Marian«, sagte sie.

»Ah. Tut mir Leid, ich muss los«, sagte Rory und richtete sich wieder auf. »Sie muss den letzten Flug nach Brüssel kriegen, und ich soll sie zum Flughafen bringen. Bis später, Eva«, fügte er in verführerischem Tonfall hinzu, und sie lächelten einander noch einmal kurz an, bevor er zu Marian hinüberging, die Finbar de Rossas Bemühungen, sie anzumachen, ignorierte.

»Manchmal kann er einem ganz schön auf die Nerven gehen«, sagte Deirdre.

»Aber er ist einfach unglaublich sexy, Deirdre. Und das heißt, dass er sich fast alles erlauben kann.«

Die Proben zu *Macbeth* begannen am folgenden Tag. Die Truppe traf sich zur ersten Leseprobe, und diesmal war Deirdre kein bisschen nervös. Sie erinnerte sich an die ersten Tage der Proben zum *Sommernachtstraum* und daran, wie viel Angst sie gehabt hatte. Es war fast, als plaudere jetzt eine völlig andere Deirdre O'Dare mit Maeve Kirwan, die Lady Macduff spielen sollte. Rory spielte den Macduff, Adrian Pierce den Malcolm und Aidan Hughes den Banquo. Sophie und Jessica hatten die Rollen der anderen beiden Hexen, und Finbar de Rossa spielte natürlich den Macbeth. Eva war seine Lady.

Nick McCarthy und David Lawless hatten einen Probenplan ausgearbeitet, den Jessica gerade austeilte. Die Zeit würde viel knapper werden als bei den Vorbereitungen zum *Sommernachtstraum*. Weil die Schauspieler jetzt jeden Abend auftreten mussten, gab es nur noch vormittags oder nachmittags Proben. Deirdre sah, dass sie den ganzen Freitag und Samstag sowie die meisten Nachmittage frei hatte. Sie würde später Sally anrufen und ihr mitteilen, dass sie einen Termin mit RTE vereinbaren konnte.

Nach der Leseprobe bat David Lawless die Truppe, eine frühe Mittagspause zu machen. Maeve und Deirdre gingen mit ihren Sandwiches hinüber in den Park. Deirdre öffnete so viele Knöpfe an ihrem Oberteil, wie sich gerade noch schickte, und schob den Rock hoch, damit ihre Beine ein wenig bräunen konnten.

Ein paar Meter von ihnen entfernt lag Rory im Gras, unterhielt sich mit Aidan Hughes und kaute dabei auf dem Stängel eines Gänseblümchens. Er sah zu Deirdre herüber und musterte ihre Beine anerkennend. »Blödmann«, sagte Deirdre und zog ihren Rock ein Stück herunter. Doch er lächelte sie an. »Er freut sich diebisch, wenn er mich ärgern kann, Maeve. Am Anfang hab ich noch gedacht, er ist ganz in Ordnung, aber jetzt lässt er mir überhaupt keine Ruhe mehr.«

»Weißt du, Deirdre, dein erster Eindruck war richtig: Er ist tatsächlich in Ordnung. Ich kenne ihn schon seit Jahren; wir haben zur gleichen Zeit mit der Schauspielerei angefangen, in einem Film über Wegelagerer. Mein Gott, wie hieß der Streifen noch mal? Der war so schrecklich, dass ich's glatt vergessen habe. Oder, nein, der Film hieß *Pferdestärken*. Was für ein bescheuerter Titel.« Maeve drehte sich auf den Bauch, damit auch die hintere Seite ihrer Beine ein bisschen Sonne abbekam. »Aber er ist wirklich unverbesserlich. Finbar ist stinkesauer auf ihn. Rory hat ihm die kleine Asiatin ausgespannt, die er letzte Woche so gern ins Bett gekriegt hätte.«

»Was? Er hat sie abgeschleppt?«

»Nein – *sie* hat *ihn* abgeschleppt. Ich glaube, nicht mal Rory würde Marian eine *ménage à trois* vorschlagen.«

»Woher weißt du denn das alles, Maeve?«

»Rory selbst ist zwar ausgesprochen diskret und verschwiegen, aber leider kennen ihn alle Leute. Eine Freundin von mir hat ihn am frühen Morgen aus der Wohnung der Asiatin kommen sehen. Sie wohnt im selben Block.«

Rory war mittlerweile aufgestanden und schlüpfte in sein T-Shirt, das er ausgezogen hatte, um seinen Oberkörper zu bräunen. Dann schlenderte er an ihnen vorbei. »Tschüs, Leute«, sagte er. »Ich geh 'ne Runde Billard spielen.«

»Hast du den Nachmittag frei, Rory?«, fragte Maeve. »Ich auch. Vielleicht komme ich nach.«

»Gern. Schade, dass du wieder zu den Proben musst, Deirdre. Sonst hättest du weiterhin deine geschmeidigen Beine herzeigen können.«

»Marian ist doch eine intelligente Frau, oder, Rory?«, fragte Deirdre, während sie aufstand und das Gras von ihrer Kleidung wischte.

»Sogar eine sehr intelligente Frau, Deirdre.«

»Warum ist sie dann mit jemandem wie dir zusammen?«

»Weil sie den unglaublichen Sex mit mir liebt, ganz einfach.«

Am Freitagmorgen hatte Deirdre ihre erste Kameraprobe für RTE. Sie hatte sich von Sally Ruane so viel wie möglich über die Rolle sagen lassen, die sie spielen sollte, und außerdem hatte Sally ihr ein paar Seiten des Skripts zugefaxt, damit sie ihren Text lernen konnte. Es war das erste Mal, dass irgendjemand ihr ein Fax auf dem Gerät von Sarahs Onkel schickte, und Deirdre kam sich richtig erwachsen vor, als sie Sally ihr Dankeschön zurückfaxte.

Die neue Figur in *Ardmore Grove* sollte provokativ wirken, also versuchte Deirdre, sich entsprechend anzuziehen. Das Marc-O'Neill-Kleid, das sie sich gekauft hatte, um David Lawless am Premierenabend des *Sommernachtstraum* zu beeindrucken, wäre genau das Richtige.

Die Kameraprobe lief wunderbar, obwohl sie einmal ihren Text vergaß. Doch der Regisseur gab ihr noch eine Chance, und beim zweiten Mal funktionierte alles besser. Sie verstand sich gut mit ihrem Partner und gab sich große Mühe, die ganze Zeit höflich, begeistert und aufmerksam zu wirken. Diesmal würde Sally Ruane keinerlei Grund zur Klage haben.

Als sie fertig waren, entschuldigte Deirdre sich noch einmal dafür, dass sie die erste Aufnahme verpatzt hatte. »Kein Problem«, sagte der Regisseur. »Sie haben das prima gemacht, Deirdre. Danke, dass Sie sich die Zeit für uns genommen haben. Wir melden uns bei Ihrer Agentin, wenn wir Genaueres wissen. Es könnte allerdings eine Weile dauern«, fügte er hinzu. »Also werden Sie nicht nervös. Und vergessen Sie nicht: Wenn's diesmal nicht klappt, hat das absolut nichts mit Ihren schauspielerischen Fähigkeiten zu tun. Darum geht's hier nicht. Das heißt dann nur, dass Sie nicht der richtige Typ waren.«

Deirdre fragte sich, wie der richtige Typ aussehen sollte. War die Figur irgendwie mit Ann Fitzroy verwandt? Wenn das der Fall war, wusste sie, dass sie keine Chance hatte, denn mit ihr hatte sie nun überhaupt keine Ähnlichkeit.

Aber sie war mit der Probe zufrieden – bis sie beim Verlassen des Studios einen Blick auf die Liste der anderen Bewerberinnen warf. Direkt unter ihrem eigenen Namen stand: »10.30 Uhr – SUKI HAYES.«

Deirdre verlor alle Zuversicht. Während der Fahrt nach Hause grübelte sie darüber nach, ob sie nicht vielleicht doch den falschen Beruf gewählt hatte. Sie wurde einfach nicht damit fertig, dass man ihr in der einen Woche noch die schönsten Hoffnungen machte und diese dann in der nächsten schon wieder zerschlagen wurden. Trotz der Warnungen, die Sally ihr an jenem Tag in ihrem Büro mit auf den Weg gegeben hatte, träumte Deirdre von Ruhm und Reichtum.

Am Stephen's Green stieg sie aus dem Bus aus und dachte darüber nach, wie sie den Rest des Tages verbringen würde. Sie brauchte jemanden zum Reden und hatte dringend eine Tasse Kaffee nötig. Wer wohnte in der Nähe, bei dem sie ohne Voranmeldung aufkreuzen konnte? Natürlich konnte sie sich mit ihren Freundinnen aus der Schauspielschule treffen, aber die hätten erst mittags frei. Evas Wohnung befand sich nur zehn Minuten entfernt, doch Deirdre traute sich nicht, einfach bei ihr zu klingeln. Was war, wenn gerade einer ihrer Liebhaber bei ihr war?

Und was war mit Rory? Er wohnte gleich um die Ecke von Evas Wohnung; Eva hatte Deirdre an dem Tag, als sie gemeinsam von den Proben nach Hause gefahren waren, das Haus gezeigt. Wenn sie bei ihm klingelte, konnte sie ihn endlich fragen, ob sie das Buch von ihm haben könne, das er ihr versprochen hatte, *Playing Shakespeare* von John Barton.

Genau, das würde sie tun. Sie würde das Buch bei ihm abholen und es dann am Nachmittag auf dem Dach ihres Wohnhauses lesen. Deirdre O'Dare machte sich so entschlossen, wie es ihre hochhackigen Schuhe erlaubten, auf den Weg in Richtung von Rorys und Marians Haus.

11

Deirdre klingelte an Rorys Tür und wartete eine ganze Weile. Vielleicht hatte sie sich im Haus geirrt? Sie überlegte, ob sie noch einmal klingeln sollte, und entschied sich schließlich dagegen. Wenn er tatsächlich zu Hause war, wäre das nicht gerade cool und würde so wirken, als wolle sie ihn unbedingt sehen, und das war ja nicht der Fall. Vielleicht sollte sie einfach an Evas Haus vorbeigehen und nachschauen, ob ihr Wagen vor der Tür stand. Wenn ja, brachte sie möglicherweise sogar den Mut auf, bei ihr zu klingeln.

Sie marschierte gerade die ersten Meter die Straße hinunter, als sie hörte, dass die Tür hinter ihr aufging. Sie drehte sich um. Rory lehnte am Türpfosten und musterte sie. Die dunkelblonden Haare hatte er zu einem lockeren Pferdeschwanz zusammengebunden, und er trug einen langen Bademantel. Er sah ziemlich zerzaust aus. »Ja, wen haben wir denn da? Deirdre O'Dare«, sagte er. »Wie geht's, Deirdre?«

»Ach, hallo, Rory.« Sie fühlte sich sofort unwohl in ihrem kurzen schwarzen Kleid und wünschte, sie hätte nicht geklingelt. Offensichtlich hatte sie ihn geweckt. »Tut mir Leid, dass ich dich störe. Ich war gerade in der Gegend und hab mir gedacht, ich könnte das Buch abholen, das du mir versprochen hast.«

»Tja, dann komm mal rein, Schätzchen, und hör auf, dich vor meiner Haustür rumzudrücken. Schließlich möchte ich nicht, dass die Nachbarn dich sehen und Marian sagen, ich hätte hier junge Damen empfangen, während sie in Brüssel war.« Rory winkte sie herein.

Deirdre zögerte zuerst, ging dann aber auf die Tür zu. Eigentlich wollte sie nicht in Rorys Wohnung, aber jetzt würde es ein bisschen seltsam aussehen, wenn sie wegging. Als sie eintrat, darauf bedacht, ihn nicht zu berühren, merkte sie, dass er nach Seife roch.

Der Flur von Rorys und Marians Wohnung war weiß und vollgestellt mit Bücherregalen. Die meisten Bände waren zerlesene Reiseführer und politische Abhandlungen.

»Hier entlang.« Rory ging an ihr vorbei in Richtung Küche, ein luftiger, heller Raum, der ziemlich spartanisch eingerichtet war. Darin befanden sich zwei Porzellanspülen. Die Wände waren mit weißen Verkleidungen bedeckt, hinter denen offenbar alle Kochutensilien versteckt waren, denn Deirdre konnte sie nirgendwo sonst entdecken.

Das Minimalistische des Raumes stand in krassem Widerspruch zu dem schmutzigen Geschirr in der Spüle, dem mit leeren Fastfood-Kartons überquellenden Abfalleimer aus Chrom und den leeren Weinflaschen an der hinteren Tür. Auf dem Küchentisch lagen die Zeitungen des vergangenen Wochenendes neben einer Flasche Saint Emilion, zwei eleganten benutzten Weingläsern, Zigarettenpapierchen, einem reich verzierten Kästchen aus Sandelholz, ein paar Reiseführern über Peru und einer Kaffeemaschine.

»Du kommst gerade richtig zum Kaffee. Wie du das nur wieder geahnt hast.« Rory holte zwei große weiße Tassen aus einem Schrank und musterte sie mit anerkennendem Blick. »Nicht schlecht, Deirdre O'Dare. Du siehst ganz schön kess aus heute. Setz dich doch.«

Von der anderen Seite der Hintertür erklang lautes Bellen. Rory machte sie auf. »Verschwinde, Bastard«, sagte er.

Deirdre trat zu ihm und sah einen Mischling, der sie mit erwartungsvollem Blick anschaute. Wahrscheinlich, dachte sie, war da auch ein Border Collie mit von der Partie gewesen. Plötzlich sehnte sie sich nach ihrem eigenen Hund. Sie hatte Miró schon seit Ewigkeiten nicht mehr gesehen. »Nun sei nicht so eklig, Rory«, sagte sie. »Wie kannst du einen so schönen Hund Bastard nennen?«

Rory musterte sie belustigt. »So heißt er nun mal, meine kleine Hexe. Er ist mir zugelaufen, als ich den Bastard in *König Lear* gespielt habe, da habe ich mir gedacht, der Name passt. Außerdem bin ich sauer auf ihn. Gestern Abend hat er einen von Marians neuen Schuhen stibitzt. Schau nur, was er damit angestellt hat.« Er holte einen völlig zerbissenen Pantoffel aus dem Abfall und hielt ihn ihr hin. An der Innenseite war gerade noch das Logo von Manolo Blahnik zu erkennen. »Nein, hier kommst du die nächste Stunde nicht rein, Freundchen«, sagte er und machte dem Hund die Tür vor der Nase zu. »Setz dich doch, Deirdre«, wiederholte er dann.

Deirdre setzte sich steif auf einen der Küchenstühle und schob das Sandelholzkästchen weg, damit sie die Ellbogen auf den Tisch stützen konnte.

Rory musterte sie erneut. »Du trägst ja heute sogar Lippenstift?« Er stellte die Tassen auf dem Tisch ab. »Wer ist denn der Glückliche, Deirdre O'Dare? Ich fürchte fast, dass du hergekommen bist, um mich zu verführen, weil du weißt, dass meine Liebste nicht da ist. Oder hast du später noch ein Rendezvous mit Lawless?«

Sie warf ihm einen vernichtenden Blick zu. »Sei nicht albern, Rory. Ich hab heute früh einen Termin bei RTE gehabt. Außerdem ist es schon nach elf, und du bist gerade aufgestanden.«

»Wir sind also immer noch ernst und moralisch, gar nicht die kleine Hexe, die ich mir erträumt habe«, sagte Rory traurig. »Wie schade. Ich dachte schon, ich hätte endlich mal Glück. Und damit du's weißt: Ich bin bereits eine ganze Weile auf.« Er goss Kaffee in die Tassen, setzte sich auf einen Stuhl neben ihr und hob die Hand, um das Band zu lösen, das seine Haare zusammenhielt. Als er sie ausschüttelte, roch Deirdre wieder die Seife. »Ich bin heute Morgen sogar schon ziemlich fleißig gewesen. Wie ist das Vorstellungsgespräch gelaufen?«, fragte er, lehnte sich zurück und betrachtete sie interessiert.

Da ertappte Deirdre sich dabei, wie sie Rorys halbnackte Brust anstarrte. Sie wandte sofort den Blick ab und nahm die Tasse in die Hand. »Ganz ordentlich. Ich dachte, dass ich's ganz gut gemacht habe, aber dann habe ich den Namen von Suki Hayes auf der Liste gesehen und begriffen, dass ich wahrscheinlich meine Zeit vergeudet habe. Sie war sofort nach mir dran.«

»Wegen Suki würde ich mir keine Gedanken machen. Nicht alle fallen auf ihren Charme herein. Ich jedenfalls nicht.«

Das überraschte Deirdre. »Tatsächlich, Rory? Ich dachte, die meisten männlichen Mitglieder der Schauspielergewerkschaft hätten nichts dagegen, mal mit Suki Hayes ins Bett zu gehen.«

Rory musste lachen. »Deirdre, ich bin gar kein solcher Wüstling, wie du glaubst. Außerdem bin ich im Moment auch nicht Mitglied von Equity – ich hab meinen Beitrag dieses Jahr noch nicht bezahlt. Und ich schlafe nur mit Frauen, die mich amüsieren.«

»Ach. Aber du findest doch die meisten Frauen amüsant, oder, Rory?« Sein schiefes Grinsen begann, sie aus der Ruhe zu bringen.

Da klingelte das Telefon an der Wand hinter ihr, und sie zuckte zusammen. »Tja, ich gehe lieber.«

»Bleib sitzen. Ich muss doch noch das Buch suchen, wegen dem du mir jetzt schon seit einer Woche in den Ohren liegst, hast du das schon vergessen?« Als er aufstand, um ans Telefon zu gehen, war noch mehr von seiner nackten Brust zu sehen. Ob er wohl etwas unter seinem Bademantel trug?, fragte sich Deirdre. Wahrscheinlich nicht.

»Ja?« Rory nahm den Hörer von der Gabel. Dabei streifte er mit dem Oberschenkel Deirdres Schulter. Sie versuchte so unauffällig wie möglich, den Stuhl ein Stück nach vorn zu rücken, gab es aber auf, als sie dabei ein knarrendes Geräusch auf dem Fliesenboden verursachte.

Rory lehnte sich gegen die Wand. »Jake. Was ist Sache? Nein, wir haben uns für die Musikgeschichte entschieden. Die klingt ziemlich gut, ja.«

Deirdre fühlte sich alles andere als wohl in ihren engen Schuhen und so dicht bei Rory. Mit einem leisen Seufzer schlüpfte sie aus den Sandalen und wackelte mit den Zehen.

»*Sehr* spät. Ja, war toll.« Er lachte rau. »Nein, kein Kommentar. Ja, danke, Jake, lass mich das kurz aufschreiben.«

Rory beugte sich vor und streckte sich nach einem Stift auf der anderen Seite des Tisches. Dabei streifte der Ärmel seines Bademantels Deirdres Gesicht, und sie sah seine Bauchmuskeln. Plötzlich wurde ihr ziemlich heiß, und ihr Atem ging schneller. Rory kritzelte eine Telefonnummer auf den Rand einer Zeitung und stützte sich mit dem rechten Ellbogen auf dem Tisch ab. Die linke Hand legte er auf Deirdres Schulter, und seine Finger spielten mit ihren Haaren. Sie war entsetzt, als sie merkte, dass sie bis dahin nur eine einzige Berührung so erotisch gefunden hatte, nämlich die von David Lawless.

Rory sprach unterdessen weiter in den Hörer. »Nein, morgen Abend geht nicht – da kommt Marian aus Brüssel zurück. Ich weiß.« Wieder dieses Lachen. Inzwischen waren seine Finger zu ihrem Hals gewandert.

Dann richtete sich Rory wieder auf, und dabei strich seine rechte Hand wie zufällig über die ihre. Deirdre drehte sie um, so dass die Handfläche nach oben wies, und sah zu, wie Rorys Mittelfinger darüber glitt und dann über ihr Handgelenk und die Innenseite ihres Unterarms zu ihrer Armbeuge. Schließlich spürte sie seinen Finger auf ihrer rechten Brust. Ihre Brustwarze wurde sofort hart.

»Ja, irgendwann nächste Woche.« Deirdre bekam kaum noch mit, was Rory ins Telefon sagte. »Ich dachte, sie mag *dich*. Tja, dann habe ich mich wohl getäuscht. Nein, ich halte mich da raus. Noch ein paar Monate. Ja, Peru.« Schweigen, dann wieder dieses Lachen. Deirdre war inzwischen sehr heiß. Rory öffnete mit der rechten Hand ganz langsam die Knöpfe an der Vorderseite ihres Kleides. Sie musste ihn daran hindern, weiterzumachen. Gleich, nur noch ein paar Sekunden. Da ließ er schon seine Hand in ihren Ausschnitt und über ihre Brust gleiten. Mit dem Finger schnippte er leicht gegen ihre Brustwarze.

Sie atmete deutlich hörbar ein. So etwas war ihr schon einmal passiert, daran erinnerte sie sich jetzt, aber nur im Traum. Als er begann, ihre Brustwarze sanft mit Zeigefinger und Daumen zu massieren, begann sie zu stöhnen.

»Tut mir Leid, Jake, ich muss aufhören«, hörte sie ihn sagen. »Mir ist gerade eingefallen, dass ich noch was Dringendes zu erledigen habe.«

Er legte auf. Jetzt hatte er beide Hände frei. Deirdre zog seinen Kopf zu sich herunter und küsste ihn leidenschaftlich.

Rory ging neben ihr auf die Knie und holte sie zu sich herunter auf den Boden. Dabei schob er ihr Kleid über ihre Hüften. Sein Bademantel war nun vollends aufgegangen. Wie Deirdre es sich schon gedacht hatte, war er darunter nackt. Sie ließ die Hände über seinen glatten Rücken gleiten. Dann klammerte sie sich mit Armen und Beinen an ihm fest, als er sie auf den Rücken rollte.

Rory kniete sich hin, griff in die Tasche seines Bademantels, holte ein Kondom heraus und riss die Verpackung auf. Deirdre hätte nie gedacht, dass das Überstreifen eines Kondoms sexy aussehen könnte. Dann zog er ihr das Kleid über den Kopf und schlüpfte selbst aus dem Bademantel, bevor er sie wieder auf den Boden legte. Die Fliesen waren kühl und hart, als sie ihm das Becken entgegenbog und er in sie eindrang. Er ließ die Hand von ihrem Rücken nach vorn über ihren Bauch nach unten gleiten und begann, ihre Klitoris zu streicheln. Deirdre stöhnte auf und spreizte die Beine noch weiter. Schon kurze Zeit später spürte sie, wie sich ihre Muskeln zusammenzogen. Deirdre O'Dare hatte den ersten Orgasmus ihres Lebens.

Nachdem sie gekommen war, gab auch Rory sich ganz seinem Vergnügen hin. Sein Höhepunkt hatte fast etwas Animalisches.

Hinterher lagen sie eine ganze Weile schweigend nebeneinander. Rory sagte als Erster wieder etwas. »So, so. Das wäre also die wahre Deirdre O'Dare.« Dabei stützte er sich auf einen Ellbogen und sah sie aus seinen grünen Augen an. »Was für eine Offenbarung. Ich hab ja schon von Wölfen im Schafspelz gehört, aber wer hätte gedacht, dass in einem so harmlosen kleinen Lämmchen tatsächlich ein Wolf steckt?«

Plötzlich schämte Deirdre sich ein bisschen ihrer unverhohlenen Lust. Sie streckte die Hand nach Rorys Bademantel aus, um sich zu bedecken, doch er nahm ihn ihr sofort weg. »Keine Chance, Schätzchen«, sagte er und warf ihn ans andere Ende der Küche. »Wenn ich dich schon mal vor mir habe, möchte ich dich auch ausführlich anschauen.« Dann beugte er sich zu ihr hinab und begann, sie mit Mund und Fingern erneut zu liebkosen.

»Nicht, Rory«, sagte Deirdre, nicht allzu überzeugend.

»Warum denn nicht? Auf einem Bein steht sich's nicht gut.«

Da nahm sie seine Hand und legte sie wieder auf ihren Körper.

»Du hast die sensibelsten Hände, die mir je untergekommen sind«, sagte sie und streckte sich ihm entgegen. Dann nahm sie sein Gesicht zwischen die Hände, küsste ihn leidenschaftlich und streichelte seinen Rücken. »Woher hast du bloß dieses untrügliche Gespür, Rory? Deine Hände scheinen genau zu wissen, was ich fühle.«

Rory lachte. »Tja, das ist Intuition. Als Reiter braucht man sensible Hände. Ich hab mit Pferden gearbeitet, bevor ich Schauspieler geworden bin.«

»Ach.«

»Ja, so bin ich überhaupt erst in die Branche reingeschlüpft. Ich hab mich bei den Dreharbeiten zu einem ziemlich beschissenen Film mit den Pferden beschäftigt. Mein Gott, der Film war so schlecht, dass ich nicht mal mehr den Titel weiß.«

»*Pferdestärken* vielleicht?«, fragte Deirdre und atmete dabei Rorys sauberen, seifigen Geruch ein.

»Ja, genau.« Er klang überrascht. »Woher weißt du denn das?«

»Maeve hat's mir erzählt«, sagte sie und kam sich dabei ein bisschen albern vor. Hoffentlich, dachte sie, glaubte er nicht, dass sie Maeve nach ihm ausgefragt hatte. Sie schloss die Augen, lehnte den Kopf gegen seine Schulter und legte die Beine um seine Hüften. Rory ließ die Hand über den Rist ihres rechten Fußes gleiten, und sie bekam eine wohlige Gänsehaut.

»Wow, Deirdre«, sagte er. »Du hast ja sogar sexy Füße.«

»Aber leider sind sie zu groß. Eva Laverys Füße sind wirklich sexy.« Sie schlang die Beine lächelnd noch enger um ihn.

»Jedenfalls«, sagte Rory und konzentrierte sich wieder auf ihren Fuß, »haben sie damals Schauspieler gebraucht, die reiten konnten. Und weil die meisten Schauspieler in diesem

Punkt lügen, hatten sie dann lauter Leute, die nicht wussten, wie sie mit den Pferden umgehen sollten. Tja, und da haben sie mich engagiert.« Seine Lippen glitten über ihr Schlüsselbein. »Mein Gott, war das eine peinliche Cowboy-Geschichte.«

»Wer hat denn Regie geführt?«

»Ein Amateur, der jede Menge Geld hatte, aber leider kein Talent. Er war verrückt nach Pferden und dachte, er macht den ultimativen Pferdefilm. Er hat nicht nur Regie geführt, sondern auch das Drehbuch geschrieben und den Film produziert.« Rory begann, zuerst ihr Ohr und dann ihren Hals zu lecken. Deirdre stöhnte leise auf. Daraufhin sagte Rory: »Ich glaube, wir sollten uns noch mal ans Werk machen, aber diesmal nicht auf dem Küchenboden.«

Er stand auf und nahm sie auf die Arme. »Vielleicht sollten wir den Kurs oben fortsetzen, Deirdre. Ich würde gern sehen, wie du auf einem weißen Bettlaken aussiehst.« Dann trug er sie hinauf. Auch das Schlafzimmer war ganz in Weiß gehalten, mit weißen Musselinvorhängen und weißem Bettzeug.

»Das Bett ist frisch bezogen, falls du dir Gedanken gemacht hast. Ich hab nämlich heute Morgen Kaffee übers Laken geschüttet. Marian wird ausflippen, wenn das Flecken gibt – es waren nämlich ihre Lieblingsbezüge aus ägyptischer Baumwolle. Du kannst wahrscheinlich nicht bügeln, oder, Deirdre?«

Er küsste sie, bevor sie entrüstet etwas entgegnen konnte, und wieder schmolz sie dahin. Rory legte sie aufs Bett. Diesmal ließ er sich viel mehr Zeit als unten auf dem Küchenboden.

Schließlich lehnten sie sich erschöpft zurück; Deirdres Haare klebten an ihrem Gesicht, und sie fühlte sich befriedigt wie nie zuvor.

»Wow«, sagte Rory schließlich. »Ich hab das Gefühl, dass ich ganz zufällig deinen G-Punkt gefunden habe, Deirdre. Schon komisch, was? Bei Marian suche ich seit Jahren erfolglos danach.«

Deirdre musterte Rory benommen. Sie wusste immer noch nicht so recht, was passiert war. Plötzlich fiel ihr Gesicht in sich zusammen, und sie klammerte sich schluchzend an ihn. Rory legte einen Arm um ihre Schulter und strich ihr die Haare aus dem Gesicht.

»Ruhig, ganz ruhig, Schätzchen«, sagte er sanft. »Es ist ja alles in Ordnung.« Er wartete, bis sie sich wieder ein bisschen beruhigt hatte, und wischte ihr dann die Tränen mit einem Zipfel des Betttuchs aus den Augenwinkeln.

»So ein bisschen Traurigkeit hinterher ist völlig normal. Aber wahrscheinlich verschweigen die Bücher, die du liest, das, oder, Deirdre?« Sie erwiderte matt sein Lächeln.

Rory stand vom Bett auf und ging zum Schrank. Er kam mit einem großen T-Shirt zurück. »Da, zieh das an. Ich hol uns inzwischen einen Schluck Wasser. Ich hab ganz schön Durst.«

Aber Deirdre war so erschöpft, dass sie nicht einmal mehr die Kraft hatte, das T-Shirt anzuziehen. Nach dem zweiten erfolglosen Versuch gab sie es auf und ließ sich einfach auf die Matratze zurücksinken.

»Na, geht's nicht?«, fragte Rory und half ihr. Dann ließ er sie wieder auf die Matratze zurückgleiten und strich ihr sanft übers Gesicht, bevor er nach unten ging.

Es dauerte eine ganze Weile, bis er wiederkam. Er trug seinen Bademantel und hatte eine Flasche Wasser in der einen und eine selbst gerollte Zigarette in der anderen Hand.

»Ich wusste gar nicht, dass du rauchst, Rory«, sagte Deirdre, als er sich neben sie aufs Bett setzte und sich die Zigarette anzündete.

»Tue ich auch nicht. Nur Hasch. Hasch und Sex, das ist eine ausgesprochen gute Kombination.«

Da erinnerte Deirdre sich wieder an die Zigarettenpapierchen und das Sandelholzkästchen, das sie in der Küche gesehen hatte. Und an die beiden Weingläser. Er hatte gesagt, er habe am Morgen Kaffee im Bett getrunken – und auf dem Nachtkästchen standen zwei Tassen. Aber Marian war in Brüssel. Deirdre war nicht sonderlich erfreut über das, was sie daraus schloss, nein, sie war sogar ziemlich enttäuscht. Doch das würde sie Rory nicht sagen. Schließlich konnte er tun und lassen, was er wollte. Sie trank einen großen Schluck Wasser aus der Flasche und wandte das Gesicht ab.

»Möchtest du auch mal ziehen?«, fragte er und hielt ihr den Joint hin.

Sie schüttelte den Kopf. »Nein, danke. Sonst bin ich heute Abend bei der Aufführung zu nichts zu gebrauchen.«

Er lehnte sich gegen die Kissen und musterte sie träge. »Komm her«, sagte er und streckte den rechten Arm aus, damit sie sich in die Beuge legen konnte. Sie stützte den Kopf gegen seine Brust und streckte die Beine aus. Sie war unglaublich müde und ziemlich durcheinander, weil sie sich kaum daran erinnern konnte, wie die Sache angefangen hatte. Ihr Gehirn weigerte sich, weiter zu denken, und ihre Augen fühlten sich an, als hätte jemand Sand hineingerieben. Sie rollte sich gähnend zusammen und schlief ein.

Irgendwann wachte Deirdre wieder auf. Die weißen Laken lagen zusammengebauscht am Fußende des Bettes, und das Licht der Sonne drang durch die dünnen weißen Vorhänge. Ihre Haare lagen ausgebreitet auf dem Kissen, und sie war ganz und gar erfüllt von dem guten Sex, den sie gehabt hatte. Rorys und ihre Gliedmaßen waren ineinander verschlungen. Sie hatte das merkwürdige Gefühl, die Situation von irgendwoher zu kennen. Doch woher? Dann fiel es ihr wieder ein. Das hier war eine ihrer David-Lawless-Lieblingsphantasien. Nur, dass nicht David Lawless neben ihr im Bett lag, sondern Rory McDonagh. Einmal hatte sie sich vorgestellt, Davids Tätowierung mit dem Finger nachzuzeichnen. Stattdessen hatte sie den Fingernagel über das Tattoo auf Rorys Rücken gleiten lassen – eine gelbe Rose, um deren Stiel sich eine Schlange wand.

Als Deirdre so dalag, versuchte sie, Sinn in die Ereignisse des Vormittags zu bringen. Inzwischen war es fast drei Uhr nachmittags. Wie hatte sie es nur zulassen können, dass Rory sie verführte? Das hatte sie nicht geplant, so viel stand fest. Klar war ihr allerdings nicht, was sie jetzt machen sollte.

Sie wand sich vorsichtig unter Rorys Arm heraus und setzte sich ebenso vorsichtig auf, um ihn nicht zu wecken. Vielleicht sollte sie sich einfach nach unten schleichen, sich anziehen und das Haus verlassen, ohne etwas zu sagen. So hatte sie das jedenfalls im Film schon gesehen. Allerdings würde sie ihn am Abend wieder treffen, und – was für ein Gedanke! – sie würde ihn vor den versammelten Zuschauern auf der Bühne küssen müssen. Wie um Himmels willen sollte das gehen nach all den leidenschaftlichen Küssen von heute? Sie stand auf und machte sich auf den Weg zur Tür.

»Wo willst du hin?«

Sie drehte sich um und sah in Rorys grüne Augen.

»Ach, hallo.« Deirdre war plötzlich nervös. »Ich dachte, du schläfst. Ich wollte dich nicht wecken.«

»Ich habe nicht geschlafen, sondern mit geschlossenen Augen darüber nachgedacht, was ich noch alles mit dir anstellen könnte.« Er streckte sich wie eine Raubkatze und gähnte. »Du wolltest doch nicht etwa verschwinden, ohne dich zu verabschieden, oder? Ich muss schon sagen, ich bin entsetzt, Deirdre. Ich habe dich immer für ein wohlerzogenes Mädchen gehalten.«

»Nein, ich wollte nicht verschwinden – ich wollte bloß aufs Klo«, log sie. Sie hatte keine Ahnung, wie andere Menschen sich in einer vergleichbaren Situation verhielten.

»Wenn du schon aufs Klo gehst, könntest du gleich das Badewasser einlaufen lassen. Wir könnten beide ein Bad vertragen.«

»Zusammen?«

»Warum nicht? Es sei denn natürlich, du duschst lieber kalt. Wenn ich's mir recht überlege, wäre das wahrscheinlich vernünftiger.«

Deirdre blieb in der Tür stehen. Eigentlich gefiel ihr der Gedanke, zusammen mit Rory zu baden, gar nicht so schlecht. Er musterte sie träge vom Bett aus.

»Das war kein schlechter Morgen, Deirdre O'Dare«, sagte er. »Was für eine gute Idee von dir, mich zu verführen.«

Voller Entrüstung rief sie aus: »Ich habe dich nicht verführt, Rory! *Du* hast *mich* verführt! Du hast angefangen, an mir rumzugrabschen.«

»Entschuldige, meine Liebe, aber *du* warst diejenige, die mit Lippenstift und einem teuflisch kurzen Kleid hier aufgetaucht ist, und *du* warst auch diejenige, die ihre erogenen Zonen zur Schau gestellt hat.«

»Was für erogene Zonen?«, fragte Deirdre. »Ich kann mich an nichts erinnern.«

»Und wer hat mir die Handfläche zum Streicheln hingedreht? Deine Körpersprache ist alles andere als subtil, Deirdre.«

»Ich hab dich nicht drum gebeten.«

»Ja, das stimmt«, gab er zu. »Du hast es sogar gefordert. Du hast ja gezittert vor Lust. Glaub mir, in solchen Dingen täusche ich mich nicht.«

Deirdre wollte ihm Kontra geben, aber sie wusste, dass sie keine Chance hatte. »Ach, halt den Mund, Rory«, sagte sie deshalb nur, bevor sie in Richtung Bad verschwand.

Als sie fertig war, ging sie hinunter in die Küche. Rory war schon dort und schlug gerade ein paar Eier in eine Schüssel.

»Hunger, Lämmchen? Ich habe einen Mordsappetit. Ich denke, die Sache mit dem Bad kann noch warten. Wenn du also das Wasser aufgedreht hast, könntest du's wieder zumachen, ja?«

»Ich hab's nicht aufgedreht«, sagte Deirdre, ziemlich stolz darauf, dass sie der Versuchung widerstanden hatte. Dann sah sie Rory mit dem halboffenen Bademantel dastehen und fügte hinzu: »Noch nicht.«

»Könntest du bitte den Kaffee machen? Die Kaffeebohnen sind im Kühlschrank da drüben. Die Kanne wirst du kurz spülen müssen.«

Deirdre tappte barfuß über den Küchenboden und füllte den Kessel mit Wasser für den Kaffee. Diese alltägliche Aufgabe nahm der Situation ein wenig von der Peinlichkeit, und allmählich wurde sie etwas ruhiger.

»Ich habe auch einen Bärenhunger, Rory. Gott sei Dank hast du was zu essen da.« Sie spülte die Kaffeereste aus der Kanne und sah Rory an. Er lehnte am Küchentisch und schlug mit einem Schneebesen Eier. »Ich hätte nicht gedacht, dass du kochen kannst.«

»Kann ich auch nicht. Das Einzige, was ich kann, sind Rühreier. Aber die mache ich perfekt. Das habe ich gelernt.«

»Ach. Von wem denn?«

»Von einer Exfreundin, die Köchin war.«

Hätte sie doch nur nicht gefragt, dachte Deirdre. Sie machte die Kühlschranktür auf und holte die Kaffeebohnen heraus.

»Schau doch mal bitte nach, ob du irgendwo Sahne findest. Und Räucherlachs müsste auch noch drin sein.« Rory gab Butter in eine Pfanne. »Und Brot zum Toasten könntest du auch schneiden.«

Deirdre gab die Kaffeebohnen in eine elektrische Mühle und schnitt dicke Scheiben dunkles Brot von einem Laib. Schon bald erfüllte der Geruch von Eiern und Räucherlachs die Küche, und Deirdre hatte den Eindruck, im ganzen Leben noch nie einen solchen Hunger gehabt zu haben. Hätte Rory ihr doch eine Woche früher gesagt, dass er so gut Rühreier machen konnte! Dann hätte sie die Eier, die sie von ihrer Mutter bekommen hatte, ihm geben können und wäre um die peinliche Situation mit David Lawless in Eva Laverys Garderobe herumgekommen.

Nach dem Essen blieben sie noch ein bisschen am Küchentisch sitzen und unterhielten sich. Deirdre bombardierte Rory mit Fragen über seine Arbeit mit den Pferden und seine Kindheit in Galway. Er hatte Verwandte in Mayo, und er hatte schon öfter Urlaub in Carrowcross, einem Ort in Clew Bay, gemacht, der gar nicht weit von dem entfernt lag, wo ihre Großmutter lebte und wo Deirdre als Kind oft zum Schwimmen gegangen war. Es war also durchaus möglich, dass sie sich in früheren Sommerferien schon begegnet waren. Rory erzählte ihr, wie er durch den scheußlichen Wegelagererfilm Gefallen an der Schauspielerei gefunden hatte und wie es mit seiner Karriere aufwärts gegangen war, seit David Lawless ihn fünf Jahre zuvor für eine seiner Inszenierungen engagiert hatte.

Im Gegenzug vertraute sie ihm all ihre Pläne und Träume an, erzählte ihm, wie aufgeregt sie war und welche Angst sie davor hatte, die Ophelia zu spielen. Schließlich sagte sie ihm noch, dass es ihr größter Wunsch sei, einmal eine so gute Schauspielerin wie Eva Lavery zu werden.

»Träumen ist nicht genug«, sagte er, während er seinen Kaffee austrank. »Mach dich an die Verwirklichung.«

»Das hört sich nach Shakespeare an. Ist das aus dem *Sturm*?«

Rory musste lachen.

»Dann vielleicht aus dem *Wintermärchen*?«

»Nein, Schätzchen, ganz daneben. Das ist aus der *Rocky Horror Picture Show*.«

Plötzlich merkte Deirdre, dass es fast fünf Uhr war. Sie wollte nicht mit dem Kleid, das sie zu dem Vorsprechen am Vormittag getragen hatte, ins Theater gehen, also musste sie zuerst nach Hause und sich umziehen. Wenn sie um halb sechs im Theater sein wollte, musste sie sich beeilen.

Aber sie ging nach oben und ließ das Badewasser einlaufen.

Rory und Deirdre kamen um dreiundzwanzig Minuten nach sieben im Theater an und schafften es gerade noch rechtzeitig zu ihrem Einsatz. Maeve sah Deirdre neugierig an, als diese in die Garderobe eilte und noch im Laufen die Knöpfe ihres Kleides öffnete.

»Hallo, Deirdre. Was ist denn passiert? Du kommst doch sonst nie so spät.«

»Ach, ich bin noch aufgehalten worden, das ist alles.« Deirdre schenkte Maeve ein strahlendes Lächeln, schlüpfte in ihren Morgenmantel und schminkte sich hastig.

Maeve hob skeptisch eine Augenbraue. »Du hast ja heute ein ganz schön sexy Kleid an. Hast du später noch was vor? Oder, wenn ich's mir recht überlege, hast du heute schon was hinter dir?«

»Ich war beim Vorsprechen bei RTE, das weißt du doch.«

»Aber deswegen grinst du sicher nicht so. Wie ist das Vorsprechen gelaufen?«

Deirdre zuckte mit den Achseln. »Schwer zu sagen. Gleich nach mir war Suki Hayes dran.«

»Lass dich dadurch mal nicht aus der Fassung bringen. Nicht alle fallen auf sie rein.«

»Das hat Rory auch gesagt.«

»Rory!« Maeve bedachte sie mit einem vielsagenden Blick. »*Rory*?«

Deirdre biss sich auf die Lippe und wandte den Blick ab, doch zuvor sah sie gerade noch, dass Maeve sie wissend anlächelte.

Als die Schauspieler zu ihrem Einsatz in Akt Eins gerufen wurden, tanzte sie fast die Stufen hinunter. Nach ihrem gemeinsamen Bad am Nachmittag hatte Rory sie in ein großes, flauschiges Handtuch gewickelt und sie trocken gerubbelt. Während er sich mit der Innenseite ihres Oberschenkels beschäftigte, hatte er einen Vorschlag gemacht.

»Du weißt doch, dass Marian heute Nacht weg ist, oder, Deirdre?«

»Ja«, hatte sie ganz leise gesagt.

»Hättest du Lust, nach der Aufführung noch auf ein Fläschchen Wein mit zu mir zu kommen?«

Da waren ihr die leere Flasche Saint Emilion auf seinem Küchentisch und die beiden Kaffeetassen auf seinem Nachtkästchen wieder eingefallen. Nein, sie würde ihm nicht den Gefallen tun, ihren Namen auf die Liste der Übernachtungsgäste zu setzen, die er seit Marians Abreise wahrscheinlich gehabt hatte. Doch dann hatte er plötzlich aufgehört, sie mit dem Handtuch trocken zu rubbeln, und angefangen, sie mit den Fingern zu liebkosen. »Na schön, Rory«, hatte sie gesagt.

Jetzt war er bereits hinter der Bühne und wartete zusammen mit Adrian Pierce auf sie. »Hallo, Deirdre«, sagte er, als er sie sah. »Wie war dein Tag?«

»Nicht schlecht, danke«, antwortete sie und versuchte dabei, Maeves unterdrücktes Kichern zu ignorieren. »Und deiner?«

»Ach – ich hab den größten Teil davon im Bett verbracht.«

»Du bist wirklich ein faules Schwein, McDonagh«, sagte Adrian, bevor er sich wieder seinen Konzentrationsübungen zuwandte.

»Ganz im Gegenteil«, widersprach Rory und warf Deirdre einen Blick von der Seite zu. »Übrigens, Deirdre, dein Lippenstift ist ein bisschen verschmiert.« Dann streckte er die Hand aus und wischte mit dem Daumen über ihren Mundwinkel.

Auf der Bühne lieferte Deirdre die disziplinierteste Leistung ihres kurzen Bühnenlebens, weil sie wusste, dass ihre Konzentration keine Sekunde nachlassen durfte. Als Lysander und Hermia sich umarmen mussten, verkrampfte sich ihr Körper. Rory wirkte genauso zurückhaltend wie sie. Ihr Kuss an jenem Abend war der keuscheste, den sie sich auf der Bühne je gegeben hatten.

In der Pause zogen sich die meisten Schauspieler wie üblich in die Garderobe zurück. Deirdre schenkte Rory bewusst keine Beachtung und setzte sich ans andere Ende des Raumes, zwischen Maeve und Jessica Young. Sie gab sich alle Mühe, die Fragen aus *Cosmopolitan* zu beantworten. Plötzlich sprang Jessica auf.

»Ach, das hätte ich fast vergessen«, sagte sie und rief Rory zu: »Rory? Ich soll dir was von Marian bestellen. Sie hat mich vorhin vom Brüsseler Flughafen aus angerufen und mir gesagt, dass sie früher fertig geworden ist, als sie dachte. Sie fliegt heute Abend noch zurück nach Dublin. Du sollst sie nach der Vorstellung vom Flughafen abholen. Ich habe dir alles aufgeschrieben. Ich hol den Zettel gleich.«

Deirdre sah Rory an. Sie wurde leichenblass. Seine Augen verengten sich, und sein Körper verkrampfte sich. Das Signal, das er ihr schickte, war so unauffällig, dass niemand außer Maeve, die ihn genau beobachtete, es bemerkte. Er zuckte mit den Achseln und breitete hilflos die Hände mit den Handflächen nach oben aus. Das sollte wohl heißen: »C'est la vie, Schätzchen.« Deirdre wandte sofort den Blick ab, den Tränen nahe.

Dadurch entging ihr Rorys resignierter und aufrichtig bedauernder Gesichtsausdruck.

12

Am nächsten Morgen sah Deirdre Rory während der Proben nicht an. Das fiel ihr nicht allzu schwer, da sie keine gemeinsamen Szenen hatten, aber dennoch war sie sich seiner Gegenwart schmerzlich bewusst. In der Kaffeepause arbeitete sie sich gerade mit drei Bechern Kaffee zu ihrem Platz bei Jessica und Kate vor, als sie fast gegen ihn gestoßen wäre. Er streckte die Hand aus, um sie aufzufangen, doch sie wich ihm aus und schüttete ihm Kaffee über die Schuhe. Sie presste ein höfliches »Entschuldigung« hervor, ohne ihm in die Augen zu sehen, und ging weiter.

Am Abend war es noch schlimmer. Vor dem Auftritt kam es nicht zu dem üblichen Geplänkel. Die Atmosphäre war ausgesprochen steif. Maeve gab sich große Mühe, so zu tun, als sei alles normal, aber es war deutlich zu spüren, dass es zwischen Rory und Deirdre Spannungen gab. Als Rory sie in der ersten Szene küssen musste, zuckte Deirdre zurück, obwohl sie wusste, dass das ausgesprochen unprofessionell war. Sie spürte, wie er sie fester am Arm packte. Dann drückte er ihr unbeholfen einen Kuss auf die Lippen. Am liebsten hätte sie ihn weggeschoben.

Die Pause verbrachte sie allein in der Garderobe. Sie rollte sich auf der Chaiselongue zusammen und fragte sich immer wieder, warum sie sich ausgerechnet mit einem notorischen Frauenhelden wie Rory eingelassen hatte.

Am Abend zuvor war sie nach der Aufführung nicht mit in den Pub gegangen, obwohl sie sich gern Maeve anvertraut hätte. Sie schämte sich zu sehr, um ihr gegenüber zuzugeben, wie sehr sie sich zum Narren gemacht hatte. Stattdessen war sie nach Hause zurückgekehrt und hatte die halbe Nacht geweint. Sie hasste Rory McDonagh dafür, dass er solche intensiven Gefühle in ihr erzeugte, und dankte Gott, dass sie wenigstens in *Macbeth* nichts mit ihm zu schaffen haben würde. Die Liebesszenen im *Sommernachtstraum* reichten ihr.

Da hörte sie draußen Schritte und erstarrte, weil sie meinte, es könnte Rory sein, der sich bei ihr entschuldigen wollte. Sie erhob sich mit klopfendem Herzen und gab vor, sich mit etwas auf ihrem Garderobentisch zu beschäftigen. Da betrat Maeve den Raum.

»Alles in Ordnung, Deirdre?«

»Ja, danke, Maeve.« Sie zwang sich, fröhlich zu wirken.

»Ich will ja nicht neugierig sein, Deirdre, und du brauchst mir auch nichts zu erzählen, wenn du nicht möchtest. Ich will dir nur sagen, dass ich dir gern zuhöre, wenn du mich brauchst.«

Deirdre hörte auf, sich am Garderobentisch zu schaffen zu machen, wandte Maeve aber nach wie vor den Rücken zu. Sie spielte mit einem Zipfel des Handtuchs, das über ihrem Stuhl hing.

»Es ist deutlich zu sehen, dass irgendwas los ist, Deirdre. Weißt du, ich mache mir Sorgen um dich.«

Deirdre runzelte die Stirn und biss sich auf die Lippe, um nicht zu weinen, doch es half nichts. Plötzlich begann sie zu schluchzen. Da spürte sie Maeves Hand auf ihrem Arm, und sie vergrub das Gesicht in ihrer Schulter. »Ach, Maeve, ich weiß nicht, was ich tun soll. Ich habe mich so zum Narren gemacht.«

»Ganz ruhig«, murmelte Maeve und streichelte dabei über Deirdres Haar. »Weine nur, Schätzchen. Es muss alles raus.«

Deirdre weinte und weinte. Als der Aufruf für die zweite Hälfte kam, hatte sie sich ein wenig beruhigt, aber ihre Augen waren rot und geschwollen. Maeve wischte ihr die Mascara-Spuren vom Gesicht und brachte sie dazu, tief durchzuatmen. »Komm jetzt, Deirdre. Wir müssen noch die zweite Hälfte hinter uns bringen. Keine Sorge, du schaffst das schon. Wenn man auf der Bühne ist, vergisst man sofort alle Probleme. Wenn du später drüber reden willst, dann lass es mich wissen, ja?«

Deirdre putzte sich die Nase, frischte ihr Make-up auf und folgte Maeve zur Bühne.

Die nächste Szene, in der Lysander sich gegen Hermias Liebesbeteuerungen wehrt, fiel ihr sehr schwer. Zu ihrem Entsetzen schaffte sie es nicht, sich emotional zu distanzieren, und die Tränen liefen ihr übers Gesicht. Als Rory sich mit dem Ausruf »Fort, Katze, Klette! Missgeschöpf, lass los! Sonst schleuder ich dich wie eine Natter weg!« aus ihrer Umarmung zu winden versuchte, brachte sie kaum ihre eigenen Zeilen heraus: »Wie wurdet Ihr so wild? Wie so verwandelt, mein süßes Herz?«

Deirdre wusste hinterher nicht mehr so genau, wie sie den Rest der Aufführung geschafft hatte. Als der Vorhang sich schließlich senkte, war sie völlig ausgelaugt, und zum allerersten Mal hatte sie keine Freude an dem tosenden Applaus der Zuschauer. Auf dem Weg zur Garderobe sprach sie Maeve an. »Maeve? Ich glaube, ich werde dein Angebot annehmen, wenn dir das recht ist.«

»Aber klar«, sagte Maeve. »Du hast dir einen großen Drink verdient nach der Aufführung heute.«

Sie beschlossen, nicht zu Meagher's, sondern zu O'Riordan's zu gehen, weil es dort ruhiger und zivilisierter war und Rory und Marian normalerweise nicht in diesem Lokal auftauchten. Deirdre erzählte Maeve alles, was am Vortag passiert war.

»Ach, arme Deirdre«, sagte Maeve, als sie fertig war. »Ich kann verstehen, dass das nach einem so tollen Tag eine ganz schöne Antiklimax war. Wahrscheinlich ist Rory McDonagh ein ziemlich guter Liebhaber. Und vermutlich sogar ein rücksichtsvoller, was man nicht so oft findet. Kein Wunder, dass du so aus der Fassung bist.«

»Es hat nichts damit zu tun, dass ich die Nacht nicht mit ihm habe verbringen können, Maeve. Ich weiß ja, dass Rory und Marian ein Paar sind, und ich würde natürlich auch nicht erwarten, dass er ihr wegen mir sofort den Laufpass gibt.« Maeve sah sie an. »Nein, das möchte ich wirklich nicht«, fügte sie hastig hinzu. »Der Sex mit ihm war nur einfach so … so hemmungslos. So habe ich mich noch nie gehen lassen, Maeve. Und jetzt schäme ich mich dafür. Wahrscheinlich denkt er, ich mache so was die ganze Zeit. Was ist, wenn er's jemandem erzählt und die Leute sich den Mund über mich zerreißen?«

»Darüber brauchst du dir keine Gedanken machen, Deirdre. Ich kenne Rory, und ich kann dir sagen, dass er nicht einer von denen ist, die sich mit ihren Eroberungen brüsten. Das hätte er dir selber auch gesagt, wenn du ihm Gelegenheit dazu gegeben hättest. Aber du bist ihm ja die ganze Zeit aus dem Weg gegangen.« Ein Typ in schwarzer Lederkleidung ging an ihnen vorbei und musterte sie ausgiebig. Deirdre wandte sofort den Blick ab, doch Maeve erwiderte sein laszives Lächeln.

»Maeve? Ich dachte, du interessierst dich nicht für Männer«, sagte Deirdre verwirrt.

»Ich interessiere mich nicht dafür, mit ihnen ins Bett zu gehen, aber das bedeutet nicht, dass ich nicht mit ihnen flirte. Flirten gehört zu den schönen Dingen des Lebens, Deirdre, und es kostet nichts. Ich hoffe, dass ich mit achtzig immer noch flirte, natürlich vorausgesetzt, ich werde überhaupt so alt.«

»Ach«, sagte Deirdre. »Ich weiß nicht, ob ich achtzig werden möchte. Aber wahrscheinlich haben die Leute mehr

Achtung vor einem, wenn man älter ist. Vielleicht habe ich bis dahin auch mehr Würde.«

»Ach was, Würde«, meinte Maeve. »Kannst du dir vorstellen, was aus der Sache mit Rory geworden wäre, wenn du an deine Würde gedacht hättest? Dann hättest du überhaupt keinen Spaß gehabt. Würde und toller Sex passen einfach nicht zusammen, Deirdre. Schäm dich jetzt bloß nicht deswegen, ja? Man braucht sich nicht zu schämen, wenn man ein bisschen Spaß gehabt hat – vorausgesetzt natürlich, man schadet niemandem damit. Aber sieh zu, dass du ordentlich verhütest und dir kein Aids holst. Und auf die emotionale Seite musst du auch aufpassen, Deirdre. Ich wäre sehr traurig, wenn dir jemand weh tut.«

»Ach, das wird nicht passieren!«, sagte Deirdre mit betont fröhlicher Stimme und stand von ihrem Stuhl auf. »So, und jetzt schulde ich *dir* einen Drink, Maeve.«

Deirdre verbrachte den Sonntag bei ihren Eltern in Kilmacanogue, hauptsächlich aus schlechtem Gewissen, weil sie sie so lange nicht mehr besucht hatte, aber auch, weil sie das Bedürfnis nach ein paar Streicheleinheiten hatte. Ihre Mutter schien das zu spüren und verwöhnte sie nach Strich und Faden.

Außerdem freute sich Deirdre, ihren Hund Miró wieder zu sehen, da er ihr Gelegenheit gab, sich wie ein Kind aufzuführen. Sie tollten zusammen im Garten herum, bis sie beide erschöpft waren.

Deirdre und ihre Eltern aßen ziemlich spät draußen im Garten zu Mittag, tranken eine Flasche kalten Chablis dazu und gönnten sich hinterher eine große Schale Erdbeeren. Deirdre schlief anschließend bei der Lektüre der Sonntagszeitungen in der Sonne ein. Später drückte ihre Mutter ihr wieder eine große Tüte mit frischen Lebensmitteln in die

Hand – diesmal nicht so viele Eier – und brachte sie zur Haltestelle in Bray.

»Komm doch bald wieder«, sagte Rosaleen. »Ich weiß, dass du jetzt erwachsen bist und dein eigenes Leben hast, aber für mich bist du immer noch mein kleines Mädchen, und ich mache mir Gedanken über dich. Du sagst mir doch Bescheid, wenn du Probleme hast, oder? So erwachsen bist du noch nicht, dass du nicht hin und wieder Hilfe brauchst.« Dann nahm sie ihre Tochter in den Arm.

Der Tag in Kilmacanogue hatte Deirdre sehr gut getan. Sie wusste, dass die Sache mit Rory ein schrecklicher Fehler gewesen war, aber wenn er es nicht überall herumposaunte, was Maeve ihr versichert hatte, war letztlich nichts passiert. Maeve hatte vollkommen Recht gehabt. Man musste so etwas als wertvolle Lektion betrachten. Deirdre würde sich einfach so verhalten, als sei überhaupt nichts zwischen ihnen geschehen, und von ihm das Gleiche erwarten. Sie würde ihn distanziert-höflich behandeln, damit ihre berufliche Zusammenarbeit nicht litt, ihm aber ansonsten aus dem Weg gehen.

Deirdre kam so gegen neun Uhr abends nach Hause zurück, wo sie das Licht des Anrufbeantworters blinken sah. Sie drückte auf den Rückspulknopf und setzte sich vor Schreck auf den Boden, als sie Rorys Stimme hörte.

»Hallo, Deirdre. Ich rufe von einer Telefonzelle aus an – es liegt auf der Hand, dass ich nicht den Apparat zu Hause benutzen wollte. Moment mal, ich hab das Gefühl, das Ding funktioniert nicht richtig. Scheiße – warte – ich stecke noch 'ne Münze rein. Hoffentlich kriegst du diese Nachricht. Ich wollte dir nur sagen: Es tut mir Leid, dass ich gestern keine Gelegenheit hatte, mit dir zu sprechen. Ich hab gesehen, dass du ziemlich aus der Fassung warst, und – *Scheiße*–« Er wurde von einem Piepsen unterbrochen. »Ich hab's doch gewusst, dass das verdammte Ding nicht richtig funktioniert. Hör zu,

Deirdre, ich habe jetzt keine Münzen mehr, also vielleicht …« Dann war nur noch ein langer Pfeifton und danach überhaupt nichts mehr zu hören.

Deirdre blieb auf dem Boden sitzen. Plötzlich war ihr trotz der Wärme eiskalt. »›Ich habe gesehen, dass du ziemlich aus der Fassung warst‹.« Wie konnte er es wagen! Wie konnte er nur davon ausgehen, dass sie ihm irgendwelche Gefühle entgegenbrachte! Hielt er sie vielleicht für ein liebeskrankes Schulmädchen, das sich mit dem zufrieden gab, was Marian ihr übrig ließ? Erwartete er etwa, dass sie ihm nachlief und darauf hoffte, dass er sie noch irgendwo in seinem vollen Terminkalender unterbrachte? Sie war froh, dass sie sich bereits Gedanken darüber gemacht hatte, wie sie mit der Situation umgehen würde. Rory McDonagh würde schon noch merken, dass Deirdre O'Dare längst nicht so naiv war, wie er meinte. Wenn sie wollte, konnte sie genauso blasiert sein wie er und die anderen. Sie musste ihm nur ganz deutlich zeigen, dass so etwas nie wieder passieren würde.

Sie wirkte ziemlich geschäftsmäßig, als sie am nächsten Tag hocherhobenen Hauptes in den Probenraum marschierte. Ihr Instinkt sagte ihr, wo Rory sich aufhielt, und sie steuerte sofort in die andere Richtung. Er flirtete gerade mit Eva. Deirdre holte ihr Manuskript und ihren Stift aus ihrem Rucksack und zog ihre Gymnastikschuhe an.

David unterhielt sich mit Nick McCarthy. Deirdre beobachtete ihn voller Bewunderung und fragte sich, wie sie je auf die Idee gekommen war, etwas mit Rory McDonagh anzufangen, wenn sie sich doch nach diesem begehrenswertesten aller Männer sehnte. Er lachte gerade über etwas, das Nick gesagt hatte, und Deirdre fand, dass er so attraktiv wie nie zuvor aussah. Er wirkte in letzter Zeit zufrieden und lachte viel. Offenbar hatte er gespürt, dass sie ihn beobachtete, denn plötzlich sah er sie an. Er legte den Kopf ein wenig schräg und gab ihr ein Zeichen, zu ihm zu kommen. Als sie bei ihm war, legte er ihr den Arm um die Schultern.

»Deirdre, wie geht's dir?«

Es überraschte sie, dass sie seine Berührung längst nicht so elektrisierend fand wie sonst.

»Gut, danke, David.«

»Tatsächlich?« Er musterte sie genauer. »Ich glaube, ich muss etwas mit dir besprechen – und mit noch jemandem. McDonagh!«, rief er durch den Probenraum. »Komm doch bitte kurz hier rüber.« Deirdre wurde blass. Ihre Schulter verkrampfte sich unter Davids Berührung.

Rory hob den Blick. Sein Gesicht nahm einen leicht argwöhnischen Ausdruck an. Er verabschiedete sich mit einem Lächeln von Eva und gesellte sich zu ihnen.

David nahm Rory und Deirdre beiseite. »Was geht zwischen euch beiden vor?«

Deirdre wurde rot und sagte nichts. Rory behielt seinen misstrauischen Gesichtsausdruck bei und sah David fragend an. »Ich kann dir nicht ganz folgen, David.«

»Am Freitag ist mir zum erstenmal aufgefallen, dass ihr eure Szenen anders spielt. Die Veränderung war sehr subtil – ich hatte den Eindruck, dass sie an jenem Abend nur euren ersten gemeinsamen Auftritt betroffen hat –, aber am Samstag war etwas ziemlich aus dem Lot. Eure Liebesszenen waren überhaupt nicht mehr spontan, und die Stelle, an der Lysander Hermia zurückweist, war viel zu übertrieben. Du hast keine Kontrolle mehr gehabt, Deirdre. Was ist passiert?«

Deirdre senkte schweigend den Blick. Sie wusste, dass sie aussah wie ein schmollendes Kind, aber sie war einfach nicht in der Lage, sich der Situation zu stellen.

»Nun?«, fragte David.

»Ich fürchte, das war mein Fehler«, sagte Rory. »Deirdre

hat mich am Freitag vor der Aufführung gefragt, wie ich unsere Liebesszenen finde, und ich habe ihr gesagt, ich finde sie zu leidenschaftlich und die Szene, wo ich sie zurückweisen muss, zu wenig leidenschaftlich. Sie hat nur getan, was ich ihr vorgeschlagen habe.«

Deirdre sah Rory erstaunt an. Dann richtete sie den Blick auf David. Sie hatte ihn noch nie zuvor so wütend gesehen.

»Ich wusste gar nicht, dass du dich jetzt auch als Regisseur versuchen willst, Rory. Ich persönlich würde dir raten, bei der Schauspielerei zu bleiben. Bitte gib meinen Schauspielern keine Ratschläge mehr.« Dann wandte er sich mit funkelnden Augen Deirdre zu. »Und wenn du in Zukunft Hilfe bei der Interpretation deiner Rolle brauchst, Deirdre, dann würde ich dir vorschlagen, dich an mich zu wenden. Wenn eure Leistungen heute Abend wieder nicht so sind, wie ich mir das vorstelle, muss ich euch leider zu zusätzlichen Proben bestellen. Aber ich habe auch so genug zu tun und keine Zeit, Dinge wieder zurechtzurücken, die völlig unnötigerweise verändert worden sind. Ich hoffe also, dass ihr euch heute Abend ein bisschen anstrengt.« Dann drehte David Lawless sich um und ging.

Deirdre starrte zu Boden. Eigentlich hätte sie Rory dankbar sein müssen, dass er die Schuld auf sich genommen hatte, das wusste sie, aber sie fand einfach nicht die richtigen Worte. Außerdem wollte sie ihm nichts schuldig sein.

»Deirdre?« Sie hob zögernd den Blick. »Ich habe gestern versucht, dich von einer defekten Telefonzelle aus anzurufen. Hast du meine Nachricht bekommen?«

Sie würde ihm keine Gelegenheit geben, sie wieder zu umgarnen. Sie würde ihm klipp und klar sagen, dass man mit Deirdre O'Dare nicht so umspringen konnte.

Sie hielt seinem Blick ein paar Sekunden lang stand. »Nein«, sagte sie dann und betrachtete ihre Hände. Ihre

Knöchel waren ganz weiß. Sie riss sich zusammen und sah ihn wieder an. »Warum, war's was Wichtiges?«, fragte sie mit gelangweilter Stimme.

Rory musterte sie ziemlich lange und schenkte ihr dann ein langes und spöttisches Lächeln. Deirdre spürte, wie sich ein unangenehmes Gefühl in ihr regte. »Tut mir Leid, Deirdre. Ich hab dich für erwachsen gehalten«, sagte er. »Aber egal. Die Nachricht war nicht so wichtig.« Damit drehte er sich um und ging wieder zu Eva Lavery.

Als Deirdre an jenem Abend das Theater betrat, fühlte sie sich sehr klein und hatte ziemliche Angst. Die Gardinenpredigt von David Lawless hatte sie gehörig aus der Fassung gebracht, und sie hatte fest vor, sich zusammenzunehmen. Schließlich war sie jetzt eine Profischauspielerin, und sie musste Beruf und Privatleben trennen. Besonders Davids Drohung, dass sie ihre gemeinsamen Szenen zusätzlich würden proben müssen, war ein starker Anreiz, es besser zu machen. Mehr Liebesszenen als unbedingt nötig wollte sie auf keinen Fall mit Rory spielen müssen.

Sie war auf dem Weg zur Garderobe, als die Tür zum Produktionsbüro aufging. Deirdre wollte gerade weiterhasten, um David Lawless nicht zu begegnen, wusste aber, dass sie ihm sowieso über den Weg laufen würde. Also straffte sie die Schultern und versuchte, gefasst auszusehen.

»Vielen Dank, David. Bis später«, sagte ein Stimme, die sie von irgendwoher kannte. Der junge Mann, der aus dem Büro herauskam, schloss die Tür hinter sich und ging die Treppe in ihre Richtung hinunter. Deirdre blieb wie angewurzelt stehen. Es war Sebastian Hardy.

»Sebastian!«, rief sie. Sie traute ihren Augen kaum. »Was machen Sie denn hier?«

»Deirdre – hallo!« Er rannte die restlichen Stufen zu ihr

hinunter und umarmte sie. »Ich hatte schon gehofft, Sie noch vor der Aufführung zu sehen. Sie sind so ziemlich die Einzige, die ich hier in der Stadt kenne.«

»Aber was machen Sie hier?«, fragte Deirdre noch einmal.

Sebastian lächelte. »Haben Sie vor der Aufführung noch ein bisschen Zeit?« Er warf einen Blick auf seine Uhr. »Das ist nämlich eine lange Geschichte.«

»Ich nehme mir die Zeit« sagte Deirdre. »Ich bin sowieso zu früh dran.«

»Wunderbar«, sagte Sebastian. »Aber lassen Sie uns nicht hier drin bleiben, es ist so ein schöner Abend. Wir könnten uns draußen unterhalten, ja?«

Sie schlenderten zu einer nahe gelegenen Kirche und setzten sich auf die Stufen. Deirdre verbarg ihre Freude darüber, Sebastian so bald wieder zu sehen, nicht. Plötzlich waren die Ereignisse der vergangenen Tage fast vergessen, und sie hatte das Gefühl, dass ihr das Leben wieder Spaß machen konnte.

Sebastian streckte seine langen Beine aus und lehnte sich auf die Stufen zurück. »Sie sehen gut aus, Deirdre. Ist es wirklich erst eine Woche her, dass wir uns das letzte Mal gesehen haben?« Er lächelte sie an. »Tja, dann erzähle ich Ihnen mal lieber, was ich hier mache, was?«

»Ja, Sebastian, ich bin ganz schön gespannt.« Deirdre schlang die Arme um die Beine und stützte das Kinn auf die Knie. Er war sogar noch attraktiver, als sie ihn in Erinnerung gehabt hatte. Hoffentlich, dachte sie, kam jemand von der Truppe vorbei und sah sie zusammen. Am liebsten Rory.

»Ich habe Ihnen doch letzte Woche erzählt, dass Juliet mir ein Angebot für diesen australischen Film gemacht hat, stimmt's?«

»Ja, und?«

»Ich hab's abgelehnt.«

»Aber warum denn, Sebastian? Das wäre doch eine prestigeträchtige Rolle gewesen, oder?« Deirdre hatte einen Artikel über den Film in einer Sonntagszeitung gelesen und ihren Eltern sofort stolz erzählt, dass sie einen der Schauspieler kenne.

»Eigentlich hat mich die Rolle nie richtig interessiert. Sie hätte bedeutet, dass ich fast fünf Monate in Australien verbringe, und dann wäre ich hier aus dem Geschäft gewesen. Später im Jahr wird eine Filmversion von *Nicholas Nickleby* gedreht, und Juliet hat mir gesagt, dass meine Chancen, da mitzumachen, ziemlich gut sind. Also habe ich mir gedacht, vielleicht ist es sinnvoller, in London zu bleiben, damit ich für diesen Film zur Verfügung stehe.«

Deirdre sah ihn verwirrt an. »Aber das erklärt immer noch nicht, was Sie in Dublin machen.«

»Tja, ich hoffe, dass ich nicht vorgreife. Können Sie ein Geheimnis für sich behalten, Deirdre?«

»Aber natürlich!« Deirdre platzte fast vor Neugierde.

»Sie erinnern sich vielleicht noch, dass ich Ihnen gesagt habe, Mark Llewellyn sei ein Freund von mir?«

»Ja?«

»Tja, als ich das Filmangebot abgelehnt habe, brauchte Juliet sofort einen Ersatz für mich. Ich habe Mark vorgeschlagen. Er passt sowieso viel besser für die Rolle als ich.«

»Aber der soll doch den Hamlet spielen!«

»Jetzt nicht mehr. Es sieht so aus, als würde ich die Rolle kriegen.«

Deirdre glaubte, sich verhört zu haben. »Was? Wie das?«

»Ich habe Mark letzten Montag angerufen, um ihm von dem Film zu erzählen. Ich war mir sicher, dass ihn das interessieren würde. Er hat einen Bruder und eine Schwester in Australien, die hat er seit ungefähr fünf Jahren nicht mehr gesehen. Also wird er in ein paar Wochen seine Koffer packen und nach Australien gehen. Und wenn alles klappt, lande ich in Dublin.« Er lächelte sie an. »Juliet hat für mich ein Vorsprechen bei David arrangiert. Sie wollte ihn nicht vor den Kopf stoßen, indem sie ihm Mark wegnimmt.«

Deirdre sah ihn voller Bewunderung an. »Das heißt, Sie und Mark haben einfach getauscht. Was für eine tolle Idee!«, sagte sie.

»Ich wollte schon immer mal nach Dublin. Das soll ja die tollste Stadt von ganz Europa sein. Schon komisch, wie das Schicksal manchmal so spielt, was?«

»Deswegen waren Sie gerade bei David!«

»Genau. Ich möchte ja nicht arrogant klingen, Deirdre, aber ich habe das Gefühl, dass die Sache gebongt ist. Ich habe eine gute Leseprobe hingelegt, und David hat mich am National gesehen. Ich glaube, sie werden mir noch heute Bescheid sagen. Aber ich bleibe noch ein oder zwei Tage hier, weil ich mir den *Sommernachtstraum* und eine andere Produktion am Abbey Theatre anschauen will. Eine alte Freundin von mir spielt dort mit.«

»Ach.« Deirdre hoffte, dass sie bei der Erwähnung der alten Freundin nicht allzu enttäuscht klang. »Das heißt, dass Sie die Aufführung heute Abend sehen werden?«, fragte sie.

»Ja. Ich freue mich sehr darauf. Eva hat vorgeschlagen, dass ich hinterher noch mit allen in den Pub gehe. Das, denke ich, ist ein positives Zeichen.«

»Sie haben also Eva schon kennen gelernt?« Plötzlich erinnerte sich Deirdre wieder an das Foto, das an jenem Tag in London aus Sebastians Brieftasche gefallen war. »Ist sie nicht wunderbar?«

Sie musterte ihn genau, um zu sehen, ob er sich in sie verliebt hatte, konnte aber in seinen Augen keine Anzeichen dafür entdecken.

»Ja. Sie hat wirklich Charisma. Wir haben nach meinen

Monologen noch ein paar Szenen zusammen gelesen. Sie wissen schon, zum Beispiel die, wo Hamlet Gertrude im Schlafzimmer zur Rede stellt.«

»Klar«, sagte Deirdre. »Ist ganz schön schwierig.«

Sebastian atmete plötzlich tief durch und beugte sich kopfschüttelnd ein wenig vor.

»Sebastian?«, fragte Deirdre besorgt und legte die Hand auf seine Schulter. »Alles in Ordnung?«

Er richtete sich auf und lächelte müde. Er schien sich wieder gefangen zu haben. »Ja, alles in Ordnung, danke. Es war nur eine furchtbar anstrengende Woche. Und ich hasse die Vorsprecherei. Hinterher bin ich immer völlig erschöpft.« Er sah auf seine Uhr. »Hey – müssen Sie nicht langsam los?«

»Scheiße!« Deirdre sprang auf. »Ja!«

»Tut mir Leid, Deirdre«, sagte Sebastian und erhob sich ebenfalls. »Es ist meine Schuld, wenn Sie zu spät kommen. Ich rede einfach zu viel.«

»Nein, nein, überhaupt nicht, Sebastian.« In etwa hundert Metern Entfernung sah sie Sophie Burke. Sie würde an ihnen vorbeigehen müssen. Deirdre beschloss, noch eine Weile neben Sebastian stehen zu bleiben. »Dann sehen wir uns also nach der Aufführung im Pub?« Sie sprach jetzt ein bisschen lauter. »Sie wissen, wohin Sie müssen, oder?«

»Eva hat gesagt, das Lokal heißt Meagher's. Vielleicht gehe ich jetzt kurz hin und kaufe mir ein Sandwich.«

»Es ist gleich da über die Straße links«, sagte Deirdre und deutete mit großer Geste in die Richtung, Sophie nicht aus den Augen lassend, die sich inzwischen auf gleicher Höhe mit ihnen befand. Deirdre sah ihren verblüfften Gesichtsausdruck. »Bis später dann, Sebastian. Viel Spaß bei der Aufführung! Und es ist schön, dass wir uns wieder sehen.« Dann fügte sie ganz gewagt »Schätzchen« hinzu.

»Ganz meinerseits, Deirdre. Ich habe doch gleich gesagt, dass es uns vorbestimmt ist, uns wieder zu sehen. Bis später.« Dann machte Sebastian sich auf den Weg zu Meagher's.

Deirdre schlenderte bewusst langsam aufs Theater zu. Aus den Augenwinkeln sah sie, wie Sophie Burke in die Nebenstraße bog, die zum Bühneneingang führte. Sie wusste, dass sie sich besonders viel Zeit ließ, damit Deirdre sie einholen konnte. Als sie selbst um die Kurve bog, war Sophie gerade dabei, die Sachen, die offenbar aus ihrer Handtasche gefallen waren, wieder einzusammeln.

»Ach, hallo, Deirdre!«, sagte Sophie, als habe sie nun wirklich nicht damit gerechnet, Deirdre an einem Montagabend um zehn nach sieben ins Theater gehen zu sehen. Sie zog den Reißverschluss ihrer Handtasche zu.

»Hallo, Sophie«, sagte Deirdre. »Wie geht's?«

»Ach, wie immer.«

»Gut.« Deirdre lächelte ihr zu und ging dann weiter.

»Hab ich dich da eben auf den Kirchenstufen sitzen sehen?«

»Äh ...ja.« Deirdre klang, als sei sie sich nicht ganz sicher, und begann dann, eine kleine Melodie zu summen.

Sophie hielt es nicht mehr aus. »Wer war denn der Typ?«, fragte sie, so beiläufig wie möglich.

»Der Typ?« Deirdre schaffte es, ein bisschen verwirrt zu klingen. »Ach, du meinst Sebastian? Das war Sebastian Hardy. Du hast ja vielleicht schon gehört, dass ich ihn letzte Woche in London getroffen habe.«

»Tatsächlich?«, sagte Sophie.

Deirdre wusste ganz genau, dass Sophie von ihrem Treffen mit Sebastian gehört hatte. »Ja. Er hat mich zum Essen ausgeführt, und wir haben uns auf Anhieb gut verstanden. Er ist wirklich ein netter Typ.« Sie ging Sophie voran durch den Bühneneingang.

»Was macht er denn in Dublin?« Sophie verschluckte sich fast bei dem Versuch, unbeteiligt zu klingen.

Deirdre spannte sie ein paar Sekunden lang auf die Folter, bevor sie sich ihr mit einem geheimnisvollen Lächeln zuwandte. »Ach, sagen wir mal, er wollte die Aufführung sehen«, meinte sie dann. Und als sie den Kopf abwandte, musste sie sich große Mühe geben, nicht über den Gesichtsausdruck ihrer Rivalin zu lachen.

13

An jenem Abend küsste sie Rory so leidenschaftlich, dass sogar er überrascht war. »Mein Gott, Deirdre, immer mit der Ruhe«, murmelte er ihr ins Ohr, als Maeve zu ihnen auf die Bühne trat. Doch Deirdre war ganz in ihrem Element. Sie fühlte sich wie am Premierenabend, und absolut nichts würde ihre Stimmung zerstören. Sie war fest entschlossen, ihr Bestes zu geben, nicht nur für David Lawless, sondern auch für Sebastian Hardy.

Rory sah sie neugierig an, als sie nach der ersten Szene hinter die Bühne gingen. »David sollte dich wirklich öfter zusammenscheißen, Schätzchen. Das gerade eben war ganz schön heiß.«

Sie hatte zu gute Laune, um Rory über den Mund zu fahren. Schließlich hatte sie sich vorgenommen, so professionell mit ihm umzugehen wie möglich. »Danke, Rory«, sagte sie. »Ich muss auch sagen, dass ich mit meiner Leistung bis jetzt ganz zufrieden bin.«

»Ich hab nicht deine Leistung auf der Bühne gemeint, Deirdre, sondern diesen phänomenalen Kuss. Ach, entschuldige«, meinte er, als er ihren verächtlichen Blick sah, »war das wieder ein bisschen zu pueril für dich?« Und damit verschwand er in Richtung Garderobe, wo bereits eine ganze Menge Fanpost auf ihn wartete.

In der Pause lief Deirdre Jessica über den Weg, die ziemlich außer Atem war.

»Was ist los, Jessica? Ist dir jemand zu dicht auf die Pelle gerückt?« Deirdre wusste, dass Finbar de Rossa hinter Jessica her war, seit diese unvorsichtigerweise erzählt hatte, dass sie lieber Strümpfe als Strumpfhosen trug.

»Nein, nein. Augenblick, bitte. Ich muss nur noch schnell das hier aufschreiben. ›Jeremy hat angerufen. Bitte später zurückrufen‹«, sagte sie, während sie die Nachricht auf einen Zettel kritzelte. »Mein Gott, Deirdre, manchmal würde ich mir wirklich wünschen, dass Eva nicht gar so beliebt wäre. Ich verbringe die Hälfte der Zeit damit, mit Nachrichten für sie auf und ab zu rennen. Und außerdem gibt's Probleme mit dem Eselskopf, die ich vor der zweiten Hälfte noch in den Griff kriegen muss. Sophie hat den verdammten Kranz an einem Ohr verhakt und alles nur noch schlimmer gemacht, als sie versucht hat, ihn wieder runterzukriegen.«

»Kann ich dir irgendwas helfen?«, fragte Deirdre. »Wenn das da eine Nachricht für Eva ist, kann ich sie ihr gern bringen.«

»Ach, das wäre wirklich nett – vielen Dank.« Jessica drückte Deirdre die Nachricht in die Hand und rannte auf die Kulissen zu.

Deirdre freute sich, einen Anlass für einen Besuch in Evas Garderobe zu haben, weil sie hoffte, dass diese ihr mehr über Sebastian Hardy sagen konnte. Als sie die Hand hob, um zu klopfen, erinnerte sie sich wieder, was das letzte Mal passiert war, und klopfte so laut, dass Eva sie sogar noch in der Dusche hören konnte.

»Es besteht keine Notwendigkeit, die Tür einzutreten. Herein«, rief Eva.

Deirdre betrat den Raum mit einem verlegenen Lächeln.

»Ach, du bist's, Schätzchen«, sagte Eva. Sie saß zurückgelehnt auf einem Stuhl, die Füße auf dem Tisch, und blätterte in einem Buch. Jetzt warf sie es auf den Tisch und streckte sich gähnend. »Schon komisch, was? Ich weiß noch, dass ich das Gedicht, das ich eben gelesen habe, damals im Lateinunterricht ziemlich doof und langweilig fand. Aber inzwischen … man ändert sich einfach ständig; im Leben gibt es so wenige Konstanten.« Eva schüttelte lachend den Kopf. »Sonst bin ich nie so philosophisch. Das eben war einer der ersten bedeutungsschweren Gedanken, die ich in den letzten Jahren gehabt habe. Tja, ist wahrscheinlich ein Zeichen dafür, dass ich allmählich in die Jahre komme.«

Deirdre sagte lächelnd: »Das wird noch eine Weile dauern, Eva.«

»Ach, eigentlich freue ich mich darauf. Es heißt, dass die Lust völlig außer Kontrolle gerät, wenn man erst mal in den mittleren Jahren ist. Aber trotzdem danke für das Kompliment, Deirdre. Und für die wunderbaren Fotos. Tut mir Leid, ich bin in letzter Zeit so abwesend, dass ich völlig vergessen habe, mich dafür zu bedanken.« Eva sah zur gegenüberliegenden Wand hinüber. Erst jetzt fiel Deirdre auf, dass die Fotos, die ihre Mutter ihr gegeben hatte, mittlerweile gerahmt waren und an dieser Wand hingen. »Nun«, sagte Eva und wandte sich wieder Deirdre zu, »was kann ich für dich tun?«

»Ach, ich soll dir nur diese Telefonnotiz bringen.« Deirdre reichte ihr den Zettel und blieb unentschlossen stehen, weil sie nicht wusste, wie sie das Gespräch auf Sebastian Hardy bringen konnte.

»Wieder dieser verdammte Jeremy«, sagte Eva, nachdem sie einen Blick auf die Nachricht geworfen hatte. »Allmählich geht er mir auf die Nerven. Ach, übrigens: Ich hab heute den jungen Mann gesehen, den du in London kennen gelernt hast. Wie heißt er noch mal?«

»Sebastian Hardy?«

»Ja. Du hast Recht gehabt, Schätzchen – er ist einfach zum Anbeißen. Und ganz schön begabt.« Eva betrachtete sich im Spiegel und nahm einen Lippenstift in die Hand. »Soll ich ganz unglaublich indiskret sein und dir ein Geheimnis anvertrauen?«

»Ja, Eva!«

»Er wird unseren Hamlet spielen.«

Deirdre hätte am liebsten einen Jubelschrei ausgestoßen, tat aber so, als überrasche diese Entscheidung sie. »Das ist ja wunderbar! Aber was ist mit Mark Llewellyn?«

»Ach, der macht irgendeinen Film in Australien. Da hast du ganz schön Glück, was? Ich muss David sagen, er soll sich jede Menge Knutschszenen für dich und ihn ausdenken.« Eva beugte sich ein wenig vor und trug den Lippenstift auf. »Wenn ich mir's recht überlege: Die Schlafzimmerszene zwischen Hamlet und Gertrude lässt sich auch ziemlich sexy spielen, obwohl die beiden Mutter und Sohn sind. Schön – da kann man sich ja richtig freuen. Wird auf jeden Fall besser als mit dem lieben Iggy.« Deirdre brauchte eine Weile, bis ihr wieder einfiel, dass Eva Finbar de Rossa meinte. »Ich glaube, David lässt mich absichtlich besonders viele Knutschszenen mit ihm machen.«

Aus dem Lautsprecher drang der Aufruf für die Schauspieler im zweiten Akt.

»Du bist bald dran, stimmt's, Schätzchen? Mach dich mal lieber auf den Weg. McCarthy hat heute eine Scheißlaune – Rory hat er schon angebrüllt, weil er zu spät dran war. Ach, und vergiss nicht, nach der Aufführung in den Pub zu kommen, Deirdre. Sebastian kommt auch.«

Die Neubesetzung des Hamlet blieb nicht lange geheim. Da Deirdre schon mal mit dem berühmten Sebastian Hardy gesprochen hatte, stand sie plötzlich im Mittelpunkt des Interesses. Alle wollten sie nach der Aufführung zu einem Drink einladen – sogar Sophie.

Nach ihrem Auftritt zog Deirdre sich schneller um als je zuvor. Sie bedauerte es, dass sie nichts Erotischeres trug als eine Jeans und ein T-Shirt, aber vielleicht war es sogar besser, wenn sie nicht den Eindruck machte, als gebe sie sich besondere Mühe mit der Kleidung. Sie konnte es gar nicht erwarten, Rorys Gesicht zu sehen, wenn er sie in Gesellschaft von Sebastian beobachtete. Sie begegnete Rory auf der Treppe.

»Du hast's ja heute ganz schön eilig, Deirdre«, sagte er, als sie ihm keine Beachtung schenkte. »Übrigens, Schätzchen«, rief er ihr noch zu, »ich sehe mit Freude, dass du endlich ein bisschen Gewicht zulegst. Steht dir gut.«

Deirdre gehörte zu den Ersten, die im Pub ankamen, doch leider war von Sebastian noch nichts zu sehen. Sie versuchte zu erraten, was Sebastian trinken würde. Wahrscheinlich, so dachte sie, ein Guinness, denn das wollten die meisten Leute, die zum ersten Mal nach Irland kamen. Also bestellte sie eines und dazu ein Glas Weißwein für sich selbst. Da gerade ein Tisch frei wurde, stellte sie die Gläser darauf, nachdem sie den vollen Aschenbecher beiseite geschoben hatte.

Sie musste nicht lange warten. Schon wenige Minuten später ging die Pubtür auf, und Sebastian kam, ins Gespräch mit David Lawless vertieft, herein. Deirdre setzte sich kerzengerade auf ihren Stuhl, um seine Aufmerksamkeit auf sich zu lenken, und als er sie nicht bemerkte, winkte sie ihm zu. Da das auch nicht funktionierte, ging sie zur Theke hinüber und wartete. Sie kam sich ziemlich albern vor. Hätte sie doch das Guinness nicht bestellt, dachte sie, als sie sah, dass David Lawless zwei Budweiser orderte. Deirdre räusperte sich. »Hallo, Sebastian«, sagte sie schüchtern. »Hallo, David.«

»Deirdre – hallo.« Sebastian schenkte ihr ein strahlendes Lächeln. »Sie waren wirklich toll heute Abend«, sagte er und küsste sie auf die Wange. »Ich kann Ihnen gar nicht sagen, wie sehr es mich freut, dass David mir die Rolle gegeben hat – ich freue mich schon darauf, mit Ihnen zu arbeiten.« Aus seinem Mund klang diese Höflichkeitsfloskel ganz und gar aufrichtig. »Hoffentlich falle ich im Vergleich zu Ihnen nicht zu sehr ab!«

»Ach, dann werden Sie den Hamlet also tatsächlich spielen! Das sind wunderbare Neuigkeiten, Sebastian!«

»Ich begreife gar nicht, warum du so erstaunt klingst, Deirdre«, sagte David mit einem amüsierten Lächeln. »Eva hat das allen doch sicher schon in der Pause erzählt.«

Deirdre lachte verlegen.

»Ihr beide kennt euch ja offenbar schon«, fuhr er fort. »Ich brauche euch also nicht vorzustellen.« Dann musterte er sie. »Ich hoffe, ihr werdet ordentlich zusammenarbeiten. Jedenfalls seht ihr nebeneinander ziemlich gut aus. Wirklich ein Geniestreich, diese Besetzung, da muss ich mich selbst loben. Und es freut mich, dass Eva auch einverstanden ist, Sebastian. Sie ist ziemlich wählerisch, mit wem sie zusammenarbeitet. Entschuldige, Deirdre, wie unhöflich von mir. Darf ich dich auf einen Drink einladen?«

»Ach, nein danke, David. Ich habe schon ein Glas, da drüben. Heute habe ich es sogar geschafft, einen richtigen Tisch zu ergattern.« Sie deutete zu dem Tisch hinüber, auf dem die beiden Gläser standen, und nachdem David für die beiden Budweiser bezahlt hatte, gingen sie alle hinüber.

»Kommt Eva auch noch?«, fragte Sebastian, als sie sich setzten.

»Ja, später«, meinte David nach einem Blick auf seine Uhr. »Sie braucht nach einer Aufführung immer ein bisschen Zeit für sich selbst. Wem gehört denn das Guinness?«

»Ach, das habe ich gekauft«, sagte Deirdre. »Es ist für – für Rory.« Er war der erste Guinness-Trinker, der ihr in den Sinn kam. Doch sobald die Worte heraus waren, bedauerte sie sie schon. Schließlich schuldete sie Rory McDonagh nichts, nicht einmal ein Bier.

»Ich bin froh, dass eure Szenen nach dem Fiasko am Samstag wieder geklappt haben«, sagte David Lawless. »Ich hatte schon überlegt, ob die Sache persönliche Gründe hat.«

Deirdre schwieg.

Immer mehr Leute kamen. Mittlerweile waren die meisten Mitglieder der Truppe da, und Sophie und die anderen Elfen hatten sich an der Theke versammelt und sahen immer wieder verstohlen zu Deirdre, David und Sebastian herüber. Deirdre war ziemlich stolz, sich in so illustrer Gesellschaft zu befinden. Außerdem warf sie hin und wieder einen Blick in Richtung Tür, um festzustellen, ob Rory hereinkam. Normalerweise war er immer unter den Ersten, die im Meagher's eintrafen, und Deirdre hatte fast schon ein bisschen Angst, dass er an jenem Abend nicht eintrudeln würde, denn sie wollte, dass er sah, wie vertraut sie mit Sebastian Hardy umging. Er sollte mitbekommen, wie sie völlig entspannt mit dem attraktivsten Mann im Raum lachte.

Da ging die Tür auf, und Rory kam herein. Er machte sich sofort auf den Weg zur Theke. Deirdre lächelte zufrieden. Doch dann gefror ihr dieses Lächeln auf den Lippen, weil sie sah, dass gleich hinter ihm Marian folgte, die sich mit einem bärtigen Mann unterhielt, den Deirdre vom RTE kannte. Sofort drehte sich Deirdre weg und versuchte, sich auf das zu konzentrieren, was David Lawless gerade sagte. Doch das wollte ihr nicht so recht gelingen. Sie hörte Rorys boshaftes Lachen und sah, wie Davids Blick in seine Richtung wanderte.

»McDonagh!«, rief er. »Hier steht ein Bier für dich.«

Deirdre musterte ihre Fingernägel. Dann hörte sie Rorys Stimme hinter sich.

»Danke, David«, sagte er.

»Da musst du dich bei Deirdre bedanken«, erwiderte David Lawless.

»Das ist aber eine unerwartete Überraschung, Deirdre.« Zu ihrem Entsetzen setzte sich Rory auf den Stuhl gegenüber von ihr und sah sie fragend an. »Könnte das der Lohn für geleistete Dienste sein?«

Deirdre spürte, wie sie rot wurde, und sie hasste Rory McDonagh mehr denn je.

»Rory – darf ich dir Sebastian Hardy vorstellen?«, sagte David Lawless. Deirdre war erleichtert, dass sie nicht mehr im Mittelpunkt des Interesses stand. »Er wird den Hamlet spielen.«

Rory sah Sebastian an und streckte ihm die Hand hin.

»Nett, Sie kennen zu lernen, Rory«, sagte Sebastian. »Das war eine tolle Aufführung heute.«

»Ganz meinerseits, Sebastian«, sagte Rory. »Habe ich Ihren Namen nicht schon mal gehört? Ist noch gar nicht so lange her, glaube ich.«

Deirdre wurde ein wenig mulmig.

»Ja, genau, jetzt erinnere ich mich wieder. Hast du Sebastian nicht letzte Woche in London getroffen, Deirdre?« Rory fixierte sie mit seinen grünen Augen und lächelte. Dann wandte er sich wieder Sebastian zu. »Ich glaube, Sie haben ihr … ein Sandwich spendiert, stimmt's?«

»Genau.« Sebastian schenkte Deirdre ein freundliches Lächeln.

»Schön, dass ihr euch so bald wiederseht«, sagte Rory. »Auf den Zufall kann man sich eben doch verlassen. Kann ich jemandem was zu trinken bringen? Sebastian? David?«

»Nein, danke. Im Moment nicht«, sagte Sebastian mit einem Lächeln.

»Vielleicht später«, meinte Rory und erhob sich. »Was ist mit dir, Deirdre? Wieder die übliche Pferde… – ich meine, Weißwein, wie üblich?«

»Nein, danke, Rory«, sagte sie in einem Tonfall, der sich

gut und gerne auch als »Verpiss dich, Rory« hätte interpretieren lassen.

»Tja, dann, Prost!« Erneut sah er sie lange an und hob sein Glas, dann schloss er auch Sebastian und David Lawless ein. »Entschuldigt mich. Ich komme später wieder zu euch.« Auf dem Weg zur Theke, wo er sich zu Marian gesellen wollte, begegnete er Eva, die gerade hereingekommen war und auf ihren Tisch zu schlenderte. Sie trug wieder ihre Schlangenlederhose und sah ein bisschen so aus, als sei sie gerade erst aufgestanden. Rory bedachte sie mit einem anzüglichen Blick und flüsterte ihr etwas ins Ohr, woraufhin die Schauspielerin den Kopf in den Nacken warf und kehlig lachte. Rory verneigte sich vor ihr, nahm ihre Hand und hob ihre Handfläche an seine Lippen. Deirdre fiel ein, wie er das Gleiche bei ihr getan hatte, bevor sie am Freitagabend in ihre jeweiligen Garderoben gegangen waren, und verkrampfte sich ein wenig. Sie merkte, dass auch Sebastian neben ihr zusammengezuckt war, und sah ihn fragend an. Er musterte Rory und Eva mit einem intensiven Blick, der Deirdre verwirrte. Irgendwie hatte sie das Gefühl, diesen Blick schon einmal gesehen zu haben.

Als Eva zu ihnen trat, entspannte sich Sebastians Gesichtsmuskulatur wieder. Er stand auf, nahm die Schauspielerin an den Händen und küsste sie auf beide Wangen. »Ich bin völlig hin und weg, Eva. Das war die tollste Theateraufführung, die ich seit Jahren gesehen habe. Mir fehlen die Worte, um Ihnen zu sagen, wie gut Sie waren. Darf ich Ihnen einen Drink spendieren?«

»Danke, Sebastian.« Eva bedachte ihn mit einem strahlenden Lächeln. »Gerne. Noilly Prat, bitte. Sie müssen dem Barkeeper sagen, dass es für mich ist – er hat eine eigene Flasche davon für mich hinter der Theke. Ich scheine die Einzige zu sein, die das Zeug trinkt.«

»Bin gleich wieder da«, sagte Sebastian mit einem Lächeln und ließ Evas Hände los.

»Was für ein gut aussehender Junge«, sagte Eva, als er in Richtung Theke verschwand, und setzte sich auf den Stuhl, auf dem kurz zuvor noch Rory gesessen hatte.

»Lass die Finger von ihm, Eva«, sagte David nachsichtig-amüsiert zu ihr.

Eva lachte. »Keine Sorge, Schatz. Ich hab's satt, immer nur mit kleinen Jungs zu flirten, denn die hängen dann wie die Kletten an einem – wie langweilig. Ich hab beschlossen, mich nur noch mit Männern in meinem Alter einzulassen.«

»Mit Männern?«, fragte David. Dabei streckte er die Hand nach seinem Bierglas aus, und Deirdre fiel auf, dass sie Evas Oberschenkel streifte.

»Na ja, vielleicht auch nur mit einem Mann. Das wäre mal was ganz anderes.« Sie streckte sich gähnend. »Mein Gott, bin ich müde. Ich glaube, Sex am Nachmittag ist doch keine so gute Idee, wenn man am Abend noch eine Aufführung hat.« Deirdre fragte sich, warum David Lawless plötzlich Evas Blick auswich und lächelte.

»Bist du zufrieden mit unserem neuen Hamlet, Deirdre?«, fragte er schließlich. Sie fand sein plötzliches Interesse an ihrer Meinung nicht überzeugend.

»Klar!«, sagte sie voller Enthusiasmus. »Ich hab Eva erst neulich erzählt, was für ein toller Schauspieler Sebastian ist.« Deirdre begann von seiner Leistung als Drogenabhängiger in *Hurting People* zu schwärmen und davon, was für ein wunderbarer Zufall es war, dass sie ihn eine Woche zuvor in London kennen gelernt hatte.

»Ich hab Deirdre gesagt, ich versuch, dich dazu zu bringen, dass du dir 'ne Menge Sexszenen für sie und Sebastian ausdenkst«, sagte Eva. »Du hast wirklich Glück, Deirdre – zuerst Rory McDonagh und jetzt Sebastian Hardy. Es muss schon toll sein, zwei so knackige Schauspieler ganz für sich zu haben.«

Deirdre spürte, wie sie rot wurde. Sebastian kam gerade mit ihren Getränken zurück; Deirdre hoffte, dass er nichts von dem mitbekommen hatte, was Eva soeben ziemlich laut gesagt hatte.

»Hier wäre der Noilly Prat, Eva. Und ein Glas Weißwein für Sie, Deirdre.«

Sie schenkte ihm ein strahlendes Lächeln.

Deirdre hoffte, dass Rory sah, wie viel Spaß sie hatte. Eva war provokant wie immer, David gab sich geistreich, und Sebastian war charmant und locker. Leider schien sich Deirdres Verdacht, dass er ein Auge auf Eva geworfen hatte, zu bestätigen. Schauspieler verliebten sich oft in die Hauptdarstellerin, genau wie sie sich in ihren Regisseur verliebt hatte. Trotzdem spürte sie Eifersucht in sich aufkommen. Schließlich hatte sie gehofft, dass Sebastian sich in *sie* vergucken könnte. Sebastian und Deirdre – Hamlet und Ophelia.

Sie sah ihn von der Seite an. Er lauschte gebannt auf das, was Eva sagte, die unglaublich indiskrete Dinge über eine führende britische Schauspielerin erzählte. Irgendetwas, dachte Deirdre, wirkte an Sebastian fast schon zu entspannt; so, als bemühe er sich, cool zu wirken, und auch den Ausdruck seiner Augen vermochte sie nicht zu deuten.

Deirdre lud die anderen zur nächsten Runde ein und war froh, als Sebastian nur wieder ein Budweiser bestellte. David und Eva lehnten dankend ab, mit der Begründung, dass sie ohnehin bald gehen wollten. Deirdre versuchte gerade, die Aufmerksamkeit des Mannes hinter der Theke auf sich zu ziehen, als sie eine ziemlich erotische weibliche Stimme hinter sich drei Guinness bestellen hörte. Deirdre ärgerte das, denn als nächste wäre sie dran gewesen. Sie drehte sich um und stand Marian gegenüber.

»Ach, hallo, wie geht's?«, fragte sie übertrieben freundlich. Marian wirkte ein wenig verwirrt. Sie waren einander zwar ein paar Wochen zuvor vorgestellt worden, hatten aber noch nie länger miteinander gesprochen.

»Wie war's in Brüssel?«, fragte Deirdre. »Das Wetter war wahrscheinlich phantastisch. Danke, Michael, ich hätte gern ein Glas Weißwein und ein Bud.«

»Es war schon fast zu heiß in Brüssel«, antwortete Marian höflich.

»Ach, deswegen sind Sie wahrscheinlich auch früher nach Hause gekommen, was?«, sagte Deirdre, bemüht, den lockeren Plauderton beizubehalten.

»Ja, das war tatsächlich einer der Gründe.«

Deirdre schloss aus Marians kühlem Tonfall, dass ihre frühzeitige Rückkehr Deirdre nicht das Geringste anging, aber sie wusste, dass sie das Gespräch irgendwie in Gang halten musste, bis der Mann hinter der Theke ihr die Drinks gab. Also suchte sie verzweifelt nach einem geeigneten Thema. Vielleicht, so dachte sie, sollte sie es noch einmal mit dem Bereich Reisen versuchen. »Sie kommen ja ganz schön in der Welt herum. Als Nächstes geht's nach Peru, stimmt's?«

»Was? Nein.« Marian sah sie verblüfft an. Deirdre hatte das deutliche Gefühl, dass sie sie los werden wollte. Doch als Marian klar wurde, dass sie sich wohl noch eine Weile mit Deirdre unterhalten musste, füllte sie das betretene Schweigen: »Eigentlich hasse ich Reisen. Ich fahre nur in der Welt herum, wenn ich für Storys recherchieren muss.«

»Ach?«, sagte Deirdre mit ausgesprochen interessiertem Gesichtsausdruck.

»Ja«, erwiderte Marian und fügte dann hinzu: »Rory ist bei uns derjenige, der immer gern auf Achse wäre.«

»Ich hoffe, dein Verweis auf meine Wanderlust bezieht sich nur auf die Geografie, meine Liebe«, hörte Deirdre Rorys Stimme hinter sich.

»Aber natürlich, mein Lieber«, sagte Marian. »Schließlich ist deine Treue stadtbekannt.«

»Ihr zwei kennt euch?« Deirdre merkte, dass Rory ein wenig argwöhnisch klang.

»Ja«, sagte Marian schicksalsergeben. »Ich bringe Barnaby das Bier hier. Würdest du bitte für die Drinks bezahlen, Rory?« Und dann nahm sie zu Deirdres Erleichterung zwei Gläser Bier von der Theke und ging.

»Tut mir Leid, dass ich eure Kemenatengespräche unterbrochen habe«, sagte Rory. »Aber ich hatte den Eindruck, dass Deirdre O'Dare Small Talk mit meiner Freundin ein bisschen anstrengend finden könnte. Offenbar war es umgekehrt genauso«, fügte er hinzu, während er Marian beobachtete, wie sie dem Mann vom RTE das Bier gab. »Marian interessiert sich nicht mehr für Barbie-Puppen, weißt du.«

Deirdre bedachte ihn mit einem bösen Blick.

Rory senkte die Stimme. »Ich gehe mal davon aus, dass du in deiner diskreten Art ein paar Anspielungen hast fallen lassen. Zum Beispiel ›Rory ist wirklich phänomenal im Bett, Marian‹ oder so was Ähnliches, oder?«

Deirdre wurde tiefrot. »Verpiss dich, Rory«, sagte sie.

»Gut pariert, Deirdre. Mach dir nicht die Mühe, deinen Wein zu bezahlen. Den übernehme ich – und das Bier von deinem Freund auch.«

Obwohl Deirdre nicht in Rorys Schuld stehen wollte, wandte sie sich ab, da sie es in seiner Gesellschaft nicht mehr länger aushielt.

Sie machte sich wieder auf den Weg zu ihrem Tisch und verschüttete in ihrer Wut einen Teil von Sebastians Bier.

Wieso nur hatte sie sich von ihm verführen lassen? Hätte sie doch nur die Ereignisse des vergangenen Freitag ungeschehen machen können! Sie wusste, dass sie nun in seiner Gesellschaft immer unsicher sein würde.

Während sie durch den Raum marschierte, stieß sie gegen Eva, die gerade zusammen mit David Lawless auf dem Weg zur Tür war. »Deirdre? Was ist denn los? Du siehst ziemlich durcheinander aus.«

»Ach, es war nicht ganz so einfach, die Getränke zu kriegen, das ist alles. Heute Abend sind wieder zu viele Leute hier.«

»Du Arme. Vielleicht sollten wir in Zukunft lieber zu O'Riordan's gehen«, sagte Eva.

»Das ist eine gute Idee, Eva«, sagte Deirdre, denn wenn irgendjemand es schaffte, die Truppe in ein anderes Lokal zu locken, dann Eva. Und dann müsste Deirdre sich nie wieder mit Rory herumärgern. Rory würde seinem geliebten Meagher's nie untreu werden. »Gehst du jetzt?«

»Hm. Ich möchte heute bald ins Bett, weil ich morgen früh eine Kostümprobe für den Film habe.«

David Lawless sagte ihr etwas ins Ohr, und sie sah ihn tadelnd an. »Keine Chance, Schatz«, sagte sie in warnendem Tonfall. Doch David hob eine Augenbraue und schenkte ihr ein Lächeln, von dem Deirdre nur träumen konnte. Plötzlich sagte Eva: »Na schön.« Dann stellte sie sich auf die Zehenspitzen und küsste ihn auf den Mund. »Übrigens, Schätzchen«, fügte sie an Deirdre gewandt hinzu: »Vielleicht solltest du schon mal beginnen, deine Krallen zu schärfen.« Sie sah hinüber zu dem Tisch, an dem Sebastian saß. Sophie Burke war soeben auf den Stuhl geschlüpft, auf dem zuvor

Deirdre gesessen hatte, und auch Jessica und Kate hatten sich an den Tisch herangemacht.

Eva warf Deirdre lächelnd eine Kusshand zu. »Bis morgen, Schätzchen.« Als sie sich umdrehte, sah Deirdre, dass die Hand von David Lawless auf Evas Hüfte ruhte. Er ließ sie ein Stück höher gleiten und dirigierte Eva hinaus. Man hätte sie fast für frisch Verheiratete halten können, dachte Deirdre.

Dann sah sie, dass auch Sebastian die beiden beobachtete. In seinem Blick lag ein lauernder Ausdruck. Als Eva und David verschwunden waren, wandte sich Sebastian Sophie zu und lächelte sie an. Deirdre machte sich auf den Weg zu dem Tisch. Armer Sebastian, dachte sie. Sie konnte nichts gegen seine Vernarrtheit in Eva Lavery tun, aber vor Sophie würde sie ihn schützen, das wusste sie. Schließlich hatte Sophie den Schönen Ben, und den gönnte sie ihr auch. Aber von Sebastian Hardy würde sie ihre manikürten Finger lassen.

Deirdre stellte die beiden Gläser deutlich hörbar auf den Tisch. »Hallo, Sophie«, sagte sie locker. »Ich sehe, dass du dich Sebastian schon vorgestellt hast.«

»Ach, hallo, Deirdre.« Sophie klang genauso locker. »Entschuldige, habe ich dir den Platz weggenommen?«, fragte sie, ohne Anstalten zu machen, sich davon zu erheben.

»Ja, aber das macht nichts.« Dabei setzte sie sich direkt gegenüber von Sebastian und schenkte ihm ein strahlendes Lächeln.

»Vielleicht täusche ich mich ja, aber ich habe den Eindruck, dass die beiden was miteinander haben, oder?«, fragte Sebastian mit einem Nicken in Richtung Tür, durch die David und Eva soeben verschwunden waren. »Ich dachte, David Lawless ist mit einem irischen Seifenopernstar verheiratet?«

Deirdre lehnte sich mit einem kleinen Lächeln auf ihrem Stuhl zurück. Sie würde Sophie Gelegenheit geben, Sebastian die Geschichte von Eva Lavery, David Lawless und Ann Fitzroy zu erzählen, denn sie selbst wollte in seinen Augen nicht wie eine Klatschtante wirken. Mit ein bisschen Glück würde Sophie der Versuchung, über Eva Lavery herzuziehen, nicht widerstehen können, und damit täte sie sich mit Sicherheit keinen Gefallen.

Deirdres Vermutungen bestätigten sich sofort.

»Ja, Sebastian – sie gehen tatsächlich miteinander«, sagte sie.

»Was?« Deirdre wandte sich Sophie mit unverhohlenem Interesse zu.

»Weißt du das noch gar nicht, Deirdre? Nun, ich habe ganz vergessen, dass du alles immer erst sechs Wochen nach allen anderen erfährst. Du denkst einfach zu viel über dich selbst nach. Ach übrigens«, fügte sie hinzu, als sie Deirdres Gesichtsausdruck sah, »du warst nicht zufällig letzten Samstagabend im Pub, oder?« Deirdre überlegte. Am Samstag waren sie und Maeve zu O'Riordan's gegangen, um Rory nicht zu begegnen. »Da ist alles aufgekommen. Natürlich hab ich's schon eine ganze Weile gewusst, Sebastian, weil mein Großvater sehr gut mit dem Vater von Ann Fitzroy befreundet ist, wissen Sie.«

»Wer ist denn Ann Fitzroy?« Sebastian schlug ein Bein über das andere. Seine entspannte Körperhaltung stand im Widerspruch zu seinem konzentrierten Blick.

»Ann Fitzroy ist mit David Lawless verheiratet – das ist der Seifenopernstar, von dem Sie vorher gesprochen haben.« Sophie sah sich kurz um und beugte sich dann ein wenig vor. »Nun, vielleicht sollte ich sagen, sie *waren* verheiratet. Er hat sie vor ein paar Wochen verlassen; man munkelt, dass sie sich scheiden lassen wollen. Offenbar ist er schon« – Sophie schwieg einen Augenblick, um den größtmöglichen Effekt zu erzielen – »bei unserer Hauptdarstellerin eingezogen. David Lawless hat die Frau, mit der er über zwanzig Jahre verheiratet ist, wegen Eva Lavery verlassen.«

Nicht einmal der selbstgefällige Gesichtsausdruck von Sophie konnte Deirdre daran hindern, ihr noch weitere Informationen entlocken zu wollen. »Und das haben sie ganz offen gesagt, Sophie?«, fragte sie sie.

»Nun, sogar dir dürfte es nicht entgangen sein, dass sie schon eine ganze Weile miteinander turteln. Aber erst am Samstag ist's dann offiziell geworden.«

»Offiziell? Haben sie's denn öffentlich verkündet oder was?« Deirdre wunderte sich, dass diese Eröffnung sie nicht stärker erschütterte.

»Nein, das hat Ann Fitzroy besorgt. Sie hat am Samstag sogar eine Party organisiert, um allen ihren Freunden zu sagen, dass sie sich trennen würden. David war natürlich nicht eingeladen. Er war an dem Abend nach der Vorstellung mit Eva hier im Pub. Da haben sie ganz nebenbei erwähnt, dass sie jetzt zusammenwohnen. Selbstverständlich wussten nach einer halben Stunde alle Bescheid.«

Deirdre war ziemlich verwirrt. »Und Ann Fitzroy hat die Trennung von David *gefeiert*?«

»Das weiß ich auch nicht so genau. Warum fragst du nicht Maeve? Ihre Freundin« – ihre Stimme wurde bei dem Wort ein bisschen kühler – »Jacqueline hat den Partyservice gemacht. Wie gesagt, die Trennung stand sowieso an, das wusste ich. Und so überraschend ist das auch nicht, wenn man ihre gemeinsame Geschichte kennt.«

Sebastian sah Sophie fragend an. »Was meinen Sie mit ihrer gemeinsamen Geschichte, Sophie?«, erkundigte er sich.

Sophie wirkte ausgesprochen selbstzufrieden. »Nun …«, begann sie.

Obwohl die Geschichte von David Lawless und Eva Lavery natürlich faszinierend war, wollte Deirdre sie nicht noch einmal aus dem Mund von Sophie Burke hören. Also sagte sie: »Entschuldigen Sie mich bitte ein paar Minuten, Sebastian. Ich bin gleich zurück.«

Deirdre sah sich im Raum um und entdeckte Maeve und Jacqueline an einem vollen Tisch am anderen Ende des Pubs. Sie machte sich sofort auf den Weg zu ihnen. Erst als sie sie erreicht hatte, fiel ihr auf, dass Rory bei ihnen saß. Sie blieb einen Augenblick lang unentschlossen stehen, in der Hoffnung, dass Maeve sie bemerken würde, ohne dass Rory etwas davon mitbekam. Marian und der Mann von RTE waren nirgends zu sehen, und Rory hielt einen ziemlich großen Whiskey in der Hand. Da hob er plötzlich den Blick und sah sie an. Er lächelte sie voller Verachtung an. Sie schaute weg und machte Maeve ein Zeichen.

»Ach, hallo, Deirdre, setz dich doch zu uns.«

»Nein, danke, Maeve. Äh, kann ich kurz mal mit dir sprechen?«

Dabei sah sie in Rorys Richtung, und Maeve begriff sofort.

»Klar.« Maeve stand auf und folgte Deirdre zur Theke. »Du wirst ihm nicht ewig aus dem Weg gehen können, Deirdre. Obwohl ich dir das, so, wie er im Moment drauf ist, nicht verdenken kann. Er hat eine Scheißlaune und möchte sich nur volllaufen lassen. Was ist los?«

»Stimmt's, dass David bei Eva eingezogen ist?«

»Sieht fast so aus.«

»Warum hast du mir das nicht erzählt?«, fragte sie. »Ich hab – übrigens ausgerechnet von Sophie Burke – gehört, dass Jacqueline den Partyservice für Ann Fitzroys Fest am Samstagabend gemacht hat.«

»Du erinnerst dich vielleicht noch, dass du am Samstagabend ziemlich durcheinander warst, Deirdre. Ich hatte nicht den Eindruck, dass Jacquelines Partyservice für Ann Fitzroy dich sonderlich interessiert. Außerdem hab ich selber nicht gewusst, was für eine seltsame Party das ist, bis Jacqueline ziemlich spät nach Hause gekommen ist und mir alles erzählt hat.«

»Was meinst du mit ›seltsame Party‹?«

»Nun ja, ich hab dir doch neulich erzählt, dass Ann Fitzroy meiner Ansicht nach nicht alle Tassen im Schrank hat.«

»Ja.«

»Die Party am Samstagabend hat das nun mit letzter Sicherheit bewiesen.«

»Warum? Was ist passiert?«

»Bitte behalt das für dich, Deirdre, damit Jacqueline keine Schwierigkeiten kriegt. Du weißt ja, dass in ihrem Job Diskretion alles ist.«

»Keine Sorge. Ich sag's bloß Sophie«, meinte Deirdre. »War ein Scherz«, fügte sie hinzu.

Maeve lehnte sich gegen den Tresen. »Als Jacqueline am Samstagabend zu Ann gekommen ist, war die schon ganz schön angesäuselt. Jacqueline sagt, sie hat die Tür mit einem Glas in der einen und einer halb leeren Flasche Burgunder in der anderen Hand geöffnet und ihre Haushälterin angebrüllt, weil die nicht an die Tür gegangen ist. Dann ist sie nach oben verschwunden und hat sich in ihrem Schlafzimmer eingesperrt, bis die Gäste kamen.« Plötzlich sah Maeve über Deirdres Schulter. »Nein, ich glaube wirklich, dass der von Gossard besser für dich ist. Der Spitzen besetzte ist wirklich hübsch, und die Verstärkung macht einen besonders schönen Busen.«

»Was?« Deirdre sah Maeve verwirrt an, doch als sie Sophie sah, wurde ihr klar, was Maeve vorhatte.

»Ich hätte ja nicht gedacht, dass du dich für so was interessierst, Maeve«, sagte Sophie. »Meiner Ansicht nach sind die Sachen von La Perla ja die allerbesten, wenn man sie sich leisten kann. Ich hab heute einen Büstenhalter von der Firma an.« Dabei streckte sie die Brust so weit wie möglich heraus.

»Ach?«, sagte Maeve. »Den musst du mir mal zeigen, wenn wir allein sind, Sophie. Vielleicht sollten wir irgendwann nach der Vorstellung eine kleine Modenschau für Unterwäsche veranstalten.« Maeve bedachte Sophie mit einem viel sagenden Lächeln, und Sophie verschwand sofort mit entsetztem Blick.

Deirdre lachte. »Wow, Maeve, das war toll! So irritiert hab ich sie noch nie erlebt.«

Maeve lächelte zufrieden. »Wo war ich stehen geblieben?«

»Ann Fitzroy war gerade rauf ins Schlafzimmer gegangen.«

»Ja, genau. Tja, gerade, als Jacqueline und ihre Leute mit der Arbeit begonnen haben, ist ein Lieferwagen mit Spielzeugtieren gekommen – diese wahnsinnig teuren Plüschdinger.«

»Für ihre Tochter? Aber ich dachte, die ist schon ein Teenager. Warum kauft Ann ihr dann noch Stofftiere?«

»Die waren nicht für ihre Tochter«, sagte Maeve. »Die war nicht mal da. Offenbar verbringt sie den Sommer in Frankreich, bevor sie im Herbst in Cambridge zu studieren anfängt.«

Deirdre war verwirrt. »Und für wen waren sie dann?«

»Für die Gäste.«

»Was?«

»Ja. Jeder Gast hat ein Stofftier bekommen. Ann hat ihnen allen gesagt, wenn sie während der Party gut darauf aufpassen, können sie's mit nach Hause nehmen.«

»Ganz schön schräg!«

»Aber das ist noch nicht alles. Sie hat Jacqueline und ihre Leute in den Weinkeller geführt. Jacqueline sagt, es war alles voll mit erlesenen Weinen. Offenbar ist David ein richtiger

Weinkenner. Dann mussten sie alle Flaschen mit nach oben nehmen und jede einzelne davon entkorken. Jacqueline sagt, es waren alles in allem ungefähr fünfhundert. Es war sogar ein Chateau d'Yquem dabei.«

»Scheiße. Und wie viele Leute sind gekommen?«

»Seltsamerweise nicht so viele. Jacqueline hatte den Auftrag, alles für fünfzig Personen herzurichten, aber am Ende waren's dann nur ungefähr dreißig.«

»Wow. Fünfhundert Flaschen Wein für dreißig Leute! Waren ihre Kollegen von *Ardmore Grove* da?«

»Nein, die meisten waren Schickeria. Es waren bloß zwei oder drei Schauspieler da.«

»Und du warst nicht eingeladen?«

Maeve musste lachen. »Du lieber Himmel, nein. Mich würde Ann Fitzroy nicht einladen, nein, nie im Leben!«

»Am Ende des Abends müssen alle voll gewesen sein wie die Strandhaubitzen.«

»Offenbar ist's gar nicht so lang gegangen. Die meisten haben sich irgendeine Ausrede einfallen lassen und sind verschwunden. Jacqueline sagt, dass es allen ziemlich peinlich war, mit den Stofftieren rumzusitzen und so zu tun, als wär's ein ganz normales Fest. Um elf waren nur noch Ann Fitzroy und ein paar unverbesserliche Säufer da.«

»War sie denn völlig besoffen?«

»Nein, erstaunlicherweise nicht. Eigentlich, meint Jacqueline, hätte sie's sein müssen, aber sie sagt, Ann war nur völlig überdreht.«

Da ging Sophie mit einer Flasche Sol und einem Glas Budweiser an ihnen vorbei.

»Für Sebastian«, sagte sie zu Deirdre und nickte mit einem selbstzufriedenen Lächeln auf das Glas.

Deirdre wandte sich von ihr ab und verdrehte die Augen.

»Diesen Sebastian musst du mir vorstellen, Deirdre«, sagte

Maeve. »Würde mich interessieren, ob er wirklich so toll ist, wie du mir erzählt hast.«

»Allerdings, Maeve«, sagte Deirdre. »Das mache ich gleich, wenn du möchtest.«

Maeve nickte hinüber zu Jacqueline, die ihr zuwinkte und auf ihre Uhr deutete. »Im Moment habe ich keine Zeit. Wir wollen noch in den Da Club.« Maeve verabschiedete sich mit einem Lächeln.

»Augenblick, Maeve, eines würde mich noch interessieren: Warum hat Ann Fitzroy so viele Flaschen teuren Wein aufmachen lassen? Sie hat doch wohl nicht gedacht, dass die alle getrunken werden, oder?«

»Ganz einfach: Sie wollte sich an David rächen. Das, was am Ende nicht getrunken worden war, mussten Jacqueline und ihre Leute in den Ausguss schütten. Und das war ganz schön viel, das kannst du mir glauben.«

»Das glaube ich dir nicht!« Deirdre war entsetzt.

»War aber so. Jacqueline hat's kaum mitansehen können. Allerdings hat sie einen Margaux Grand Cru Classé mitgehen lassen, der noch nicht offen war. Den sparen wir uns für eine besondere Gelegenheit auf.«

»Was für eine verrückte Geschichte!«

»Das ist noch nicht alles. Sie hat drauf bestanden, dass die leeren Flaschen in schwarze Abfallsäcke gesteckt werden, ihren betrunkenen Freunden Taxis gerufen, ihnen die Adresse von Eva gegeben und ihnen gesagt, sie sollen die Säcke vor ihrer Tür abladen.«

»Du lieber Himmel – wahrscheinlich war David ganz schön sauer.«

»Findest du, dass er heute Abend unglücklich ausgesehen hat?«, fragte Maeve. »Ich habe das Gefühl, dass Eva ihm mehr wert ist als ein ganzer Weinkeller voll mit Margaux.«

Jacqueline gesellte sich zu ihnen. »Maeve, wenn wir jetzt

nicht gehen, verpassen wir den Anfang. Hallo, Deirdre. Wie geht's?«

»Gut, danke, Jacqueline. Maeve hat mir die Sache mit Ann Fitzroys Party erzählt.«

»In meinem Job erlebt man die seltsamsten Dinge. Aber bitte sag's nicht weiter, Deirdre.«

»Keine Sorge.« Jacqueline sah wieder auf ihre Uhr. »Ich will euch nicht aufhalten«, sagte Deirdre. »Viel Spaß noch. Bis morgen Vormittag, Maeve – du musst doch auch zu den Proben, oder?«

»Ja. Tschüs, Deirdre.«

»Tschüs.«

Deirdre machte sich wieder auf den Weg zu dem Tisch, an dem Sebastian und Sophie saßen. Mittlerweile hatten sich Kate und Jessica zu ihnen gesellt, die laut über etwas lachten, das Sebastian gesagt hatte. In Deirdres Kopf wirbelten alle möglichen Gedanken herum. Sie hätte nicht gedacht, dass Erwachsene – und bis dahin hatte sie Ann Fitzroy für erwachsen gehalten – sich verhalten konnten wie besonders verzogene Sechsjährige.

Sebastian begrüßte Deirdre mit einem Lächeln. »Es ist spät, ich muss gehen«, sagte er nach einem Blick auf seine Uhr. »Nehmt mir das bitte nicht übel, aber ich bin wirklich müde. Ich bin heute sehr früh aufgestanden, um meinen Flieger zu kriegen.«

»Wo sind Sie denn untergekommen, Sebastian?«, fragte Sophie.

»Im Clarence. Kennen Sie das?«

»Natürlich. Jeder kennt das Clarence. Das ist das Hotel von U2. Ich war letzte Woche mal zum Lunch im Tea Room.«

»Ist das nicht ein bisschen teuer, Sebastian?«, fragte Deirdre.

Sebastian wirkte verlegen. »Nun, mich kostet's nichts. Bono ist ein Freund von mir.«

Die vier sahen ihn groß an, und Sophie sagte doch tatsächlich »Was?«, nicht »Wie bitte?«

»Ja.« Sebastian lächelte noch verlegener. »Ich hab ihn bei den Dreharbeiten zu *Twitchers* kennen gelernt. Ich hab nur eine kleine Rolle gespielt, und Bono war zur selben Zeit wie wir mit seiner Band auf Tournee in Schottland. Er ist wirklich ein Supertyp, und als ich wusste, dass ich nach Dublin muss, habe ich ihn angerufen. Er hat gesagt, ich kann in seinem Hotel wohnen und brauche mir keine Gedanken über die Rechnung zu machen.«

Deirdre wollte schon seit ein paar Wochen *Twitchers* sehen, einen neuen britischen Kultfilm, für den U2 die Musik geschrieben hatte. Sie war beeindruckt. Das musste man sich mal vorstellen, dachte sie: Da kannte jemand Bono persönlich und gab nicht mal damit an! Je mehr sie über Sebastian Hardy herausfand, desto interessanter wurde er. »Werden Sie sich mit ihm treffen?«, fragte sie. Vielleicht würde er sie ja mitnehmen.

»Nein, leider nicht. Die Band ist immer noch auf Tournee.« Sebastian stand auf. »Temple Bar ist nicht weit weg, oder?«

»Nein, aber man kann sich leicht verlaufen«, sagte Deirdre, der gerade ein wunderbarer Gedanke gekommen war. »Es ist gar nicht weit von meiner Wohnung weg, Sebastian. Ich könnte Ihnen den Weg zeigen, wenn Sie wollen.«

Sophie erstarrte.

»Ich habe eine noch bessere Idee«, sagte Sebastian. »Ich nehme ein Taxi und bringe Sie nach Hause. Vorausgesetzt, es macht Ihnen nichts aus, wenn ich jetzt schon gehe.«

Deirdres Herz fing wie wild zu klopfen an. »Aber nein«, sagte sie und versuchte, nicht allzu euphorisch zu klingen.

»Prima«, sagte Sebastian. Hoffentlich, dachte Deirdre, hatte Sophie das Lächeln gesehen, das er ihr schenkte, während er die Jacke über die Schulter schwang. »Tja, dann machen wir uns mal auf die Socken. Gute Nacht, Sophie. Gute Nacht, Jessica und Kate. Ich freue mich schon, Sie alle nächsten Monat wieder zu sehen.«

»Gute Nacht, Sebastian«, riefen die drei ihnen nach, während Sebastian und Deirdre zur Tür gingen. Sie warf einen kurzen Blick in die Richtung, in der Rory gesessen hatte, doch er war nicht mehr da. Scheiße, dachte sie, es wäre doch schön gewesen, wenn er gesehen hätte, dass sie Meagher's in Begleitung von Sebastian Hardy verließ.

Als sie an der Theke vorbeikamen, entdeckte sie ihn. Er hatte wieder einen großen Whiskey in der Hand und unterhielt sich mit einer Demi-Moore-Doppelgängerin. Sebastian blieb kurz stehen, um noch etwas zu Nick McCarthy zu sagen, und Deirdre war alles andere als wohl zu Mute. Rory lachte sein dummes, sexy Lachen, und die Frau schien darauf hereinzufallen. Am liebsten hätte Deirdre sie gewarnt. Plötzlich sah er sie an, und wieder fiel es Deirdre schwer, den Blick abzuwenden. Dann musterte er Sebastian und grinste. Er entschuldigte sich bei seiner Begleiterin und machte sich in ihre Richtung auf den Weg. Deirdre merkte, dass er nicht mehr nüchtern war.

»Wo schläft dein Freund denn heute Nacht, Deirdre?«

Deirdre gefiel Rorys Blick überhaupt nicht. Maeve hatte Recht gehabt: Rory hatte wirklich eine Scheißlaune. Am liebsten hätte sie ihn ignoriert, aber ihr Instinkt sagte ihr, dass das nicht klug wäre, also schaute sie nur einfach weg. »Im Clarence«, sagte sie.

»Nicht im Serail? Das wundert mich aber.« Rorys Blick wanderte über ihren Körper und ruhte schließlich auf ihren Brüsten.

Zu ihrem Entsetzen spürte sie, wie ihre Brustwarzen unter ihrem T-Shirt hart wurden.

Rory sah sie noch genauer an und lächelte. »Du wirkst erregt, Schätzchen. Geh lieber an die frische Luft. Es ist nicht gut, wenn man sich zu schnell aufheizt. Aber das weißt du ja schon. Viel Spaß.« Dann kehrte er an die Theke zurück, wo das Demi-Moore-Double wartete.

Zum Glück hatte Sebastian sein Gespräch mit Nick McCarthy mittlerweile beendet.

»Können wir jetzt gehen, Sebastian? Die Luft hier drin ist ziemlich stickig«, sagte sie.

»Klar«, antwortete er. »Tschüs, Nick – und danke für alles.«

Obwohl es draußen immer noch warm war, empfand Deirdre die Luft als erfrischend, und sie atmete tief durch, während sie zu einem Taxistand gingen. Kurze Zeit später waren sie unterwegs zu Sebastians Hotel.

»Ich steige am Clarence aus, Sebastian. Von da aus sind's nur noch fünf Minuten Fußweg zu mir.«

»Unsinn. Ich bringe Sie bis zur Haustür, Deirdre. Ich werde doch eine schöne Frau wie Sie um diese Uhrzeit nicht allein auf der Straße herumlaufen lassen.« Sein Arm ruhte auf der Rückenlehne, und Deirdre wünschte sich, dass Sophie sie so sehen könnte.

»Die Leute sind wirklich nett«, sagte er. »Ich bin richtig froh, dass ich den Vertrag für den australischen Film nicht unterschrieben habe.«

»Sind Sie morgen noch da, Sebastian?«, fragte Deirdre voller Hoffnung. »Ich könnte Ihnen Temple Bar zeigen. Ich habe am Nachmittag frei.«

»Ich glaube nicht, dass ich morgen Zeit habe. Ich werde mich wohl nach einer Bleibe umsehen müssen. Nick hat mir gesagt, dass es in der Stadt ein paar Wohnungen gibt, die ausschließlich an Theater- und Filmleute vermietet werden, die nur vorübergehend hier sind.«

»Und wie wär's mit morgen Abend? Werden Sie wieder ins Meagher's kommen?« Deirdre merkte, dass sie begann, aufdringlich zu werden, und beschloss, es langsamer angehen zu lassen.

»Ich habe mich nach der Vorstellung mit meiner Freundin in der Abbey Bar verabredet. Aber wenn noch Zeit ist, kommen wir vielleicht hinterher zu Meagher's.«

Hätte sie doch nichts gesagt! Schließlich wollte sie nicht, dass Sebastian mit einer attraktiven Frau im Meagher's aufkreuzte.

»Es würde mich freuen, wenn ich Sie vor Ihrer Abreise noch mal sehe«, sagte er. »Und mit David und Eva würde ich mich auch gern ein weiteres Mal unterhalten.« Er schwieg einen Augenblick und fuhr dann fort: »Das ist schon eine Geschichte, was? Ich meine, dass sie nach all den Jahren doch noch zusammenkommen. Das wäre ein toller Filmstoff.«

»Ja, mit Gabriel Byrne als David Lawless«, sagte Deirdre begeistert. »Aber er würde sich farbige Kontaktlinsen zulegen müssen. Seine Augen sind zu blau. Und wer würde die Eva spielen?«

»Ich glaube nicht, dass irgendeine Schauspielerin die Rolle von Eva übernehmen könnte«, sagte Sebastian.

Deirdre lächelte. »Tja, da haben Sie vermutlich Recht«, erwiderte sie.

»Ja«, meinte Sebastian, ohne zu lächeln. Sein Arm auf der Rückenlehne war nicht mehr entspannt, und er wandte den Kopf von ihr ab, um aus dem Fenster zu sehen. Deirdre hätte sich am liebsten selbst eine Ohrfeige dafür gegeben, dass sie das Thema Eva aufgebracht hatte.

»Ach, können Sie mich hier rauslassen?«, rief sie dem Taxifahrer zu. Er hielt direkt vor ihrem Haus an.

Sebastian wandte sich wieder ihr zu und lächelte sie an. »Gute Nacht, Ophelia«, sagte er. »Wenn ich Sie morgen Abend nicht mehr sehe, dann am ersten Probentag. Wissen Sie was? David hatte völlig Recht. Wir sind ein gutes Team, wir zwei.« Dann beugte Sebastian sich zu ihr hinüber und küsste sie auf den Mund. Es war kein leidenschaftlicher Kuss und auch nicht das Vorspiel zu etwas anderem, aber ganz deutlich mehr als ein Kuss für einen Menschen, mit dem man befreundet war. Es war, dachte Deirdre, ein forschender Kuss, mit dem er herausfinden wollte, ob sie reagieren würde. Und sie reagierte.

Nach einer Weile löste er seine Lippen von den ihren. »Geh mal lieber rein«, sagte er sanft.

Deirdre tat, was er ihr sagte.

14

Die Kostümprobe war für den folgenden Tag angesetzt. Deirdre wurde zusammen mit Kate und Sophie zuerst aufgerufen. Jessica spielte in *Macbeth* nicht mit, weil es keine Rolle für sie gab, also widmete sie sich wieder ihren Aufgaben als Assistentin des Bühnenmeisters. Als sie die Kostümentwürfe von Jenny Cummings gesehen hatte, war sie fast froh gewesen, nicht auf die Bühne zu müssen. Jenny hatte sich von den dreißiger Jahren und der Depression inspirieren lassen. Die Hexen sollten aussehen wie Landstreicherinnen mit Kleidern aus Secondhand-Läden.

Als Deirdre zu Jenny Cummings kam, saß diese an ihrem Tisch und zeichnete Entwürfe für *Hamlet*. Jennys Assistentin Roxanne führte sie zu dem Kleiderständer, an dem ihr Kostüm hing. Deirdre war die Enttäuschung deutlich anzumerken, denn es bestand aus einem Strickpullover, einer Herrenjacke, einem wadenlangen Golfrock, dicken Wollsocken und einem Paar abgerissener, ziemlich männlicher Stiefel. Die Krönung des Ganzen war eine Bommelmütze.

Das, was sie als Lady Macbeths Kammerzofe tragen sollte, war ein bisschen besser, aber auch nicht sonderlich schmeichelhaft: ein strenges, graues Wollkostüm à la Wallis Simpson. Selbst wenn Grau die Modefarbe der Saison war – Deirdre stand sie nun mal nicht. Und die Wolle bedeutete, dass sie auf der Bühne höllisch schwitzen würde.

Ein bisschen tröstete es sie, dass das Kostüm, das neben ihrem an dem Ständer hing und Kates Namen trug, fast genauso schlimm war – allerdings durfte Kate wenigstens eine Hose und einen alten Zylinder tragen, die Deirdre viel lieber gewesen wären als ihr altjüngferlicher Rock und die Mütze.

Voller Sehnsucht dachte sie an ihr federleichtes Kleid aus dem *Sommernachtstraum,* während sie den formlosen Pullover und die schweren Stiefel anzog. Im linken befand sich etwas, also schlüpfte sie noch einmal heraus, um ihn sich genauer anzusehen. Dann holte sie das Ding, das sie darin gespürt hatte, heraus. Es war ein gebrauchtes Hühneraugenpflaster. Sie ließ es sofort fallen.

»Igitt, Jenny! Da ist ein gebrauchtes Hühneraugenpflaster in meinem Stiefel! Igitt, igitt, igitt!«

»Tut mir Leid, Deirdre. Roxanne hat 'ne ganze Ladung Schuhe von dem Secondhand-Laden ein paar Häuser weiter geholt. Da haben wir schon schlimmere Sachen gekriegt. Aber ich erspare dir lieber die Einzelheiten.«

Roxanne hätte sich auch die Mühe machen können, in die Schuhe zu schauen, bevor sie sie austeilte, dachte Deirdre und schlüpfte vorsichtig wieder in den Stiefel, als erwarte sie, von ihm gebissen zu werden.

»Perfekt!«, rief Jenny voller Freude aus, als Deirdre aus der kleinen Umkleidekabine trat. Dann betrachtete sie sie kritisch, zupfte hier und da und erklärte ein paar Einzelheiten, die noch verändert werden mussten. Deirdre sah sich im Spiegel an und wäre am liebsten im Erdboden versunken. Sebastian hatte erwähnt, dass er zum Premierenabend kommen würde. Was würde er denken, wenn er sie so sah?

Da ging die Tür auf, und Sophie kam hereingetänzelt, das Handy in der Hand. Sie blieb wie angewurzelt stehen, als sie Deirdre sah, und stieß ein schrilles Lachen aus. »Wow – die Landstreicherin aus den irischen Sümpfen! Entschuldige, Daddy, ich muss aufhören. Mir hat's die Sprache verschlagen. Ja, danke noch mal, Dad.« Dann schaltete sie das Handy aus und musterte Deirdre von oben bis unten. »Ich muss schon sagen, Deirdre, du siehst völlig wahnsinnig aus. Todschick. Und die Mütze ist das heißeste überhaupt. Du solltest dir öfter mal ein neues Kostüm verpassen lassen.« Als sie wieder zu lachen begann, bedachte Deirdre sie mit einem bösen Blick, und Jenny machte ein säuerliches Gesicht.

»Schlüpf auch mal in dein Kostüm, ja, Sophie?«, sagte sie. »Es hängt da drüben am Ständer. Dein Name steht dran.«

Während Sophie die Sachen an dem Ständer durchging, beschäftigten Deirdre düstere Gedanken. Hoffentlich, so dachte sie, war Sophies Kostüm noch schlimmer als ihr eigenes. Sie konnte es gar nicht erwarten, dass Sophie aus der Umkleidekabine kam und vor den Spiegel trat. Deirdre würde sich auf jeden Fall zusammenreißen und nicht lachen. Das schien ihr doch ein bisschen zu kindisch. Bestenfalls würde sie sich ein spöttisches Grinsen erlauben.

»Die dreißiger Jahre waren wirklich eine düstere Zeit, was, Jenny?«, sagte sie und versuchte, ihr Spiegelbild nicht anzuschauen.

»Ja, stimmt. Es war Davids Idee, das Stück in die Zeit zwischen den Kriegen zu verlegen. Das ist ein erheblicher Kontrast zum *Sommernachtstraum*, was?«

»Hm«, antwortete Deirdre und gab sich Mühe, nicht zu düster zu klingen. »Was trägt Lady Macbeth?«

»Ach, Eva kriegt ein tolles Kostüm.« Jenny hatte mittlerweile ihrer Gewandmeisterin alle Anweisungen diktiert und trug gerade weitere Einzelheiten in ein großes Notizbuch ein. »In der Bankettszene trägt sie weißen Satin, ein Kleid, das sich an den Entwürfen von Vionnet orientiert. Du weißt schon, diese herrlichen Roben, die richtig schön fließen, wenn man sich bewegt. Lady Macbeth wäre damals eine ausgesprochen modebewusste Frau gewesen, haben wir uns gedacht, und hätte wahrscheinlich ausschließlich Designerklamotten getragen. Tja, und da ist mir auch die Idee für Sophies Kostüm gekommen.«

Roxanne brachte einen todschicken Seidenpyjama auf einem Kleiderbügel.

»Der ist für Lady Macbeth in der Schlafwandelszene«, sagte Jenny und deutete auf den Pyjama. »Was habe ich gerade gesagt? Ja, genau. Du weißt ja, dass wir den Eindruck vermitteln wollen, als hätten die drei Hexen ihre Sachen aus einem Secondhand-Laden. Tja, Sophie hat Glück gehabt. Sie war an dem Tag im Secondhand-Laden, als Lady Macbeth ihre Sachen von der letzten Saison hingetragen hat.«

Deirdre hörte nicht richtig zu, weil sie sich nicht für Sophies Kostüm interessierte. Sie hätte das Gespräch viel lieber auf die nächste Produktion gelenkt, um herauszufinden, was sie als Ophelia tragen würde. »Ach ja?«, sagte sie deshalb nur. Sie wollte gerade fragen, in welcher Zeit *Hamlet* spielen würde, als Sophie aus der Umkleidekabine trat.

»Schaut, hier ist sie, meine schöne Chanel-Nachahmung!«, rief Jenny aus.

Sophie trug ein atemberaubendes Goldlamé-Abendkleid mit einer dazu passenden, gefältelten Jacke und lächelte glücklich. Es war ein großer Riss im Rock, ein Ärmel der Jacke fehlte, und am Saum klebte eine ganze Menge Schmutz, damit das Kostüm so aussah, als komme es tatsächlich aus einem Secondhand-Laden, aber trotzdem wirkte es noch immer schick, und Sophie stand es gut. Die eine nackte Schulter wirkte ausgesprochen sexy, und der eng geschnallte Gürtel brachte ihre schmale Figur wunderbar zur Geltung.

Deirdre wurde übel. »Soll ich jetzt mal das Kostüm der Kammerzofe anprobieren, Jenny?«, fragte sie so unbeteiligt wie möglich. Sie brauchte eine Ausrede, um sich von Sophie entfernen zu können.

»Ja, bitte, Deirdre. Da könnte es Probleme geben. Ich habe das Gefühl, dass es ein bisschen zu elegant sein könnte.« Dann wandte sie sich wieder Sophie zu. »Ich glaube, ich muss das Kleid noch ein bisschen abgerissener wirken lassen, Sophie. Du siehst so toll drin aus, dass du die anderen Hexen an die Wand spielst.«

»Das ist sowieso kein großes Kunststück!«, lachte Sophie.

Deirdre verschwand mit dem Gefühl in die Umkleidekabine, dass es nicht mehr schlimmer kommen konnte. Irgendwie musste sie Sophie wissen lassen, dass Sebastian sie im Taxi geküsst hatte – vielleicht würde es ihr wieder ein bisschen besser gehen, wenn ihre Rivalin davon erfuhr.

Sie befanden sich mittlerweile in der dritten Probenwoche zu *Macbeth,* und Deirdre stellte fest, dass ihr das Stück nicht so viel Spaß machte wie der *Sommernachtstraum.* Die Proben waren längst nicht so anspruchsvoll, und sie stand ziemlich oft nur müßig herum. Trotz allem fehlte Rory ihr ein bisschen. Wenigstens hatte er sie immer zum Lachen gebracht.

Sie wusste außerdem, dass sie sich nicht richtig auf ihre Arbeit konzentrierte. Statt David zu beobachten wie noch bei den Proben zum *Sommernachtstraum* und von ihm zu lernen, dachte sie die ganze Zeit nur an die Ophelia. Sie hatte sogar begonnen, am Abend, wenn sie wieder zu Hause war, *Hamlet* zu lesen, statt ihre Hausaufgaben zu *Macbeth* zu machen. Sie rechtfertigte das damit, dass die Ophelia eine sehr viel schwierigere Rolle war als die erste Hexe oder Lady Macbeths Kammerzofe. Doch dann fiel ihr wieder ein, was David Lawless an jenem Abend auf der Terrasse von Meagher's gesagt hatte: Es gab keine kleinen Rollen, sondern nur kleine Schauspieler; und sie bekam ein schlechtes Gewissen.

Sie hatte außerdem ein schlechtes Gewissen, weil sie während der Proben so oft an Sebastian denken musste und sich vorstellte, wie es wäre, mit ihm zusammenzuarbeiten. Es war schon merkwürdig, dachte sie, dass das Ende ihrer Besessenheit von David Lawless etwa zeitgleich mit dem Beginn seiner neuerlichen Verbindung mit Eva Lavery eingetreten war. David war wohl so etwas wie eine Vaterfigur für sie gewesen. Wahrscheinlich war es vernünftiger, sich auf jemanden im gleichen Alter zu konzentrieren – besonders wenn dieser Jemand so attraktiv wie Sebastian war.

Er war an seinem letzten Abend in Dublin nicht mit seiner alten Freundin im Meagher's aufgetaucht. Deirdre musste zugeben, dass sie ihn zwar gern wieder gesehen, aber mit Sicherheit Rorys spöttischen Gesichtsausdruck beim Anblick von Sebastian mit einer anderen Frau nicht ertragen hätte.

Sie musste viel an den Kuss denken, den Sebastian ihr gegeben hatte, und überlegte, was er letztlich bedeutete. Sie war ein wenig verwirrt – hatte er vor, mit ihr ins Bett zu gehen, oder hatte er nur einfach den Eindruck gehabt, dass es sich gehörte, eine junge Frau auf dem Rücksitz eines Taxis zu küssen? Schließlich hatte sie schon eine ganze Menge junge Männer in Taxis geküsst, ohne dass mehr daraus geworden wäre. Vielleicht war es nur ein Kuss unter Freunden gewesen. Ganz sicher hatte er keinerlei Ähnlichkeit mit den leidenschaftlichen Küssen Rorys gehabt.

Sie bekam eine Gänsehaut, als sie an diese Küsse dachte. Gott sei Dank sah sie ihn in letzter Zeit nicht allzu oft. Sie ging ihm sowohl während der Proben als auch hinterher im Pub aus dem Weg. Ihre Hoffnung, dass Eva ein paar von der Truppe überreden könnte, nicht mehr zu Meagher's, sondern ins O'Riordan's zu gehen, hatte sich nicht erfüllt. David und Eva kamen kaum noch ins Meagher's. Wahrscheinlich waren sie damit beschäftigt, all das nachzuholen, was sie versäumt hatten.

Deirdre besuchte Eva hin und wieder auf einen Plausch in ihrer Garderobe. Sie wusste, dass es für eine junge Nachwuchsschauspielerin eher ungewöhnlich war, eine so enge Beziehung zu jemandem wie Eva Lavery zu haben, aber das hatte sich nach der Einladung zu Eva nach Hause ganz natürlich ergeben. Zufällig erfuhr Deirdre sogar durch Nick McCarthy, dass Eva David vorgeschlagen hatte, er solle ihr die Rolle der Hermia im *Sommernachtstraum* geben. Sie war so etwas wie eine Protegée von Eva geworden, und das war eine große Ehre. Manchmal spielte sie mit dem Gedanken, die Schauspielerin zu Hause zu besuchen, aber da sie nun wusste, dass David Lawless mit ihr zusammenwohnte, ließ sie das lieber bleiben.

Sie sah Eva immer noch bei der Arbeit zu, wenn sie sich gedanklich nicht gerade mit Hamlet und Ophelia beschäftigte. Eva spielte die Lady Macbeth absolut emotionsgeladen, und mehr als einmal passierte es Deirdre, dass sie von ihrer Darstellung völlig gefangen war und ihren eigenen Einsatz als Kammerzofe verpasste.

Die Szene in Akt eins, in der Lady Macbeth ihren Mann drängt, Duncan zu ermorden, steckte voller Adrenalin und Energie – Eva und Finbar ergänzten sich genauso perfekt wie an den Abenden, an denen sie Titania und Oberon spielten –, und wenn sie ihnen zusah, hielt sie manchmal vor Spannung den Atem an. Besonders eine Stelle faszinierte sie wegen der Heftigkeit, mit der Eva sie spielte. Deirdre kannte sie auswendig und sprach den Text stumm mit, wenn Eva ihn probte:

Ich hab gesäugt und weiß,
Wie süß, das Kind zu lieben, das ich tränke;
Ich hätt, indem es mir entgegenlächelte,
Die Brust gerissen aus den weichen Kiefern
Und ihm den Kopf geschmettert an die Wand,
Hätt ich's geschworen, wie du dieses schwurst.

Eva sprach diese Stelle mit solcher Heftigkeit, dass sie eines Nachmittags bei den Proben zu weinen anfing. Die Truppe schwieg, als David den Arm um sie legte und sie eine Weile festhielt, bis sie sich ein wenig beruhigt hatte. Dann sagte er den anderen, sie sollten fünfzehn Minuten Pause machen, und ging mit ihr hinaus.

Es war merkwürdig, dachte Deirdre, dass die Schauspielerin solche Mühe hatte, ausgerechnet in dieser Szene ihre Gefühle im Zaum zu halten. Ein bisschen erinnerte sie das an den Text aus dem *Sommernachtstraum*, als Titania von ihrem »Wechselkind« spricht – genau jene Szene also, auf die David Lawless sie während der Proben eigens aufmerksam gemacht hatte. Damals hatte sie auch Schwierigkeiten gehabt, sich unter Kontrolle zu halten.

Als Deirdre in die Cafeteria ging, hörte sie Finbar de Rossa zu Nick McCarthy sagen: »Das ist die biologische Uhr, wenn du mich fragst. Eva überlegt sicher, ob's schon zu spät ist, noch Kinder zu kriegen – besonders jetzt, wo sie und David wieder zusammen sind. Wahrscheinlich ist sie im Moment einfach ein bisschen down.«

Vermutlich, dachte Deirdre, hatte Finbar Recht – auch wenn er sonst nicht gerade für seine scharfsinnigen Analysen der weiblichen Psyche bekannt war. Arme Eva. Vielleicht wollte sie tatsächlich noch ein Baby, und die Anspielungen auf die Babys in den Stücken brachten sie aus der Fassung.

Am späten Sonntagvormittag ging Deirdre zu ihrem Sparmarkt, um ein paar Dosen zu kaufen. Eigentlich hatte sie gehofft, noch einmal zu ihren Eltern hinauszufahren, um etwas Vernünftiges zu essen zu bekommen, aber die beiden waren in den Westen von Irland gereist, um ihre Großmutter zu besuchen. Deirdre hatte von den Feiern zur letzten Aufführung des *Sommernachtstraums* am Abend zuvor noch einen Kater und wusste, dass es nicht gut war, einen Tag vor der technischen Besprechung und der Generalprobe viel zu unternehmen, also beschloss sie, die Zeit bis dahin zusammen mit *Macbeth* und den Sonntagszeitungen in ihrer Wohnung zu verbringen.

Als sie um die Ecke bog, sah sie einen schmutzigen weißen Karmann Ghia im Parkverbot vor dem Supermarkt stehen. Sie wusste gleich, dass das der Wagen von Eva war. Eva, die lange Ohrringe, dafür aber keine Schuhe trug, kaufte gerade Zeitungen und Croissants in dem Laden und wirkte ziemlich fehl am Platz. Deirdre war bis dahin gar nicht in den Sinn gekommen, dass auch Eva Lavery so alltägliche Dinge wie Einkaufen tun könnte.

»Hallo, Schätzchen!«, sagte sie, als Deirdre auf sie zukam. »Was für ein Glück, dass ich dich hier treffe. Komm doch mit zu mir und frühstücke mit mir. Du kannst mir ein Stündchen oder zwei Gesellschaft leisten. David ist bei Morgengrauen nach London aufgebrochen, und ich bin schrecklich einsam.«

»Gern«, sagte Deirdre glücklich. »Warum trägst du denn zum Einkaufen die Kronjuwelen?«

»Die Kronjuwelen?«

Deirdre deutete auf ihre Ohrringe. »Ach, die! Die sind toll, findest du nicht auch? Ich hab wahrscheinlich vergessen, sie auszuziehen, bevor ich gestern Abend ins Bett bin.« Sie suchte in ihrer Tasche nach Geld. »Wenn du mit zu mir kommst, habe ich eine Ausrede und muss nicht sofort die Spülmaschine einräumen. Wir haben gestern Abend nach der Vorstellung Besuch gehabt, und dementsprechend sieht's aus. Bitte noch zwei Croissants«, sagte sie zur Verkäuferin.

Deirdre folgte Eva zu ihrem Wagen und machte sich auf eine hektische Fahrt zu Evas Wohnung gefasst, doch zum Glück war auf den sonntäglichen Straßen nicht viel los.

Eva hatte Recht gehabt: In ihrer Wohnung herrschte tatsächlich Chaos. Auf dem langen Refektoriumstisch befanden sich gebrauchte Servietten, halb leere Weingläser, Teller mit Käseresten und schmutzige Kaffeetassen. Im ganzen Raum verstreut standen Vasen voller Blumen, und an der hinteren Tür waren einige Weinflaschen aufgereiht, die aussahen, als wollten sie gleich losmarschieren. Deirdre sah einen Zettel in Davids Handschrift auf dem Tisch, der unter ein kleines Schmuckdöschen geschoben worden war.

»Achte nicht auf das Durcheinander, Schätzchen. Geh einfach raus in den Garten. Ich bringe gleich den Kaffee. Verdammt, ich muss zuerst die Kanne spülen.«

»Das mach ich schon, Eva«, erbot sich Deirdre.

»Lass mal. Ich bitte dich lieber, mir später beim Einräumen der Spülmaschine zu helfen. Das hasse ich nämlich.«

»Ich dachte, Kochen hasst du auch. Was habt ihr denn mit den Leuten gestern Abend gemacht?«

Eva sah sie verständnislos an. »Die hat natürlich David bekocht, Schätzchen«, sagte sie.

Deirdre ging zum Garten hinaus, wo ein blauer Holztisch und vier dazu passende Stühle standen, die Deirdre noch eine Woche zuvor im Schaufenster von Habitat gesehen hatte.

Evas Garten war ziemlich verwildert, aber schön. Drei breite Stufen wurden von zwei riesigen japanischen Vasen flankiert, und der lange Rasenstreifen wurde von dicht bepflanzten Blumenbeeten gesäumt. Am anderen Ende des Gartens befand sich eine Pergola, an der zahllose kleine, pinkfarbene Rosen hochkletterten. Deirdre schlenderte einen mit Schieferplatten belegten Weg entlang und fragte sich, wie ein so hübscher, abgeschiedener Ort nur ein paar Minuten vom Stadtzentrum entfernt existieren konnte. Die hohen, efeubedeckten Wände verhinderten, dass die Nachbarn in Evas Garten schauten. Unter der Pergola standen zwei Liegestühle. Daneben befanden sich eine von der Sonne vergilbte Ausgabe der *Irish Times* sowie eine Samuel-Beckett-Biografie. In einer Nische war ein von rosafarbenen Blumen überwucherter kleiner Teich. Deirdre sah einen toten Fisch darin treiben.

»Eva? Da ist ein toter Fisch in deinem Teich«, rief Deirdre der Schauspielerin zu, als diese mit einem großen Holztablett auf die Terrasse trat.

»Scheiße. Wieder ein Koi hinüber. Ich hab völlig vergessen, David zu bitten, dass er den Teich sauber macht. Jetzt kriege ich wieder Ärger mit Barbara.«

»Wer ist denn Barbara?«, fragte Deirdre, als sie sich zu Eva gesellte.

»Sie macht den Garten für mich. Sie braucht die Pflanzen nur anzuschauen, und schon gedeihen sie. Wenn ich sie ansehe, gehen sie sofort ein. Deshalb trage ich im Garten sogar im Winter eine Sonnenbrille, damit die Pflanzen nicht merken, dass ich sie anschaue.« Eva schenkte den Kaffee ein. »Setz dich doch, Schätzchen. Nimm dir ein Croissant.«

»Was macht David denn in London?«, fragte Deirdre.

»Er trifft sich für die nächste Produktion der Royal Shakespeare Company mit Schauspielern.«

»Am Sonntag?«

»Das ist sein einziger freier Tag. Wenn er heute Abend zurückkommt, geht er sofort ins Theater. Wahrscheinlich sehe ich ihn erst morgen früh wieder.«

»Trifft er in London auch Sebastian?« Deirdre merkte erst, als die Worte schon heraus waren, dass ihr Versuch, nonchalant zu klingen, missglückt war.

»Nein«, sagte Eva. »Sebastian gefällt dir, was, Schätzchen?«, fragte sie.

Deirdre war schockiert über die Direktheit der Schauspielerin. »Ach, nun, ich meine, ich weiß es nicht so genau«, erwiderte sie, plötzlich unsicher geworden. »Wahrscheinlich schon. Er ist wirklich nett. Und ausgesprochen attraktiv.«

»Das ist noch kein Grund, auf jemanden zu stehen, Deirdre. Ich stehe auf David, aber er ist kein Adonis.«

»Aber David ist ganz schön sexy.« Die Worte waren heraus, bevor Deirdre sie zurückhalten konnte.

Eva musste lachen. »Ach, Deirdre, du wirst ja rot! Ja, du hast Recht. Er ist der erotischste Mann, den ich kenne, und ich kann mich glücklich schätzen, ihn zu haben. Ich habe auch weiß Gott lange genug auf ihn gewartet«, fügte sie nachdenklich hinzu und trank dann einen Schluck Kaffee. »Weißt du was, Schätzchen? Wenn du nicht gewesen wärst, wären wir vielleicht nie zusammengekommen.«

»Was meinst du damit, Eva?«, fragte Deirdre.

»Weißt du noch, wie du mir erzählt hast, dass er sich eine Tätowierung hat machen lassen?«

»Ja.«

»Das war ein Zeichen für mich, dass er an einem Wendepunkt in seinem Leben angekommen war und ich ihn retten musste, indem ich ihn wieder in mein Bett holte.«

Deirdre war einigermaßen schockiert über Evas Offenbarung, wollte aber unbedingt erfahren, was die Schauspielerin damit meinte. »Was heißt das, Eva?«

»Vermutlich weißt du, dass wir schon mal eine Beziehung hatten, übrigens eine ziemlich leidenschaftliche.« Sie betrachtete lächelnd ihren Teller.

»Ja, das weiß ich«, gab Deirdre zu.

Evas Lächeln wurde breiter. »Es hätte mich auch überrascht, wenn du's nicht gewusst hättest. In dieser Stadt gibt's keine Geheimnisse. Jedenfalls«, fuhr sie fort, während sie ein Stück Croissant herunterriss und mit Butter bestrich, »waren David und ich einmal so vernarrt ineinander, dass wir beschlossen, wir bräuchten ein dauerhaftes Symbol unserer unvergänglichen Liebe. Und dann wollten wir eines Nachmittags gemeinsam zu einem Tätowierer gehen und uns das gleiche Tattoo machen lassen.«

»Zu Johnny Eagle's?«

»Genau. Woher weißt du das?«

»Rory hat seines auch dort machen lassen.« Hätte sie doch Rorys Tätowierung nicht erwähnt! Das erinnerte sie wieder daran, wie sie die Nägel in seinem Rücken vergraben hatte.

»Ach, das ist ja interessant«, sagte Eva lächelnd und fuhr dann fort. »Tja, David ist nicht aufgetaucht, und ich war ziemlich sauer. Also hab ich mir kein romantisches Tattoo mit Herzchen und Blumen machen lassen, sondern mich für etwas Aggressiveres entschieden. Ich hätte einen Tiger oder einen Drachen nehmen können, aber das habe ich ein bisschen zu männlich gefunden. Ich wollte etwas Schönes, aber trotzdem Wildes, und da habe ich Johnny gebeten, …«

»… einen Kampffisch zu tätowieren«, sagte Deirdre.

»Du bist ja ganz schön auf Draht heute, Schätzchen. Woher weißt du das?«

»Ich hab den Fisch an dem Tag, an dem du mich um die Massage gebeten hast, gesehen.«

»Wie aufmerksam!« Eva lächelte sie über den Rand ihrer Tasse hinweg an.

»Und wo war David?«, fragte Deirdre vorsichtig.

Schweigen, dann sagte Eva: »Das habe ich erst am nächsten Tag rausgefunden. David war in das Haus von Ann Fitzroys Vater gerufen worden. Dort hat man ihm erklärt, dass ihm nichts anderes übrig bleibt, als die Verantwortung dafür zu übernehmen, dass er Mr. Fitzroys Tochter geschwängert hatte, und sie zu heiraten.«

Deirdre sagte nichts. Eva schaute auf die Pflanzen. Sie schwiegen beide eine Weile, dann fuhr Eva fort: »Es heißt, dass sie eine Fehlgeburt gehabt hat.« Dabei schüttelte sie leicht den Kopf. »Armer David«, fuhr sie fort. »Nicht nur ich habe Schreckliches durchgemacht, sondern auch er. Er ist über zwei Jahrzehnte nicht aus dieser Ehe herausgekommen.«

»Warum ist er denn bei ihr geblieben?« Sie hätte es keine fünf Minuten in Ann Fitzroys Gesellschaft ausgehalten.

»David ist der integerste Mensch, den ich kenne.« Eva beugte sich ein wenig vor, stützte die Ellbogen auf den Tisch und wölbte die Hände um die Kaffeetasse. »Er hat sich ein paar Jahre lang abgemüht, damit die Ehe funktioniert. Er hat mich sogar gebeten, die Beziehung mit ihm heimlich weiterzuführen, aber ich wusste, dass ich das nicht ertragen würde. Ich wollte entweder alles oder gar nichts.« Sie trank einen Schluck Kaffee. »Als seine Tochter Aoife zur Welt kam, hat David geschworen, dass er den Schein aufrechterhalten würde, bis sie alt genug wäre, von zu Hause auszuziehen. Tja, und jetzt ist es so weit – bald geht sie nach England, genauer gesagt nach Cambridge. Sie ist ein sehr kluges Mädchen. David liebt sie abgöttisch.«

Er hatte seine Tochter Aoife genannt, die irische Form von »Eva«.

Da begann das schnurlose Telefon auf dem Tisch vor ihnen zu klingeln. Eva nahm es und drückte auf den Sprechknopf. »Hallo?«, sagte sie. »Ach, hallo, Schatz.« Die Schauspielerin lehnte sich entspannt auf ihrem Stuhl zurück. »Nein, ich bin noch nicht lange auf. Ach, ich sitze gerade im Garten und frühstücke. Noch nicht – ich verspreche dir, dass ich meine Hausaufgaben später noch machen werde. Ja, ich hab's gefunden. Es ist wunderschön, danke, Schatz.« Eva streckte die linke Hand aus, um sie zu bewundern. Deirdre folgte ihrem Blick. Eva trug einen Diamantring, den sie noch nie zuvor an ihr gesehen hatte. Er funkelte im Sonnenlicht.

Mein Gott, wie romantisch, dachte sie. Sie war richtig

stolz darauf, dass sie geholfen hatte, die beiden wieder zusammenzubringen.

»Nein, nicht zu einsam, danke«, sagte Eva gerade. »Als ich im Supermarkt die Zeitungen geholt habe, bin ich Deirdre O'Dare über den Weg gelaufen und hab sie gleich mitgenommen, damit sie mir Gesellschaft leistet. Ja, sie ist noch da.«

Deirdre stand auf und stellte Tassen und Teller aufs Tablett, dann verschwand sie in Richtung Küche. Unterwegs nahm sie noch ein paar leere Weingläser mit. Während sie begann, die Spülmaschine einzuräumen, dachte sie darüber nach, was Eva und David hatten durchmachen müssen.

Was, fragte sie sich, hatten zwei verlorenen Jahrzehnte die beiden wohl gekostet?

15

Der Premierenabend nahte, und Deirdre nahm schweren Herzens ihr hässliches Hexenkostüm vom Kleiderständer. Die Füße sprühte sie sich mit Fußspray von Dr. Scholl ein, bevor sie in die Stiefel aus dem Secondhand-Laden schlüpfte. Sophie trieb sich so lange wie möglich in der Garderobe herum, damit sie immer wieder in ihrem schicken Kleid an ihr vorbeistolzieren konnte.

Das Kostüm, das Jenny sich für Maeve ausgedacht hatte, basierte auf einem Entwurf von Schiaparelli: eine Paillettenjacke über einer grell pinkfarbenen, engen Hose. Nicht jeder hätte so etwas Dramatisches tragen können, doch Maeve war groß genug und sah toll darin aus.

Deirdre trottete ziemlich unglücklich hinunter zur Bühne, doch zu ihrer großen Überraschung kicherte niemand oder sah sie auch nur fragend an – nicht einmal Rory. Erst jetzt wurde ihr klar, dass ein Schauspieler genauso wenig eitel sein durfte wie ein Stuntman ängstlich.

Wenigstens musste sie Rory jetzt nicht jeden Abend küssen. In der letzten Woche des *Sommernachtstraums* hatte sie die Male gezählt, die sie ihn noch umarmen musste, und die letzte Vorstellung hatte sie in dem stolzen Gefühl hinter sich gebracht, dass sie eine ziemlich gute Schauspielerin sein musste, wenn sie es schaffte, jemanden zu küssen, den sie so sehr hasste.

Sebastians Karte, mit der er der Truppe viel Glück für die Premiere von *Macbeth* wünschte, war einen Tag zu früh gekommen. Sie hing mit all den anderen Karten am Schwarzen Brett in der Garderobe, an dem schon wenige Tage später wieder Mitteilungen der Schauspielergewerkschaft, wiederholte vergebliche Bitten der Theaterleitung, das Rauchen in der Garderobe zu unterlassen, sowie Probenpläne hängen würden. Und diesmal würde auch Sebastians Name darauf stehen! Deirdre konnte die Proben für die Mausefalle-Szene, die Szene, in der Hamlet den Kopf in Ophelias Schoß legt, kaum noch erwarten.

Sebastian hatte ihr auch eine eigene Karte, eine Reproduktion von Gustav Klimts »Der Kuss«, mit der Botschaft geschickt: »Viel Glück heute Abend – wir sehen uns nach der Vorstellung. Alles Liebe, Sebastian«. Die Einzige, die sonst noch eine Karte von ihm bekommen hatte, war Eva. Deirdre rächte sich für Sophies Hänseleien wegen des Kostüms, indem sie ihr die Karte von Sebastian vorlas und das »Alles Liebe« am Schluss besonders betonte.

Deirdre besuchte Eva in ihrer Garderobe, in der wieder überall Blumen standen, um ihr eine der Zeichnungen zu bringen, die sie während der Proben von ihr gemacht hatte. Diesmal hatte sie mehr Zeit gehabt und war stolz auf das Ergebnis, auf die Porträts von allen Mitgliedern der Truppe. Rory und Sophie hatte sie eigentlich nichts schenken wollen, aber das hätte dann so ausgesehen, als nehme sie sie überhaupt nicht wahr, und so hatte sie beschlossen, ihnen ziemlich unvorteilhafte Karikaturen von sich zu geben. Besonders angetan war sie von der Rorys. Er hatte während der gesamten Proben Eva mit lüsternen Blicken verfolgt, und so sah er auf seiner Zeichnung aus, als schiele er.

»Das ist ja toll, Schätzchen!«, rief Eva aus, als Deirdre ihr das Porträt überreichte. »Du hast ja richtig Talent! Das werde ich rahmen lassen und zu den Fotos an die Wand hängen.« Eva lächelte sie an und legte dann den Kopf ein wenig schräg. »Nein, ich habe noch eine bessere Idee. Ich stecke die Zeichnung in einen von diesen Standrahmen, und dann muss David sie jedes Mal, wenn er verreist, mitnehmen. Vielleicht erinnert ihn das daran, dass ich ausgesprochen eifersüchtig bin. Danke, Schätzchen. Ich bin ganz gerührt.«

Erfreut wandte Deirdre sich zum Gehen, doch ein Aufschrei der Schauspielerin brachte sie dazu, sich noch einmal umzudrehen.

»Oh – wie schrecklich!« Sie hatte gerade einen der Umschläge in die Hand genommen und das Blatt Papier herausgenommen, das darin steckte. Sie ließ es fallen, als sei es glühend heiß.

»Was ist denn los, Eva?«

Die Schauspielerin gab ihr keine Antwort. Sie war leichenblass und hatte die Hände vors Gesicht geschlagen. Eine ganze Weile blieb sie regungslos sitzen.

Deirdre machte sich große Sorgen. Sie wollte wissen, was Eva so aus der Fassung gebracht hatte. Ohne weiter nachzudenken, bückte sie sich, hob das Blatt Papier auf und sah es sich an. Es stand lediglich ein maschinenschriftlicher Satz ohne Unterschrift darauf. Er lautete: »Gebär mir Söhne nur!« Deirdre begriff sofort. Der Satz war ein Zitat aus *Macbeth*, genauer gesagt vom Schluss des ersten Aktes.

»Was soll das heißen?«, fragte Deirdre verwirrt.

Eva ließ die Hände in den Schoß sinken. Sie atmete tief durch, bevor sie sagte: »Ach, nichts. Es ist nicht wichtig.« Sie war immer noch blass und wirkte ziemlich durcheinander. »Hör zu, Deirdre. Aber das, was ich dir jetzt sage, *ist* wichtig. Du darfst niemandem etwas davon erzählen – niemandem, hörst du? Versprichst du mir das?«

Deirdre war sich nicht sicher, ob sie ihr das versprechen sollte. »Und was ist mit David, Eva? Glaubst du nicht, dass du es ihm sagen solltest? Vielleicht könnte er dir helfen – möglicherweise weiß er ja, was das bedeuten soll.«

»Auf keinen Fall. Bitte versprich mir, dass du David kein

Wort davon sagen wirst. Damit werde ich allein fertig – wirklich.« Eva versuchte es mit einem müden Lächeln.

»Na schön, ich versprech dir's, Eva.« Deirdre hatte immer noch ihre Zweifel, und sie war alles andere als überzeugt davon, dass Eva das Richtige tat, aber sie hatte ihr Ehrenwort gegeben, und Deirdre O'Dare hielt ihre Versprechen. »Kann *ich* denn irgendetwas tun?«

»Nein. Doch. Bitte nimm den Umschlag und sieh nach, ob ein Poststempel drauf ist. Ich mag das Ding nicht mehr anfassen.«

Deirdre tat ihr den Gefallen. Auf der Vorderseite des Kuverts stand lediglich maschinenschriftlich »Für Eva Lavery«. Es befand sich weder ein Absender noch eine Briefmarke darauf. »Jemand hat den Brief persönlich hier abgeliefert, Eva«, sagte Deirdre mit leiser Stimme.

»Gut.« Die Schauspielerin atmete noch einmal tief durch. »Und jetzt hör mir noch einmal zu, Deirdre. Ich möchte, dass du Folgendes machst: Bitte nimm den Umschlag und den Brief und zerreiß beides in kleine Stücke, ja? Und dann lass die Stücke verschwinden. Es ist mir egal, wie, solange du dafür sorgst, dass sie wirklich vernichtet sind.«

Deirdre blieb mit Umschlag und Brief in der Hand stehen. Sie wollte die Schauspielerin nicht allein lassen, die immer noch ziemlich aus der Fassung war.

»Bitte, Deirdre. Ich komme schon zurecht, wirklich.«

»Bist du dir ganz sicher?«

Eva nickte.

»Na schön.« Deirdre steckte den Brief in die Tasche ihres Morgenmantels, küsste Eva auf die Wange und machte sich auf den Weg zur Tür. »Viel Glück heute Abend, Eva«, flüsterte sie.

»Danke, Deirdre. Dir auch viel Glück.« Das Lächeln der Schauspielerin wirkte gezwungen. Erst jetzt merkte Deirdre, dass sie noch nie ein gezwungenes Lächeln an Eva gesehen hatte.

Als Deirdre wieder in ihre Garderobe zurückkam, stand ein kleiner runder Kaktus mit winzigen rosafarbenen Blüten auf ihrem Tisch. Er war von Rory McDonagh. Auf die dazugehörige Karte hatte er geschrieben: »Ha! Deirdre O'Dare ist nicht die Einzige, die kindisch sein kann! Viel Glück heute Abend, böse kleine Hexe. Von Rory. PS: Die Knutscherei wird mir fehlen.«

Deirdre seufzte und verdrehte die Augen. Sie wollte die Karte gerade zerreißen und in den Abfalleimer werfen, als sie in ihrem Spiegel den Tisch von Sophie Burke sah. Um ihren Spiegel herum hingen so viele Karten, dass das Ganze ausschaute wie eine Collage von Jeff Koons. Deirdres Tisch wirkte im Vergleich dazu ziemlich leer. Doch ein Blick auf den von Kate und Maeve baute sie wieder ein wenig auf. Die beiden anderen Schauspielerinnen hatten auch nicht mehr Karten als sie.

Sie überlegte, was besser wäre: Sollte sie ihren Prinzipien folgen und Rorys Karte wegwerfen – was sie verdiente –, oder doch lieber der Versuchung nachgeben, sie zu den anderen an den Spiegel zu hängen? Eine besonders hübsche Karte war's nicht, dachte sie, als sie sie herumdrehte. Es war das Bild eines Schafes drauf. Oder war das eine Ziege? Das Tier war so schlecht gezeichnet, dass man das nicht so genau sagen konnte. Rory hatte wirklich keinen Geschmack. Trotzdem, die Karte würde ihre Sammlung vergrößern. Kurz entschlossen klebte sie sie an den Spiegel, in der Hoffnung, dass niemand die Frechheit besitzen würde, den Text zu lesen. Das Gesicht des Tieres sah doch gar nicht so unintelligent aus. Wahrscheinlich, dachte sie, hatte er sich daran erinnert, dass sie Steinbock war.

Deirdres Sorge um Eva ließ ihre eigene Aufregung in den

Hintergrund treten. Aufmerksamer als sonst verfolgte sie von ihrem Platz hinter der Bühne die Vorstellung, doch Eva wirkte völlig ruhig. Ihre Leistung schien Deirdre genauso gut wie in der Generalprobe zu sein.

In der Pause schickte Eva nach Deirdre. »Hast du's vernichtet?«, fragte sie.

Deirdre nickte. »Ja. Ich hab Brief und Kuvert zerrissen und in der Damentoilette entsorgt.«

Eva lächelte. »Kluges Mädchen. Danke, Schätzchen, jetzt hast du was gut bei mir.«

»Wie geht's dir, Eva?« Deirdre fand, dass die Schauspielerin immer noch ein bisschen blass aussah.

»Besser, danke. So ein anonymer Brief kann mich nicht aus der Ruhe bringen, Deirdre. Und meinen Auftritt lasse ich mir dadurch schon gar nicht verderben. Allerdings könnte es sein, dass ich nach der Vorstellung nicht mehr zu Meagher's gehe.« Eva saß an ihrem Garderobentisch, den Kopf in die Hände gestützt. Plötzlich wirkte sie ziemlich verletzlich, und Deirdre hatte Mitleid mit ihr. Sie nahm die Schauspielerin in den Arm.

»Ich finde dich wunderbar, Eva«, sagte sie.

»Danke, Schätzchen. Ich finde dich auch wunderbar. Viel Spaß beim Rest der Vorstellung.«

Die Aufführung war ein Riesenerfolg. Während Deirdre sich verbeugte, fragte sie sich, wie es wohl wäre, in einem Flop mitzumachen. Sie wusste, dass sie sagenhaftes Glück hatte, für David Lawless zu arbeiten. Sie sah sich im Zuschauerraum um, um vielleicht Sebastian zu entdecken, obwohl sie wusste, dass das nicht sehr wahrscheinlich war, weil sie keine Ahnung hatte, wo er saß. Doch dann plötzlich fand sie ihn: Er saß in der fünften Reihe im Parkett. Das Licht der Bühne strahlte in den Zuschauerraum, so dass sie seinen Gesichtsausdruck ganz genau erkennen konnte. Er klatschte heftig, sah aber nicht sie an, sondern Eva Lavery. Wieder einer, der ihr verfallen ist, dachte Deirdre O'Dare.

Weil ihre Eltern immer noch weg waren, hatte Deirdre ihre beiden Freikarten zwei alten College-Freundinnen geschenkt, mit denen sie sich nach der Vorstellung im Pub treffen wollte. Bei Meagher's war noch mehr los als nach der Premiere des *Sommernachtstraums*, und Sebastian zu finden, wäre gar nicht so leicht. Der Zigarettenrauch brannte Deirdre in den Augen. Sie wusste, dass ihre Haare und ihre Kleidung am nächsten Tag stinken würden. Deirdre trug wie immer zu besonderen Gelegenheiten ihr kleines Schwarzes, diesmal wegen Sebastian. Schon bald begegnete sie Jessica, die ihre Meinung über die Kostüme mittlerweile geändert hatte. »Die Kostüme sind einfach genial. Du kannst dir gar nicht vorstellen, wie böse die drei Hexen in der ersten Szene aussehen – besonders Sophie. Ich bin übrigens auf dem Weg aus dem Theater Sebastian über den Weg gelaufen und habe ihn gefragt, ob er auch kommt. Er hat gesagt, die Vorstellung hat ihn so beeindruckt, dass er erst mal einen kleinen Spaziergang machen muss. Da habe ich vorgeschlagen, dass wir uns später mit ihm im Troc treffen.«

»Ja, gut.« Deirdre fand es ein bisschen seltsam, dass Sebastian nach der Vorstellung nicht zu ihnen hinter die Bühne gekommen war. Schließlich gehörte er jetzt auch zur Truppe. Sie war enttäuscht und beschloss, nicht lange im Pub zu bleiben.

Im Trocadero, dem Restaurant in der Stadtmitte, das hauptsächlich von Leuten des Showbusiness frequentiert wurde, waren ein paar Tische reserviert, und die Truppe sollte sich später dort zum Essen treffen. Es war nicht weit entfernt, also machte sich Deirdre nach einem schnellen Drink zusammen mit Maeve und Jacqueline zu Fuß auf den Weg. Sie waren noch nicht weit gekommen, als ein goldfarbener Jaguar langsam neben ihnen herfuhr und das Fenster heruntergekurbelt wurde. Eva saß auf dem Beifahrersitz neben David Lawless.

»Wollt ihr ins Troc?«, fragte sie.

»Ja«, sagte Maeve.

»Dann steigt ein. Wir nehmen euch mit.«

Deirdre quetschte sich mit einem Gefühl der Erleichterung neben Maeve und Jacqueline auf den Rücksitz. Sie hatte im Pub keinen Sitzplatz ergattert, und schon die kurze Strecke bis zum Trocadero hätte sie mit ihren hochhackigen Schuhen ziemliche Mühe gekostet. Nun, die Eitelkeit hatte ihren Preis.

Sie war noch nie in so einem luxuriösen Wagen gewesen und bewunderte das Innere, das nach Leder roch. Sobald sie an einer roten Ampel halten mussten, legte David Lawless seine Hand auf den Oberschenkel von Eva, die nicht so gesprächig war wie sonst. Sie trug ein langes, fließendes Seidenkleid und dazu filigrane Silberohrringe.

David hielt vor dem Restaurant, um sie aussteigen zu lassen und dann nach einem Parkplatz zu suchen. Deirdre war bis dahin nur einmal im Trocadero gewesen und jetzt ganz aufgeregt, als sie hineingingen und Eva vom Personal freundlich begrüßt wurde.

Die Inneneinrichtung war schamlos theatralisch mit den roten Tapeten und den roten Stoffbahnen. Gerahmte und signierte Fotos von Schauspielern und Schauspielerinnen zierten die Wände. Deirdre fragte sich, ob ihr Bild auch je hier hängen würde. Das von Eva, eine wunderbar spontane Aufnahme, auf der sie lachend den Kopf in den Nacken warf und mit spitzbübischem Ausdruck direkt in die Kamera schaute, hing an besonders prominenter Stelle gegenüber von

Ann Fitzroys ziemlich würdevollem Porträt an der anderen Wand. Ann Fitzroy sah wie immer atemberaubend schön aus, aber es war auch etwas Künstliches an ihr, und ihre Augen wirkten alles andere als lebhaft.

Deirdre sah sich in dem Lokal nach Sebastian um, konnte ihn aber nicht entdecken.

Ein Kellner nahm ihnen die Jacken ab und führte sie in den hinteren Teil des Restaurants, wo ein paar Tische für sie reserviert waren. Es waren noch nicht viele von der Truppe da, weil die meisten im Meagher's bleiben wollten, bis dort geschlossen wurde. Es saßen lediglich zwei Leute an einem runden, für acht Personen gedeckten Tisch: Marian und Rory.

O nein, jammerte Deirdre innerlich, als Eva zu ihnen hinüberging. Warum war Rory nicht wie üblich mit seinen Saufkumpanen im Pub und ließ sich voll laufen? Offenbar hatte Marian mit ihm ausgemacht, sich nach der Vorstellung im Trocadero zu treffen. Wahrscheinlich hatte sie die Nase voll von dem gräßlichen Meagher's, und das konnte Deirdre ihr nicht verdenken. Sie sah voller Entsetzen, wie Eva sich an den Tisch zu ihnen setzte und Maeve und Jacqueline neben ihr Platz nahmen. Sie hatte keine andere Wahl. Sebastian würde sich, sobald er kam, an den Tisch von Eva Lavery setzen, daran bestand kein Zweifel. Wenn sie den Abend also in unmittelbarer Gesellschaft von Sebastian Hardy verbringen wollte, würde sie Rory ertragen müssen.

Rory unterhielt sich, den Rücken Deirdre zugewandt, mit Eva und bemerkte Deirdre erst, als sie den Tisch umrundete und in sein Blickfeld trat. Zumindest machte er ein einigermaßen entsetztes Gesicht, als sie sich auf den Platz neben ihm setzte. Deirdre hatte sich die Sitzordnung genau angesehen. Maeve und Jacqueline saßen nebeneinander, und Eva hatte einen Platz für David frei gehalten, was bedeutete, dass nur noch zwei Stühle zwischen Eva und Rory frei waren. Wenn

Deirdre sich links von Eva setzte, bedeutete das, dass Sebastian sich nur noch zwischen sie selbst und Rory quetschen konnte, und der Gedanke gefiel Deirdre angesichts der Tatsache, dass wahrscheinlich eine ganze Menge konsumiert werden würde, überhaupt nicht. Rory war schon im nüchternen Zustand unberechenbar. Sie wollte nicht, dass er Sebastian Lügen über sie erzählte. Warum nur, dachte sie, musste das Leben so kompliziert sein? »Hallo, Rory«, sagte sie freundlich. »Hallo, Marian.«

Deirdre entging nicht, welchen schicksalsergebenen Ausdruck Marians Gesicht beim Anblick von Deirdre annahm. »Ach, hallo, Deirdre. Wie geht's«, sagte sie und wandte sich sofort der Person links von ihr zu, nämlich Maeve.

»Danke für deine Zeichnung, Deirdre«, sagte Rory mit höflichem Lächeln. »Wenn du irgendwann mal keinen Erfolg als Schauspielerin mehr haben solltest, könntest du dich immer noch auf die O'Connell Street setzen und Karikaturen von den Passanten machen. Das kannst du wirklich gut, Deirdre.«

Deirdre nahm sich ein Brötchen und etwas Butter und wünschte sich dabei nichts sehnlicher, als sich doch nicht neben Rory gesetzt zu haben. »Eva hat ihre Zeichnung gefallen«, sagte sie ein wenig säuerlich.

»Ach? Na ja, vielleicht schielt Eva auf der ihren ja auch nicht so schrecklich wie ich auf der meinen.«

Es würde ein langer Abend werden, dachte Deirdre. Der Kellner nahm ihre Bestellung auf. Die nächste halbe Stunde verbrachte Deirdre damit, sich zu wünschen, dass Sebastian endlich käme. Marian hatte Maeve und Jacqueline mit Beschlag belegt, und Eva war längst nicht so spritzig wie sonst. Außerdem konzentrierten sie und David sich zu sehr aufeinander, um besonders geistreiche Konversation zu treiben.

Rory trank zu viel Bordeaux und ärgerte sie ständig. Einmal lachte er über eine ihrer witzigeren Bemerkungen und warf dabei den Kopf in den Nacken. Und schon hatte sie wieder seinen frischen, sauberen Geruch in der Nase.

Allmählich wurde es voll. Rory wandte sich zur Seite, um auf eine Bemerkung von Aidan Hughes zu reagieren. Als er sich wieder zu ihr drehte, wirkte er nicht mehr spöttisch. »Dein Freund ist da«, sagte er.

Deirdre entdeckte Sebastian bei Sophie, die ihn offenbar aufgehalten hatte, als er an ihrem Tisch vorbeigegangen war. Er lächelte über etwas, das sie gesagt hatte, und strich sich das Haar aus der Stirn. Dann traf sich sein Blick mit dem Deirdres. Sie stand sofort auf. »Hallo, Sebastian«, rief sie, ohne auf Rorys gequälten Seufzer zu achten. »Komm doch rüber zu uns.« Eva hob den Blick, als sie Deirdre rufen hörte, und schenkte Sebastian ein strahlendes Lächeln, das Deirdre ohne Erfolg zu imitieren versuchte.

Sebastian machte sich sofort auf den Weg zu Eva.

»Sie waren fantastisch. Anders lässt sich das nicht ausdrücken.« Er beugte sich zu ihr hinunter und küsste sie auf die Wange. Deirdre fiel auf, dass seine Hand eine Weile auf der Schulter der Schauspielerin ruhte, bevor er sich wieder aufrichtete. »Und Sie, David, nun, Sie sind einfach unglaublich.« Dann setzte Sebastian sich auf den einzigen noch freien Stuhl zwischen Eva und Deirdre, genau, wie Deirdre es geplant hatte. »Hallo, Engel«, sagte er und begrüßte sie mit einem Kuss auf die Wange. »Rory, schön Sie wiederzusehen.« Danach wandte er seine Aufmerksamkeit wieder Deirdre zu. Sie spürte, dass Rory sie beobachtete. »Tut mir Leid, Deirdre, aber ich bin leider zu spät gekommen, sodass ich die ersten Hexenszenen verpasst habe. Mein Flug hatte Verspätung, und es war gar nicht so leicht, ein Taxi zu kriegen. Ich war erst so gegen Viertel vor acht am Theater. Darf ich mir ein Glas Wein nehmen?«, fragte er höflich.

»Aber natürlich, Sebastian«, sagte Deirdre. »Darf ich dir die Leute hier vorstellen? Das sind Maeve, Jacqueline und Marian.«

Sebastian begrüßte alle mit Handschlag, und Deirdre lehnte sich mit einem breiten Lächeln zurück. Jetzt konnte der Spaß beginnen.

So viel Spaß machte der Abend dann allerdings nicht. Nicht lange nachdem Sebastian gekommen war, gingen Eva und David – Eva gab vor, Kopfschmerzen zu haben. Sie sah müde aus, dachte Deirdre, und lächelte sie voller Mitgefühl an, als sie ihr mit einem Kuss auf die Wange eine gute Nacht wünschte. Dann drückte Eva leicht ihre Hand, wie um sie daran zu erinnern, dass sie jetzt ein Geheimnis hatten. Etwa zwanzig Minuten später erhoben sich auch Maeve und Jacqueline. Jacqueline musste am nächsten Morgen früh aufstehen, um zwei Partys vorzubereiten.

Dann waren Deirdre, Sebastian, Rory und Marian allein.

»Der Wein ist gut«, sagte Rory und gab dem Kellner ein Zeichen, dass er noch eine Flasche bringen solle. »Deirdre, hast du schon was von RTE gehört wegen der Seifenoper?«

Deirdre hatte am Vortag von ihrer Agentin erfahren, dass Suki Hayes die Rolle bekommen hatte. Sally hatte ihr gesagt, sie solle deshalb nicht allzu enttäuscht sein, weil der Regisseur der Meinung war, dass es ja vielleicht noch eine andere Rolle gab, für die sie besser passte. »Nun«, sagte sie zu Rory und versuchte, so unbeteiligt wie möglich zu klingen, »sie haben Suki Hayes genommen.«

»Oje«, sagte Rory und schenkte Deirdre ein breites Grinsen.

»Wer ist denn Suki Hayes?«, fragte Sebastian.

»Ach, sie ist Schauspielerin und Kellnerin und hat auch

sonst noch ein paar Begabungen. Habe ich gehört«, fügte er hinzu, als Marian ihn mit einem eisigen Blick bedachte. Er lächelte sie träge an.

»Ist wahrscheinlich gar nicht so schlimm, dass du die Rolle nicht gekriegt hast, Deirdre.« Sebastian klang mitfühlend. »Wenn man erst mal in so einer Seifenoper drin ist, kann es schwierig werden, noch andere Engagements zu bekommen. Erstens hat man nicht mehr so viel Zeit, und zweitens ist damit auch ein gewisser Snobismus verbunden. Viele Regisseure mögen keine Schauspieler aus Seifenopern engagieren. Ein ziemlich arroganter Londoner Regisseur hat sogar mal gesagt, Schauspieler, die in Seifenopern mitmachen, sind gewöhnlich, überheblich und im Regelfall so dumm wie Schafe.«

Rory bekam große Augen. »Tja, Deirdre, dann wundert's mich aber, dass du die Rolle nicht gekriegt hast.« Am liebsten hätte Deirdre ihn erwürgt.

»Die Seifenoper ist sowieso Scheiße«, sagte Marian.

»Woher weißt du das, Marian? Du schaust dir doch nie solche Sachen an.« Rory nahm sich noch ein Glas Wein. »Sagst du zumindest. Na ja, vielleicht schaust du sie dir doch an, heimlich, wenn ich nicht da bin. Maeve sagt, wenn sie auf der Straße mit Fernsehzuschauern spricht, sagen die als Erstes immer: ›Nun, ich schaue mir die Sendung ja nicht an, aber …‹«

Marian seufzte. »Bitte trink keinen Wein mehr, Rory.«

»Warum nicht? Der Wein ist ausgesprochen gut. Und ich muss ja auch nicht fahren.« Er nahm noch einen Schluck. »Was hältst du von dem Wein, Deirdre? Deine Meinung würde mich wirklich interessieren«, sagte er mit spöttischem Lächeln.

Marian erhob sich. »Ich gehe jetzt«, sagte sie. »Du kannst mitkommen oder auch nicht, Rory. Das liegt bei dir.«

»Wenn's dir nichts ausmacht, würde ich gern noch bleiben, Schatz. Ich amüsiere mich gerade wunderbar.«

Marian wandte sich ab und verließ das Restaurant.

Als Rory sie wieder mit seinem spöttischen Grinsen ansah, bekam Deirdre Panik.

»Ich muss auf die Toilette«, sagte sie. »Entschuldige mich, Sebastian.«

Deirdre nahm sich sehr viel Zeit, um zu überlegen. Sie wollte das Lokal so schnell wie möglich verlassen, aber nicht ohne Sebastian. Der verdammte Rory verdarb alles. Vielleicht konnte sie sagen, dass ihr übel war, und Sebastian bitten, dass er ihr ein Taxi rief. Aber vielleicht würde er es sich diesmal nicht mit ihr teilen. Sie wusste ja nicht einmal, wo er übernachtete.

Sie sah sich im Spiegel an und kam zu dem Schluss, dass sie mehr Lippenstift auflegen musste. Dann wischte sie ihn wieder weg, weil sie sich erinnerte, irgendwo gelesen zu haben, dass Männer Frauen mit zu viel Lippenstift nicht gern küssten. Viel länger konnte sie nicht in der Toilette bleiben. Schließlich wusste sie nicht, welchen Unsinn Rory Sebastian in ihrer Abwesenheit erzählte. Sie würde sich der unerträglichen Situation einfach stellen und hoffen müssen, dass sich irgendwann eine Gelegenheit ergab, Sebastian wegzulocken.

Zu ihrer Bestürzung lachten Rory und Sebastian schallend, als sie wieder an den Tisch zurückkehrte. Mittlerweile hatte Aidan Hughes sich zu ihnen gesellt, der offenbar den größten Teil der Flasche Chianti getrunken hatte, die er in der Hand hielt.

Deirdre hörte Rory sagen: »Wenn Fellatio zur olympischen Disziplin erklärt würde, könnte sie für Irland an den Start gehen.« Einen kurzen Augenblick glaubte sie, er spreche von ihr. Sie setzte sich mit rotem Gesicht hin, doch Rory schenkte ihr Gott sei Dank keine Beachtung, und dann sah sie, dass sie alle in die *Irish Times* schauten, die Aidan Hughes mitgebracht hatte. »Das hat zumindest Finbar behauptet, als er uns neulich mit seinen Eroberungen gelangweilt hat.«

Suki Hayes' Gesicht zierte bereits die Fernsehvorschau. Darunter stand: »Suki Hayes, der Neuzugang in *Ardmore Grove*.«

Sebastian wandte sich Deirdre zu, als sie sich setzte. »Ich wollte allmählich ein Taxi rufen«, sagte er. »Willst du es dir mit mir teilen?« Sie glaubte, etwas Bedeutungsvolles in seinem Lächeln zu entdecken.

»Ja, gern, Sebastian«, sagte sie mit klopfendem Herzen.

Es dauerte nicht lange, bis das Taxi kam, und Deirdre hoffte, dass die Leute sie zusammen mit Sebastian gehen sahen. Leider war Sophie schon nicht mehr da.

Rory sah Sebastian fragend an. »Keine Tasche, Sebastian?«, fragte er.

Sebastian zog gerade seine Jacke an. »Die habe ich im Theater gelassen.«

»Nicht mal eine Zahnbürste?«, fragte Rory weiter. Hätte er doch bloß den Mund gehalten! Was ging es ihn an, ob Sebastian sein Gepäck dabei hatte oder nicht?

Sebastian klopfte auf seine Jackentasche. »Die ist hier drin.«

»Ich bin beeindruckt«, sagte Rory. »Du reist ja mit noch leichterem Gepäck als ich.«

Sebastian lächelte. »Gute Nacht, Rory und Aidan«, sagte er. »Bis zu den Proben am Montag.«

»Bis dann, Sebastian. Gute Nacht, Deirdre.« Zu ihrem Entsetzen erhob sich Rory, um sie mit einem Kuss zu verabschieden. Sie spürte seine Lippen auf ihrer Wange und dann ganz kurz an ihrem linken Ohr. Sie wusste, dass er ihr leises Stöhnen hörte. Sie nahm hastig ihre Handtasche, während

Rory sich wieder neben Aidan setzte und ihre Gläser nachfüllte. Dann folgte sie Sebastian aus dem Restaurant.

Im Taxi fragte sie Sebastian, wo er die Nacht verbringen würde.

»Ich habe eine Wohnung an der South Circular Road gemietet. Das ist nicht weit von dir weg«, sagte er.

Und auch nicht weit von Eva Lavery, dachte sie düster. Aber die wohnte ja jetzt mit David Lawless zusammen.

»Und – wie ist sie?«, fragte sie.

»Einfach perfekt«, sagte er. »Sie befindet sich im Kellergeschoss eines Hauses, das einer Anwältin gehört. Sie ist gerade erst mit der Renovierung fertig geworden, und ich bin ihr erster Mieter, also ist alles noch wunderschön. Du musst mich mal besuchen. Ich habe sogar einen hübschen kleinen Garten zum Sonnenbaden.« Sebastian streckte sich lächelnd. »Der einzige Haken ist, dass die Wohnung noch nach Farbe riecht.«

»Wann hast du sie dir denn angeschaut?«, fragte Deirdre erstaunt.

Er ließ sich ziemlich lange Zeit mit seiner Antwort. »Ich habe dir das letzte Mal, als ich hier war, doch gesagt, dass ich mir ein bisschen die Gegend ansehen möchte, erinnerst du dich noch?« Deirdre hatte den Eindruck, dass er ziemlich zurückhaltend klang. »Da habe ich die Wohnung gefunden.«

»Ach«, sagte Deirdre. »Ich dachte, sie riecht noch nach …«

Plötzlich küsste Sebastian sie. Sie war ziemlich überrascht, erwiderte aber seinen Kuss voller Freude.

Was für ein Erfolg für Deirdre O'Dare! Und das nach diesem katastrophalen Abend!

Sebastian hörte nicht auf, sie zu küssen, bis das Taxi stehen blieb. Da löste Deirdre sich widerwillig und hob den Blick.

Sie standen vor ihrem Haus. »Möchtest du mit reinkommen?«, fragte sie.

Sebastian sah sie mit schwer deutbarem Gesichtsausdruck an. Dann sagte er: »Jetzt nicht, Deirdre.«

Sie widerstand der Versuchung zu fragen: »Wann dann?«, stattdessen sagte sie: »Gut.« Und kam sich dabei sehr erwachsen vor.

»Ein andermal«, sagte er und streichelte lächelnd ihre Wange. »Bald, ja?«

»Ja. Bis zu den Proben am Montag?« Sie hoffte fast, dass er ihr ein Treffen am Wochenende vorschlagen würde, doch er sagte nur lächelnd: »Ja.«

Deirdre erwiderte sein Lächeln und stieg aus dem Taxi aus. Sie winkte ihm kurz nach, als es anfuhr, und betrat dann die Eingangshalle ihres Hauses. Als die Tür hinter ihr zufiel, hätte sie fast vor Freude einen Luftsprung gemacht.

16

Deirdre verbrachte den größten Teil des Wochenendes damit, sich Gedanken darüber zu machen, was sie zur ersten Leseprobe von *Hamlet* am Montagmorgen tragen sollte. Sie wollte nicht so aussehen, als hätte sie sich besondere Mühe mit der Kleidung gegeben, also musste es etwas Einfaches sein. Ein paar Monate zuvor war in der *Marie Claire* ein Artikel über »Zeitlose Klassiker« erschienen, in dem unter anderem eine weiße Bluse und eine schwarze Levis empfohlen wurden. Da konnte man nicht viel falsch machen, dachte Deirdre, und ging am Samstag noch in den Waschsalon, damit die weiße Bluse für den Montag strahlend sauber wäre.

Sie kam zu früh zu den Proben. Sophie war ebenfalls bereits da und machte Aufwärmübungen in einem supermodernen Outfit. Deirdre wurde klar, dass sie mit ihr allein in der Garderobe sein würde, sobald die Laufzeit des Stückes begann. Vielleicht, so dachte sie, sollte sie sich einfach zu den Statisten gesellen. Als Sebastian hereinkam, nahm Sophie eine besonders sexy Pose ein, und Deirdre wurde übel. Zu ihrer Freude trug er eine Jeans und dazu ein einfaches weißes Hemd wie sie. Deirdre krempelte die Ärmel hoch, damit man ihre braune Haut besser sah, und ging zu ihm. »Hallo!«, sagte sie und berührte ihn leicht am Arm. Dann deutete sie auf ihre beiden Hemden. Er lachte. »Aber an dir sieht die Bluse deutlich besser aus, Deirdre. Du bist heute besonders hübsch.« Als er sie anlächelte, wurde ihr ganz warm ums Herz.

Ein paar Stunden später legten die Schauspieler ihre Skripte weg und sahen David Lawless an, um sein Urteil zu hören. »Nun, das war so ziemlich die perfekteste Leseprobe, die ich je erlebt habe«, sagte er. »Herzlichen Dank. Ihr könnt jetzt fünfzehn Minuten Pause machen.«

Deirdre hatte Sebastian während der Probe heimlich beobachtet, aber darauf geachtet, dass Rory sie nicht sah. Schließlich wollte sie nicht wieder seinen Spott über »ihren Freund« hören. Sebastian hatte seine Rolle hervorragend gelesen, und es war klar, dass er seine Hausaufgaben gemacht hatte.

Sophie hatte mittlerweile ihre Aufwärmkleidung aus- und eine hautenge, grell orangefarbene Vinylhose und dazu ein winziges T-Shirt angezogen, das ihr mindestens zwei Größen zu klein war. Nach der Leseprobe hatte sie sich sofort an Sebastian herangemacht, und Deirdre war stinkesauer. Die Proben würden nicht so viel Spaß machen, wie sie erwartet hatte, wenn die verdammte Sophie Sebastian nicht in Ruhe ließ. Deirdre blieb ebenfalls eine ganze Weile in seiner Nähe stehen und tat so, als sei sie in ihr Skript vertieft, aber er schien sie nicht wahrzunehmen. Nachdem es ihm gelungen war, sich endlich von Sophie loszureißen, machte er sich einen Kaffee und unterhielt sich mit David Lawless. Deirdre hatte mittlerweile aufgehört, ihr Skript zu studieren, und sah mit einem, wie sie hoffte, verträumten, rätselhaften Gesichtsausdruck zum Fenster hinaus. Sie schaute hinüber zu Sebastian, um festzustellen, ob er sie nun wahrnahm, aber er lauschte aufmerksam dem, was David zu sagen hatte. Vielleicht sollte sie sich einfach einen Vorwand ausdenken, mit ihm zu sprechen, dachte sie.

»Du wirkst sehr nachdenklich«, hörte sie plötzlich Rorys Stimme. »Ich habe fast den Eindruck, dass sich da tatsächlich ein paar Gedanken in deinem hübschen Köpfchen eingenistet haben. Vielleicht sollte ich sogar so weit gehen zu sagen, dass da so etwas wie Berechnung in deinem Blick liegt, Deirdre O'Dare.«

Deirdre machte sich nicht einmal die Mühe, ihm über den Mund zu fahren, sondern konzentrierte sich weiter darauf, Sebastians Aufmerksamkeit zu erregen.

In der ersten Probenwoche schenkte er ihr jedoch so gut wie keine Aufmerksamkeit. Offenbar war er ein unglaublich gründlicher und hingebungsvoller Schauspieler und vergeudete keine Zeit mit Späßen, wie Rory es manchmal tat. Er verbrachte sogar seine Pausen im Gespräch mit David Lawless oder mit dem Lesen seines Skripts. Seine Beharrlichkeit zahlte sich aus, denn seine darstellerische Leistung entwickelte sich von Tag zu Tag weiter. Deirdre fand es faszinierend, ihm zuzusehen, und sie hatte fast ein schlechtes Gewissen, weil sie so viel Zeit darauf verwendete, sich Strategien auszudenken, wie sie ihn auf sich aufmerksam machen könnte.

Sie hatte bisher noch keine einzige Szene mit ihm proben können, weil Hamlet und Ophelia erst im dritten Akt das erste Mal gemeinsam auf der Bühne waren, und mit dem würden sie nicht vor der folgenden Woche beginnen. Auch nach den Proben sah Deirdre Sebastian nicht. Und zu Meagher's war er während der ganzen Zeit noch kein einziges Mal gegangen. Er konzentrierte sich ausschließlich darauf, sich auf seinen Auftritt vorzubereiten.

Deirdre fiel wieder ein, dass Sebastian an jenem Abend im Taxi gesagt hatte, er würde sie mal zu sich einladen. Offenbar hatte er das inzwischen vergessen. Aber den Kuss hatte er doch nicht auch vergessen, oder?

Am Ende der Woche hatte sie eine Idee. Wenn er sie schon nicht zu sich einlud, dann konnte sie ja ihn fragen, ob er sie besuchen wolle. Aber wie sollte sie das anstellen? Sie hatte nicht genug Selbstvertrauen, um ihn nur auf einen Kaffee oder ein Glas Wein einzuladen, und ein Abendessen kam nicht in Frage, denn das war zu intim – da konnte sie ihn ja gleich fragen, ob er nicht mit ihr ins Bett gehen wolle – was sie an jenem Abend im Taxi praktisch getan hatte, fiel ihr wieder ein. Aber die Situation hatte sich mittlerweile verändert, und sie war in seiner Gegenwart nicht mehr so locker.

Und wenn sie außer ihm noch andere Leute einlud? Dann sah es nicht ganz so bemüht aus, und vielleicht blieb er ja noch ein bisschen, wenn die anderen Gäste weg waren. Wen sollte sie fragen? Sie dachte an Maeve und Jacqueline und verwarf die Idee wieder. Eine Feinschmeckerin wie Jacqueline traute sie sich nicht zu bekochen.

Die tollen Rühreier, die Rory ihr an jenem Nachmittag gemacht hatte, fielen ihr wieder ein. Sie hätte nie gedacht, dass Rühreier so gut schmecken könnten. Vielleicht sollte sie ja ihn einladen. Fast hätte sie über diesen absurden Gedanken gelacht.

Sie versuchte, die Erinnerung an das, was sie mit Rory gemacht hatte, zu verdrängen und wandte sich wieder ihren Überlegungen zu, wen sie einladen konnte. Ein paar alte Freundinnen vom College? Nein, denn das könnte zu einer peinlichen Situation führen. Sebastian kannte sie nicht, und sie wollte, dass er sich in Gesellschaft von Leuten befand, mit denen er sich wohl fühlte.

Dann kam ihr eine Idee. Wäre es wohl zu gewagt, David und Eva einzuladen? Wenn Sebastian hörte, dass Eva Lavery kommen würde, könnte er der Versuchung sicher nicht widerstehen. Allerdings wusste sie nicht, ob sie den Mut dazu hatte. Sie sah Eva und David an, die sich gerade am anderen Ende des Raumes unterhielten. Sie konnte sie nicht stören, sie sahen so glücklich aus miteinander. Aber wann würde sich wieder eine solche Gelegenheit ergeben? Es war bereits Freitag, und der Sonntag war ihr einziger freier Abend. Sie würde es jetzt machen müssen.

Also holte sie tief Luft und durchquerte den Raum. Plötzlich wurde ihr bewusst, dass Rory auch in der Nähe war. Sie musste aufpassen, dass er nichts mitbekam.

»Entschuldige, Eva …«, sagte sie ziemlich leise, »… aber ich habe daran gedacht, am Sonntagabend ein paar Leute zum Essen zu mir einzuladen. Hättest du Lust, mit David zu kommen?«

»Ach, was für eine nette Idee, Deirdre«, sagte Eva. »Natürlich würden wir gern kommen, stimmt's, David? Wie nett, an uns zu denken. Wen erwartest du sonst noch, und wann sollen wir auftauchen?«

»Ach, so zwischen acht und halb neun, bitte.« Das hatte ihre Mutter in solchen Fällen immer gesagt. »Ich will außer euch nur noch Sebastian einladen, aber den habe ich noch nicht gefragt.«

»Prima!«, sagte die Schauspielerin. »Wir freuen uns schon drauf.«

Deirdre wandte sich mit einem Lächeln ab, um sich nach Sebastian umzusehen. Als sie ihn entdeckte, ging sie entschlossenen Schrittes auf ihn zu. »Hallo, Sebastian«, sagte sie.

»Deirdre! Wie geht's?«

»Gut. Ich wollte dich was fragen.« Sie sah, dass Sophie sie beobachtete, also senkte sie die Stimme. Natürlich würde sie ihr später alles erzählen, aber jetzt wollte sie nicht das Risiko eingehen, dass sie mitbekam, wie Sebastian ihre Einladung möglicherweise ausschlug. »Hättest du Lust, am Sonntagabend zum Abendessen zu mir zu kommen?«

»Hm, ich bin mir nicht so sicher, ob ich kann, Deirdre«, sagte er mit zweifelndem Gesichtsausdruck. »Am Sonntag wollte ich eigentlich an meinen Monologen arbeiten.«

»Eva und David werden auch da sein«, sagte sie fröhlich.

Er schwieg eine Weile, dann sagte er: »Ach, zum Teufel mit den Monologen. Ich könnte eine Pause ganz gut vertragen. Ja, ich komme gern. Danke, Deirdre. Um wie viel Uhr soll ich da sein?«

»So zwischen acht und halb neun?«

»Wunderbar. Ich freue mich schon«, sagte er lächelnd.

Da kam Nick McCarthy auf sie zu. »Sebastian? Jenny würde sich gern kurz mit dir unterhalten.«

»Aber sicher, Nick, bin schon unterwegs. Bis Sonntag dann, Deirdre. Ach, und welche Hausnummer hast du?«, rief er ihr zu, leider, wie Deirdre meinte, viel zu laut.

»Dreizehn«, rief Deirdre zurück. »Ich gebe dir später noch meine Telefonnummer, für den Fall, dass du mich vorher anrufen willst.«

»Danke, Deirdre. Bis später dann.« Er winkte ihr zum Abschied kurz zu, bevor er sich mit einem Lächeln abwandte. Er könnte ein Vermögen mit Zahnpastareklame machen, dachte Deirdre und sah ihm voller Vorfreude nach. Sie konnte den Sonntagabend kaum noch erwarten.

Als sie auf Sophie zuging, musste sie an Rory vorbei, der in der Tür zur Cafeteria lehnte.

»Was heckst du denn jetzt wieder aus, Deirdre? Heute köchelt aber etwas besonders Faules in deinem Hexenkessel.«

Das erinnerte sie daran, dass sie ja tatsächlich etwas würde kochen müssen. Mein Gott, dachte sie, sie besaß ja nicht mal ein Kochbuch. Tja, sie würde sich etwas einfallen lassen müssen.

Als sie die Jalousien ihres Schlafzimmers am Sonntagmorgen öffnete, schien die Sonne hell herein. Wieder ein Sonnentag im Leben der Deirdre O'Dare, dachte sie voller Vorfreude. Doch leider würde sie zuerst ihren hausfraulichen Pflichten nachkommen müssen. Sie putzte und staubte ab und schüttelte die Kissen auf. Dann warf sie einen Blick auf ihre Zeitschriften. Die Revolverblätter würde sie einfach verstecken, beschloss sie, und nur die *Vanity Fair*-Magazine, die ihre Mutter ihr geschenkt hatte, auf den Tisch legen. Wenn sie im Spar einkaufen ging, würde sie noch die neueste Ausgabe erwerben. Vielleicht sollte sie dazu die *Vogue* und die *Newsweek* besorgen, um so etwas wie einen intellektuellen Eindruck zu machen. Doch sie verwarf den Gedanken sofort, denn sie wusste, dass niemand ihr die Sache mit der *Newsweek* abkaufen würde.

Deirdre schob ihre Zeitschriften unters Bett zu dem Yoga-Buch. Tja, was sollte sie mit dem Schlafzimmer machen? Was war, wenn Sebastian beschloss, bei ihr zu bleiben, nachdem Eva und David gegangen waren? Viel Hoffnung machte sie sich nicht, aber man konnte ja nie wissen. Es konnte jedenfalls nicht schaden, wenn sie auch hier ein bisschen aufräumte. Also hängte sie alle Kleidungsstücke auf, die herumlagen, stopfte ihre Unterwäsche in eine Schublade und legte ihren schönsten Slip sowie Sarahs hübsche Ohrringe zurecht. Zum ersten Mal war sie froh darüber, die Wohnung für sich allein zu haben. Sebastian ins Bett zu kriegen wäre in Anwesenheit von Sarah noch schwieriger gewesen.

Als sie aus dem Zimmer gehen wollte, sah sie ihren uralten einohrigen Teddybären auf dem Bett. Sie packte ihn und schob auch ihn darunter. Dann überlegte sie es sich anders, holte ihn wieder hervor, machte ein kleines Nest aus Pullovern im Schrank und setzte ihn hinein. Sie versuchte, ihn nicht anzusehen, als sie die Schranktür schloss.

Um Viertel nach acht klingelte es. Das war sicher Sebastian. Sie drückte auf den Knopf, um ihn hereinzulassen, und lehnte sich tief durchatmend an die Wand. Da merkte sie, dass die Zeitungen, die sie am selben Tag gekauft hatte, noch kein bisschen gelesen aussahen. Sie rannte ins Wohnzimmer und schlug den Feuilletonteil von einer davon auf, damit es so wirkte, als habe sie sich gerade damit beschäftigt. Der Artikel, der ihr sofort ins Auge fiel, hatte die Überschrift »Verführung in den Neunzigern – Vorrecht der Frauen?« Sie blätterte hastig in der Zeitung, um etwas Passenderes zu finden. Sie war dankbar, als sie schließlich einen Bericht über Damien Hirst entdeckte, und legte die Zeitung aufgeschlagen aufs Sofa.

Sebastian küsste sie auf beide Wangen. Er hatte Blumen und eine Flasche Wein dabei. »Die Blumen sind leider nichts Besonderes«, sagte er, als er ihr den Strauß reichte. »Aber was anderes haben sie leider nicht gehabt.«

Das machte Deirdre nichts aus. Sie hatte noch nie zuvor von einem Mann Blumen geschenkt bekommen. »Die sind hübsch, Sebastian. Danke. Oh, ein Château Raspail!«, rief sie, als sie den Wein aus dem Papier wickelte. »Köstlich!« Hoffentlich, so dachte sie, erwartete Sebastian keine weiteren Kommentare zu dem Wein. Sie verschwand in der Küche, um einen Korkenzieher und eine Vase zu holen. Als sie wieder zurückkehrte, reichte sie ihm den Korkenzieher und bat ihn, die Flasche zu öffnen.

Sebastian nahm die Flasche und fragte: »Sind Eva und David noch nicht da?« Dann setzte er sich aufs Sofa.

»Noch nicht.« Deirdre arrangierte die Blumen kunstvoll. Sie würden sich gut auf dem Esstisch machen, auf den sie schon ein paar Kerzen gestellt hatte. Sie zündete sie an, bedauerte es aber sofort, weil sie es ein bisschen albern fand, Kerzenlicht zu haben, wenn draußen noch die Sonne schien.

»Du siehst toll aus«, sagte Sebastian und streckte die langen Beine aus. Deirdres Herz hüpfte vor Freude.

»Danke.« Sie trug wieder das kleine Schwarze von Marc O'Neill.

Es war ihr egal, dass Sebastian das schon einmal gesehen hatte, denn es war das erotischste Kleidungsstück, das sie besaß. Sie beschäftigte sich mit den Blumen, weil sie sich nicht neben Sebastian auf die Couch setzen wollte und auch nicht so recht wusste, was sie sagen sollte.

»Tja, die britische Kunst geht wirklich den Bach runter«, sagte Sebastian nach einem Blick auf Damien Hirsts aktuellstes Werk.

»Ja, das finde ich auch«, sagte sie. »Ich bin nicht grundsätzlich gegen die moderne britische Kunst, aber die meisten Sachen finde ich ziemlich scheußlich.« Deirdre war froh, dass Sebastian sich auf ein Thema gestürzt hatte, über das sie zumindest ein bisschen Bescheid wusste. Sie wollte gerade eine Tirade über die »Sensation«-Ausstellung loslassen, als das Telefon klingelte. Es war Eva.

»Deirdre? Kannst du mich hören?« Evas Stimme klang ein bisschen verzerrt. Offenbar sprach sie übers Handy.

»Hallo! Ja, ich kann dich hören, aber nicht sehr gut.«

»Ich sitze hier in der Notaufnahme vom Meath Hospital und warte darauf, dass ein Arzt sich um mich kümmert. Es sieht fast so aus, als ob das noch ein paar Stunden dauern wird, Schätzchen, es sind so viele Leute da.«

»Eva, was ist denn passiert?«

»Ich hab mir den Knöchel verstaucht. Wir wollten gerade zu dir, als ich auf dem Teppich im Flur ausgerutscht bin. Wir waren schon ein bisschen spät dran, weil ich in der Badewanne eingedöst bin, und ich hab einen so spektakulären Spagat hingelegt, dass es schon fast wieder zum Lachen war.«

»Ach, Eva, das tut mir aber Leid!«

»Ja, mir auch. Allerdings bin ich froh, dass es nicht schlimmer ausgegangen ist. Wie gesagt, es ist bloß eine Verstauchung. Aber der Knöchel wird wahrscheinlich grün und blau werden.«

»Dann kommt ihr also heute Abend nicht mehr, oder?« Deirdre war aufrichtig enttäuscht.

»Tut mir Leid, Schätzchen. Ich wollte unbedingt zu dir, aber David hat darauf bestanden, mich ins Krankenhaus zu fahren. Vielleicht kann er ja noch allein zu dir kommen. Ich könnte mit dem Taxi vom Krankenhaus heimfahren ...«

Deirdre fiel ihr sofort ins Wort. »Nein, nein, kommt gar nicht in Frage!«

»Du hast dir doch hoffentlich nicht so viel Mühe gemacht, oder?«

»Aber nein. Bitte mach dir darüber keine Gedanken, Eva. Ich hab die Sachen alle fertig von Marks and Spencers geholt. Weißt du, ich kann nicht kochen.«

»Das war vernünftig, Schätzchen. Ist Sebastian schon da?«

»Ja.«

»Na, dann wünsche ich euch viel Spaß. Grüß ihn schön von mir.«

»Mache ich. Tschüs, Eva. Ich hoffe, die Sache mit deinem Bein ist nicht so schlimm. Wirst du's morgen Abend zur Aufführung schaffen?«

»Ja, ich denke schon. Das Theater ist der beste Arzt. Wäre eigentlich gar keine so schlechte Idee, wenn Lady Macbeth mit einem eleganten Stock auf die Bühne kommt. Ich werde nachher gleich Jenny bitten, mir einen mit einem Silberknauf zu besorgen. Und unter den langen Kleidern sieht man den dicken Knöchel sowieso nicht. Gute Nacht, Schätzchen. Und noch einmal Entschuldigung.«

»Kein Problem, Eva. Das war ja nicht deine Schuld.«

Deirdre legte auf und sah das Telefon einen Augenblick lang an. Sie fürchtete sich fast ein bisschen davor, sich zu Sebastian umzudrehen.

»Dann kommt Eva also nicht?«, fragte er.

»Nein. Sie hat sich den Knöchel verstaucht. Sie hat von der Notaufnahme in der Klinik aus angerufen. Tut mir Leid, Sebastian.« Der Abend begann, schief zu gehen.

»Kein Problem. Hat sie sich den Knöchel schlimm verletzt?« Sebastian machte die Zeitung zu und legte sie auf das Beistelltischchen.

»Sie glaubt es nicht, aber David wollte, dass ein Arzt ihn sich ansieht.«

»Allen Schauspielerinnen, die die Lady Macbeth spielen, passiert irgendein Missgeschick. Bei dem Stück könnte man wirklich ein bisschen abergläubisch werden.« Sebastian trank sein Glas aus und erhob sich. »Darf ich dir nachschenken?«, fragte er Deirdre.

»Ja, danke.« Sie hielt ihm das Glas hin und betrachtete ihn dabei genauer. Als er den Blick hob und sie anlächelte, hatte sie das Gefühl, dass sie Eva Lavery dankbar sein konnte. Das Schicksal hatte es gefügt, dass Deirdre O'Dare an jenem Abend mit Sebastian Hardy allein sein konnte.

Sebastian füllte auch sein eigenes Glas nach und trank einen Schluck, bevor er es auf das Beistelltischchen stellte. »Kann ich noch irgendwas in der Küche helfen?«, fragte er.

»Nein, nein, ich komme schon zurecht«, sagte Deirdre und verschwand mit einem Lächeln in der Küche.

Die Abbildung des Hühnchengerichts auf der Verpackung sah lecker aus – außen knusprig und innen saftig. »Den Ofen auf zweihundert Grad vorheizen«, las sie. Das hatte sie vergessen, und der verdammte Ofen brauchte immer Ewigkeiten, bis er heiß wurde. Wenn sie sich mit dem Vorheizen aufhielt, gäbe es eine zu lange Pause zwischen Vor- und Hauptspeise. Also würde sie den Ofen gleich auf die höchste Stufe stellen. Sie las weiter: »Verpackung entfernen.« Als sie den Ofen anmachte, ging plötzlich das kleine rote Licht daran aus. Verwirrt schaltete Deirdre ein paarmal hin und her. Nichts tat sich. Plötzlich wurde sie sich der Stille bewusst. Die geschmackvolle klassische Musik, die sie vor Sebastians Eintreffen aufgelegt hatte, war nicht mehr zu hören.

»Deirdre?«, sagte Sebastian aus dem Wohnzimmer. »Ich glaube, wir haben einen Stromausfall.«

Schließlich ließen sie indisches Essen von dem Schnelldienst kommen, bei dem Eva auch immer ihre Sachen bestellte. Sebastian bestand darauf zu zahlen, und Deirdre widersprach nicht allzu lange, weil sie schon ein Vermögen für die Sachen von Marks and Spencers ausgegeben hatte.

Jetzt war sie froh um die Kerzen. Sie zündete sie alle an und verteilte sie in Flaschen und Untertellern im ganzen Raum. Während es draußen dunkler und die zweite Flasche Wein immer leerer wurde, entwickelte sich eine durchaus gemütliche und sinnliche Atmosphäre.

»Tut mir Leid, Sebastian«, sagte Deirdre gegen Mitternacht, als sie den letzten Wein in ihre Gläser füllte. »Der Abend war eine absolute Katastrophe.«

Sebastian fuhr mit dem Finger um den Rand seines Weinglases. »Das finde ich nicht«, sagte er und sah sie an. Dann fragte er: »Soll ich bleiben?«

»Ja, Sebastian«, sagte Deirdre.

Sie hatte es geschafft.

Im Schlafzimmer entkleidete er sie ganz langsam und küsste sie. Sebastians Küsse waren gekonnt und sinnlich, aber aus unerfindlichen Gründen erregten sie Deirdre nicht. Sie legten sich aufs Bett und streichelten einander, bis sein Penis hart wurde. Er erkundete ihren Körper mit sanften Fingern.

»Komm jetzt, Sebastian«, sagte sie.

»Du bist noch nicht so weit.«

»Doch«, sagte sie.

»Bist du sicher?«

»Ja.«

Er griff in seine Jeans und holte ein Kondom aus der Tasche. Dann riss er die Verpackung auf, streifte das Kondom über und drang in sie ein. Sie keuchte auf, und er hörte sofort auf, sich zu bewegen.

»Tue ich dir weh, Deirdre?«, fragte er mit besorgtem Blick.

»Nein«, log sie.

»Bitte sag's mir, wenn ich dir wehtue. Versprochen?«

»Versprochen«, sagte Deirdre, und Sebastian konzentrierte sich wieder ganz auf sie.

Irgendwas muss mit mir nicht stimmen, dachte Deirdre, während sie Erregung heuchelte. Da lag sie nun mit dem attraktivsten Mann der Welt im Bett und empfand gar nichts. Was sollte sie nur tun? Sie erwiderte Sebastians Küsse fast schon verzweifelt, während er sich in ihr bewegte. Sie spürte, wie er sich dem Höhepunkt näherte, und wünschte sich plötzlich nur noch, dass diese Scharade vorbei wäre.

Sie begann, leise zu stöhnen. Das hörte sich genauso an wie Meg Ryan in dem Film, wo sie im Restaurant so tat, als habe sie einen Orgasmus, dachte Deirdre. Wie hieß der Film gleich wieder? Es ärgerte sie, dass ihr der Titel nicht einfiel. Wie war sie bloß mit Rory zum Höhepunkt gekommen? Sie erinnerte sich an jenen verhängnisvollen Freitag zurück und versuchte, sich zu entsinnen, was sie gemacht hatte. So einfach war das gar nicht. Und außerdem hatte sie noch nicht so viele Orgasmen gehabt in ihrem kurzen Leben. Letztlich nur drei. Sie begann, sich zu fragen, wie gut sie tatsächlich als Schauspielerin war.

Sebastian atmete mittlerweile schwer. Wie war das mit Rory gegangen?, überlegte sie. Soweit sie sich erinnerte, hatte sie sich kurz vorher ein bisschen verkrampft, also drückte sie sich gegen Sebastian, immer noch leise stöhnend. Dann plötzlich fiel ihr ein, wie Rory sie angesehen hatte, als er gekommen war, und plötzlich tat sich etwas in ihrem Körper.

Ein Gefühl der Erregung stieg in ihr auf. Sie versuchte, das Bild von Rory zu verdrängen, als Sebastian kam.

Hinterher sah er sie von der Seite an. Sie hoffte, dass er ihr das schlechte Gewissen nicht anmerkte.

»Du bist nicht gekommen«, sagte er.

»Doch«, sagte Deirdre, schon die zweite Lüge innerhalb von dreißig Minuten.

Sebastian sah sie skeptisch an. »Komm her«, sagte er. »Versuchen wir was anderes.« Und während er seine Zunge über ihren Körper gleiten ließ und sie seinen Kopf streichelte, gab Deirdre sich redliche Mühe, nicht an Rory McDonagh zu denken.

Später lag sie mit weit offenen Augen neben dem schlafenden Sebastian. Sie hatte es geschafft. Sie hatte Sebastian in ihr Bett bekommen. Wie ließ sie das am besten Sophie wissen? Doch merkwürdigerweise befriedigte sie die Aussicht, Sophie eins auszuwischen, nicht so sehr wie sonst. Sie versuchte, ebenfalls einzuschlafen.

Sebastian sprach im Schlaf. »Spitzbübische Munkelei«, sagte er klar verständlich. Deirdre schlug die Augen auf. Sie hatte diese Worte schon einmal gehört, in der Leseprobe zum *Hamlet*. Hamlet sagte sie in der Mausefalle-Szene zu Ophelia.

Ei, es ist spitzbübische Munkelei; es bedeutet Unheil.

Das war eine Anspielung auf Hamlets Verschlagenheit.

Dann sprach Sebastian wieder als Hamlet. Plötzlich bekam sie es mit der Angst zu tun. »Mutter, Mutter, Mutter«, sagte er mit gequälter Stimme. »Gute Nacht! Doch meidet meines Oheims Bett.«

Mein Gott, dachte Deirdre. Seine Identifikation mit der Rolle musste wirklich phänomenal sein, wenn er sogar als

Hamlet träumte. Sie fragte sich, ob sie ihn wecken sollte. Wenn er noch so etwas sagte, würde sie es tun. Doch Sebastian schlief schweigend weiter, und auch Deirdre döste mit dem Gedanken ein, wie sie sich von nun an in der Öffentlichkeit verhalten sollten.

Am nächsten Morgen weckte Sebastian sie sanft, um noch einmal mit ihr zu schlafen. Hinterher lag Deirdre in seinen Armen und sah zu, wie die Minuten auf ihrem digitalen Wecker vergingen. Ihr fiel auf, dass der Wecker beim Wechsel von einer Minute zur anderen jedesmal leise klickte. Sebastian musste in weniger als einer Stunde zur Probe. Er spielte mit ihren Haaren. »Deirdre?«, fragte er.

»Hm?«

»Ich bin mir nicht so sicher, ob das so eine gute Idee war.«

Sie erstarrte. »Was meinst du damit?«, fragte sie.

»Ich bin mir nicht so sicher, ob wir miteinander ins Bett hätten gehen sollen.«

Sie sah ihn erstaunt an und strich sich die Haare zurück. »Warum nicht, Sebastian?«

»Ich weiß, dass das, was ich jetzt sage, abgedroschen ist, aber es ergibt durchaus Sinn. Außerdem spreche ich aus Erfahrung. Es ist nicht so gut, wenn man Beruf und Privates miteinander verquickt, Deirdre.«

Das hatte sie schon einmal gehört, und zwar vor gar nicht so langer Zeit. David hatte das gesagt, als sie sich auf der Terrasse des Pubs an ihn herangemacht hatte.

»Es ist meine Schuld, dass das passiert ist«, fuhr Sebastian fort. »Es war schrecklich verantwortungslos von mir, entschuldige bitte. Wir hatten einen so netten Abend, und dann war da noch der Wein, und du hast so sexy ausgesehen in deinem Kleid, dass ich der Versuchung einfach nicht widerstehen konnte. Glaubst du, du kannst mir verzeihen?«

Schweigen, dann nickte Deirdre. Benommen zog sie das Oberbett über ihre Brüste hoch. Warum machte sie eigentlich mit Männern immer wieder so viele Fehler?

»Weißt du, ich werde hart arbeiten müssen an der Rolle und keine Zeit für dich haben. Das wäre dir gegenüber einfach nicht fair, Deirdre.«

Da fiel ihr wieder ein, wie sehnsuchtsvoll er geklungen hatte, als er im Schlaf sprach. »Mutter, Mutter, Mutter.« Er sehnte sich nach Gertrude, nach Eva Lavery. Wenn Deirdre Eva nicht so gern gemocht hätte, hätte sie fast ein bisschen böse auf sie sein können. Schließlich hatte sie bereits einen tollen Mann verzaubert. Es war einfach nicht gerecht, dass sie nun auch noch den zweiten in ihren Bann schlug. Ha, dachte Deirdre, Sebastian brauchte sich wirklich keine Gedanken darüber zu machen, dass er ihr gegenüber nicht fair war, das besorgte schon das Leben für ihn. Sie musterte ihre Hände und hoffte, dass sie nicht zu weinen anfangen würde. Von der Straße hörte sie die Sirene eines Notarztwagens.

»Vielleicht können wir's noch mal miteinander versuchen, wenn wir die Premiere hinter uns haben, Deirdre. Aber im Moment geht's einfach nicht. Ich bin einfach zu sehr auf das Stück fixiert.«

»Das weiß ich«, sagte Deirdre, ohne den Blick von ihren Händen zu heben. »Du hast im Schlaf gesprochen.«

»Was habe ich denn gesagt?«, fragte Sebastian, plötzlich sehr aufmerksam geworden.

»Zeilen aus dem Stück.«

»Erinnerst du dich noch, welche?«

»Ja.« Sie sagte es ihm und sah ihn an. »Hamlet träumt auch schlecht«, meinte sie. »Das sagt er im Stück.« Sie sahen einander ziemlich lange an.

Dann sagte Sebastian noch einmal: »Entschuldige, Deirdre, es tut mir Leid.«

Deirdre nickte. »Mir auch«, sagte sie.

»Aber das, was heute Nacht passiert ist, soll unsere Freundschaft nicht belasten, ja? Das wäre wirklich schlimm. Und außerdem würde es die Zusammenarbeit sehr erschweren. Weißt du, ich mag dich wirklich.«

»Ist schon in Ordnung, Sebastian. So viel Profi bin ich inzwischen – ich hab schon ein paar Schläge eingesteckt. Ich werde mich nicht aufführen wie ein hysterischer Teenager.« Nie mehr, hätte sie hinzufügen können.

Sebastian beugte sich vor und küsste sie auf die Lippen. Dann stand er auf, und Deirdre gestattete sich noch einen letzten langen Blick auf ihren nackten Prinzen. »Ich geh schnell unter die Dusche«, sagte er. »Und dann mache ich mich lieber auf die Socken, sonst komme ich zu spät zur Probe.«

Als er weg war, machte Deirdre sich daran, das Geschirr vom Vorabend zu spülen. Vielleicht, dachte sie, sollte sie sich mit Maeve unterhalten. Maeves Schulter war immer noch die beste zum Ausweinen, wenn ihre Mutter gerade nicht zur Verfügung stand.

Doch als Deirdre Teller spülte und Verpackungsmaterial in den Abfall warf, stellte sie erstaunt fest, dass sie noch gar nicht geweint hatte.

17

Die Proben zu Szene Eins von Akt Drei am Dienstag waren fast so schlimm wie seinerzeit die Szene mit Rory nach ihrem Sex. Jetzt wies Sebastian sie als Ophelia zurück und bestritt, sie je geliebt zu haben. Deirdre fiel es schwer, ihm ins Gesicht zu sehen, und ihre Zeile »Umso mehr wurde ich betrogen« war kaum mehr als ein Flüstern.

Sie gab sich größte Mühe, ihm in die Augen zu sehen, als er ihr antwortete, stellte aber fest, dass sie das ziemlich aus der Fassung brachte. Sein Blick war leidenschaftlich, als er seinen Text sprach:

Es wäre besser, meine Mutter hätte mich nicht geboren. Ich bin sehr stolz, rachsüchtig, ehrgeizig; mir stehn mehr Vergehungen zu Dienst, als ich Gedanken habe, sie zu hegen, Einbildungskraft, ihnen Gestalt zu geben, oder Zeit, sie auszuführen.

Da Sebastian den Hamlet bis dahin als überaus kontrollierten jungen Mann gespielt hatte, war die Heftigkeit, mit der er diese Worte sprach, umso schockierender.

Als sie fertig waren, nahm David Sebastian und Deirdre beiseite. »Nimm dich ein bisschen zurück, Sebastian. Betone lieber den spöttischen Aspekt, wie wir's vorher besprochen haben. Ich weiß, dass man dazu neigt, die meisten Szenen voller Emotion zu spielen, aber geh's ruhig an, jetzt, wo wir noch verschiedene Dinge ausprobieren können. Okay? Versuchen wir's noch mal, bevor wir eine Kaffeepause machen.« Dann ging er wieder zu seinem Stuhl zurück und sagte zu Deirdre: »Das Flüstern war toll. Bitte behalte das bei.«

Je länger sie zusammenarbeiteten, desto leichter fiel es Deirdre, sich von den Ereignissen der Sonntagnacht zu distanzieren. Sebastian hatte Recht gehabt. Es war wirklich wichtig, dass sie weiterhin Freunde blieben, wenn sie so intensiv miteinander zu tun hatten. Sie war froh, dass es keine Feindseligkeit zwischen ihnen gab wie zwischen ihr und Rory, dem sie immer noch aus dem Weg ging, weil es ihm ein geradezu perverses Vergnügen zu bereiten schien, bei jedem Zusammentreffen mit ihr über sie zu spotten.

Die einzige Szene, die sie mit ihm zusammen auf der Bühne verbringen musste, war im ersten Akt des Stückes. Dort empfahl Rory als Laertes seiner Schwester, die Annäherungsversuche des Prinzen Hamlet mit Vorsicht zu genießen. In der ersten Probe der Szene hatte Rory sie amüsiert betrachtet, während er seine Warnung aussprach, und sie hatte das Gefühl gehabt, dass er die Worte bewusst auf die reale Situation bezog. Sie hatte ihm nicht in die Augen gesehen, doch plötzlich hatte sie voller Unbehagen gemerkt, dass er ihr dichtes Haar hochhob und es über ihre rechte Schulter warf, sodass ihr Nacken und das linke Ohr freilagen. Dann hatte er den Arm um ihre Taille gelegt und den Kopf auf ihre Schulter gestützt, sodass ihre Gesichter sich berührten und sein Mund praktisch an ihrem Ohr war. Seine Worte hatten gesetzt und bedeutungsschwer geklungen:

Bedenk, was deine Ehre leiden kann,
Wenn du zu gläubig seinem Liede lauschest,
Dein Herz verlierst und deinen keuschen Schatz
Vor seinem ungestümen Dringen öffnest.
Fürcht es, Ophelia! fürcht es, liebe Schwester …

Er hatte sich dicht an sie gedrückt, und sie hatte seinen heißen Atem an ihrem Ohr gespürt. Sie selbst hatte schneller geatmet und versucht, sich aus seinem Griff zu winden. Aber er hatte sie mit dem rechten Arm festgehalten und ihre beiden Handgelenke gepackt, so dass sie sie nicht bewegen konnte. Es war ihr nicht gelungen, sich von ihm zu lösen. Plötzlich hatte sie die Finger seiner anderen Hand an ihrem Nacken gespürt, und er hatte sie langsam über ihre Schulter zu ihrem Busen gleiten lassen. Deirdre war erstarrt und tiefrot geworden. Zum Glück waren außer ihnen nur David Lawless, Nick McCarthy und der Schauspieler, der die Rolle des Polonius hatte und sich gerade auf seinen Auftritt vorbereitete, in dem Probenraum gewesen.

Nachdem Deirdre noch einmal versucht hatte, sich seinen Armen zu entwinden, hatte sie sich in ihr Schicksal ergeben. Da war Rory fast am Ende seines Textes angelangt. Plötzlich hatte er sie angewidert von sich gestoßen. »Sei denn behutsam! Furcht gibt Sicherheit«, hatte er mit einem bedeutungsvollen Blick gesagt. Deirdre war auf den Stoß völlig unvorbereitet gewesen und wäre fast hingefallen. Sie hatte ein paarmal tief durchgeatmet, bevor sie mit ihrem eigenen Text begann, und zwar sehr viel entrüsteter, als sie es bis dahin geprobt hatten.

Als Polonius mit seinem »Noch hier, Laertes?« die Bühne betreten hatte, hatte David Lawless sich zu Wort gemeldet. »Können wir hier eine kurze Pause machen? Tut mir Leid, dass ich die Szene unterbreche«, hatte er hinzugefügt. »Na schön, ihr zwei. Schauen wir uns das noch mal an.« Dann war er zu ihnen auf die Bühne getreten und hatte sich dabei nachdenklich das Ohrläppchen gerieben. »Ich weiß, dass wir uns über den freudianischen Aspekt der Geschwisterliebe unterhalten haben, Rory, und der Anfang war auch gar nicht schlecht, aber die Hand auf der Brust verweist doch zu deutlich auf einen wirklichen Inzest. Die Möglichkeit solltest du eigentlich nur andeuten.« Dann hatte er sich übers Kinn gestrichen. »Der Stoß sollte wahrscheinlich eher die Verachtung, die Laertes sich selbst gegenüber empfindet, symbolisieren als die, die er für seine Schwester hegt, oder?«

»Ja.« Rory hatte genickt. »Ist das so rübergekommen?«

»Nicht so ganz. Versuch, nachdem du sie weggestoßen hast, ein paar Schritte nach links zu machen, damit die Zuschauer deinen Gesichtsausdruck sehen können, Ophelia aber nicht.« Dann hatte David sich Deirdre zugewandt. »Die Gegenwehr und dann die Resignation haben mir gut gefallen. Behalte das bei, Deirdre. Und jetzt machen wir beim Auftritt von Polonius weiter.«

Als David wieder zu seinem Stuhl zurückgekehrt war, hatte sie Rory einen bitterbösen Blick zugeworfen, der jedoch leider sein Ziel verfehlte, weil Rory voller Konzentration in sein Skript sah.

Als die Tage vergingen, wurde Deirdre bewusst, dass ihr Leben eintöniger verlief als je zuvor. Maeve arbeitete mittlerweile an der Serie *Ardmore Grove* mit, und sie selbst verfolgte die Proben der anderen nicht mehr so häufig wie früher, weil sie insgeheim Angst davor hatte, dass Sebastian vielleicht auf falsche Ideen kommen könnte, wenn sie ihn zu intensiv beobachtete.

Um sich die Zeit zu vertreiben, fing Deirdre an zu stricken. Sie hatte gehört, dass viele Schauspielerinnen das machten.

Sie suchte sich ein einfaches Muster für einen Herrenpullover aus, den sie zu Weihnachten als Geschenk für ihren Vater fertig haben konnte. Anfangs verlor sie noch die eine oder andere Masche, doch nach einer Weile hatte sie den Dreh einigermaßen heraus. Sie konnte auch nicht aufgeben, denn schließlich hatte sie vierzehn Knäuel Wolle gekauft.

Sie saß am Freitagmorgen der zweiten Probenwoche ganz

allein in der Cafeteria, als plötzlich die Tür aufging und jemand hereinkam. Als sie den Blick hob, wurde ihr bewusst, dass sie vor Konzentration ein bisschen schielte und die Zungenspitze aus ihrem Mund hervorlugte.

»Hallo, Deirdre. So, wie du jetzt gerade aussiehst, könntest du bei 'nem Babyfotowettbewerb mitmachen«, sagte Rory, hängte einen Teebeutel in eine Tasse und goss heißes Wasser darüber.

Deirdre legte seufzend ihr Strickzeug weg. »Rory, du wirst von Tag zu Tag lästiger.«

Rory nahm sich einen Keks, setzte sich aufs Fensterbrett, stellte seine Teetasse ab und biss ein Stück von dem Keks ab.

»Das sind Evas Kekse.«

»Sie hat gesagt, ich kann einen haben. Für wen ist denn das Strickteil? Doch nicht etwa für den Prinzen von Dänemark, oder?«

Deirdre legte keinen großen Wert auf dieses Gespräch, hatte aber nicht vor, sich von Rory aus der Cafeteria vertreiben zu lassen. »Nein, den will ich meinem Vater zu Weihnachten schenken.«

»Der Mann hat aber Glück. Weißt du was, Deirdre? Du kannst manchmal ganz schön prüde klingen. Das überrascht mich etwas, weil ich Grund zu der Annahme habe, dass meine kleine Hexe längst nicht so unschuldig ist, wie sie immer tut.«

Deirdre begann wieder zu stricken.

Rory trank einen Schluck von seinem Tee und sah sie über den Rand seiner Tasse hinweg an. »Du wirkst sehr häuslich, Deirdre. Ich habe gehört, dass du jetzt sogar Abendessenseinladungen gibst. Nur schade, dass Eva nicht konnte. Nun ja, vielleicht war's gar nicht so schlecht, dass sie gestürzt ist. Ich muss sagen, mich wundert's, dass dein Freund noch am

Leben ist. Ich vermute, dass deine Kochkünste sich sehr an Lucretia Borgia orientieren.«

Deirdre konzentrierte sich noch stärker auf ihre Strickarbeit und bemühte sich, die Zunge nicht wieder herauszustrecken. Hätte Eva doch Rory nichts von der Einladung erzählt!

Rory fing an, mit den Beinen zu schwingen. »Der neue Look steht dir gut, Deirdre. In letzter Zeit wirkst du besonders sexy. Ich habe heute Nacht sogar von dir geträumt. Du hast …«

Da streckte Jessica Young den Kopf zur Tür herein und sagte: »Deirdre? Wir brauchen dich gleich. Jetzt kommt dann die Mausefalle-Szene.« Deirdre stand sofort auf. Sie wollte nicht hören, was Rory geträumt hatte. Am liebsten hätte sie ihm eine Stricknadel in den Leib gerammt, als sie an ihm vorbeiging.

Deirdre erinnerte sich, wie sehr sie sich noch ein paar Tage zuvor auf die Proben zur Mausefalle-Szene gefreut hatte. Ironie des Schicksals, dachte sie, dass sie sich jetzt fast ein bisschen davor fürchtete. Die Schauspieler versammelten sich auf der Bühne.

»Komm hierher, lieber Hamlet, setz dich zu mir«, rief Eva Sebastian zu.

»Nein, gute Mutter, hier ist ein stärkerer Magnet«, erwiderte Sebastian und ging auf Deirdre zu, die auf der linken Seite der Bühne saß. Sebastian kniete neben ihr nieder und drückte sein Gesicht genüsslich wie ein Satyr in ihren Schoß, genauso wie David Lawless es ihm vorgeschlagen hatte. Deirdre wurde rot und hatte plötzlich Probleme mit dem Text.

Als sie den Blick hob, sah sie Rory McDonagh durch die Tür der Cafeteria in den Probenraum kommen. Was machte der denn noch hier? Eigentlich hatte er jetzt frei. Rory merkte erst, was auf der Bühne passierte, als sich die Tür hinter ihm geschlossen hatte. Er zog eine Augenbraue hoch, setzte sich auf einen Stuhl und lehnte sich zurück, um das Schauspiel zu genießen. Sein Blick wirkte höflich-interessiert, doch den Mund hatte er zu einem spöttischen Grinsen verzogen.

Als Deirdre am späten Nachmittag nach Hause ging, hatte sie eine Nachricht ihrer Agentin auf ihrem Anrufbeantworter.

Sie rief zurück, und Mary Sheridan verband sie sofort mit Sally.

»Hallo, Deirdre. Wie sieht Ihr Probenplan für nächste Woche aus? Ich würde gern ein Vorsprechen für Sie arrangieren.«

»Ende der Woche ist ziemlich viel los, aber in der ersten Hälfte bin ich einigermaßen flexibel.« Deirdre konnte es kaum glauben, ein solches Telefongespräch zu führen. Davon hatte sie viele Jahre lang geträumt. »Das heißt, wenn wir den Probenplan einhalten«, fügte sie hinzu. »Er wird immer wieder verändert, weil wir Rücksicht auf Eva nehmen müssen.«

»Gut, das notiere ich mir.« Sie schwieg einen Augenblick. Deirdre stellte sich vor, wie Sally sich am anderen Ende der Leitung durch riesige Papierstapel wühlte. »Ich sage Ihnen jetzt, worum's geht«, meinte Sally schließlich. »Eine texanische Gruppe möchte hier einen Film drehen, der in der Zeit der großen Hungersnot spielt. Der Mann, der den Film produziert, hat auch das Drehbuch geschrieben und möchte selber Regie führen. Offenbar träumt er schon seit Jahren von diesem Projekt.«

Deirdre war ganz aufgeregt, obwohl sie wusste, dass sie das nicht sein sollte, weil Sally sie vor zu großen Träumen gewarnt hatte.

»Ich möchte nicht, dass Sie sich zu große Hoffnungen machen. Der Mann ist Amateur und hat mehr Geld als Verstand.

Er ist vor ein paar Jahren schon mal hier gewesen, um einen grässlichen Film zu drehen, der es meines Wissens nicht mal in die Videotheken geschafft hat. Wie hieß das Ding gleich noch mal? Es war irgendwas mit Pferden …«

»Vielleicht *Pferdestärken*?«

Sally klang überrascht. »Woher wissen Sie denn das?«

»Maeve Kirwan hat damals mitgespielt. Und Rory McDonagh.«

»Tja, dann können Sie sich ja mit denen schon mal über den Typ unterhalten. Ich könnte mir vorstellen, dass sie ein paar Horrorgeschichten über ihn parat haben.«

»Sally, darf ich Sie was fragen? Wenn das Ding so schrecklich ist, warum wollen Sie dann überhaupt, dass ich zum Vorsprechen gehe?«

»Weil ansonsten im Augenblick nicht viel los ist und ich möchte, dass Sie ein bisschen mehr Routine beim Vorsprechen bekommen, Deirdre. Da brauchen Sie dringend noch Erfahrung. Nach dem Fiasko mit Juliet Rathbone-Lyon würde ich Sie sogar zu einem Vorstellungsgespräch für 'ne Beamtenstelle schicken.«

»Das heißt, wenn man mir die Rolle anbietet, soll ich sie ablehnen?«

»Genau. Obwohl das natürlich sehr davon abhängt, wie viel die Leute Ihnen bieten und wie dringend Sie das Geld brauchen.«

Ziemlich dringend, dachte Deirdre. Sie hatte sich die ganze Woche von nichts anderem als Thunfisch-Sandwiches ernährt, weil die Essenseinladung vom Sonntag ein großes Loch in ihre Kasse gerissen hatte. Doch heute hatte sie ihre Gage bekommen, und das würde sie feiern, indem sie am Abend ausging.

»Wann sind die Dreharbeiten, Sally?«

»Das wird noch eine Weile dauern. Sie machen das Casting nur deshalb schon jetzt, weil sie gerade hier sind, um sich die Locations anzusehen. Wahrscheinlich geht's irgendwann im Oktober los. Bis dahin könnten Sie mit dem *Hamlet* fertig sein, und wenn nicht, könnten Sie immer noch tagsüber zu den Dreharbeiten.«

»Aber ich dachte, ich soll das Angebot nicht annehmen, falls ich es überhaupt kriege. Soll ich da nicht von vornherein den Eindruck machen, als stehe ich nicht zur Verfügung?«

»Die wollen die Zusicherung, dass Sie zur Verfügung stehen, bevor sie Sie überhaupt zu einem Vorsprechen einladen. Es hat keinen Sinn, sich einen Schauspieler anzusehen, der andere Verpflichtungen hat.« Deirdre hörte, dass Sally wieder in ihren Papieren herumsuchte. »Ich versuche, Anfang nächster Woche einen Termin für Sie zu bekommen, Deirdre, und rufe sie dann am Montag an, ja? Schönes Wochenende.«

»Danke, Sally, ebenfalls.«

»Ach, übrigens, Deirdre, das ist wichtig: Können Sie reiten?«

»Ja«, antwortete sie, ohne zu zögern.

»Sind Sie sich sicher? Schauspieler lügen praktisch immer, wenn man ihnen diese Frage stellt.«

»Sally, ich komme aus Wicklow, das wissen Sie doch, oder? Und da wimmelt's nur so von Reiterhöfen.«

»Na schön, ich glaube Ihnen. Tschüs, Deirdre.«

»Bis bald, Sally. Danke.«

Deirdre legte auf und biss sich auf die Lippe. Sie hatte in ihrem Leben nur zweimal auf einem Pferd gesessen, und das im Alter von zehn Jahren. Aber das war ziemlich egal, denn Sally hatte ihr ja gesagt, sie solle die Rolle nicht annehmen, selbst wenn man sie ihr auf einem silbernen Tablett anbot. Und wenn sie sie doch nahm, konnte sie immer noch einen

Schnellkurs machen. Dann würde nie jemand erfahren, dass sie geblufft hatte.

Am Abend im Meagher's gesellte sich Sophie zu Deirdre und Maeve, die kichernd über dem Kreuzworträtsel der *Irish Times* saßen und so viele falsche Lösungen wie möglich eintrugen. Maeve war besonders albern, weil sie gerade erfahren hatte, dass sie die restliche Saison keine einzige Szene in *Ardmore Grove* mit Ann Fitzroy haben würde. Sophie trug eine Schlangenlederhose, die fast identisch mit der von Eva war, aber vermutlich von einer vom Aussterben bedrohten Schlangenart stammte.

»Habt ihr schon von dem neuen Film gehört, der bald hier gedreht wird?«, fragte sie.

»Ja«, sagte Deirdre. »Ich bin nächste Woche zum Vorsprechen eingeladen«, fügte sie beiläufig hinzu.

»Ich auch«, sagte Sophie in selbstgefälligem Tonfall. Scheiße, dachte Deirdre.

»Was für ein Film denn?«, fragte Maeve.

»Es geht um die große Hungersnot in Irland. Sie brauchen Schauspieler, die reiten können, und ich bin eine vorzügliche Reiterin«, verkündete Sophie. Noch mal Scheiße, dachte Deirdre. »Offenbar ist der Regisseur ganz verrückt nach Pferden. Da haben wir schon was gemeinsam.«

»Verrückt nach Pferden?«, fragte Maeve. »Das klingt übel. Ist das zufällig derselbe Idiot, der vor ein paar Jahren diesen grässlichen Film gemacht hat, in dem ich mitgespielt habe? Wie hieß er gleich noch mal? Er war so furchtbar, dass ich nicht mal mehr den Titel weiß.«

»*Pferdestärken.*«

»Genau. Erinnerst du dich tatsächlich daran, Deirdre? Ich hätte nicht gedacht, dass er's überhaupt bis in die ...«

»... Videotheken schafft? Tja, hat er offenbar auch nicht.«

»Das wundert mich nicht. Wieso weißt du so gut Bescheid darüber, Deirdre?«, fragte Maeve.

»Du hast mir bei den Proben zum *Sommernachtstraum* davon erzählt, und außerdem habe ich mich heute mit Sally drüber unterhalten.«

»Tja, zumindest bist du gewarnt. Lass dich ja nicht darauf ein«, sagte Maeve.

Deirdre betrachtete kurz ihre Fingernägel und zuckte dann die Achseln. »Das kommt ganz drauf an, wie viel Geld sie mir bieten.« Jetzt, wo sie wusste, dass Sophie Burke wahrscheinlich versuchen würde, dieselbe Rolle zu bekommen, wollte sie sie plötzlich unbedingt haben.

»Sei vorsichtig, Deirdre. Dieser *Pferdestärken*-Film war das Grässlichste, was ich in meiner ganzen Laufbahn gemacht habe. Ich bekomme jetzt noch eine Gänsehaut, wenn ich dran denke.«

»Nun, wenn du meinst.« Deirdre hatte kein Interesse daran, das Thema weiter zu verfolgen. »Wahrscheinlich kriegt sowieso Suki Hayes die Rolle – falls sie sich überhaupt drum bewirbt.«

»Nein, tut sie nicht«, sagte Sophie. »Sie steht in der Zeit nicht zur Verfügung, weil sie in *Ardmore Grove* mitspielt. Sie hat die Rolle gekriegt, die eigentlich du wolltest.« Dabei lächelte sie sie freundlich an. Deirdre hätte ihr am liebsten ihr Bier über ihre Schlangenlederhose geschüttet. Seit sie den Château Raspail gekostet hatte, trank sie den Weißwein von Meagher's nicht mehr und hatte sich auf Guinness verlegt.

Da tauchte Rory auf. Lieber Gott, nein, dachte Deirdre, nicht er und Sophie, als er sich neben Maeve setzte. Warum war sie nur in den Pub gegangen? Da kreuzte auch noch der Schöne Ben auf und sah sich nach Sophie um.

»Ich habe amüsante Neuigkeiten für dich, Maeve«, sagte Rory.

»Lass mich raten«, erwiderte sie. »Die Leute von dem *Pferdestärken*-Film sind wieder in der Stadt.«

»Genau«, sagte Rory. »Woher weißt du das?«

»Deirdre und Sophie haben nächste Woche einen Vorsprechtermin.«

Rory machte große Augen. »Na, dann mal viel Glück, ihr beiden«, sagte er.

»Es wundert mich, dass sie dich noch nicht gefragt haben, Rory. Schließlich kannst du gut mit Pferden umgehen. Warum rufst du nicht an?«, fragte Maeve spöttisch.

»Du wirst es nicht glauben, Schätzchen, aber sie haben schon angerufen.«

»Nein!« Maeve lachte schallend. »Und was hast du ihnen gesagt?«

»Natürlich, dass sie sich verpissen sollen«, sagte Rory. Während Maeve und Rory lachten, sah Deirdre verstohlen zu Sophie hinüber, die sie ebenfalls gerade verstohlen anschaute.

Spitzbübische Munkelei, dachte Deirdre O'Dare. Das bedeutet Unheil.

»Howdy!« Am folgenden Mittwochmorgen beugte sich TP O'Reilly, der Regisseur, Drehbuchautor und Produzent des Films über die Hungersnot in Irland, über den Tisch eines sterilen Konferenzzimmers in einem Hotel, um Deirdre die Hand zu schütteln. Er war ein kräftiger, väterlich wirkender Mann Anfang fünfzig.

»Hallo!« Deirdre schenkte ihm ein breites Lächeln. »Schön, Sie kennen zu lernen! Ich bin Deirdre O'Dare!« Sie hatte sofort gespürt, dass es in seiner Gegenwart sinnvoll wäre, jeden Satz mit einem Ausrufezeichen zu versehen.

»Und ich bin Big TP O'Reilly, Deirdre!«, sagte er mit texanischem Akzent und packte ihre Hand. »Eigentlich heiße ich Thomas Patrick, aber alle nennen mich nur Big TP, denn ich bin nicht nur körperlich groß und kräftig« – er klopfte mit beiden Händen auf seinen üppigen Bauch und grinste sie an –, »sondern habe auch ein großes Herz.« Dabei zwinkerte er ihr zu. »Setzen Sie sich doch, Deirdre.«

Sie setzte sich lächelnd an den Tisch. In einer Ecke des Raumes arbeitete eine gestresste Frau an ihrem Laptop, und als ein Handy klingelte, ging die Frau mit mürrischem Gesicht ran. Sie murmelte kurz etwas hinein und wandte sich dann wieder ihrem Bildschirm zu.

»Nun, Deirdre«, sagte TP O'Reilly in jovialem Tonfall. »Sehen wir mal, ob wir Sie unter den vielen hübschen Fotos finden können.« Dabei deutete er auf einen dicken Stapel Bilder auf dem Tisch und nahm das von Suki Hayes in die Hand. »Ein richtiges Kätzchen.« Er knurrte gefährlich und sah sie mit gebleckten Zähnen und gerunzelter Stirn an. Deirdre fühlte sich alles andere als wohl, aber sie war fest entschlossen, dieses Interview nicht zu verpatzen. Vielleicht schaffte sie es, TP O'Reilly zu sagen, dass Suki Hayes zur fraglichen Zeit nicht zur Verfügung stand. TP O'Reilly legte das Foto von Suki Hayes vorsichtig zur Seite und begann, die anderen durchzusehen. Dabei gab er anerkennende Geräusche von sich. »Sie haben ein hübsches Lächeln«, sagte er, als er ihr Foto endlich gefunden hatte.

»Danke, Mr. O'Reilly«, sagte sie und lächelte. Ihre Gesichtsmuskeln fingen allmählich an, sich zu verkrampfen.

»Nein, nein, nein – Big TP.«

»Natürlich, Big TP.« Deirdre kam sich ziemlich albern vor, wenn sie einen Mann, den sie gerade zwei Minuten kannte, Big TP nannte. Irgendwie, dachte sie, klang das nach einem Indianerhäuptling.

»Wissen Sie was, Deirdre?« Er legte ihr Foto ganz oben auf den Stapel und zog eine große Zigarre aus der Brusttasche seiner karierten Jacke. »Ist wirklich großartig, wieder mal im Land meiner Vorfahren zu sein. Wirklich. Das ist, wie wenn man nach Hause kommt.« Er schüttelte traurig den Kopf. »Können Sie sich das vorstellen, Deirdre? Meine Vorfahren mussten damals das Land ohne einen Penny verlassen, und hundert Jahre später komme ich als Millionär zurück. Als Multimillionär, um genau zu sein.« Er schüttelte noch einmal traurig den Kopf und zündete sich dann die Zigarre an. »Dafür gibt's ein Wort, Deirdre, stimmt's?«, sagte er und zog an der Zigarre. »Ich hab's nicht so mit Worten, sondern drücke mich lieber mithilfe von Bildern aus. Deshalb mache ich auch Filme. Wie heißt das Wort, nach dem ich suche?«

»Ironisch?«, fragte Deirdre.

»Genau, ironisch! Das ist das Wort!« Dann wurde Big TP plötzlich rührselig. Offenbar war er völlig in einen Traum über die Heimat seiner Vorfahren vertieft. Das Schweigen zog sich endlos hin, und irgendwann beschloss Deirdre, das Vorstellungsgespräch wieder in Gang zu bringen. Sie räusperte sich. »Wissen Sie, Big TP, ich habe das Gefühl, dass Sie ein Mann ganz nach meinem Geschmack sind. Jemand hat mir erzählt, dass Sie Pferde lieben.«

Die Wirkung, die das Wort »Pferde« auf TP O'Reilly hatte, war erstaunlich. Er hob den Kopf und strahlte sie an. »Ich liebe Pferde? Das ist eine Untertreibung, Deirdre! Wenn ich damals bei den alten Griechen gelebt hätte, wäre ich sicher ein Zentaur gewesen. Ha ha!«

»Pferde sind wirklich wundervolle Tiere«, sagte Deirdre mit verträumtem Blick. »Manchmal habe ich das Gefühl, dass ich im Sattel zur Welt gekommen bin.«

»Hier. Sehen Sie sich die mal an«, sagte er und warf eine Hand voll Schnappschüsse auf den Tisch. »Meine Frau macht sich oft darüber lustig, dass ich kein einziges Bild von ihr und den Kindern in meiner Brieftasche habe – aber ohne Fotos von meinen Pferden verreise ich nie!«

Deirdre nahm die Bilder mit interessiertem Blick in die Hand. Was um Himmels willen sollte sie dazu sagen? Für sie sah ein Pferd wie das andere aus. »Mein Gott, was für wundervolle Tiere!«, rief sie aus.

»Genau«, pflichtete ihr Big TP bei, erhob sich von seinem Stuhl und streckte die Arme über den Kopf. »Sie sind mir fast wichtiger als meine Kinder.«

Das bezweifelte Deirdre nicht. »Big TP, ich bin sprachlos, so schön sind sie. Ich habe noch nie so wundervolle Tiere gesehen. Ich bin völlig hingerissen von ihrer ... unglaublichen ... Sie wissen schon ...«

»Ja, ich weiß genau, was Sie meinen«, sagte TP lächelnd und nickte. »Sie sind wirklich großartig, ja. Und ich sehe, dass Sie was von Pferden verstehen, Deirdre.«

Dabei lösten sich die ersten Rauchkringel von seinen Lippen. Deirdre unterdrückte einen Hustenanfall. Wahrscheinlich, dachte sie, war die Zigarre sündhaft teuer, aber sie stank trotzdem.

Zu ihrer Erleichterung streckte er die Hand nach den Fotos aus und warf noch einen letzten liebevollen Blick darauf, bevor er sie wieder in seine Brieftasche steckte. »Nun, genug von unserer gemeinsamen Leidenschaft«, sagte er. »Jedenfalls vorerst«, fügte er hinzu. »Ich habe das Gefühl, dass wir in Zukunft noch mehr Zeit miteinander verbringen werden, Deirdre.« Er zwinkerte ihr zu, und Deirdre schenkte ihm ein Lächeln. Ein gutes Zeichen, dachte sie und versuchte, beim Lächeln Grübchen zu bekommen.

»Heute war schon eine andere Schauspielerin hier, die sich gut mit Pferden auskennt, Deirdre. Sie hat eine ganze Weile drüber gesprochen, bis mir klar geworden ist, dass sie zwar eine Menge über Pferde wusste, aber sie ihm Herzen nicht kannte. Ich erkenne einen Pferdeliebhaber auf tausend Schritt, Deirdre, und Sie sind mit der Seele bei der Sache, stimmt's?«

»Ja, Big TP.« Deirdre nickte ernst.

»Außerdem war sie blond, und ich will keine Blondine für die Rolle. Männer mögen Blondinen, aber sie heiraten Brünette, hat die berühmte Dorothy Parker mal gesagt, ha ha!« Deirdre wusste zwar, dass Anita Loos das gesagt hatte, aber das würde sie ihm nicht verraten.

Big TP stützte sich mit den Ellbogen auf dem Tisch auf. »Kommen wir zum Geschäft, Miss Deirdre. Ich erkläre Ihnen jetzt mal die Rolle, die ich für Sie vorgesehen habe.« Er zwinkerte ihr wieder zu, und diesmal glückte ihr das Lächeln mit Grübchen ziemlich gut. »Sie sollen die Tochter eines Großgrundbesitzers spielen, die Mitleid mit den hungernden Bauern der Gegend hat und ihnen Lebensmittel und Arzneien bringt. Natürliche Heilmittel, was man damals eben verwendet hat. Aber das findet ihr Vater raus, und der ist nicht nur Großgrundbesitzer, sondern auch ein übler britischer Offizier und hat jede Menge Macht. Doch seine Tochter Tracey wehrt sich, weil sie sich in einen der Bauern verliebt hat, und sie versuchen, zu Pferd vor ihm zu fliehen. Tja, und dann wird Bob von britischen Soldaten getötet …«

»Entschuldigen Sie, Big TP«, sagte Deirdre höflich, »dass ich Sie unterbreche, aber wer ist Bob?«

»Bob ist der Bauer. Ich habe beschlossen, die Heldin des Films nach meiner Tochter Tracey zu benennen und den Helden nach meinem Sohn.«

»Ach, verstehe. Was für ein netter Gedanke.«

»Jedenfalls ist Bob jetzt tot, und Tracey beschließt, sich an ihrem Vater zu rächen und eine Gesetzlose zu werden. Gerade noch war sie die unglaublich reiche und schöne Tochter des Großgrundbesitzers, und von einer Minute auf die andere hat sie nichts mehr. Nichts!« Big TP schlug mit der Faust auf den Tisch, und Deirdre zuckte zusammen. »Sie hat nur noch ihren gesunden Menschenverstand und ihr treues Ross. Also reitet sie auf Lady Tara übers Land und hilft den Armen und lockt immer wieder Briten in den Hinterhalt. Dann stolpert eines Tages ihr Vater in eine ihrer Fallen und wird zerfetzt!« Big TP lehnte sich auf seinem Stuhl zurück und sah sie erwartungsvoll an. Es herrschte langes Schweigen.

»Ist das das Ende?«, fragte Deirdre vorsichtig.

»Nein! Später stellt sich heraus, dass Bob doch nicht tot ist – er ist inzwischen auch ein Gesetzloser und hat den Briten Fallen gestellt, genau wie Tracey. Eines Tages treffen sie sich ganz zufällig, als sie am selben Ort einen Hinterhalt legen wollen – den Teil sollen Sie mir vorlesen –, und merken, dass sie trotz allem, was sie durchgemacht haben, immer noch verrückt nacheinander sind. Irgendwann ist dann die Hungersnot vorbei, und sie kehren in das große Haus zurück.«

Eine ganze Weile war das einzige Geräusch in dem Raum das der Finger der Frau, die auf ihren Laptop einhackte. »Das klingt toll, Big TP«, sagte Deirdre schließlich.

»Ich habe mir schon gedacht, dass Sie das sagen würden. Schön, lassen Sie uns die Szene zusammen lesen, wo Tracey und Bob sich wieder treffen. Es sind nur ein paar Seiten, aber mehr brauche ich nicht zu hören, um zu wissen, ob eine Schauspielerin das schafft oder nicht. Ich erkenne echte Begabung auf den ersten Blick, und ich habe das Gefühl, dass Sie genau die Richtige sind, Deirdre!«

Er schob ihr ein paar maschinenschriftliche Seiten hin, und Deirdre warf einen vorsichtigen Blick darauf. Sie spürte Panik in sich aufsteigen. Tracey war Landadel, also durfte sie nicht vergessen, im Akzent der Oberschicht zu lesen. Sie holte tief Luft. »Bob!«, rief sie aus. »Du bist es! Aber das ist nicht möglich. Bob ist tot.«

Big TP legte seinen texanischen Akzent kurzfristig ab und ersetzte ihn durch einen grauenvollen irischen. »Nein, Tracey, geh nicht! Ich bin Bob. Ich bin Bob. Glaub mir's, ich bin Bob.«

»Wie soll ich dir das glauben? Ich habe deine Leiche mit eigenen Augen gesehen. Das ist ein Trick der Briten. Ich gehe.«

»Nein! – Er packt sie am Arm. –« Du lieber Himmel, dachte Deirdre. Jetzt liest er auch noch alle Regieanweisungen. »Du darfst nicht gehen, da ich dich nach all den Jahren wieder gefunden habe. Schau! – Er krempelt den Ärmel hoch, um ihr sein Geburtsmal zu zeigen. – Hier ist der Beweis!«

»Ich muss dir glauben. Es kann keinen anderen Bob geben.« Da Big TP die Regieanweisungen mitlas, dachte Deirdre, musste sie es wohl auch tun. »Sie fällt ihm in die Arme. Sie küssen sich leidenschaftlich.« Mein Gott, dachte Deirdre. Wer sollte den Bob spielen? Nicht Rory McDonagh, da war sie sich sicher. »Sie lösen sich voneinander. Sie streichelt sanft sein Gesicht. – Aber Bob, wie ist das möglich? Wieso bist du nach all der Zeit noch am Leben?«

»Ich habe mich tot gestellt, um die Briten an der Nase herumzuführen. Aber das ist eine lange Geschichte, Tracey. Dafür haben wir jetzt keine Zeit. Die Briten werden bald hier sein.«

»Du hast Recht, Bob, wir müssen gehen. Hast du immer noch dein Pferd Old Madge?«

»Nein, Tracey. Leider hat Old Madge sich hingelegt und ist vor Kummer gestorben, als ich mich tot gestellt habe, um die Briten an der Nase herumzuführen. – Er wendet traurig den Blick ab. – Old Madge ist an gebrochenem Herzen gestorben, Tracey. Ich werde den Briten nie verzeihen, was sie ihr angetan haben.«

»Das tut mir so Leid, Bob. Ich werde den Briten auch nie verzeihen. Ich werde ihnen das, was sie dir angetan haben, nie vergeben. Ich werde ihnen das, was sie mir angetan haben, nie vergeben. Und ich werde ihnen auch nie vergeben, was sie meinem Land angetan haben.«

»Deinem Land? Aber du bist die Tochter eines britischen Adeligen, Tracey.«

»Nein, Bob. Ich *war* die Tochter eines britischen Adeligen.«

»Er sieht sie fragend an«, unterbrach Big TP sie.

Deirdre fuhr fort. »Ja, Bob. Ich habe meinen Vater in die Luft gejagt. Jetzt bin ich genauso irisch wie du. Das Blut, das durch meine Adern fließt, ist nicht mehr das blaue Blut eines englischen Grafen. Es ist das grüne Blut von Irland. – Sie holt einen irischen Pass aus ihrer Handtasche und zeigt ihn ihm.« Deirdre überlegte kurz, ob sie erwähnen sollte, dass es irische Pässe erst seit den zwanziger Jahren gab, entschied sich dann aber dagegen.

»Tracey, ich liebe dich.«

»Bob, ich liebe dich auch. – Sie küssen sich wieder. – Aber wir müssen uns beeilen. Es ist spät.«

»Du hast Recht, Tracey. Ach, da sehe ich ja dein Pferd Lady Tara draußen auf dem Feld. Beeile dich und reite weg von hier, so schnell du kannst.«

»Ich gehe nirgendwohin ohne dich, Bob. Niemals mehr. Lady Tara ist stark genug, um uns beide zu tragen. – Sie laufen hinüber zum Feld, steigen auf Lady Tara und galoppieren davon.«

»Wow, Deirdre!« TP blies eine Rauchwolke in die Luft. »Das haben Sie traumhaft gelesen. Genau so habe ich mir das immer vorgestellt.«

Diesmal machte Deirdre sich nicht die Mühe, Grübchen auf ihr Gesicht zu zaubern. Sie war sich inzwischen gar nicht mehr so sicher, ob sie dieses Gespräch nicht doch hätte platzen lassen sollen. »Danke, Big TP.«

Big TP erhob sich und streckte ihr die Hand hin. »Nun, Deirdre, es war wirklich ein Vergnügen, Sie kennen zu lernen. Und ich kann mit ziemlicher Sicherheit sagen, dass wir uns wieder sehen werden.« Er sah sie mit einem Augenzwinkern an, das sie ganz automatisch erwiderte. »Ha ha ha!«, dröhnte Big TP. »Sie sind genau die Sorte Mädchen, die ich mir vorgestellt habe, Miss Deirdre O'Dare!«

Und als er sie zur Tür dirigierte, legte er die Hand väterlich ein bisschen zu tief auf ihren Rücken.

18

Sie waren mitten in der fünften Probenwoche, als Deirdre auf ihrem Anrufbeantworter die Nachricht Sallys vorfand, man habe ihr die Rolle der Tracey angeboten. Sie wusste nicht, was sie empfinden sollte. Über eine noch so kleine Rolle in einem Film von Neil Jordan hätte sie sich viel mehr gefreut. Und irgendwie war es auch nicht mehr so wichtig, dass sie sich diesmal gegen Sophie durchgesetzt hatte.

Ihr Instinkt sagte ihr, dass sie das Angebot ausschlagen sollte. Sie wusste, dass der Film ihrer Karriere nicht nützen und lediglich eine demütigende Erfahrung für sie sein würde. Doch dann dachte sie an die finanzielle Seite. Ihr Vertrag mit Lawless Productions lief nur noch sechs Wochen. Kurze Zeit hieß es, dass *Hamlet* wegen des großen Publikumsinteresses möglicherweise verlängert würde, aber die Pläne wurden sehr bald wieder aufgegeben, weil zu viele von den Schauspielern bereits andere Engagements angenommen hatten. Die Glücklichen! Denn abgesehen von dem Grace-O'Malley-Film gab es im Moment keine Angebote, und die Chance auf eine Rolle in dem Streifen hatte sie vertan, das wusste Deirdre. Sie rief Sally an, um sie um Rat zu fragen.

»Das Interview haben Sie prima hingekriegt, Deirdre. War wahrscheinlich gar nicht so leicht. Aber das Ganze ist ein Pyrrhussieg.«

»Sie sind also immer noch der Meinung, dass ich das Angebot nicht annehmen sollte, Sally?«

»Ja. Tut mir Leid, Deirdre. Sie würden sich damit beruflich keinen Gefallen tun. Sind Sie jetzt sehr enttäuscht?«

»Nein, eigentlich nicht. So scharf war ich auf diesen TP O'Reilly auch wieder nicht. Und das Skript war grässlich.«

»Gut. Das freut mich zu hören. Ich rufe heute bei der Produktionsfirma an und nenne denen eine völlig überzogene Gagenvorstellung. Sie machen sicher einen Rückzieher, wenn sie merken, dass sie sich Sie nicht leisten können.«

»Das Problem ist nur, dass mein Vertrag in sechs Wochen ausläuft. Was soll ich machen, wenn *Hamlet* zu Ende ist?«

»Soll das heißen, dass Sie es sich vielleicht doch anders überlegen wollen?«

»Nein. Ich möchte den Film wirklich nicht machen, aber ich bin absolut pleite.«

»Nun, das ist das Risiko in diesem Beruf, Deirdre. Bis jetzt haben Sie sowieso großes Glück gehabt. Entweder Sie versuchen, Arbeitslosenhilfe zu kriegen, oder Sie suchen sich einen Teilzeitjob.«

»Und was ist mit *Ardmore Grove*?« Verzweiflung schwang jetzt in Deirdres Stimme mit. »Wären die immer noch interessiert?«

»Ich habe schon lange nicht mehr mit denen telefoniert. Ich bringe das Gespräch mal drauf, wenn ich das nächste Mal anrufe. Aber selbst wenn sie interessiert sind, Deirdre, hätten Sie erst in ein paar Monaten wieder einen Job. Die Episoden mit der Figur, für die Sie in Frage kämen, werden erst nach Weihnachten gedreht.«

»Lassen Sie es mich wissen, wenn sich etwas anderes tut, Sally?«

»Natürlich. Aber bis dahin sollten Sie erst mal den *Hamlet* genießen.«

Deirdre legte den Hörer mit einem ängstlichen Gefühl auf. Vielleicht sollte sie schon mal die Fühler nach einem Job als Kellnerin oder Zimmermädchen in einem der neuen Stadthotels ausstrecken, die jetzt überall aus dem Boden schossen.

Ein paar Tage zuvor hatte sie einen Brief von Sarah bekommen, in dem sie ihr schrieb, dass ihr Onkel bald wieder nach Dublin zurückkehren und deshalb die Wohnung brauchen würde. Das bedeutete, dass sie zu ihren Eltern nach Kilmacanogue musste. Sie würde sich eine Wohnung in der Stadt nicht leisten können, und der Gedanke daran, dass sie sich nach der schönen Zeit womöglich eine möblierte Wohnung in Rathmines würde teilen müssen, gefiel ihr absolut nicht. Doch dann riss sie sich zusammen. Sally hatte Recht: Sie hatte bis jetzt ziemliches Glück gehabt und sollte sich wirklich auf ihre gegenwärtige Arbeit konzentrieren, statt sich Sorgen darüber zu machen, was die Zukunft brachte.

Die *Hamlet*-Proben wurden zur Belastung. Dass die Schauspieler fast zehn Wochen lang in zwei Aufführungen gleichzeitig gearbeitet hatten, machte sich allmählich bemerkbar. Im Augenblick hatten sie sogar drei Sitzungen pro Tag. Alle waren erschöpft und gereizt. Sogar Eva wurde bis an die Grenzen ihrer Belastbarkeit beansprucht, denn sie stand von ihnen allen unter dem größten Druck. Zwei Aufführungen und einen Film unter einen Hut zu bringen war keine leichte Sache, und ein- oder zweimal hatte sie die Nerven verloren, sich aber hinterher bei allen entschuldigt.

Auch das Wetter hatte sich verändert, und die Schauspieler trugen nun nicht mehr ihre bunten Sommersachen, sondern gedecktere herbstliche Farben. Finbar de Rossa hatte sich eine Grippe eingefangen und aufgrund seiner Doppelbelastung als Macbeth und Claudius immense Probleme mit der Stimme. Der Arzt hatte ihm gesagt, er dürfe den Mund nur aufmachen, wenn es unbedingt sein müsse. Für die anderen Schauspieler hatte das zumindest den Vorteil, dass sie sich vorübergehend keine Filmanekdoten mehr anhören mussten.

Sebastian war der Einzige in der Truppe, dem niemand den Druck anmerkte, aber er war auch der Einzige, der am Abend noch keinen Auftritt absolvieren musste. Seine Interpretation des Hamlet sprühte vor Energie, dachte Deirdre, als sie ihn die Fechtszene mit Rory proben sah. Die Haare klebten Rory im Gesicht, und auf seinem T-Shirt zeichneten sich Schweißflecken ab, doch Sebastian war kaum außer Atem.

Als sie mit der Szene fertig waren, stolperte Rory zu Deirdre hinüber, die strickend auf einem Stuhl saß, und sank keuchend auf den neben ihr. »Gib mir ein bisschen was von deinem Wasser ab, Deirdre«, sagte er und deutete auf die große Flasche Tipperary neben ihren Füßen. Sie atmete den Geruch seines Schweißes ein und stellte erstaunt fest, dass er ihr gefiel. Es war ihr schon mehrfach aufgefallen, dass sie seinen Geruch im Gegensatz zu dem der meisten anderen männlichen Darsteller mochte. Die Dusche in einer der Herrengarderoben war kaputt, und einige der Männer rochen nach der Kampfszene in Macbeth ziemlich streng. Nach der Vorstellung im Pub neben ihnen zu sitzen war alles andere als ein Vergnügen.

»Danke«, sagte er, als Deirdre ihm die Wasserflasche reichte. Er trank ein paar Schlucke. Dann wischte er sich den Mund mit dem Handrücken ab, bevor er die Flasche Deirdre zurückgab. Sie wischte ihrerseits mit ihrem Ärmel über den Rand, bevor sie den Verschluss wieder darauf schraubte.

»Gute Idee, Deirdre. Ich hatte ganz vergessen, wie unhygienisch es ist, Körperflüssigkeiten auszutauschen«, sagte er mit einem unheilvollen Lächeln. »Na, wie geht's voran mit dem Pullover?« Er nahm ihr das Strickzeug aus der Hand, bevor sie ihn daran hindern konnte, hob es hoch und betrachtete es voller Bewunderung. »Sieht wirklich gut aus, Deirdre. Ist ja auch ein rasend schweres Muster.«

»Meinst du nicht, dass du anfangen solltest, ins Fitnessstudio zu gehen, Rory? Ich habe den Eindruck, dass du keine

Kondition hast.« Deirdre nahm ihm das Strickzeug aus der Hand.

»Ich? Ins Fitnessstudio? Du hast sie wohl nicht alle.«

»Na ja, dann könntest du wenigstens mal joggen. So hält Sebastian sich fit. Er joggt jeden Morgen vor den Proben.«

»Ich jogge nicht, Deirdre. Der einzige Sport, für den ich mich interessiere, ist der, den man in der Horizontalen betreibt, das dürftest du aus eigener Erfahrung wissen. Und ich würde meinen, dass dein supercooler Freund Sebastian auch nichts gegen diese Art von Sport hat. Aber darüber weißt du sicher mehr als ich. Darf ich?«, fragte er höflich, nahm noch einmal die Wasserflasche und trank.

»Er ist nicht mein Freund«, herrschte Deirdre ihn mit hochrotem Gesicht an.

Rory sah sie an. Sein Blick war gleichzeitig neugierig und berechnend. Dann trank er noch einen Schluck Wasser. »So, so.« Er hob fragend eine Augenbraue. »Das wundert mich aber. Schließlich führst du dich wie ein richtiges Schaf auf, seit er hier ist. Soll das heißen, dass er nicht so viel Interesse an dir hat wie du an ihm?«

»Lass mich in Frieden, Rory, ja?«, erwiderte sie wütend.

»Wow – Deirdre O'Dare schlägt zurück. Das solltest du öfter machen, Deirdre, es steht dir nämlich gut. Mir hat das Aufsässige an dir schon immer gefallen.«

Deirdre wandte sich wieder von ihm ab. »Verschwinde, Rory«, sagte sie in übertrieben höflichem Tonfall. »Du hast wirklich eine schmutzige Phantasie. Du bist abscheulich und unausstehlich.«

»Und du bist tautologisch, Schätzchen.« Er gab ihr die Wasserflasche zurück. »Aber eines will ich dir noch sagen, bevor ich verschwinde, kleine Hexe. Was sagt Hamlet in der zweiten Szene des Stückes zu Gertrude?«

Deirdre gab ihm keine Antwort. Sie würde doch keine Ratespiele mit Rory McDonagh spielen! Sie wandte sich wieder ihrem Strickzeug zu.

»Er sagt: ›Scheint, gnäd'ge Frau? Nein, ist; mir gilt kein scheint.‹ Deirdre, du wirst das nicht hören wollen, aber Sebastian kennt dieses Wörtchen ›scheinen‹ in- und auswendig. Er lächelt die ganze Zeit, aber er führt etwas im Schilde.«

»Sei nicht so melodramatisch, Rory.«

»Ich sage dir noch etwas, Deirdre. Erinnerst du dich, wie er erzählt hat, er hätte die ersten fünfzehn Minuten von der *Macbeth*-Premiere versäumt?«

Etwas in seiner Stimme brachte sie dazu, ihn anzusehen. »Ja. Und?«, fragte sie.

»Nun, das lag nicht daran, dass sein Flug verspätet war oder dass er Probleme hatte, ein Taxi zu kriegen. Ich habe ihn an jenem Abend auf dem Weg zur Arbeit Koffer und Taschen aus einem Taxi holen und in ein Haus zwei Straßen von meinem entfernt tragen sehen. So gegen sechs.«

»Ja?« Deirdre sah ihn skeptisch an.

»Ganz sicher, Schätzchen.«

Deirdre wurde unsicher. »Na ja, vielleicht hat er den Bus verpasst und ist deswegen zu spät gekommen. Oder das Taxi hat ihn nicht pünktlich abgeholt«, sagte sie. »Es gibt jede Menge Gründe, warum Menschen zu spät kommen.«

»Du hörst mir nicht zu, Deirdre. Warum hat er behauptet, sein Flug habe Verspätung gehabt? Und warum hat er gesagt, er hätte seine Sachen im Theater gelassen, obwohl ich ihn ganz deutlich vor seiner Haustür gesehen habe?« Rory stand auf und sah sie an. »›Sei denn behutsam! Furcht gibt Sicherheit.‹ Der Rat, den Laertes Ophelia gibt, ist gut. Ich möchte nicht, dass du dir deine süßen Finger verbrennst.«

»Ich bin durchaus in der Lage, selbst auf mich aufzupassen«, sagte sie.

Er zuckte die Achseln. »Daran zweifle ich nicht. Aber vergiss nicht: Es gibt mehr Dinge zwischen Himmel und Erde, Deirdre O'Dare, von denen du keine Ahnung hast.«

Nachdem er gegangen war, schaute Deirdre nachdenklich Sebastian an.

An jenem Abend im Pub erzählte Deirdre Maeve, dass sie das Angebot, die Tracey in dem Film von TP O'Reilly zu spielen, ausgeschlagen hatte. Maeve sah sie voller Bewunderung an. »Gut gemacht, Deirdre. Das war wirklich mutig – besonders wenn du sonst kein Engagement in Aussicht hast. Tja, mit ein bisschen Glück kriegt jetzt Sophie die Rolle. Die hätte sicher nicht den Mut, sie abzulehnen. Was hat sie gesagt, als du's ihr erzählt hast?«

»Sie weiß es noch nicht.«

»Was?«, fragte Maeve überrascht. »Das wundert mich aber, Deirdre. Du lässt doch sonst keine Gelegenheit aus, Sophie eins auszuwischen. Und den andern hast du's auch nicht erzählt.«

»Na ja, ich hab's vergessen.«

Maeve hob ihr Glas. »Wie geht's voran mit den Proben?«, fragte sie.

»Ach, ganz gut. Du fehlst mir. Und alle sind ziemlich erschöpft – besonders Eva.«

»Sie arbeitet immer noch an dem Jordan-Film mit?«

»Ja.«

»Wie macht sich Sebastian?«

»Toll. Allerdings ist er todernst. Es macht keinen großen Spaß, mit ihm zu arbeiten. Ich weiß, es geht nicht darum, dass ich Spaß habe, aber es ist einfach schön, wenn man hin und wieder lachen kann.«

»Na ja. Wenigstens hast du eine Szene mit Rory. Der nimmt das Leben nicht so ernst. Oder benehmt ihr zwei euch immer noch wie kleine Kinder?«

Deirdre zuckte mit den Achseln. »Ja, ich glaube schon«, sagte sie.

Maeve sah Deirdre an und ließ dann den Blick durch das Lokal schweifen, in dem wieder einmal die Hölle los war. Seit dem Riesenerfolg der David-Lawless-Produktionen hatte Meagher zusätzliches Personal einstellen müssen, da nach der Vorstellung viele Leute in den Pub drängten. »Schau, da drüben ist Sophie. Soll ich sie rüberwinken? Dann kannst du die Neuigkeiten über den Film subtil ins Gespräch einfließen lassen.«

»Offen gestanden, Maeve: Es ist mir egal. Vielleicht erfährt sie's von jemand anders, vielleicht auch nicht.«

Maeve sah sie erstaunt an. »Deirdre, du scheinst ja allmählich erwachsen zu werden.«

Deirdre lächelte. »Keine Chance«, sagte sie. »Ich werde das Leben nie begreifen.«

In dem Augenblick betrat Rory den Pub. Er wirkte ziemlich mitgenommen.

Maeve sah plötzlich nachdenklich aus. »Ich gehe zur Theke und spendier dir einen Drink zur Feier deines Erwachsenwerdens.«

Maeve blieb eine ganze Weile weg. Normalerweise saß Deirdre nicht gern allein im Pub, aber an jenem Abend machte es ihr merkwürdigerweise nichts aus. Das änderte sich auch nicht, als ein gut aussehender Typ sie interessiert taxierte. Schließlich kam er zu ihr und sagte lächelnd: »Hallo. Du hast doch heute in dem Stück mitgespielt, stimmt's?«

»Ja, stimmt«, sagte Deirdre.

»Ganz schön beeindruckend.«

»Danke.« Deirdre erwiderte sein Lächeln höflich.

»Macht's dir was aus, wenn ich mich zu dir setze?«

Deirdre war müde und hatte keine Lust, sich mit einem Fremden zu unterhalten, nicht einmal dann, wenn er gut aussah. Sie wollte sich einfach nur in Gesellschaft von Maeve entspannen.

»Lieber nicht, wenn's dir nichts ausmacht. Tut mir Leid, aber ich bin ziemlich müde.«

»Vielleicht würde dich ja eine Ego-Massage aufmuntern. So was kann ich gut.« Er setzte sich mit einem viel sagenden Lächeln ziemlich dicht neben sie. »Ich heiße übrigens Gary. Und du?«

»Deirdre.«

»Tja, Deirdre, schön, dich kennen zu lernen. Weißt du was? In Realität bist du noch erotischer als auf der Bühne.«

Deirdre hätte fast laut losgelacht. »Erotisch« war wohl nicht das richtige Wort für ihren Aufzug in *Macbeth.*

»Du bist wirklich eine schöne Frau, Deirdre«, fuhr Gary fort. »Ich liebe schöne Frauen, und vor allem schöne Frauen, die obendrein Schauspielerin sind.« Deirdre gefiel die Art und Weise, wie er sie von oben bis unten musterte, nicht. »Du hast nichts mehr zu trinken, Kleines. Hast du Lust, mit mir noch woanders hinzugehen? Mein Freund schmeißt später noch 'ne Party in seiner Bude in Rathmines. Das wird toll, Deirdre. Du wirst deinen Spaß haben.«

Deirdre sagte: »Ich will nicht unhöflich sein, Gary, aber ich bin in Begleitung hier.«

»Ach, lass ihn sitzen. Ich wette, dass er dich nicht verdient.«

Der Kerl war wirklich lästig. Deirdre war allmählich mit ihrem Latein am Ende. Sie wollte keinen Streit anfangen, ihn aber irgendwie loswerden. »Gary, ich will dich ja nicht beleidigen, aber sagen wir einfach, dass ich mich nicht für Männer interessiere. Würdest du mich also bitte in Ruhe lassen?«

»Hey – eine Lesbe! Na ja, warum nicht? Das macht die Sache noch interessanter. Vielleicht könnte ich euch ja dabei zuschauen. Der Gedanke, zwei schönen Frauen zuzusehen, wie sie miteinander schlafen, hat mich immer schon angemacht.« Er strich mit dem Finger über ihre Wange.

Jetzt wurde er ihr wirklich zu aufdringlich. »Verpiss dich, ja? Hast du's denn immer noch nicht kapiert? Ich interessiere mich nicht für dich, okay?«

Er stand ganz langsam auf, zuckte die Achseln und musterte sie mit einem lüsternen Blick. »Ganz schön frech, die kleine Lesbe«, sagte er. »Ich wette, deine kleine Freundin hat auch keine Freude an dir. Du könntest wirklich einen guten Fick vertragen, du Miststück.« Er machte eine obszöne Geste, bevor er sich wieder zu seinen Freunden gesellte.

Deirdre war zu müde, um zu reagieren. Irgendwie fühlte sie sich schmutzig, obwohl sie wusste, dass es dumm von ihr war, sich von dem Schwein so anmachen zu lassen. Wieso taten Menschen so etwas? Sie hatte schon Recht gehabt, als sie zu Maeve gesagt hatte, sie begreife das Leben nicht.

Maeve kehrte mit drei Gläsern Bier zurück. »Hat der Typ dich blöd angemacht? Ich hab gesehen, dass er dir ziemlich auf die Pelle gerückt ist.«

»Ja«, sagte Deirdre. »Warum haben Männer eigentlich solchen Spaß daran, Frauen runterzumachen, Maeve?«

»Was hat er denn zu dir gesagt?«

Deirdre erzählte es ihr. Maeve verdrehte seufzend die Augen. »Deirdre, die Welt ist voll von solchen Idioten. Der wollte sich rächen, weil du dich nicht für ihn interessiert hast.« Maeve sah zu Gary hinüber, der gerade Sophie Burke schöne Augen machte. Sophie lächelte ihn an. »Manche Männer ertragen es einfach nicht, dass nicht jede Frau sie als Gottesgeschenk betrachtet. Du hast ihm einen Nierenhaken versetzt, und das hat ihm nicht gefallen.«

»Das heißt, er geilt sich dran auf, dass er anderen Leuten die Laune verdirbt? Na ja, dann hat er ja heute Abend sein Vergnügen gehabt. Das war fast wie in Juliet Rathbone-

Lyons Büro. Da habe ich auch deutlich gemerkt, wie sie sich gefreut hat, in der offenen Wunde zu wühlen. Aber leider hat er mir tatsächlich den Abend vermiest, Maeve.«

»Nimm's nicht so ernst. Wichser wie er sind's gar nicht wert, dass man sich Gedanken über sie macht.«

»Wahrscheinlich hast du Recht.« Deirdre zog lustlos die Ringe nach, die ihr Guinness-Glas auf dem Tisch hinterlassen hatte. Dann seufzte sie resigniert. »Du hast immer Recht, Maeve. Weißt du was? Manchmal wünsche ich mir fast, wirklich lesbisch zu sein. Ich habe einfach kein Glück mit den Männern.«

Maeve musste lachen. »Keine Chance, Deirdre. Du magst die Männer viel zu gern. Glaub mir, ich sehe das.«

Deirdre hob ihr Glas. »Für wen ist denn das andere Bier?«

»Für Rory. Ich hab ihn gefragt, ob er an unseren Tisch kommen will.«

»Nein, wie konntest du nur, Maeve!« Deirdre hörte auf, die Ringe auf dem Tisch nachzuziehen. »Du weißt doch, dass Rory und ich zurzeit wie Hund und Katz sind.«

Sie unternahm einen halbherzigen Versuch aufzustehen, doch Maeve hielt sie zurück. »Nun geh nicht so hart ins Gericht mit ihm, Deirdre. Er ist im Moment nicht so sonderlich gut drauf. Er und Marian sind dabei, sich zu trennen.«

»Ach.« Deirdre setzte sich wieder. »Ist das dein Ernst, Maeve? Aber die beiden leben doch seit Jahren zusammen, oder? Ich meine, sie sind so gut wie verheiratet.«

Maeve nickte. »Traurig, findest du nicht auch?« Sie sah Deirdre an. »Sie haben sich wohl in letzter Zeit entfremdet. Rory ist nie für sie da und umgekehrt. Ich habe nicht das Gefühl, dass die beiden sich im Bösen trennen, aber es ist immer schwierig, wenn langjährige Beziehungen in die Brüche gehen.«

»Woher weißt du denn das alles?«

»Rory hat's mir gestern Abend im Troc erzählt. Wir sind nach dem Pub noch was essen gegangen.«

»Ach.« Deirdre war ziemlich perplex darüber, dass Rory sich Maeve anvertraut hatte. Sie stellte sich die beiden im intimen Ambiente des Trocadero vor, wie sie bei einer Flasche Wein Geheimnisse austauschten. Dann riss sie sich zusammen. Warum sollte Rory sich nicht an Maeves Schulter ausweinen? Schließlich waren sie schon lange befreundet, seit den Anfängen ihrer Schauspielkarriere. »Das Haus gehört Marian, oder? Ist er schon ausgezogen?«, fragte sie. Deirdre erinnerte sich an das weiße Schlafzimmer und das ganz in Weiß und Chrom gehaltene Bad. Jetzt fiel ihr wieder ein, wie Rory im Bad ihre Zehen geküßt und sie hinterher sorgfältig abgetrocknet hatte.

»Er sucht noch. Er glaubt, dass er vielleicht Sebastians Wohnung übernehmen kann, wenn *Hamlet* abgesetzt ist und Sebastian sie nicht mehr braucht.«

»Und was macht er in der Zwischenzeit?«, fragte Deirdre.

»Ich hab ihm gesagt, er kann bei uns wohnen.«

»Bei dir und Jacqueline?«, fragte Deirdre erstaunt.

»Ja. Er kann ein paar Wochen lang auf dem Futon schlafen.«

»Und das macht dir nichts aus?« Sie begriff gar nicht, wie jemand es ertragen konnte, mit Rory McDonagh zusammenzuwohnen.

»Warum sollte es mir etwas ausmachen? Ich mag Rory, und Jacqueline kann ihn auch gut leiden. Sie behauptet, niemand kann sie so schnell aufmuntern wie er. Er ist der geborene Charmeur und Witzbold.«

Wahrscheinlich, dachte Deirdre, hatte Maeve Recht. Schließlich war es Rory gelungen, sie mit seinem Charme in sein Bett zu locken.

»Da kommt er«, sagte Maeve. »Und übrigens, Deirdre:

Wir haben das Gespräch gerade eben nicht geführt. Verstanden?«

»Ja.«

Deirdre beobachtete Rory, als er sich neben Maeve auf die Bank sinken ließ. Er lächelte sie müde an und begrüßte sie mit einem Kuss auf die Wange. »Danke für das Bier, Maeve«, sagte er. »Du bist wirklich ein Schatz.« Er nahm das Glas in die Hand und trank einen großen Schluck.

»Rate mal, was Deirdre heute gemacht hat, Rory«, sagte Maeve.

»Dieses unergründliche Wesen da drüben? Keine Ahnung, Maeve. Hat sie vielleicht den Strickpreis bei den Irischen Modenschauen gewonnen?«

Deirdre war plötzlich schrecklich schüchtern und wünschte sich, dass Maeve nichts gesagt hätte.

»Nein. Sie hat ihr erstes Filmangebot abgelehnt.«

»Die Sache mit Big TP? Tja, Deirdre, ich bin beeindruckt. Endlich beginnst du, so etwas wie Intelligenz zu beweisen.«

Deirdre war zu müde für solches Geplänkel und erhob sich. »Ich geh aufs Klo, Maeve«, sagte sie und verschwand in Richtung Toilette. Ihr fiel auf, dass sich zwei Typen an einem Tisch besonders demonstrativ hingelümmelt hatten. Der eine von ihnen war Gary, der Kerl, der sie zuvor so genervt hatte. Er beugte sich zu seinem Freund und sagte mit leiser Stimme etwas zu ihm, woraufhin der andere schallend zu lachen anfing. Dann stand Gary auf und griff ihr in den Schritt.

Bevor Deirdre Gelegenheit hatte zu reagieren, war Rory schon bei ihr und packte Gary mit wütendem Blick am Hemdkragen.

»Lass sie ihn Ruhe, Freundchen«, sagte er mit sehr ruhiger, gefährlicher Stimme. »Wenn du die Frau noch einmal anrührst, reiße ich dir die Birne ab. Offenbar lernst du nur so Respekt. So, und jetzt sagst du mir, was du von mir lernst.«

Garys Augen traten hervor, und sein Gesicht war tiefrot. Er stotterte etwas Unverständliches.

»Tut mir Leid – ich kann dich nicht hören.« Rorys Stimme war ganz ruhig. »Was willst du sagen, mein Freund? Respekt? Ja?«

»Ja«, presste Gary schließlich hervor. »Respekt.« Die Männer um ihn herum waren ziemlich schweigsam geworden. Niemand versuchte, sich einzumischen.

»Gut.« Rory ließ seinen Kragen los. »Und jetzt entschuldige dich bei der Lady.«

Deirdres Gesicht war genauso weiß wie das von Rory. Gary sah sie an wie ein trotziges Kind und sagte: »Entschuldige, Baby.«

Er hob sofort die Hände, um sich gegen Rory zu schützen, der wieder auf ihn losging.

»Sie ist nicht dein Baby. Sie ist eine Lady. Und was sagt man zu einer Lady? Madam, oder? Also los.«

»Tut mir Leid, Madam.«

»So ist's besser«, sagte Rory. »Ich bringe dir schon noch Manieren bei.« Dann ließ er Gary los, der einige Schritte nach hinten stolperte. »Und jetzt raus hier«, sagte Rory mit gefährlich freundlicher Stimme. Er nickte Garys Freund zu. »Du auch.«

Es war alles ziemlich schnell passiert. Die beiden Typen versuchten, das Lokal so unauffällig wie möglich zu verlassen.

Deirdre sah Rory benommen an. »Danke, Rory«, sagte sie, mehr brachte sie nicht heraus.

»Schon gut.« Er schenkte ihr ein Lächeln, das seine Augen nicht ganz erreichte. »Wenn du möchtest, kannst du mir ein Bier spendieren, Deirdre.«

Am Premierentag von *Hamlet* war die gesamte Truppe erschöpft. Es hatte Probleme mit dem Bühnenbild gegeben, und die Leute von der Schreinerei hatten rund um die Uhr gearbeitet. Jenny hatte beschlossen, das Stück in der Regency-Periode anzusiedeln, und Schloss Elsinore dem Brighton Pavillon nachempfunden. Jennys Beharren auf Detailtreue hatte nicht nur das Budget gesprengt, sondern auch dazu geführt, dass alle Überstunden hatten machen müssen. Doch am Ende zahlte es sich aus. Alle waren sich einig, dass Jenny sich selbst übertroffen hatte.

Auch die Kostüme waren wunderschön. Deirdre wäre nach ihrem Aufzug in *Macbeth* schon mit einem Kartoffelsack zufrieden gewesen und war vor Freude fast in Ohnmacht gefallen, als sie das Kleid, das sie als Ophelia tragen sollte, zum ersten Mal anprobiert hatte. Es bestand aus mehreren Schichten feinstem Musselin, am Busen eng geschnitten, und hatte geraffte Röcke, die sanft zu Boden fielen. Dazu kamen Puffärmel und ein tiefer Ausschnitt.

Jenny bestand darauf, dass alle Schauspielerinnen den Busen so trugen, wie es in der Regency-Zeit üblich war, nämlich nach oben gepresst. Deirdre war vor Scham fast im Erdboden versunken, als sie ihr Kleid probiert hatte. Sie kam sich vor, als trage sie ihre Brüste auf einem Tablett vor sich her, und sie versuchte, den dünnen Stoff darüber zu ziehen, doch Jenny ließ sich nicht erweichen. »Nein, nein, nein, Deirdre. Trag das Kleid genauso wie Eva, sodass man fast deine Brustwarzen sieht. In der Regency-Epoche haben sich die Frauen nicht geschämt, ihren Busen herzuzeigen. Eigentlich«, fuhr sie nachdenklich fort, »wäre es gar nicht so schlecht, wenn man deine Brustwarzen in der Szene, in der du ertrunken über die Bühne getragen wirst, tatsächlich sehen würde. Man könnte sie sogar noch mit Rouge betonen. Das werde ich David vorschlagen. Mal sehen, was er davon hält.«

Deirdre war entsetzt. Sie hatten eine Szene in das Stück eingefügt, in der Laertes die Leiche seiner Schwester schweigend über die Bühne trägt. Dabei war nur der Klang einer Totenglocke in der Ferne zu hören. Für diesen kurzen Auftritt musste Deirdre aussehen, als habe man sie soeben aus dem Fluss gefischt. Jenny hatte ein zweites, ein wenig zerrissenes Kleid für Ophelia nähen lassen und Deirdre gesagt, sie solle nach der Wahnsinnsszene in dieses Kleid schlüpfen und damit unter die Dusche gehen, weil sie tropfnass sein musste. Bei dem Gedanken daran, von Rory halbnackt über die Bühne getragen zu werden, wurde Deirdre fast schlecht. Nun, vielleicht vergaß Jenny die Idee ja wieder. Aber nein, sie holte ihr Notizbuch heraus und begann voller Begeisterung, alles aufzuschreiben. Ach, dachte Deirdre, wäre Jenny doch nur nicht so einfallsreich!

Bei der Generalprobe war die Sache entschieden. Rory trug sie, den linken Arm unter ihrem Rücken und den rechten Arm unter ihren Knien, was bedeutete, dass ihre Brüste sowieso aus dem Kleid herausrutschten. Da die Szene praktisch im Dunkeln spielte, würden die Zuschauer nicht richtig sehen, dass sie halbnackt war, aber sie wusste, dass Rory ihre Brüste sehr genau erkennen würde. Doch zu ihrem Erstaunen machte Rory ausnahmsweise keine anzüglichen Bemerkungen.

Er hätte sie genauso gut ganz nackt auf die Bühne tragen können, denn der nasse Stoff klebte an ihrem Körper wie eine zweite Haut und betonte alle ihre Rundungen. Zwar hatte sie warm geduscht, aber als sie dann ihren Auftritt hatte, war ihr schrecklich kalt, und das sah man auch: Ihre Brustwarzen standen senkrecht in die Höhe. Es war ihr furchtbar peinlich, als Rory sie hochhob, um sie über die Bühne zu tragen, und sie spürte, dass ihm die Situation ebenfalls alles andere als angenehm war. Dass sie sehr verführerisch aussah, war ihr überhaupt nicht bewusst.

Obwohl die Premiere des *Hamlet* die erfolgreichste der ganzen Saison war, verlief die Feier hinterher viel ruhiger als die vorausgegangenen. Hinter der Bühne gab es den üblichen Champagner und danach eine Party im Nebenraum von Meagher's, aber alle wirkten müde, und die Fröhlichkeit war ziemlich gezwungen.

Eva sah erschöpft aus und kam nicht zu dem Fest, da sie am nächsten Morgen zu den Dreharbeiten für den Film musste, und David tauchte nur kurz auf und verschwand dann wieder mit zwei Sponsoren. Rory und Aidan Hughes ließen sich in einer Ecke voll laufen und verließen irgendwann gemeinsam den Pub – vermutlich, um sich weiter zu betrinken, dachte Deirdre. Die meisten anderen Mitglieder der Truppe strichen bereits nach einer Stunde die Segel und gingen noch zu Lillie's oder in den River Club.

Maeve hatte sich die Vorstellung allein angesehen, da Jacqueline einen Catering-Auftrag erledigen musste, und Deirdre gesellte sich hinterher zu ihr. Ein wenig graute ihr vor dem Rest der Spielzeit, insbesondere deshalb, weil sie und Sophie die Garderobe nun allein benutzten. Da Maeve nicht mehr da war, hatte sie niemanden, dem sie sich anvertrauen konnte. Da war nur noch Sebastian. Sie vertrugen sich immer noch gut, waren aber nicht mehr unbefangen zueinander.

Sebastian verwirrte sie zunehmend. Manchmal schien er ihre Gesellschaft fast zu suchen und unterhielt sich lange und ausgiebig mit ihr, und ein paarmal hatte sie sogar den Eindruck gehabt, als wolle er sie gleich küssen, aber im letzten Moment hatte er dann doch einen Rückzieher gemacht. Es fiel ihr auf, dass er sich automatisch zu ihr gesellte, wenn sie mit Eva zusammen war. Doch an anderen Tagen zog er sich völlig in sich selbst zurück und sprach nur noch mit David Lawless. Deirdre hatte nicht das Gefühl, dass sie Sebastian Hardy je richtig kennen lernen würde.

Bei der Party hatte er darauf bestanden, Maeve und Deirdre auf einen Drink einzuladen, bevor er sich mit seinem Agenten traf, der zum Premierenabend eigens von London nach Dublin geflogen war.

»Er ist schon merkwürdig, dieser Sebastian, findest du nicht auch?«, meinte Maeve, nachdem er sich höflich von ihnen verabschiedet hatte.

Deirdre zuckte die Achseln. »Tja, wahrscheinlich hast du Recht. Er ist mir ein einziges Rätsel.«

»Hat Rory dir die seltsame Geschichte erzählt, dass er Sebastian beobachtet hat, wie er sein Gepäck aus einem Taxi geholt hat, obwohl er hinterher behauptet hat, es im Theater gelassen zu haben?«

»Ja, und ich weiß nicht, was ich davon halten soll. Außerdem wäre da noch etwas Merkwürdiges, Maeve. Wir sind doch nach der Premiere von *Macbeth* zusammen mit dem Taxi nach Hause gefahren …«

»Das war der Abend, an dem er angekommen ist, stimmt's?«

»Ja. Du erinnerst dich doch noch, dass er uns erzählt hat, er hätte die erste Viertelstunde versäumt, weil sein Flug Verspätung hatte, oder?«

Maeve nickte.

»Nun, auf der Heimfahrt hat er gesagt, dass seine Wohnung noch nach Farbe riecht.«

»Ich kann dir nicht ganz folgen.«

»Woher wusste er, dass sie noch nach Farbe riecht, wenn er angeblich vor der Vorstellung keine Zeit hatte, seine Sachen hinzubringen?«

»Stimmt.«

»Also muss Rory die Wahrheit gesagt haben, dass Sebastian seine Sachen bereits am Nachmittag in seiner Wohnung abgeladen hat.«

»Rory hat meines Wissens noch nie gelogen, Deirdre.«

Deirdre schwieg eine Weile und versuchte, Sinn in die Angelegenheit zu bringen. »Was soll das alles bedeuten, Maeve?«

»Dass hinter der Fassade des Sebastian, wie wir ihn kennen, wahrscheinlich mehr steckt.« Sie sah Deirdre von der Seite an. »Du hast mit ihm geschlafen, stimmt's, Deirdre?«

Deirdre wurde rot, und das verriet sie. »Wie hast du das erraten?«

»Ich hab dir das schon mal gesagt – für solche Sachen habe ich einen Instinkt. Vielleicht bin ich lesbisch, Deirdre, aber das heißt nicht, dass ich nicht sehe, was zwischen Männern und Frauen läuft.«

»Aber nur einmal«, sagte Deirdre und wickelte eine Haarsträhne um ihren Zeigefinger. »Hinterher hat er mir erklärt, dass er es nicht für eine gute Idee hält, Beruf und Privates zu vermischen.«

»Was für ein Scheißkerl.« Maeve klang verächtlich.

»Nein, Maeve, er ist kein Scheißkerl, wirklich nicht. Ich kann ihn gut leiden, und ich weiß, dass er mich auch mag, aber vielleicht steht er einfach nicht so auf mich. Das ist nicht seine Schuld – schließlich hat er mich nicht gezwungen, mit ihm ins Bett zu gehen.« Deirdre sah zu Sebastian hinüber, der sich an der Theke mit seinem Agenten unterhielt. »Er sieht nur einfach so verdammt gut aus.«

»Aber das ist kein guter Grund, mit jemandem ins Bett zu gehen, Deirdre.«

»Ich weiß.« Deirdre wirkte ernüchtert. »Das Gleiche hat Eva auch gesagt, allerdings *bevor* ich mit ihm im Bett war, und trotzdem habe ich nicht auf sie gehört. Ich wollte dir davon erzählen und dich nach deiner Meinung fragen, Maeve, aber irgendwie habe ich die ganze Sache sowieso als verloren angesehen, und je länger ich damit gewartet habe, es dir zu erzählen, desto unwichtiger wurde die Angelegenheit.« Deirdre seufzte tief. »Weißt du, Maeve, ich habe den Eindruck, dass Sebastian eigentlich auf Eva Lavery steht.«

»Das würde mich nicht wundern«, sagte Maeve. »Das hat man heute Abend auf der Bühne gesehen.«

Deirdre fragte: »Was meinst du damit?«

»Die Schlafzimmerszene zwischen Hamlet und Gertrude. Die war praktisch inzestuös.«

»Nun, den Effekt wollte David. Er möchte, dass die Zuschauer sich ein bisschen unwohl dabei fühlen.«

»Ich hatte den Eindruck, dass Eva sich dabei auch ein bisschen unwohl gefühlt hat. Meiner Ansicht nach ist da noch eine Menge zwischen den Zeilen abgelaufen.«

»Was denn zum Beispiel?«

Maeve kaute an einem Nagel herum. »Nun, das ist schwierig festzumachen. Es war fast, als hätte Sebastian sich in dieser Szene nicht mehr ganz unter Kontrolle gehabt. Das war besonders auffällig, weil er sich bis dahin so zurückgenommen hat. Er hat irgendwie gefährlich gewirkt. Ich weiß nicht so recht«, sagte sie kopfschüttelnd. »Ich habe nur ein komisches Gefühl, das ist alles.«

»Ja, das ist wirklich seltsam«, pflichtete Deirdre ihr bei. »In der Nacht, in der er bei mir übernachtet hat, hat er im Schlaf aus dieser Szene zitiert.«

Maeve sah nachdenklich zu Sebastian hinüber, der dem Mann hinter der Theke gerade Geld gab. »Er hat wirklich Talent.« Dann trank sie ihr Bier aus und wandte sich wieder Deirdre zu. »Apropos Talent: Rory war heute Abend gut in Form, was? Die Szenen zwischen euch beiden waren wunderbar harmonisch. Und der Zweikampf mit Sebastian hat toll geklappt.«

»Hm«, sagte Deirdre. »Ist er schon bei euch eingezogen?«

»Er hat noch keine Zeit gehabt. Wahrscheinlich macht er das irgendwann nächste Woche. Schau mal, Sally Ruane winkt dir zu.«

Deirdre hob den Blick und entdeckte Sally auf der anderen Seite des Raumes. Sie winkte ihr ebenfalls zu.

»Tut mir Leid, Maeve. Ich gehe lieber zu ihr rüber, um zu hören, was sie mir sagen will.«

»In Ordnung, Deirdre. Ich wollte sowieso gehen, weil ich morgen in aller Herrgottsfrühe ins Studio muss. Ruf mich doch bald mal an, ja?«

»Ja. Meinst du, du siehst dir die Aufführung noch ein zweites Mal an?«

»Ja, bestimmt. Allerdings vielleicht erst am letzten Abend. Es wäre interessant zu sehen, wie viel sich bis dahin verändert hat.« Maeve schlüpfte in ihre Jacke und umarmte dann Deirdre. »Tschüs, Deirdre. Pass auf dich auf.«

»Tschüs, Maeve.« Deirdre umarmte sie ebenfalls. »Und danke für alles.« Sie sah Maeve nach, wie sie zur Tür ging und sich unterwegs von ihren Exkollegen verabschiedete.

»Ich bin froh, dass ich Sie hier gefunden habe«, sagte Sally, nachdem Deirdre sich zu ihr gesellt hatte. »Ich habe heute Nachmittag versucht, Sie zu erreichen, aber offenbar waren Sie schon unterwegs ins Theater, also habe ich Ihnen eine Nachricht auf den Anrufbeantworter gesprochen. Ach, übrigens, das war eine tolle Leistung heute Abend, Deirdre. Für jemanden mit so wenig Bühnenerfahrung haben Sie erstaunliche Präsenz.«

»Danke, Sally.« Deirdre wurde ein bisschen rot. Sie fragte sich, ob die Kritiken am folgenden Tag ähnlich positiv ausfallen würden.

»Ich muss Ihnen etwas sagen.« Sallys Stimme klang jetzt wieder ganz geschäftsmäßig. »Sie erinnern sich doch noch, dass ich Ihnen versprochen habe, bei Big TP Productions anzurufen und eine absurd hohe Gagenforderung zu stellen, damit er absagt?«

»Ja«, sagte Deirdre. »Wie viel haben Sie denn verlangt, Sally?«

»Ich habe die Summe so unrealistisch gestaltet, wie ich nur konnte, Deirdre. Ich habe siebenhundertfünfzig Pfund pro Tag verlangt. Das ist viel mehr, als eine Schauspielerin mit Ihrer Erfahrung fordern kann. Bei einem Drehplan von ungefähr achtzehn Tagen und Spesen wären das mehr als fünfzehntausend Pfund.«

Deirdre musste lachen. Das war ein wahnsinniger Betrag für einen absoluten Neuling. Jemand, der noch einen Funken Verstand besaß, würde keine Sekunde darüber nachdenken.

»Ich würde nicht so laut lachen, Deirdre. Vielleicht sollten Sie sich die Sache mit dem Film doch noch mal überlegen. Offenbar hat Big TP nicht mal mit der Wimper gezuckt. Er hat zugestimmt. Die Rolle gehört immer noch Ihnen, wenn Sie sie wollen.«

Deirdre sagte nichts, weil ihr einfach nichts einfiel. Auf jeden Fall musste sie jetzt einen Reitkurs machen, und zwar schnell.

19

Am nächsten Tag schlug Deirdre die Gelben Seiten beim Buchstaben »P« für »Pferde« auf. Es standen nur sehr wenige Reiterhöfe darin, und sie waren alle ziemlich weit weg, die meisten davon in Wicklow. Es würde Ewigkeiten dauern, dort hinauszufahren. Da konnte sie gleich wieder zu ihren Eltern nach Kilmacanogue ziehen.

Dann hatte sie eine Idee. Rory McDonagh konnte ihr sicher einen Tipp geben. Zwar hatte sie keine Lust, ihn um Hilfe zu bitten, aber eine andere Möglichkeit blieb ihr letztlich nicht. Sie rief Maeve im Studio an und bat sie um Rorys Telefonnummer.

»Wozu brauchst du denn Rory?«, fragte Maeve. »Ich dachte, ihr vertragt euch immer noch nicht.«

Deirdre erzählte Maeve von der Sache mit Big TP.

»Scheiße, Deirdre, das glaube ich dir nicht! So viel Geld! Tja, ich kann's dir nicht verdenken, dass du es dir anders überlegt hast.«

»Glaubst du, dass ich das Richtige tue?«

»Für das Geld? Klar, Deirdre. Außerdem wird's der Film sowieso nicht mal in die Videotheken schaffen, also kann er auch nicht viel Schaden anrichten.«

»Das hat Sally auch gesagt.«

»TP scheint ja ganz scharf auf dich zu sein, Deirdre. Pass auf dich auf, ja?«

»Was meinst du damit, Maeve?«

»Na ja, er ist ein ziemlich geiler Bock. Ich weiß noch, dass er bei diesem gräßlichen *Pferdestärken*-Film ständig die jüngeren Schauspielerinnen angegrabscht hat. Mich auch, bis er gemerkt hat, dass ich schon ein bisschen cleverer war als die anderen und ihn in seine Schranken weisen konnte. Pass auf, dass er seine Hände bei sich behält, und vermeide Situationen, in denen du allein mit ihm bist.«

»Oje, Maeve. Mir graut's fürchterlich.«

»Nimm das Geld und vergiss die Sache hinterher wieder, Deirdre. Das Wichtigste im Augenblick ist, dass du Reitstunden nimmst. Hier ist Rorys Nummer.«

Deirdre notierte sie sich, legte auf und wählte sie sofort.

Zu ihrer Erleichterung war er selbst am Apparat. Den Nerv, mit Marian zu sprechen, hätte sie nicht gehabt.

»Du gütiger Himmel – Deirdre O'Dare. Was für eine Überraschung, deine Stimme zu hören, Deirdre. Du spielst doch nicht etwa mit dem Gedanken, dich wieder zu einem Schäferstündchen hier einzufinden, oder? Ich müsste dich nämlich enttäuschen, weil ich heute einfach zu erschöpft und verkatert bin.«

Am liebsten hätte sie ihm gesagt, dass er den Mund halten solle, doch sie brauchte ihn zu dringend, um ihn verärgern zu können. Also erklärte sie ihm den Grund ihres Anrufes.

Rory stieß einen Pfiff aus, als sie die Summe erwähnte, die Big TP bereit war zu zahlen. »Wow. Der gute TP muss sich ja ganz schön in dich verguckt haben, Deirdre. Ich an deiner Stelle würde aufpassen.«

»Ich weiß. Das hat mir Maeve auch schon gesagt. Merkt eigentlich keiner von euch, dass ich eine erwachsene Frau bin? Ich *kann* auf mich aufpassen Rory, und mit dem Problem setze ich mich auseinander, wenn's so weit ist.«

»Schätzchen – der klügste Mensch, den ich kenne, bist du nicht.« Deirdre zog eine Grimasse. »Warum hast du übrigens nicht einfach in die Gelben Seiten geschaut?«, fragte er. »So leicht ist es dir doch wahrscheinlich nicht gefallen, zu mir zu kommen, oder?«

»Ich hab in den Gelben Seiten nachgeschaut. Da waren aber keine Reitschulen drin.«

»Keine Reitschulen?« Rory klang erstaunt. »Unter welchem Buchstaben hast du denn nachgeschaut?«

»Unter ›P‹ für ›Pferde‹ natürlich.«

Rory lachte so laut, dass sie den Hörer ein wenig vom Ohr weg halten musste. »Mein Gott, Deirdre, bist du denn nicht auf die Idee gekommen, unter ›R‹ wie ›Reiten‹ nachzusehen?«

»Hör auf zu lachen, Rory. Ich steck sowieso schon bis zum Hals in der Scheiße. Da kann ich auf deine blöde Lacherei gut verzichten.«

»Du hast aber auch wirklich eine Begabung für solche Sachen, was, Deirdre?«

»Du musst mir helfen, Rory«, sagte sie und fügte um der Diplomatie willen ein »Bitte« hinzu.

Rory seufzte. »Na schön. Ich werde einen Freund anrufen. Er hat eine Reitschule in Wicklow und schuldet mir noch was.«

Deirdre biss sich auf die Lippe. »Wicklow ist ziemlich weit draußen, Rory. Ich weiß nicht, ob ich das mit der Hin- und Herfahrerei schaffe.«

»Ich fahre dich. Und ich werde dir das Reiten beibringen.«

»Aber du hast doch gerade gesagt, dein Freund ...«

»*So* viel schuldet er mir nun auch wieder nicht, Deirdre. Ich werde mir seine Pferde ausleihen dürfen, doch ich kann nicht von ihm erwarten, dass er auch noch jemandem wie dir das Reiten beibringt.«

»Aber das bedeutet, dass ich hinterher dir was schulde, Rory!«, jammerte sie. Mein Gott, wie furchtbar!

Rory musste lachen. »Und das könntest du nicht ertragen, was, Deirdre?«

»Nein, ich meine, es ist nur ...«

»Ist schon in Ordnung, Schätzchen. Ich freue mich sogar auf die Aussicht, im Herbst in Wicklow reiten gehen zu können. Das ist eine gute Methode, die Zeit totzuschlagen, bevor ich wieder mit den Proben beginne.«

»Ach?« Deirdre hatte gar nicht gewusst, dass er nach dem *Hamlet* ein Engagement hatte. Sie war davon ausgegangen, dass er nach Peru reisen würde – davon hatte er schließlich ein paarmal gesprochen. »Was machst du denn?«

»Ich mache bei *Les Liaisons Dangereuses* im Abbey mit.«

»Und welche Rolle sollst du spielen?« Sie wusste, dass sie das eigentlich nicht zu fragen brauchte.

»Ich spiele den Valmont.«

Deirdre erinnerte sich an die zwei Filmversionen, die sie gesehen hatte, die eine mit John Malkovich, die andere mit Colin Firth. Die Rolle war unglaublich sexy.

»Du solltest deine Agentin bitten, dich für die Cécile vorsprechen zu lassen, Deirdre. Du wärst perfekt dafür.«

Cécile war das unschuldige Mädchen, das von Valmont verführt wurde, was bedeutete, dass sie Rory wieder küssen müsste.

»Tut mir Leid, ich stehe nicht zur Verfügung«, sagte sie hastig. »Das würde sich mit den Dreharbeiten überschneiden.«

»Wie soll das Reiterepos denn diesmal heißen?«, fragte Rory.

»Ach, der Film hat bis jetzt bloß einen Arbeitstitel.«

»Und wie lautet der? *Pferdescheiße und kein Ende*?«

»Nun sei nicht so seicht, Rory.«

»Du hast mir noch keine Antwort gegeben, Schätzchen.«

»*Die Rache des irischen Bob*«, sagte Deirdre.

»O je«, sagte Rory.

Als sie das erste Mal nach Wicklow hinausfuhren, fühlte sich Deirdre auf dem Beifahrersitz von Rorys altem Saab ziemlich befangen. Sie wusste genau, dass er ihr, obwohl er das bestritt, einen sehr großen Gefallen tat. Ihr fiel kein geeignetes Gesprächsthema ein, also schwieg sie den größten Teil der Fahrt, während er ihr all die Dinge erklärte, die man bei den Dreharbeiten von ihr erwarten würde.

»Sobald du dich im Sattel einigermaßen sicher fühlst, musst du lernen, wie du das Pferd zum Stehen bringst. Du musst bestimmte Markierungen treffen, und wie du weißt, ist das zu Fuß schon schwer genug. Zu Pferd wird's noch viel schwieriger.«

Deirdre hatte in der Schauspielschule schon von Markierungen gehört. Es war wichtig, dass der Schauspieler an einem bestimmten, vorher mit dem Regisseur und dem Kameramann vereinbarten Punkt stehen blieb. Wenn man diese Markierung verpasste, war die Einstellung unter Umständen unscharf, oder man war nur halb im Bild, oder die Achse zu den anderen Schauspielern stimmte nicht mehr. Sie konnte sich überhaupt nicht vorstellen, wie sie das auf einem Pferd schaffen sollte. Und was war, wenn sie dann auf dem Pferd auch noch etwas sagen sollte? Wenn der ganze Text so war wie der, den sie mit Big TP gelesen hatte, würde sie ernsthafte Probleme bekommen. Schlechte Dialoge waren immer schwieriger zu lernen als gute.

»Du wirst ein bisschen trainieren müssen, Deirdre«, sagte Rory gerade. »Und das Reiten selbst baut auch Muskeln auf, und zwar Muskeln, die du noch nie zuvor benutzt hast. Schreib schon mal entspannende Duschgels auf deine Einkaufsliste, mein Lämmchen, denn du wirst eine Menge heiße Bäder nehmen müssen, um den Muskelkater wieder loszukriegen.«

Sie fuhren auf die Autobahn. Rory drückte aufs Gaspedal.

»Das Timing ist auch wichtig. Du wirst in der Lage sein müssen, dein Pferd ziemlich schnell zum Stehen zu bringen. Wenn du ein gutes Pferd erwischst, kannst du das ihm überlassen, denn ein intelligentes Tier versteht die kleinsten Signale. Wenn TP O'Reilly bereit ist, so viel Geld für dich auszugeben, wird er wohl auch ein bisschen was in seine Pferde investieren.« Rory streckte die Hand nach hinten aus und holte seine Lederjacke vom Rücksitz. »Könntest du mal bitte in die Taschen schauen? Da müssten ein paar Äpfel drin sein. Wirf das Kerngehäuse nicht weg.«

»Rory, fahr bitte dort nach rechts. Da geht's zu meinen Eltern.«

Deirdre hatte Rosaleen gesagt, dass sie zu Hause vorbeischauen würde, um ein Paar Gummistiefel mitzunehmen, weil Rory ihr mitgeteilt hatte, dass sie hohe Stiefel brauchen würde, um sich an den Flanken des Pferdes nicht die Waden wund zu scheuern. Außerdem hatte er darauf bestanden, dass sie eine Reithose anzog. »Wenn du das nicht tust«, hatte er gesagt, »klemmst du dir was ein.«

»Wieso?«, hatte Deirdre gefragt.

Rory hatte geschwiegen. Dann hatte er eine Augenbraue hochgezogen und sich langsam mit der Zunge über die Oberlippe geleckt. »Du kennst doch diese appetitlich weiche Haut an der Innenseite deiner Oberschenkel, oder?«

Deirdre hatte begonnen, Staubfussel von ihrem Ärmel zu schnippen. »Ja?«, hatte sie dann so locker wie möglich gesagt.

»Nun, wenn du keine Reithose trägst, wirst du dort wund, Schätzchen. Das tut höllisch weh, und am nächsten Tag hast du an der Innenseite der Oberschenkel blaue Flecken. Die einzige andere Möglichkeit, die dir bleibt, ist, die dicksten Leggings zu tragen, die du hast, und drunter mindestens zwei Strumpfhosen. Aber das würde mir, glaube ich, nicht gefallen.«

Deirdre hatte sich geräuspert. »Na schön. Sind Reithosen teuer?«

»Du könntest dir eine billige in einem Sportgeschäft kaufen. Betrachte die Investition als Versicherung für deine intimsten Stellen, Schätzchen. Wir werden ziemlich viel Zeit auf dem Pferd verbringen. Vielleicht könntest du auch Sophie Burke bitten, dir eine Hose zu leihen. Ich habe gehört, sie ist eine Superreiterin.«

»Ich glaube, da kaufe ich mir lieber selber eine«, hatte Deirdre in bestimmtem Tonfall gesagt.

Sie fuhren gerade um eine Kurve. »Gleich da drüben, Rory.« Deirdre deutete auf das Haus, in dem sie aufgewachsen war.

»Hübsches Haus«, sagte Rory und hielt den Wagen an.

»Willst du mit reinkommen?«, fragte sie.

Rory sah auf seine Uhr. »Lieber nicht«, erwiderte er. »Ich habe Tommy gesagt, wir sind um elf da, und wir sind sowieso schon zu spät dran. Außerdem«, fügte er hinzu, als sie ausstieg, »willst du doch sicher nicht, dass deine Eltern den verkommenen Typ sehen, mit dem du dich abgibst, Deirdre, oder?«

Deirdre war nicht unglücklich darüber, dass Rory nicht mit ins Haus kommen wollte. Sie wäre sich ein bisschen merkwürdig vorgekommen, wenn sie ihn hätte vorstellen müssen. Vielleicht hätten ihre Eltern das falsch verstanden.

»Hallo, Mum«, rief sie ihrer Mutter zu, als sie diese bei den Sträuchern an der Tür sah.

»Hallo, Liebes«, sagte Rosaleen, richtete sich auf und strich sich die Haare aus dem Gesicht. »Deine Stiefel sind im Flur.« Dann sah sie zur Straße hinüber, wo Rory gerade den Wagen wendete. »Möchtest du nicht auf einen Tee bleiben? Ich würde deinen Freund auch gern kennen lernen.«

»Tut mir wirklich Leid, Mum, aber wir haben keine Zeit. Rory hat die Stunde für mich um elf bestellt, und jetzt ist es schon fünf vor.« Sie gab ihrer Mutter einen Kuss auf die Wange und holte hastig die Stiefel. »Danke, dass du mir die Gummistiefel herausgesucht hast.«

»Ja, das war gar nicht so einfach. Deine Schränke sind eine Katastrophe, Deirdre. Das hier habe ich übrigens während meiner Suche auch noch gefunden. Ich dachte, vielleicht kannst du darüber ein bisschen lachen.« Rosaleen nahm Deirdre einen Stiefel aus der Hand und holte ein paar zusammengerollte, mit der Hand beschriftete Seiten heraus. Deirdre erkannte ihre eigene kindliche Handschrift. Sie nahm die Seiten. Auf den Is waren keine Punkte, sondern lauter kleine Kringel. Sie erinnerte sich noch, dass sie das damals unglaublich cool gefunden hatte.

»Was ist denn das?«, fragte sie neugierig.

»Ein Aufsatz, den du in der Schule über *Hamlet* geschrieben hast.«

»Oje – der ist sicher ziemlich peinlich, was?«

»Na ja, ein bisschen schon. Aber ich finde ihn auch irgendwie süß.«

Rory kurbelte das Fenster auf der Fahrerseite herunter, als Deirdre und ihre Mutter auf seinen Wagen zukamen. »Mrs. O'Dare?«, sagte er, nahm die Sonnenbrille ab und bedachte sie mit einem strahlenden Lächeln. Deirdre verdrehte die Augen. Er war wirklich der zwanghafteste Flirter, denn sie je kennen gelernt hatte.

Rosaleen erwiderte sein Lächeln. »Was für ein attraktiver Mann«, sagte sie leise zu Deirdre. »Pass nur auf, was du tust, Deirdre.«

»Keine Sorge, Mum. Rory würde mich nie anrühren.«

Rosaleen sah sie an. »Aber du hättest nichts dagegen, stimmt's?«

»Mein Gott, Mum, wir sind Freunde, mehr nicht.« Sie gab ihrer Mutter noch einen Kuss und ging in Richtung Tor.

Rorys Arm ruhte auf dem geöffneten Wagenfenster. Er lächelte Deirdres Mutter immer noch an. »Ihre Tochter sieht genauso aus wie Sie.«

Rosaleen hob eine Augenbraue und legte den Kopf ein wenig schräg. »Ich verstehe das mal als Kompliment«, sagte sie. Mein Gott, dachte Deirdre. Er brachte sogar ihre Mutter dazu, kokett zu werden.

»So war's auch gedacht. Viel jünger als Sie sieht sie nicht aus. Das meine ich übrigens ernst.« Rosaleen lachte kopfschüttelnd, als Rory die Handbremse löste. »Schön, Sie kennen zu lernen, Mrs. O'Dare.« Er winkte ihrer Mutter noch kurz zu, bevor er den Gang einlegte. Der Saab entfernte sich vom Tor, doch Rory hielt den Blickkontakt mit Rosaleen aufrecht, bis er sie wegen einer Hecke nicht mehr sehen konnte.

Deirdre lehnte sich mit einem entrüsteten Seufzen auf dem Beifahrersitz zurück. Wie konnte Rory es nur wagen, mit ihrer Mutter zu flirten? Was für ein Glück, dass ihre Großmutter nicht auch noch dagewesen war. Dann hätte er gleich drei Frauengenerationen zum Schwärmen gebracht.

Ihre Entrüstung ließ ein wenig nach, als sie durch das Glen of the Downs fuhren. Das herbstliche Tal war einfach atemberaubend schön. Die Wälder auf den Hügeln zu beiden Seiten der Straße glänzten golden, gelb und rot. Trotz ihrer Ängste war Deirdre glücklich. Es war wirklich schön, an einem sonnigen Herbsttag durch eine der schönsten Gegenden Irlands zu fahren.

»Was hast du denn da?«, fragte Rory mit einem Blick auf die Seiten, die sie in der Hand hielt.

»Ach, das ist ein Aufsatz über *Hamlet*, den ich in der

Schule geschrieben habe. Mum hat ihn gefunden, als sie nach meinen Gummistiefeln gesucht hat.«

»Na mach schon: Lies vor.«

»Nein, Rory. Er ist sicher schrecklich.«

»Ganz bestimmt. Deswegen möchte ich ihn ja hören. Los, Deirdre, nun mach dich ausnahmsweise mal nützlich und unterhalte den Fahrer.«

Deirdre glättete die Seiten auf ihrem Schoß. »Mein Gott«, sagte sie und lachte.

»Was denn?«

»Wir sehen Hamlet in der ersten Hofszene. Er trauert um seinen toten Vater und sieht ziemlich düster aus«, las sie laut vor.

»Na ja, bis jetzt stimmt doch alles«, meinte Rory. »Wenn's auch ein bisschen pueril klingt.«

Deirdre lächelte ihn an. Er hatte die rechte Hand auf dem Steuer; der Ellbogen ruhte auf dem heruntergekurbelten Fenster des Saab, und die linke Hand lag völlig entspannt zwischen seinen Oberschenkeln. Er sah sie von der Seite an. »Ich bin ganz schön sexy, was?«, sagte er.

»Ach, hör auf damit, Rory«, sagte sie. Eigentlich, dachte sie, sah er wirklich sexy aus. Sie hatte schon andere Männer mit Sonnenbrille und bei offenem Fenster fahren sehen, aber die hatten sich lediglich in Pose geworfen. Rory hätte sich nicht einmal in Pose werfen können, wenn er es gewollt hätte.

»Lies weiter, Deirdre.«

Sie überflog die Seiten. »Ach, da ist eine gute Stelle: ›Hamlets Mutter Gertrude hat Hamlets Onkel geheiratet, den jüngeren Bruder des toten Königs, und Hamlet ist außer sich vor Zorn und ganz schön wütend auf seine Mutter!‹«

»Ich hab dir ja schon mal gesagt, dass du tautologisch bist. Wie alt warst du, als du den Aufsatz geschrieben hast? Zweiundzwanzig?«

Sie schenkte ihm keine Beachtung. »Ah, da habe ich wohl gerade das Wort ›Wankelmut‹ entdeckt. Ich hab's ungefähr zehnmal hintereinander benutzt«, sagte Deirdre und blätterte um. »›Hamlet ist fest entschlossen, seinen toten Vater zu rächen, obwohl ihn sein Wankelmut daran hindert. Er quält seine Mutter im Schlafzimmer und dann...‹ O nein, das ist jetzt wirklich zu peinlich!«

»Was? Komm, sag mir's!«, meinte Rory.

»Nein. Das ist wirklich zu pueril. Sogar für mich.«

»Hat wahrscheinlich was mit der Bildsprache zu tun, oder? Shakespeare verwendet das Bild des Totenschädels, um zu illustrieren, dass ... und so weiter und so fort.«

»Nein, noch schlimmer. Damals wusste ich nichts über Bildsprache. Wir haben uns noch nicht mit Interpretationen beschäftigt. Wir sollten in den Ferien ein Buch oder ein Stück lesen und dann eine Inhaltsangabe schreiben. Ich weiß, dass ich mich für *Hamlet* entschieden habe, weil ich dieses tolle Millais-Gemälde von Ophelia gesehen hatte. Kennst du das?«

»Das, auf dem sie den Fluss hinuntertreibt, die Haare wie einen Fächer ausgebreitet?«

»Ja, genau.«

»Irgendwie kann ich mir dich nicht als Streberin vorstellen, Deirdre.«

»War ich auch nicht. In allen meinen Zeugnissen stand, ich könnte besser sein. Die Lehrer haben sich immer beklagt, dass ich zu faul bin.«

»Das haben sie zu mir auch gesagt.« Er warf einen Blick auf die Seiten auf ihrem Schoß. »Gibt's noch ein paar besonders gute Stellen?«

Deirdre hatte den Aufsatz mittlerweile fast ganz gelesen. Sie bewegte stumm die Lippen, während ihr Finger über die letzten Zeilen glitt. »›Hamlets Freundin Ophelia wird wahnsinnig. Dann verschwindet sie, um Blumen zu pflücken, und landet mausetot im Fluß‹«, las sie vor und lachte.

»Gib mir den Aufsatz!« Rory zog ihn ihr mit der linken Hand weg, und Deirdre kreischte.

»Nein! Gib ihn mir auf der Stelle zurück, Rory! Du bist wirklich ein Schwein!« Sie entriss ihm die Seiten, kurbelte das Fenster auf der Beifahrerseite herunter und ließ sie in den Wind hinausflattern.

»Pass auf, dass dich niemand anzeigt, Deirdre«, sagte Rory gleichmütig. »Die hübsche irische Landschaft mit jugendlichen Ergüssen zu verunreinigen ist verboten. So, da wären wir.« Er bog nach links ab und dann bei einem Schild mit der Aufschrift »Glenview Reiterhof« noch einmal nach links.

Sie fuhren durch ein Tor in eine baumbestandene Auffahrt, die sich zu einem niedrigen, holzverkleideten Gebäude hinaufwand. Zu beiden Seiten des Weges befanden sich Weiden mit grasenden Pferden. Rory lenkte den Wagen zur Rückseite des Gebäudes und stellte ihn vor einem Ziegelbogen ab. Deirdre sah Pferdeköpfe in den Stallungen und wurde nervös.

»Komm, ich stell dir Tommy vor«, sagte Rory, während er aus dem Saab stieg. »Ihm gehört die ganze Chose.«

Deirdre folgte Rory durch den Bogen in den Hof. Der strenge Geruch von Pferden lag in der Luft. Ein paar junge Pferdepflegerinnen starrten sie neugierig an und wandten kichernd den Blick ab, als Rory sie anlächelte. Er trat an die Tür und sah hinein. »Tommy. Wie geht's?«, fragte er.

Ein stämmiger Mann mittleren Alters mit gebräuntem, wettergegerbtem Gesicht saß, eine Zigarette im Mund, auf einer Bank und las *The Irish Field*. Er stand auf und begrüßte Rory mit einem Schlag auf den Rücken. »Rory! Lange nicht gesehen.«

Rory wandte sich Deirdre zu. »Deirdre, das ist Tommy Connors. Er weiß mehr als jeder andere über Pferde. Tommy – Deirdre O’Dare. Sie ist Schauspielerin und muss so schnell wie möglich reiten lernen.«

Tommy schüttelte Deirdre die Hand. Seine Hand war überraschend klein, aber er hatte Kraft. Deirdre fiel auf, dass seine Haut sich rau und schwielig anfühlte. »Ist für einen Film, stimmt’s?«, fragte Tommy und blinzelte sie mit seinen blauen Augen an.

»Genau.« Deirdre lächelte ihn an.

»Big TP O’Reilly ist wieder in der Stadt, Tommy«, sagte Rory. »Erinnerst du dich noch?«

Tommy sah Rory ungläubig an. »Nicht wieder dieser Pferdearsch?«, fragte er.

»Doch«, antwortete Rory.

»Oje«, meinte Tommy. »Du machst doch hoffentlich nicht mit, oder?«

»Leider habe ich ein anderes Engagement, Tommy«, sagte Rory mit einem Lächeln. »Ich hab ’ne tolle Rolle am Abbey.«

»Gut für dich«, sagte Tommy, faltete seine Zeitung und steckte sie in die Tasche. »Kommen Sie mit, Deirdre O’Dare. Ich sattle Ihnen Minerva, dann kann Rory Ihnen alles zeigen.« Tommy drückte seine Zigarette aus und holte Sattel und Zaumzeug von der Wand. Dann ging er über den Hof. Deirdre fiel auf, dass er ein wenig gebeugt ging, und sie fragte sich, wie ein so hässlicher Mann ein so guter Reiter sein konnte, denn das hatte Rory von ihm behauptet.

Rory schlenderte auf die andere Seite des Hofes, wo ein großes braunes Pferd stand. Es schüttelte die dunkle Mähne und wieherte, als es ihn sah. Rory streichelte seine Nüstern und sprach leise und zärtlich mit ihm. Dann holte er das Kerngehäuse aus der Tasche und gab es dem Pferd.

»Das ist Minerva, Deirdre«, sagte Tommy.

Minerva war ein schönes Tier, kastanienbraun mit weißer Blesse. Sie hatte große, freundliche Augen und spitzte aufmerksam die Ohren. Tommy öffnete die Stalltür und begann, sie zu satteln. Deirdre sah, dass Minerva eine weiße Fessel hatte, was ihr gut gefiel.

»Mach schon«, hörte Deirdre Rorys Stimme. »Gib ihr das Geschenk. Schließlich willst du doch, dass sie dich mag, oder?« Deirdre holte das Apfelkerngehäuse aus ihrer Tasche. »Sprich mit ihr, Deirdre, damit sie sich an den Klang deiner Stimme gewöhnt. Und streichle sie.«

Deirdre fuchtelte mit dem Kerngehäuse vor Minervas Nase herum. »Hier, Minerva«, sagte sie. Sie kam sich ein bisschen merkwürdig vor, so mit einem Pferd zu sprechen.

»Nein, nicht so, Deirdre. Du musst das Kerngehäuse auf die ausgestreckte Hand legen, sonst kann sie's nicht nehmen, ohne dich zu beißen. Sag ihr, dass du dich freust, sie kennen zu lernen.«

Deirdre tat, was Rory ihr gesagt hatte, und Minerva nahm das Kerngehäuse. »Hallo, Minerva – schön, dich kennen zu lernen«, sagte Deirdre und streichelte die weichen Nüstern des Pferdes. »Du bist ein hübsches Mädchen! Weißt du, du wirst mir das Reiten beibringen.«

»Eine bessere Lehrerin als sie gibt es nicht«, sagte Tommy Connors. »Sie hat genau die richtige Größe für Sie und ist ausgesprochen friedlich. Sie ist das perfekte Pferd für eine Anfängerin.« Er zurrte den Riemen fest, der unter dem Bauch von Minerva hindurchführte.

»Manche Pferde halten den Atem an, während der Riemen festgezurrt wird, weil sie es nicht mögen, wenn er eng sitzt«, erklärte Rory. »Wenn sie dann wieder ausatmen, ist er natürlich locker. Tja, und sobald du aufsteigen willst, fällst du auf die Schnauze.«

Deirdre sah ihn entsetzt an.

»Keine Sorge, das Problem wirst du mit Minerva nicht haben.«

Rory lächelte. »Sie weiß, dass sie dir helfen soll. Das hat man ihr beigebracht.«

Tommy Connors gab Minerva einen Klaps auf die Flanke. »Gut, Deirdre, sie wäre so weit. Rory, jetzt kannst du weitermachen.«

Rory hatte eine Auswahl von Reitkappen aus dem Gebäude mitgebracht. Er reichte eine davon Deirdre und wies sie an, den Riemen unter dem Kinn festzuziehen. »So, lass mal sehen«, sagte er dann und überprüfte, ob der Riemen fest genug saß. Sie zuckte unwillkürlich zusammen, als er ihren Hals berührte. »Zu groß«, sagte er. »Wir müssen's mit was Kleinerem probieren. Ich hätte nicht gedacht, dass dein Gehirn so winzig ist, Deirdre.«

Dann wiederholte er die Prozedur mit der zweiten Reitkappe, die genau passte, trat einen Schritt zurück, ließ den Blick über ihre Beine gleiten und holte tief Luft. »Mein Gott, diese Beine«, sagte er, halb zu sich selbst. »Tja, die Stiefel sind wunderbar. Gut, Deirdre, dann mal los. Ich möchte, dass du Minerva zum Longierzirkel rausführst. Nimm das da, das ist das Zaumzeug. Führe immer von der linken Seite, es sei denn, du gehst auf der Straße, da musst du nach rechts. Leg die Hand direkt unter ihr Kinn und halte das Zaumzeug mit der linken Hand. Und jetzt stell dich neben sie und sag ihr, dass sie losgehen soll.«

Deirdre befolgte Rorys Anweisungen genau. Zu ihrer Überraschung setzte Minerva sich tatsächlich in Bewegung. »Es funktioniert!«, rief sie und lächelte Rory entzückt an.

»Mein Gott, Deirdre«, sagte Rory. »Du sitzt doch noch nicht mal auf ihr drauf.«

Sie gingen durch den Ziegelbogen und hinaus zum Longierzirkel, einem umzäunten Bereich mit dunklem Sand.

»Soll ich jetzt aufsteigen?«, fragte Deirdre.

»Ja. Versuchen wir's mal«, sagte Rory. »Ich halte sie für

dich. Stell den linken Fuß in den Steigbügel. Pass auf, dass du ihn richtig erwischst. Und jetzt versuch, das rechte Bein hoch und über ihren Rücken zu schwingen.«

Deirdre gab nach dem dritten Versuch auf.

»Ich könnte dir helfen, aber das werde ich nicht tun. Du musst lernen, allein raufzukommen.« Deirdre war erleichtert, denn der Gedanke, dass Rory sie hochschieben würde, gefiel ihr überhaupt nicht. »Es wird ein bisschen leichter, wenn du dich an ihrer Mähne festhältst. Das bringt sie nicht aus der Ruhe. Daran ist sie gewöhnt. Stimmt's, meine Schöne?« Rory streichelte die Nüstern des Pferdes mit der freien Hand.

Beim vierten Versuch schaffte es Deirdre, das Bein über Minervas Rücken zu schwingen, und sie landete mit einem dumpfen Schlag auf dem Sattel. Minerva bewegte sich nicht von der Stelle.

»Du solltest mal dein Gesicht sehen, Deirdre«, sagte Rory lachend. »Wie ein Denkmal.«

Dann zeigte er ihr, wie sie die Zügel halten und das Pferd mit den Fersen dirigieren musste. »Und jetzt versuch, ein bisschen mit ihr zu gehen. Halt die Zügel ganz locker.«

Deirdre drückte Minerva mit den Fersen leicht in die Flanke, wie Rory es ihr gesagt hatte, und das Pferd setzte sich in Bewegung. Das Gefühl, das Tier unter sich zu haben, war ausgesprochen angenehm, sogar ein bisschen entspannend. »Ach, das wird schön, Rory!«, rief sie aus.

»Für dich vielleicht, meine kleine Hexe«, sagte er. Aber in seinen Augen lag ein Lächeln.

Deirdre lernte schnell. Rory fuhr jeden zweiten Tag mit ihr durch das Glen of the Downs hinaus zu Tommys Hof. Sie war sich wie ein Kartoffelsack vorgekommen, als sie am ersten Tag einen Trab versucht hatte, aber irgendwann hatte sie begriffen, dass sie sich dem Rhythmus des Pferdes anpassen musste. Schon bald schaffte sie einen langsamen Galopp, der sie atemlos vor Begeisterung machte.

Rory hatte ihr erklärt, wie wichtig es war, ganz entspannt zu sein und die Kontrolle nicht zu verlieren. Allerdings fiel es ihr schwer, die Kontrolle nicht zu verlieren, als beim langsamen Galopp plötzlich die Steigbügel verschwunden waren. Rory erinnerte sie daran, dass sogar gute Reiter Schwierigkeiten hatten, das Tier im Griff zu behalten, wenn dieses beschloss, sich stur zu stellen. Aber das tat Minerva nie. Deirdre war stolz, als sie merkte, dass das Pferd tatsächlich begann, nach ihr Ausschau zu halten, und sich offenbar freute, wenn sie kam. Sie hatte das Gefühl, dass Minerva und sie sich wortlos verstanden.

Rory ritt jetzt zusammen mit ihr auf dem schönen kastanienbraunen Wallach, mit dem er am ersten Tag gesprochen hatte. Wenn sie gemeinsam über die Felder unterwegs waren, lachte sie oft laut vor Freude. Das war fast ein bisschen wie Fliegen, dachte sie.

Rory hatte Recht gehabt, als er sie warnte, dass ihr die Beine wehtun würden. Nach ihren ersten Stunden hatte sie einen furchtbaren Muskelkater, und wenn sie beim Reiten gewesen war, fühlte sie sich nach dem abendlichen Ausritt durch die frische Luft und die körperliche Aktivität völlig ausgelaugt. Plötzlich kaufte sie regelmäßig Lebensmittel ein.

Jetzt, wo sie tagsüber nicht mehr proben musste, hatte sie außer dem Reiten nicht viel zu tun. Das Stricken hatte sie inzwischen wieder aufgegeben. Sie schrieb Sarah jede Menge Briefe, die immer noch so in ihren neuen Freund verliebt war, dass sie sich überhaupt nicht mehr in Dublin blicken ließ. Die Glückliche, dachte Deirdre. Sie liebte und wurde geliebt. Deirdre wusste, dass sie noch nicht gelernt hatte, was echte

Liebe war. Der Schöne Ben, David Lawless, Sebastian Hardy – das waren alles nur Vernarrtheiten gewesen. Sie fragte sich, ob sie je den Richtigen finden würde.

Rory und sie führten eines Tages gerade die Pferde zu den Stallungen zurück, als Deirdre merkte, dass Rory sie anerkennend musterte. »Ich bin froh, dass du ein bisschen zugenommen hast, Deirdre. Dein Hintern sieht toll aus in dieser Reithose. Davor hast du ein wenig wie eine Skulptur von Giacometti ausgeschaut.«

Deirdre wurde rot. Sie wusste immer noch nicht, wie sie mit solchen Bemerkungen von Rory umgehen sollte. Jetzt, wo sie so viel Zeit miteinander verbrachten, waren sie wieder ein bisschen lockerer, aber seine sexuellen Anspielungen verunsicherten sie, und sie bemühte sich, jeden körperlichen Kontakt mit ihm zu vermeiden.

Sie führte Minerva in ihre Box und machte sich daran, sie abzusatteln. Zu ihrer Überraschung stellte sie fest, dass Rory ihr gefolgt war. Sie drehte sich abrupt um, verlor einen Moment das Gleichgewicht und landete mit dem Rücken an der Stallwand. Im Licht der offenen Tür wirkte Rory noch größer als sonst, und plötzlich hatte sie das Gefühl, dass es in dem Stall sehr eng war. Deirdres Herz klopfte. Einen Augenblick lang überlegte sie, ob Rory sie küssen würde.

»Du hast dein Armband verloren, Schätzchen«, sagte er. »Zieh's nächstes Mal nicht an, ja? Da, fang.« Er warf ihr das Armband zu und drehte sich pfeifend um. Deirdre streckte die Hand zu spät aus, so dass das Schmuckstück ihr durch die Finger glitt und auf den mit Stroh bedeckten Boden fiel.

Je näher das Ende der Spielzeit von *Hamlet* rückte, desto niedergeschlagener wurde Deirdre. Zwar wusste sie, dass sie großes Glück gehabt hatte, einen so lukrativen Vertrag an Land gezogen zu haben, aber ihr graute schon vor dem Drehbeginn. Mittlerweile hatte sie das Skript erhalten, und Deirdre sah, dass die Szene, die sie mit TP O'Reilly gelesen hatte, noch eine der besseren war. Er hatte ihr einen Brief dazu geschrieben, in dem er sie zum Abendessen einlud, und sie war froh, ihm wegen der Vorstellungen absagen zu können. Hoffentlich, dachte sie, kam er nicht auf die Idee, sie stattdessen zum Mittagessen einzuladen.

Sie wusste, dass die Kollegen ihr fehlen würden, wenn das Stück erst einmal abgesetzt wäre, denn Freundschaften unter Schauspielern wurden schnell geschlossen, aber genauso schnell vergessen, wenn jeder wieder seiner Wege ging. Maeve war mit *Ardmore Grove* beschäftigt, und außerdem hatte sie ja Jacqueline und Rory, die ihr Gesellschaft leisteten. Er und sein Hund Bastard waren kurz nach der Premiere von *Hamlet* bei ihnen eingezogen. Deirdre hatte ihm angeboten, ihm beim Umzug zu helfen, um sich für die Reitstunden zu revanchieren, doch Rory hatte nur gelacht und gesagt, die Sachen, die er hatte, passten alle in seinen Saab. Also hatte sie ihm stattdessen einen schönen Bildband über Südamerika gekauft.

Er hatte inzwischen mit den Proben zu *Les Liaisons Dangereuses* begonnen, was bedeutete, dass er keine Zeit mehr für Reitstunden hatte. Sie habe sich gut geschlagen, sagte er nach ungefähr zwölf oder dreizehn Stunden mit ihm, und sie sei jetzt schon eine ganz ordentliche Reiterin. Nur Rorys Versuche, sie mit dem Pferd über Hindernisse zu scheuchen, waren nicht sonderlich erfolgreich gewesen. Sie war sogar ein paarmal heruntergefallen, hatte sich aber nicht verletzt.

David war nach London zurückgegangen, um an seinem nächsten Projekt mit der Royal Shakespeare Company zu arbeiten, kam jedoch so oft wie möglich nach Dublin, um Eva zu sehen. Sie würde ihm unmittelbar nach dem Ende der Dreharbeiten des Films von Neil Jordan nachreisen. Jessica

Young würde nach Galway gehen, um dort für Druid zu arbeiten, und auch Sebastian würde nach London zurückkehren. Es war fast, als gehe eine Ära zu Ende.

Deirdre fragte sich, ob sie mit den Schauspielern, die bei *Die Rache des irischen Bob* mitmachten, Spaß haben würde. Hätte sie doch wenigstens einen von ihnen gekannt! Sie erinnerte sich noch, wie unwohl sie sich am ersten Probenmorgen zum *Sommernachtstraum* gefühlt hatte. Der erste Drehtag war für den Spätnachmittag des Sonntages nach dem Ende der Laufzeit von *Hamlet* anberaumt – sie hätte also nicht einmal einen ganzen Tag Pause.

Aber wenigstens musste sie nicht an zwei Projekten gleichzeitig arbeiten wie Eva. Die Anstrengung war ihr inzwischen deutlich anzumerken. Sie hatte dunkle Ringe unter den Augen und ziemlich abgenommen, was ihr nicht sonderlich stand. Außerdem war sie gereizt. Ihre grauen Augen sahen manchmal vor Erschöpfung fast schwarz aus. Sie wirkte gehetzt, wie von Dämonen getrieben, und ihre Arbeit litt darunter. Sie konnte sich nicht richtig konzentrieren, und hin und wieder musste sie sogar die Hilfe der Souffleuse in Anspruch nehmen.

Sie tat Deirdre Leid. Sie schien ihr Charisma völlig verloren zu haben. Deirdre überlegte, ob sie irgendetwas tun konnte, um ein bisschen Freude in das Leben der Schauspielerin zu bringen. Sie war schon eine ganze Weile nicht mehr in ihrer Garderobe gewesen, weil sie das Gefühl hatte, dass Eva nicht gestört werden wollte.

Am Tag der letzten Aufführung von *Hamlet* ging Deirdre auf dem Weg zur Arbeit in einen teuren Blumenladen und kaufte alle Sonnenblumen, die es dort gab. Es war ihr egal, dass sie der erstaunten Verkäuferin ein kleines Vermögen dafür zahlen musste. Schließlich war Deirdre O'Dare jetzt dank Big TP O'Reilly eine wohlhabende Frau.

Sie traf früher als sonst im Theater ein und ging sofort in Evas Garderobe. »Ja?«, hörte sie ihre leise Stimme, als sie klopfte.

»Ich bin's, Deirdre.«

»Komm rein, Schätzchen.« Eva klang sehr gedämpft.

Als Deirdre eintrat, lag die Schauspielerin mit geschlossenen Augen auf der Couch. Sie schlug sie nur mit Mühe auf. »Hallo, Deirdre. Gott sei Dank bist du es nur. Mein Gott, du hast ja einen ganzen Blumenladen dabei.« Eva lächelte matt.

»Die sind für dich, Eva. Ich wollte mich bedanken für« – Deirdre schwieg ein paar Sekunden. Ja, wofür eigentlich? »Dafür, dass du mir eine gute Freundin gewesen bist.«

Zu ihrem Entsetzen brach Eva in Tränen aus. Deirdre wusste einen Augenblick lang nicht, was sie machen sollte. Dann fiel ihr ein, wie Maeve sich verhalten hatte, als sie selbst wegen der Sache mit Rory geweint hatte. Sie legte die Blumen auf den Tisch der Schauspielerin, ging zur Couch hinüber und nahm sie in den Arm. »Ganz ruhig, Eva«, murmelte sie. »Nicht weinen, es kommt alles wieder in Ordnung.« Dabei strich sie ihr über den Kopf und hielt sie eine ganze Ewigkeit fest.

Irgendwann hörte Eva zu weinen auf. Deirdre holte Papiertaschentücher vom Garderobentisch und wischte ihr sanft das Gesicht ab. »Ruhig, ruhig«, sagte sie. »Schau, jetzt sind deine Augen ganz rot vom Weinen.« Eva schniefte und nahm ein Taschentuch von Deirdre, um sich die Nase zu putzen. »Ach, Eva.« Deirdre sah sie voller Mitleid an. »Mach dir keine Sorgen. Das Schlimmste ist jetzt vorbei. Nach heute Abend brauchst du dir nur noch Gedanken über den Film zu machen, und der ist auch bald fertig, oder?«

»Ja«, sagte Eva mit leiser Stimme. Dann begann sie wieder zu weinen. »Ach, Deirdre, es ist nicht die harte Arbeit, die mich so fertig macht. Mit harter Arbeit bin ich immer zurechtgekommen.« Sie vergrub das Gesicht in den Händen.

»Aber was ist es dann, Eva?«, fragte Deirdre besorgt.

Eva zog die Hände ein wenig nach unten, so dass nur noch ihr Mund bedeckt war. »Ich habe Angst, dass ich verrückt werde«, flüsterte sie zwischen ihren Fingern hindurch.

Deirdre sah sie entsetzt an. Einen Augenblick lang wusste sie nicht, was sie sagen sollte. Dann wurde ihr klar, dass sie die Schauspielerin zum Reden bringen musste, wenn sie ihr irgendwie helfen wollte. »Warum, Eva?«, fragte sie. »Wie kommst du auf die Idee?«

»Deirdre, versprichst du mir, dass du niemandem was erzählst?«

Deirdre versprach es ihr. »Und ich halte meine Versprechen«, fügte sie hinzu. »Ich habe niemandem von dem anonymen Brief erzählt, den du am Premierenabend von *Macbeth* bekommen hast.«

»Da hat's angefangen! Das war das Erste, was mir Angst eingejagt hat. Aber die Sache ist während der gesamten Probenzeit von *Hamlet* weitergegangen. Am Anfang war's noch nicht so schlimm, und ich habe mir einzureden versucht, dass ich mir das nur einbilde.«

»Was einbilde, Eva?«

»Es klingt wirklich albern, Deirdre, aber ich habe das Gefühl, dass Sebastian Hardy mich hasst. Ich glaube, er hat mir den anonymen Brief geschickt.«

»Nein, Eva, das kann nicht sein! Ich weiß genau, dass Sebastian ganz vernarrt in dich ist. Ich war deswegen sogar eine Weile ziemlich eifersüchtig.« Deirdre nahm Evas Hände. »Ich verrate dir ein Geheimnis. Als ich ihn damals in London das erste Mal gesehen habe, hatte er sogar ein Foto von dir in seiner Brieftasche. Er ist einer deiner größten Fans, Eva.«

Evas Reaktion schockierte sie, denn sie entzog ihr die

Hände und begann, mit den Fäusten gegen ihren Kopf zu hämmern. »Nein, nein, nein«, sagte sie immer wieder und schüttelte dabei den Kopf, als wolle sie unliebsame Gedanken loswerden. Deirdre packte ihre Hände wieder.

»Hör auf damit, Eva.« Deirdre wusste, dass sie ruhig bleiben musste. Sie war sich in ihrem ganzen Leben noch nie so erwachsen vorgekommen. Sie hielt Evas Hände fest, bis sich diese ein wenig beruhigt zu haben schien, dann ging sie zum Garderobentisch hinüber und goss ein bisschen Ballygowan in ein Glas. Sie brachte es Eva, hielt es an ihre Lippen und überredete sie, einen Schluck zu trinken. Doch ganz schaffte sie es nicht. Das Wasser tropfte ihr übers Kinn, und Deirdre wischte es ihr ab. »Wo ist David?«, fragte sie. »Wie kann ich ihn erreichen?«

Eva schüttelte den Kopf. »Er kommt erst nach der Pause. Er hat mich von Heathrow aus angerufen.«

»Kannst du mir seine Handynummer sagen?«

»Bitte ruf ihn nicht an, Deirdre. Du hast mir versprochen, dass du niemandem etwas sagen würdest, das weißt du doch noch, oder? Außerdem bin ich ja jetzt schon wieder viel ruhiger. Wirklich.« Sie holte eine Packung Gitanes aus der Tasche ihres Bademantels, zündete sich eine an und inhalierte tief.

»Erzähl mir alles, Eva«, sagte Deirdre und setzte sich neben sie.

Eva ließ den Kopf an die Rückenlehne der Couch sinken. »Sebastian macht mir wirklich Angst, Deirdre, und er tut's absichtlich.« Sie holte tief Luft und strich sich die Haare aus dem Gesicht. »Das habe ich schon ganz früh während der Proben gespürt, aber dann ist es immer schlimmer geworden, und inzwischen bin ich schon richtig paranoid. Seit dem Premierenabend ist es unerträglich geworden.« Sie nahm Deirdres Hand. »Erinnerst du dich noch, dass wir am Tag nach der Premiere eine Besprechung hatten, in der David

Sebastian gebeten hat, sich in der Schlafzimmerszene ein bisschen zurückzunehmen?«

Deirdre dachte nach. »Ja«, sagte sie. »Ich erinnere mich. Und Sebastian hat gesagt, er hatte sich vor Lampenfieber nicht mehr in der Gewalt und würde es nicht wieder tun.« Auch Maeve hatte sich nach dem Premierenabend im Pub darüber geäußert, das fiel Deirdre jetzt wieder ein.

Eva rieb sich die roten Augen. »Tja, etwa eine Woche lang hat er sich tatsächlich zurückgehalten, aber danach ist's noch schlimmer geworden. Ach, Deirdre, ich habe inzwischen schon Angst, sein ›Mutter, Mutter, Mutter‹ jeden Abend zu hören, wenn er die Bühne betritt. Er spielt die ganze Schlafzimmerszene wie von Dämonen getrieben.«

Deirdre bekam eine Gänsehaut. Das waren auch die Worte gewesen, die er in ihrem Bett im Schlaf gesprochen hatte. »Warum sagt David ihm nicht, dass er damit aufhören soll?«, fragte sie.

»Er spielt die Szene nicht so, wenn er weiß, dass David im Theater ist.«

»Aber hast du David denn nichts davon erzählt?« Deirdre war verwirrt.

»Nein.«

»Warum nicht?«, fragte sie entrüstet. »Wie kannst du es nur zulassen, dass Sebastian so etwas macht? Du hättest schon vor Ewigkeiten dafür sorgen sollen, dass David ein Machtwort spricht! Jetzt ist es zwar schon zu spät, aber du musst es ihm heute Abend sagen.«

»Das kann ich nicht.«

Es war erst das zweite Mal, dass Deirdre diese Worte aus Evas Mund hörte. Die beiden sahen einander einen Augenblick lang an, dann senkte Eva den Kopf. Deirdre wusste, dass sie Eva nicht fragen durfte, warum sie David die Sache nicht erzählen konnte.

»Hast du irgendwas zu Sebastian gesagt?«, fragte sie, diesmal in sanfterem Tonfall.

»Nein.« Eva hob den Kopf und sah sie wieder an. »Ich habe zu große Angst vor ihm. Er hat irgendetwas gegen mich in der Hand, Deirdre, das weiß ich.«

»Soll das heißen, dass er dich erpresst?«

Eva zuckte müde mit den Achseln. »Ja, emotional. Er weiß etwas über mich, das er nicht wissen sollte.«

Deirdre war schockiert. Sie hatte von der Sache so gut wie nichts mitbekommen. »Was genau tut er, Eva?«, fragte sie leise.

»Er bedroht mich, Deirdre. Nicht wie Hamlet Gertrude bedroht. In der Szene tritt er aus der Rolle und wird Sebastian Hardy – und zwar nicht der höfliche, charmante Sebastian, den wir kennen, sondern ein Teufel.« Eva zog die Beine an und schlang den Bademantel enger um ihren Körper. Dann drückte sie ihre Zigarette in dem überquellenden Aschenbecher aus und zündete sich die nächste an. »Normalerweise fängt's bei folgender Stelle an:

Ihr sollt nicht vom Platz,
Nicht gehn, bis ich Euch einen Spiegel zeige,
Worin Ihr Euer Innerstes erblickt.«

»Und was erwiderst du darauf?« Deirdre wusste, dass das wichtig war.

»Ich sage:

Was willst du tun? Du willst mich nicht ermorden?«

Deirdre versuchte, nicht allzu beunruhigt auszusehen.

»Dann wird er während der Szene immer aufgeregter. Wenn er meinen Kopf zwischen seine Hände nimmt, um mir die Bilder seines Vaters und seines Onkels zu zeigen, habe ich manchmal Angst, dass er mir den Schädel zerquetscht.«

»Eva, das ist ja schrecklich ...«

»Und wenn er zu der Stelle kommt, wo es heißt ›Im Schweiß und Brodem eines eklen Betts‹ – die Stelle kennst du doch, oder?«

Deirdre führte das Zitat für sie zu Ende:

Gebrüht ihn Fäulnis; buhlend und sich paarend
Über dem garst'gen Nest

»Ja, genau. Es ist einfach schrecklich, Deirdre! Er sagt mir das direkt ins Ohr und sieht mich an, als meinte er damit nicht Claudius, sondern ... mein Gott, Deirdre ... ich weiß es, ich ahne es. Er meint David.«

»David?« Deirdre war entsetzt.

Eva nickte und bedeckte ihr Gesicht wieder mit den Händen. »Bitte, glaub mir«, flüsterte sie. »Ich weiß, ich klinge, als hätte ich den Verstand verloren, aber es ist die Wahrheit.«

Deirdre fiel Gertrudes Erwiderung auf Hamlets Angriffe ein: »Mir dringen diese Wort' ins Ohr wie Dolche.« Was für Qualen musste es Eva bereiten, diesen Text zu sprechen! Deirdre fasste einen Entschluss. Sie würde die Kontrolle übernehmen oder es zumindest so aussehen lassen. »Eva, hör zu. Heute ist der letzte Abend. Danach wirst du die Szene nie wieder mit ihm spielen müssen.« Sie legte beide Hände um das Gesicht der Schauspielerin und sah ihr in die Augen. »Du bist der mutigste Mensch, den ich kenne. Einmal schaffst du's noch, das weiß ich. Und nach heute Abend wirst du Sebastian Hardy nie wieder sehen müssen.«

Eva sah Deirdre fragend an. »Du hältst mich also nicht für hysterisch, Deirdre? Und du glaubst auch nicht, dass ich mir das alles bloß einbilde?«

»Nein, natürlich glaube ich dir, Eva.« Sie warf einen Blick auf ihre Uhr und erhob sich dann, um Eva auf die Füße zu helfen. »Es wird Zeit, Schätzchen. Ich helfe dir.« Sie wusste, dass sie selbst zu spät kommen würde, wenn sie der Schauspielerin half, sich anzuziehen, aber das war ihr egal. »Keine Sorge – du wirst nicht verrückt.«

»Das sagst du nicht einfach nur? Versprichst du mir, mir zu glauben?« Eva klang immer noch völlig verunsichert.

»Ja, das verspreche ich, Eva.«

Als Deirdre Evas Kostüm von der Stange holte, fiel ihr wieder ein, was Rory über Sebastian Hardy gesagt hatte, und schreckliche Furcht beschlich sie. Sebastian war am Premierenabend von *Macbeth* gar nicht zu spät dran gewesen. Sein Flug hatte keine Verspätung gehabt, und es hatte auch kein Problem mit dem Taxi gegeben. Er hatte genug Zeit gehabt, sich die Wohnung anzusehen und sein Gepäck dort abzuladen, bevor er ins Theater gegangen war. Er war sogar so früh dort gewesen, dass er eine Nachricht am Bühneneingang hatte abgeben können. Eine Nachricht, die niemand mit ihm in Verbindung bringen würde, weil er ja behauptete, fünfzehn Minuten zu spät zur Vorstellung eingetroffen zu sein.

Plötzlich war Deirdre ziemlich kalt.

20

Eine halbe Stunde später hastete Rory an ihr vorbei die Treppe hinauf. Er war wie üblich zu spät dran. »Verdammter Verkehr«, murmelte er und blieb dann stehen, um sie neugierig anzusehen. »Alles in Ordnung, Deirdre? Du wirkst ziemlich durcheinander.«

»Tatsächlich?«, sagte sie. »Nein, mir geht's gut.« Am liebsten hätte sie Rory alles erzählt, doch sie hatte Eva versprochen, niemandem etwas davon zu sagen. Das hatte zur Folge, dass sie nun alles allein machen musste.

Als sie weiterging, rief Rory ihr nach, bevor er in seiner eigenen Garderobe verschwand: »Übrigens ist Maeve heute da. Sie hat gesagt, sie möchte sich hinterher im Pub mit dir treffen.«

»Gut«, sagte Deirdre ohne rechte Begeisterung. Der Sinn stand ihr im Augenblick überhaupt nicht nach Feiern. Sie hatte beschlossen, an jenem Abend besonders wachsam zu sein. Sie würde in ihrer Garderobe bleiben und die Aufführung über die Lautsprecheranlage mitverfolgen. Und die Schlafzimmerszene würde sie von der Kulisse aus beobachten, ohne sich von den Kollegen sehen zu lassen. Sie würde aufpassen, dass Eva Lavery nichts passierte.

Den ersten Missklang hörte sie, als sie gegen Ende des ersten Aktes in ihre Wildlederschuhe schlüpfte. Sie merkte, dass Sebastian während des Dialoges zwischen Hamlet und dem Geist seines Vaters ungewöhnlich emotional klang. Die Worte »O mein prophetisches Gemüt! Mein Oheim!«, heulte er fast wie ein Wolf. Dann schien er sich wieder ein bisschen zu fangen. Plötzlich wurde Deirdre klar, dass nicht Eva verrückt war, sondern Sebastian.

Dieses Gefühl verließ Deirdre auch nicht, als er auf die Bühne stürzte, um seinen berühmten Monolog zu beginnen. Ihm brach fast die Stimme, als er sagte:

Sterben – schlafen –
Nichts weiter! – und zu wissen, dass ein Schlaf
Das Herzweh und die tausend Stöße endet,
Die unsers Fleisches Erbteil – 's ist ein Ziel,
Aufs innigste zu wünschen.

Er sprach diese Zeilen so voller Sehnsucht, dass Deirdre eine Gänsehaut bekam.

Deirdre sprach ihren eigenen Text in der Szene wie im Traum. Sie brachte es fast nicht fertig, Sebastian ins Gesicht zu sehen. Er merkte, dass sie sich distanzierte. Einmal legte er die Hand unter ihr Kinn und hob es hoch, um sie dazu zu zwingen, dass sie ihn ansah, doch sie hielt den Blick gesenkt. Sie war erleichtert, als er schließlich abging. Ihren nächsten Text sprach sie ziemlich unsicher, und die Worte klangen ihr wie Hohn in den Ohren: »Oh, welch ein edler Geist ist hier zerstört.«

In der Pause nahm Deirdre ihren Kaffee in ihre Garderobe mit. Sebastian und Eva waren nicht im Gemeinschaftsraum gewesen, und die Atmosphäre dort war angespannt. Deirdre wusste, dass sie es nicht aushalten würde, dort zu sitzen und sich die Mutmaßungen ihrer Kollegen darüber anzuhören, was los war mit Sebastian. Allen war aufgefallen, dass irgendetwas nicht stimmte, und da David immer noch nicht aufgetaucht war, hatten die Schauspieler ein ungutes Gefühl. Deirdre fiel wieder ein, dass Eva gesagt hatte, David würde erst nach der Pause kommen. Sie fragte sich, ob er es noch rechtzeitig zur Schlafzimmerszene schaffen würde.

Sie nahm ihre Glückwunschkarten und setzte sich damit

auf die Chaiselongue, um sie sich noch einmal alle anzuschauen. Jetzt wirkte ihr Platz ziemlich leer. Dann fiel ihr auf, dass ein Umschlag an ihrem Schminkkoffer lehnte. Sie ging zurück zu ihrem Garderobentisch, um ihn sich genauer anzusehen. Als sie Sebastians Handschrift darauf erkannte, erstarrte sie. Sie öffnete ihn ganz vorsichtig, unsicher, ob sie den Text überhaupt lesen wollte. Es befand sich ein gefaltetes Blatt Papier darin, auf dem stand: »Nicht auch noch Du! Bitte lass mich nicht im Stich. Sebastian.«

Was sollte das bedeuten? Die Nachricht war genauso verwirrend wie die, die er Eva ihrer Meinung nach vor der Premiere von *Macbeth* geschickt hatte.

Nach der Pause beobachtete sie aus der Kulisse heraus den Wortwechsel zwischen Sebastian und Aidan Hughes, der den Horatio spielte, kurz vor der Mausefalle-Szene. Sebastian sprach seinen Text so heftig, dass er Aidan dabei ins Gesicht spuckte. Aidan sah ihn erstaunt an und hatte Mühe, wieder in seine Rolle zurückzufinden. Die Schauspieler, die bereits darauf warteten, zur nächsten Szene auf die Bühne zu treten, sahen einander bestürzt an. Eva zitterte. Als Eva hinausging, dachte Deirdre voller Schrecken an die Zweikampfszene zwischen Sebastian und Rory am Schluss des Stückes. Deirdre bekam es mit der Angst zu tun, denn Sebastian war gefährlich.

Ihr gegenüber war er überraschend sanft. Statt sie hin und her zu stoßen, wie David Lawless es vorgeschlagen hatte, verhielt er sich rücksichtsvoll und fast schon zärtlich. Sie erinnerte sich wieder daran, wie er an jenem Sonntagabend mit ihr geschlafen hatte. Seitdem schienen Jahre vergangen zu sein.

Doch als er über Eva sprach, klang er zornig. »Denn seht nur, wie fröhlich meine Mutter aussieht, und doch starb mein Vater vor noch nicht zwei Stunden«, sagte er und ließ geistesabwesend die Hand über Deirdres Oberschenkel gleiten. Deirdre zuckte zusammen.

Die Spannung auf der Bühne war fast greifbar. Deirdre war sich sicher, dass auch das Publikum sie spürte, denn sie hörte das Geräusch unruhig hin und her rutschender Zuschauer. Dann husteten ein paar Leute nervös, als Sebastian den Kopf in den Nacken warf und ausrief:

Wohlauf: Es brüllt um Rache das Gekrächz des Raben!

Endlich kam das Stichwort für alle außer Hamlet und Horatio, die Bühne zu verlassen, und die Schauspieler waren froh, aus dem Hexenkessel heraus zu sein. Jetzt war Deirdre nicht mehr die Einzige, die die Schlafzimmerszene von den Kulissen aus mitverfolgen wollte. Niemand ging in den Gemeinschaftsraum. Sie blieben alle wie angewurzelt stehen und sahen Sebastian zu, wie er wütend über die Bühne fegte.

Auf der anderen Seite stand ganz allein Eva und wartete auf ihren Auftritt. Sie war leichenblass, zuckte aber nicht zusammen, als Sebastian auf sie zukam und in die Kulisse hineinbrüllte:

O wundervoller Sohn, der seine Mutter so in Erstaunen setzen kann!

Aus den Augenwinkeln sah Deirdre, dass Nick McCarthy auf die Kontrollschalter zuging, als wolle er den Vorhang herunterlassen. Dann zögerte er. Plötzlich schien Sebastian sich wieder im Griff zu haben. Nick ließ die Hand sinken.

Sebastian spielte den Rest der Szene genau so, wie sie es geprobt hatten. Die anderen Schauspieler begannen sich zu entspannen und gingen einer nach dem anderen. Nur Deirdre blieb. Sie wurde den Verdacht nicht los, dass plötzlich alles zu glatt lief.

Sie fragte sich, wo Rory steckte, doch dann fiel ihr wieder ein, dass er während seiner langen Pausen normalerweise in seiner Garderobe saß und mit seinem Walkman Jazz hörte. Er hatte wahrscheinlich überhaupt nicht gemerkt, dass etwas nicht in Ordnung war.

Sebastian war inzwischen abgetreten und wartete auf das Stichwort für seinen nächsten Auftritt. Nick McCarthy ging auf ihn zu. Deirdre sah, dass er wütend war. Die beiden unterhielten sich kurz mit gedämpfter Stimme; Nick gestikulierte ziemlich heftig, und Sebastian nickte. Dann breitete Sebastian die Hände in einer Geste der Zerknirschung aus, bevor er wieder auf die Bühne trat. Er schien Nick beruhigt zu haben.

»Mutter. Mutter. Mutter.« Sebastian trat auf die Bühne, wo Eva bereits auf ihn wartete. Deirdre sah, wie sie sich unwillkürlich verkrampfte. Sie wusste, dass die Schauspielerin Höllenqualen durchlitt.

Sebastian absolvierte den ersten Teil der Szene seltsam distanziert. Er hatte sich selbst dann noch unter Kontrolle, als er begann, jene Zeilen aufzusagen, vor denen Eva so große Angst hatte. Er sah sie dabei mit funkelndem Blick an wie ein verwundeter Panther.

Ihr sollt nicht vom Platz,
Nicht gehn, bis ich Euch einen Spiegel zeige.
Worin Ihr Euer Innerstes erblickt.

Eva begann, unruhig zu werden. Plötzlich wusste Deirdre, was Sebastian mit ihr machte: Er spielte mit ihr wie eine Katze mit der Maus.

Was tat ich …?

Evas Worte waren kaum zu verstehen.

Was tat ich, dass du gegen mich die Zunge
So toben lassen darfst?

Es herrschte langes Schweigen. Sebastian sah auf Eva hinunter, die auf der Kante ihres Bettes saß. Ein merkwürdiges Lächeln spielte um seine Lippen. Eva starrte ihn wie hypnotisiert an. Das Schweigen zog sich in die Länge. Aus dem Zuschauerraum war nicht das leiseste Geräusch zu hören. Deirdre bekam aus den Augenwinkeln mit, dass sich die Kollegen, erschreckt über die Stille, die aus den Lautsprechern drang, wieder zu ihr gesellten.

Sebastian lächelte Eva weiter an, während er ganz langsam neben ihr niederkniete. Er legte die Hände um ihr Gesicht, und Deirdres Herz setzte einen Schlag aus. Eva liefen die Tränen herunter. »Du bist es, stimmt's?« Ihre Stimme war so heiser, dass sie die Worte kaum herausbrachte.

Plötzlich ließ Sebastian die Hand unter ihr Kinn gleiten und packte das Medaillon, das sie um den Hals trug. Er zog mit einem Ruck daran, und die Kette riss. Da sprang Sebastian auf, das Medaillon hoch in die Luft gereckt. Dabei stieß er gegen einen kleinen Tisch neben Gertrudes Bett. Eine reich verzierte alte Spieluhr fiel auf den Boden und begann »Au Claire de la Lune« zu spielen.

Seht hier auf dies Gemälde und auf dies,

sagte Sebastian zu Eva. Er sah aus wie ein Tier, dessen Käfigtür soeben geöffnet worden ist.

Das nachgeahmte Gleichnis zweier Brüder!

Dann warf er Eva das Medaillon ins Gesicht. »Mutter«, sagte er leise. Die Schauspielerin versuchte, sich zu erheben, doch die Füße versagten ihr den Dienst, und sie sank auf das Bett zurück. Sebastian half ihr nicht, sondern wandte ihr den Rücken zu und wartete.

Eva versuchte wieder, sich zu bewegen, und stürzte diesmal auf den Boden. Plötzlich stand Nick McCarthy neben ihr, hob die Schauspielerin hoch und trug sie von der Bühne. Die Kollegen, die alles von der Seite verfolgt hatten, ließen ihn durch. Auf ein Zeichen von Nick rannte Jessica zum Kontrollpult und ließ den Vorhang herunter.

Sebastian sah zu, wie sich der blutrote Samtvorhang ganz langsam herabsenkte. Das Medaillon glänzte immer noch in seiner Hand. Außer dem »Au Claire de la Lune« von der Spieluhr war nichts zu hören. Dann verstummte auch sie. Ganz allmählich erhob sich ein Murmeln im Zuschauerraum, als die Leute dort zu mutmaßen begannen, was da soeben passiert war. Sebastian senkte den Kopf und blieb einen Augenblick lang bewegungslos stehen. Er wirkte unglaublich einsam. Dann hob er die Hand, strich sich die Haare aus dem Gesicht und verließ die Bühne. Keiner seiner Kollegen versuchte, ihn aufzuhalten, als er zwischen ihnen hindurchschritt. Sie standen alle da wie versteinert. Als er an Deirdre vorbeikam, packte er sie am Handgelenk und sagte: »Komm mit.«

Sebastian ging die Treppe hinauf, Deirdre hinter sich herzerrend. Niemand hatte es gewagt, ihm zu folgen. Sie versuchte, sich seinem Griff zu entwinden, aber das gelang ihr nicht. Er hatte immer noch Evas Medaillon in der Hand, und das Kettchen schnitt in Deirdres Fleisch. Er schien zu den Garderoben zu wollen, überlegte es sich dann aber plötzlich anders und machte sich auf den Weg zum Requisitenraum, in dem Deirdre bis dahin nur selten gewesen war. Als sie in dem Raum waren, ließ Sebastian ihr Handgelenk los und schloss die Tür hinter sich. Deirdre hastete sofort zur gegenüberliegenden Wand und drückte sich dagegen. In dem Raum wimmelte es nur so von exotischen Dingen und Nippes. In der Mitte stand ein riesiger goldener Thron, und von einem Regal starrte sie ein Wasserspeier an. Zu ihrem Entsetzen drehte Sebastian den Schlüssel im Schloss. Dann bemerkte er ihren Gesichtsausdruck.

»Keine Angst, Deirdre. Ich tue dir nichts.« Plötzlich klang seine Stimme müde. Die manische Energie von vorhin schien sich völlig verbraucht zu haben. Er lehnte sich gegen die Tür und sah sie an. »Tut mir Leid. Ich glaube, du bist die Einzige hier, der ich alles erklären kann.« Dann setzte er sich auf den Boden, den Rücken gegen die Tür gelehnt. Irgendwie erinnerte seine Haltung Deirdre an das Foto von David Lawless als jungem Mann, das Bild, das jetzt gerahmt in Evas Garderobe hing. »Komm, setz dich zu mir.« Deirdre bewegte sich nicht von der Stelle. »Bitte, Deirdre.«

Sie sah ihn an. Sie hatte ihn noch nie so schutzlos erlebt, so verletzlich. Sie ging langsam zu ihm hinüber und setzte sich ihm gegenüber hin, immer noch Distanz wahrend.

»Sie ist meine Mutter.«

»Du bist Eva Laverys Sohn?«

Er nickte. »Ich erzähle dir jetzt eine Geschichte, Deirdre«, sagte er. »Einen Teil davon kennst du bereits.« Er holte tief Luft. »Als Eva David verlassen hat und nach London gegangen ist, wurde sie kurz vor dem Autounfall, bei dem mein Vater Richard Lawless ums Leben kam, schwanger.« Er hatte Schwierigkeiten, das Wort »Vater« zu artikulieren. »Sie hat das Kind in London zur Welt gebracht und es zur Adoption freigegeben. Ich wurde von einem kinderlosen Paar mit dem

Namen Hardy adoptiert.« Sebastian schlang die Arme um die Beine und stützte das Kinn auf die Knie. Plötzlich wirkte er sehr ruhig, als habe die Erwähnung seiner Adoptiveltern ihn besänftigt. »Sie waren tolle Eltern, sehr, sehr nett. Sie haben kein Geheimnis daraus gemacht, dass ich adoptiert bin, und sie wussten, dass ich eines Tages Interesse daran haben würde zu erfahren, wer meine leiblichen Eltern waren.« Er rieb sich das Kinn. »Aber leider war mein Vater ein arbeitssüchtiger Buchprüfer mit schwachem Herzen, und meine Mutter hatte Krebs. Sie sind beide innerhalb eines Jahres gestorben, als ich neunzehn war.« Er klang ganz sachlich.

Sofort hatte Deirdre Mitleid mit ihm. »Ach, Sebastian, das tut mir Leid.« Sie spürte, wie ihr die Tränen in die Augen traten. »Was soll ich sagen?«

Sebastian lächelte sie an. Dann beugte er sich zu ihr vor und streichelte ihre Wange. »Natürlich war ich völlig zerstört. Damals habe ich gerade die RADA besucht und war total durch den Wind, aber inzwischen geht's mir wieder gut.« Er lachte. »Das heißt, wenn man das, was ich heute Abend getan habe, als normales Verhalten bezeichnen kann. Was es natürlich nicht gewesen ist.«

»Warum hast du das getan, Sebastian?«, fragte Deirdre vorsichtig. »Und warum musste es so grausam sein?«

Er schloss die Augen einen Moment und schluckte. »Ich wusste, dass es einige Zeit dauern würde, bis ich den Tod meiner Adoptiveltern verarbeitet hätte. Ich wollte mich nicht auch noch mit dem Wissen belasten, wer meine leiblichen Eltern waren, bevor ich die Trauerarbeit nicht beendet hatte. Aber irgendwann bin ich neugierig geworden. Ich musste es einfach herausfinden. Wahrscheinlich hat Eva damals, als sie mich zur Adoption freigegeben hat, gedacht, ich würde nie herausbekommen, dass sie meine leibliche Mutter ist, aber seit der Änderung des Adoptionsrechts ist es nicht mehr schwierig, seine Eltern aufzuspüren.« Er lächelte Deirdre wieder an, doch sie sah eine Ader an seinem Hals pochen, und seine Knöchel waren ganz weiß. Er betrachtete seine Hände, die er immer noch um die Knie geschlungen hatte. Er schwieg eine Weile, dann sagte er: »Du kannst dir vorstellen, dass ich … überrascht … war« – er wählte das Wort mit Bedacht – »als ich festgestellt habe, dass mein Vater ein toter Rockmusiker war und meine Mutter eine berühmte Schauspielerin ist. Ich hatte schon seit Ewigkeiten alle Interviews mit ihr gelesen. Es war fast, als würde ich sie bereits kennen. Meine Lebensgeschichte wäre Stoff für ein Musical von Andrew Lloyd Webber!« Er hob den Kopf und lachte.

»Ich habe ziemlich lange überlegt, wie ich mich ihr nähern soll. Mittlerweile hatte ich die RADA abgeschlossen und schlug mich gar nicht schlecht als Schauspieler. Irgendwann war mir klar, dass ich mich Eva Lavery als erfolgreicher Schauspieler präsentieren wollte. Ich wollte sagen können: ›Schau mich an! Du kannst dich wirklich glücklich schätzen. Du bist nicht nur berühmt, sondern auch die Mutter eines der vielversprechendsten jungen Schauspieler in Großbritannien!‹« Er sah Deirdre an, und wieder hatte sie Mitleid mit ihm. »Natürlich will ich mir nichts vormachen: Ich wollte selbstverständlich auch Rache üben.«

»Wie Hamlet«, sagte Deirdre.

»Genau wie Hamlet. Er wollte allerdings nur seinen toten Vater rächen. Ich hatte nicht nur einen toten Vater zu rächen, sondern auch noch eine Rechnung mit meiner Mutter ausstehen, die mich nach meiner Geburt zur Adoption frei gegeben hatte.« Er schwieg.

Wie hatte es Sebastian nur geschafft, das alles so lange für sich zu behalten, dachte Deirdre. Kein Wunder, dass es irgendwann zu viel geworden war.

»Armer Sebastian«, sagte sie, doch er hörte ihr nicht zu.

»Eigentlich hatte ich vorgehabt, noch bis zum Abschluss des australischen Films zu warten. Aber dann habe ich zufällig dich in Juliet Rathbone-Lyons Büro kennen gelernt. Als du mir von der Hamlet-Inszenierung erzählt hast, war mir klar, was ich tun musste. Es war, als hätte ich plötzlich das letzte fehlende Teil eines Puzzle gefunden.«

Deirdre legte ihre Hand auf die seine. »Aber du hast nicht gewusst, dass Eva und David wieder zusammen waren, oder? Sonderlich gefreut hat dich das sicher nicht.«

»Das erste Mal habe ich Sophie im Pub davon erzählen hören. Da hat das Leben begonnen, sich zu sehr der Kunst anzunähern, und ich habe ernste Zweifel bekommen, ob ich die Sache wirklich so durchziehen könnte, wie ich sie geplant hatte. Ich bin mir vorgekommen wie jemand, der ein Monster geschaffen hat, das plötzlich ein eigenes Leben entwickelt und außer Kontrolle gerät. Weißt du was? Die Rache heilt keine Wunden, Deirdre. Sie tut nur weh. Ich hatte vor, meine Mutter zu verletzen, aber am Ende ist es mir nur gelungen, mir selbst weh zu tun.« Sebastian rieb sich die Augen. Sie hatten jetzt die Farbe von dunklem Honig, genau wie bei David Lawless, wenn er müde war. Wie hieß die Fernsehserie noch, in der Sebastian mitgespielt hatte? *Hurting People.* Der Titel war doppeldeutig: Da ging es um Leute, die andere Leute verletzten und selbst verletzt wurden, genau wie Sebastian.

»Deswegen habe ich heute Abend die Bilder in Evas Medaillon ausgetauscht«, fuhr er fort. »Ich habe es jeden Abend vor der Vorstellung auf dem Requisitentisch liegen sehen. Es hat sich fast angeboten, dass ich Fotos von meinem Onkel und meinem Vater hineinstecke.«

Deirdre nahm das Medaillon in die Hand, das Sebastian mittlerweile auf den Boden hatte gleiten lassen, und sah es sich an. In der einen Hälfte befand sich ein Bild von David Lawless, das Sebastian aus dem Programm zu *Hamlet* ausgeschnitten hatte, in der anderen das Foto eines jungen Mannes, der zweifelsfrei Davids Bruder Richard war. Die beiden hätten fast Zwillinge sein können. Dieses Foto stammte aus einer Zeitung.

»Es ist das einzige Foto, das ich von meinem Vater habe. Meine Adoptiveltern haben es zusammen mit einem Brief, der die Umstände meiner Adoption erklärte, und meiner Geburtsurkunde in einem Umschlag aufbewahrt. Wahrscheinlich hatten sie das Bild aus einem Zeitungsnachruf.« Er ließ den Kopf in den Nacken sinken und rieb sich den Hals, als wolle er so die Anspannung los werden.

Deirdre gab Sebastian das Medaillon schweigend zurück. Er warf noch einen Blick darauf und klappte es dann wieder zu. »Was willst du jetzt mit Eva machen, Sebastian?«, fragte sie ihn. »Du hast ihr schrecklich weh getan.«

Sebastian ließ den Kopf in die Hände sinken. »Ich weiß nicht«, sagte er niedergeschlagen. »Eigentlich wollte ich nicht, dass das alles so läuft, Deirdre, wirklich nicht. Anfangs wollte ich sozusagen den ultimativen *Hamlet* erarbeiten und ihr zu Füßen legen, doch dann habe ich die Sache mit ihr und David herausgefunden.« Er schüttelte heftig den Kopf, als wolle er so die Dämonen darin los werden. Deirdre erinnerte das an die Art und Weise, wie Eva Lavery ein paar Stunden zuvor in ihrer Garderobe den Kopf geschüttelt hatte. »Ich wollte nur in der Lage sein, am letzten Abend der Saison vor den Vorhang zu treten und öffentlich etwas zu verkünden. Ich wollte, dass Eva mich vor den Augen aller umarmt. Ich weiß nicht, wie ich so dumm und so blind sein konnte – plötzlich habe ich mein eigenes Leben wie einen Hollywood-Film gesehen. Ich hätte wissen müssen, dass solche Dinge im wirklichen Leben nicht passieren. Ich hätte wissen müssen, dass ich es nicht schaffen würde, die Kontrolle zu behalten.«

»Das wäre auch übermenschlich gewesen, Sebastian«, sagte Deirdre, die nun schon seit geraumer Zeit Geräusche von draußen hörte. »Hey«, fügte sie hinzu, »sie suchen nach uns. Irgendwann musst du ihnen gegenübertreten.« Sie schwieg ein paar Sekunden, dann sagte sie: »Und Eva.«

Sebastian schloss seine Finger um die ihren. »Ja, ich muss meiner Mutter entgegentreten«, sagte er.

»Scheiße, Sebastian.« Deirdre spürte, wie ihr eine Träne über die Wange lief.

»Nicht weinen, Deirdre O'Dare. Schau mich an, ich weine auch nicht.« Doch er wirkte unendlich traurig. »Komm her. Ich könnte noch eine Umarmung vertragen, bevor wir uns voneinander verabschieden.«

Deirdre legte schluchzend die Arme um ihn.

»Tut mir Leid, dass das mit uns nichts geworden ist«, sagte er und küsste sie sanft auf die Lippen.

»Warum bist du mit mir ins Bett gegangen?«, fragte sie, immer noch schluchzend. »Wolltest du über mich an Eva herankommen? Hast du meine Einladung an dem Abend nur angenommen, weil du gedacht hast, dass Eva auch da sein würde?« Deirdre schniefte deutlich hörbar und wischte sich die Nase mit ihrem Ophelia-Kleid ab. Dann wurde ihr bewusst, dass sie dieses Kleid zum letzten Mal trug, und fing wieder zu weinen an.

»Nein, Deirdre, das darfst du nicht glauben! Anfangs habe ich dich natürlich benutzt – was hätte ich auch anderes tun sollen, als du mir erzähltest, dass du mit meinem Onkel und meiner leiblichen Mutter zusammenarbeitest? Da musste ich doch so viele Informationen aus dir herausholen wie möglich, oder? Nur ein Heiliger hätte unter den Umständen der Versuchung widerstehen können, dich zu benutzen, Deirdre O'Dare. Du hast mir doch sozusagen alles in den Schoß gelegt.«

Sebastian zog sie traurig lächelnd näher zu sich heran.

»Und dann«, fuhr er fort, »ist mir irgendwann klar geworden, dass ich trotz allem mit dir ins Bett wollte. Es war zwar keine gute Idee, mir noch mehr emotionalen Ballast aufzubürden, als ich ohnehin schon mit mir herumzuschleppen hatte, aber ich konnte dich so gut leiden, und ich konnte Trost so gut brauchen, und du warst so begehrenswert, dass ich einfach nicht anders konnte.«

»Und warum bist du dann nur einmal mit mir ins Bett gegangen?«

»Weil ich gemerkt habe, dass du mich nicht begehrst.«

»Sebastian! Ich habe dich sehr wohl begehrt.«

»Nein, das stimmt leider nicht.«

Natürlich hatte er Recht.

Von draußen waren Schritte und Stimmen zu hören. Irgendjemand rief Deirdres Namen. »Wir sollten gehen, Sebastian«, sagte sie, rührte sich aber nicht von der Stelle.

»Ja, du hast Recht.« Er legte die Hand auf ihr Gesicht. Sie sah ihm in die Augen, und dann lächelten sie einander an – voller Bedauern, aber auch Hoffnung und gegenseitigem Verständnis. Plötzlich hämmerte jemand gegen die Tür. Deirdre beugte sich ein wenig vor und küsste Sebastian ganz sanft.

»Gehst du mit mir raus?«, fragte er.

»Ja«, sagte sie, stand auf und half ihm ebenfalls auf. Er geriet ein wenig ins Wanken, doch sie legte den Arm um seine Taille, um ihn zu stützen, während er sich abmühte, den Schlüssel im Schloss zu drehen.

»Deirdre? Bist du da drin?« Das war Rorys Stimme.

Sie öffnete die Tür. »Mein Gott, Deirdre, alles in Ordnung?«, fragte er besorgt.

»Ja, Rory.« Sie war erstaunt, wie ruhig sie klang.

Rory sah zuerst sie an und dann Sebastian. Deirdre konnte seinen Blick nicht so richtig interpretieren. Seine rechte Faust lag geballt in der linken Hand, und einen Moment lang fürchtete Deirdre, er würde Sebastian verprügeln. Dann entspannte er sich. »Ich glaube, Eva Lavery hat eine Entschuldigung verdient«, sagte er zu Sebastian.

»Ich wollte gerade zu ihr gehen«, sagte Sebastian, wandte sich Deirdre zu und gab ihr mit einer Geste zu verstehen, dass sie zuerst durch die Tür treten solle. Rory beobachtete sie, wandte sich ab und verschwand in der entgegengesetzten Richtung.

Sebastian und Deirdre gingen gemeinsam zu Evas Garderobe. Sebastian wurde von ihren Kollegen mit neugierigen und feindseligen Blicken bedacht. Als sie klopften, hörten sie Davids Stimme, die »Herein!« sagte. Deirdre fiel auf, dass die Sonnenblumen, die sie Eva gebracht hatte, immer noch auf ihrem Garderobentisch lagen.

Eva saß zusammengekauert in einer Ecke der Couch und wirkte sehr, sehr klein und verletzlich, ganz ähnlich wie auf dem Strandfoto von vor mehr als zwanzig Jahren, das jetzt gerahmt über ihr an der Wand hing. David beugte sich über sie. Er richtete sich auf, als Deirdre und Sebastian eintraten. Es herrschte Schweigen. Deirdre wusste nicht, was sie tun sollte. Sie sah vom einen zum anderen. »Ich gehe lieber«, sagte sie leise.

»Nein«, sagte Sebastian und ergriff ihre Hand. Deirdre fühlte sich noch unbehaglicher.

David sah aus wie jemand, der soeben einen schrecklichen Schock erlitten hatte. »Sebastian«, sagte er. »Als ich gehört habe, was du deiner … Mutter heute Abend da draußen angetan hast, hätte ich dich am liebsten verprügelt. Aber Eva hat mich gebeten, es nicht zu tun, und zwar aus einem guten Grund.« Eva starrte Sebastian an. Sie wirkte immer noch ziemlich durcheinander. David legte eine Hand auf ihre Schulter, zum Teil, um die Schauspielerin zu beruhigen, zum

Teil auch, um sich abzustützen. »Sie hat bei deiner Geburt den Namen Richard Lawless als den deines Vaters angegeben, weil sie das Gefühl hatte, dass sie die wirkliche Identität deines Vaters, eines verheirateten Mannes, nicht preisgeben konnte. Mein Bruder Richard war nicht dein Vater, Sebastian.« Er holte tief Luft, bevor er hinzufügte: »Eva hat mir gerade gesagt, dass ich dein Vater bin, Sebastian.«

Sebastian merkte nicht, wie Deirdre ihre Hand aus der seinen zog. Die drei Hauptpersonen des Dramas standen reglos da und sahen einander mit ausdruckslosen Gesichtern an. Dann streckte Eva eine zitternde Hand nach Sebastian aus. Sie hatte Tränen in den Augen, wirkte aber nicht mehr gequält.

»Mutter«, sagte Sebastian und ging mit unsicheren Schritten auf sie zu. Dann nahm er ihre Hand und kniete unbeholfen vor ihr nieder. Eva erhob sich mit wackeligen Beinen. »Mutter«, sagte Sebastian noch einmal und sah zu ihr auf. Er legte die Arme um ihre Taille und drückte die Wange gegen ihren Bauch. Eva ließ beide Hände auf seinem Kopf ruhen, und um ihren Mund spielte ein ungläubiges Lächeln. »Mutter.«

Dann kniete auch Eva nieder und nahm ihn in die Arme. Sie hob lächelnd den Blick zu David, der ihr Lächeln erwiderte.

Deirdre schlich sich aus Evas Garderobe. Das Letzte, was sie beim Verlassen des Raumes sah, war David, der sich die Haare aus dem Gesicht strich und ein wenig hilflos wirkte, als er seine Geliebte und ihren gemeinsamen Sohn ansah.

Deirdre ging in den Pub, nicht wegen der Party, sondern weil sie unbedingt mit Maeve sprechen musste.

Im Meagher's war längst nicht so viel los wie sonst, und die Atmosphäre war gedämpft. Heute Abend würde es keine ausgelassene Party geben, so viel stand fest.

Es war noch nicht spät – erst Viertel vor elf, das sah Deirdre auf der Uhr über der Theke –, und an einem normalen Abend hätte der Spaß erst angefangen. Am anderen Ende des Raums standen ein paar Schauspieler zusammen, die sofort den Blick hoben, als sie hereinkam. Sophie Burke winkte sie sogar an ihren Tisch. Deirdre tat so, als habe sie sie nicht gesehen, und war froh, als sie Maeve und Rory entdeckte. Sie holte sich etwas zu trinken und gesellte sich zu ihnen.

»Du siehst ganz schön fertig aus, Deirdre«, sagte Maeve.

»Ja, heute war ein höllischer Tag«, sagte sie und ließ sich auf einen Stuhl sinken. »Scheiße!«, meinte sie dann.

»Hat Sebastian dir noch Probleme gemacht, Schätzchen?«, fragte Maeve besorgt.

»Nein, mir ist bloß wieder eingefallen, dass ja morgen die Dreharbeiten beginnen. Den verdammten Film hatte ich völlig vergessen.« Sie lehnte sich auf dem Stuhl zurück und rieb sich die Augen.

»Um wie viel Uhr?«, fragte Maeve.

»Ich soll um zwei draußen im Vale of Clara sein. Ich werde um halb eins abgeholt.« Deirdre machte ein düsteres Gesicht. »Es geht mit einer Reitszene los. Bei meinem Glück ist es morgen sicher eiskalt und regnet.«

»Na ja, wenigstens musst du nicht im Morgengrauen aufstehen. Na komm schon, Deirdre, bleib noch ein bisschen. Du kannst doch nicht einfach gehen, ohne uns erzählt zu haben, was mit Sebastian war.«

Da erzählte sie es ihnen. Maeve machte große Augen. »Wow! Was für eine erstaunliche Geschichte! Und die Zuschauer haben hinterher ihr Geld wieder gekriegt! Eigentlich hätte man das Doppelte verlangen müssen. Schließlich wird das, was sie heute Abend gesehen haben, in die Theatergeschichte eingehen.«

»Ich hab dir doch gleich gesagt, dass irgendwas faul ist an dem Typ, stimmt's, Deirdre?«, sagte Rory. Er wirkte nicht sonderlich beeindruckt von Deirdres Geschichte, und das nervte sie. Er warf einen Blick auf seine Uhr und trank sein Bier aus. »Wird Zeit, dass ich bei MacNamara's aufkreuze«, sagte er und erhob sich.

»Ach, nicht wieder diese schreckliche Kneipe, Rory. Dann ist morgen den ganzen Vormittag nichts mit dir anzufangen.« Maeve bedachte ihn mit einem säuerlichen Blick.

»Nein, nein, ich muss morgen früh raus. Ich habe jede Menge zu erledigen.« Er legte die Jacke über die Schulter. »Bis später, Maeve.« Dann beugte er sich zu Deirdre hinunter und küsste sie leicht auf die Wange. Und da Deirdre nicht damit gerechnet hatte, zuckte sie zurück. »War schön, mit dir zu arbeiten, Schätzchen. Bis bald mal.«

»Ja.« Deirdre hob den Blick nicht vom Muster der abgeschabten Armlehne ihres Stuhles.

Dann war er verschwunden.

»Wirklich ein toller Typ«, sagte Maeve, lehnte sich auf ihrem Stuhl zurück und sah Deirdre interessiert an.

Deirdre nickte, immer noch das Muster des Stoffes betrachtend.

Dann sagte Maeve etwas Unerwartetes: »Von wem träumst du eigentlich in der Nacht?«

Deirdre sah sie erstaunt an. Maeve hob fragend die Augenbrauen. »Nun? Wahrscheinlich nicht von Sebastian Hardy. Du träumst von Rory McDonagh, stimmt's?«

Deirdre schluckte. Sie brachte kein Wort heraus.

»Du stehst auf ihn«, fuhr Maeve fort. »Und ihm geht's genauso mit dir. Ich begreife gar nicht, warum ihr beide das nicht zugeben und endlich zusammenkommen könnt.«

»Was?« Deirdre sah Maeve erstaunt an. »Rory will nichts von mir, Maeve. Er findet mich ziemlich kopflos.«

»Wenn du meinst. Ich weiß allerdings, dass das, was du denkst, nicht stimmt.«

»Warum?« Deirdre beugte sich zu Maeve vor. »Er hat doch nichts zu dir gesagt, oder?«

»Nein, kein Sterbenswörtchen, Schätzchen. Das braucht er auch nicht. Aber ich sehe doch, dass er dich attraktiv findet, und bei dir lacht er mehr als bei jeder anderen Frau. Du siehst ja nicht, wie er dich anschaut, wenn du ihm den Rücken zuwendest, Deirdre.« Maeve lächelte wissend.

Da trat Sophie mit zwei Gläsern Bier und einer Flasche Sol an ihren Tisch. »Darf ich mich zu euch setzen?«, fragte sie mit einem freundlichen Lächeln und setzte sich, bevor sie etwas sagen konnten. »Ich dachte mir, ich spendiere euch beiden am letzten Abend der Show einen Drink.«

»Danke, das ist lieb gemeint, Sophie, aber ich muss los«, sagte Maeve und nahm ihre Sachen. »Jacqueline kocht heute was Besonderes und kriegt 'nen Anfall, wenn ich zu spät komme.«

Deirdre sah Maeve voller Panik an, als diese sich erhob. »Vergiss nicht, was ich dir gesagt habe, Deirdre«, meinte sie. »Es liegt jetzt bei dir. Mach das Richtige.« Dann schenkte sie Deirdre ein breites Lächeln, schlang die Tasche über die Schulter und verschwand.

»So«, sagte Sophie und beugte sich mit einem vertraulichen Lächeln zu Deirdre vor. »Was gibt's Neues über Sebastian, Deirdre?«

Deirdre sah zur Tür hinüber. Maeve winkte ihr noch ein letztes Mal zu und ging dann lachend hinaus.

In jener Nacht träumte Deirdre wieder von Rory.

21

Am folgenden Nachmittag wurde sie von einem glänzenden schwarzen Mercedes abgeholt. Sie war ein wenig befangen, als sie auf den Rücksitz des Wagens schlüpfte, aber der Fahrer war sehr freundlich zu ihr. Zu freundlich, dachte Deirdre, nachdem er ihr eine geschlagene Stunde lang Geschichten über seinen vierjährigen Sohn und seine zweijährige Tochter erzählt hatte. Sie hätte gern ihre Ruhe gehabt, um noch einmal über das nachzudenken, was am Vorabend passiert war. Sie fragte sich, wie es Eva und den beiden Männern jetzt ging. Waren sie gerade zusammen oder nicht? Sie stellte sie sich in Evas Haus vor, an dem langen Tisch, wie sie gemeinsam Pläne schmiedeten, und plötzlich wurde ihr bewusst, dass Sebastian nun eine Halbschwester hatte. Er hatte über Nacht eine ganz neue Familie erhalten. Ob die Zeitungen schon davon Wind bekommen hatten? Die arme Eva würde sich vor den Reportern verschanzen müssen.

Außerdem wollte Deirdre ihren Text noch einmal durchgehen. Nach der Reitszene hatte sie eine Sequenz mit ihrem Filmvater, in der dieser sie rügte, weil sie die hungernden Bauern mit Lebensmitteln versorgte. Sie fragte sich, welcher arbeitslose Schauspieler wohl die Rolle ihres Vaters übernommen hatte.

Es war kalt, aber klar, und zum Glück sah es nicht so aus, als würde es regnen. Während der Wagen durch die Hügellandschaft fuhr, erinnerte sie sich daran, wie sie das letzte Mal in Wicklow unterwegs gewesen war, neben Rory in seinem alten Saab, und sie hatten Äpfel gegessen. Wann würde sie ihn wieder sehen? Sie war sich nicht so sicher, ob sie es ertragen würde zuzuschauen, wie er in *Les Liaisons Dangereuses* mit anderen Schauspielerinnen knutschte.

Als sie im Vale of Clara ankamen, stieg Deirdre erleichtert aus. Der Ort, an dem die erste Szene gedreht werden sollte, war wunderschön. Wenigstens hatte Big TP dafür ein Auge. Die Filmcrew war gerade dabei, Scheinwerfer am Ufer des Flusses aufzustellen, der durch ein kleines Tal zu einer Waldlichtung plätscherte. Dort hingen die Äste einer Weide ins Wasser wie das Haar einer Nixe. Die Luft war frisch und trocken, und am azurblauen Himmel stand nur eine einzige Wolke. Am Fluss entlang führte ein kleiner Weg zu einem Gatter. Deirdre wurde ein bisschen nervös, als sie dieses Gatter sah. Hoffentlich würde sie nicht darüber springen müssen, dachte sie.

Die Filmwagen standen auf einem Wiesenstück links von einem kleinen Wäldchen. Deirdre ging zögernd auf den Konvoi zu. Ziemlich viele Leute, die offenbar genau wussten, was sie taten, wimmelten herum. Sie machte sich auf die Suche nach dem Wagen, in dem sich die Garderobe befand.

»Hey! Miss Deirdre O'Dare!«, hörte sie jemanden rufen. Als sie sich umdrehte, sah sie Big TP O'Reilly auf sich zukommen. »Willkommen bei *Die Rache des irischen Bob*!« Er schlang die Arme um sie und drückte sie begeistert an sich. »Schön, Sie wieder zu sehen, kleine Lady! Hübsch wie immer! Hey, Simon« – Big TP sprach einen schlaksigen Mann an, der gerade an ihnen vorbeiging – »wie lang dauert's noch, bis wir so weit sind? Ich kann's gar nicht mehr erwarten!«

Big TP hatte die Arme immer noch um Deirdres Körper geschlungen und drückte ihren Kopf gegen seine Brust. Der Mann, den er Simon genannt hatte, sah auf seine Uhr. »Es dauert mindestens noch eineinhalb Stunden, Big TP«, sagte er. »Wir haben wieder das gleiche Problem wie vorher im Haus.«

»Verdammt«, sagte Big TP mit so viel Leidenschaft, dass Deirdres Kopf auf seiner Brust auf und ab hüpfte. »Entschuldigen Sie meine Ausdrucksweise, Miss Deirdre.«

Simon musterte Deirdre neugierig, die immer noch in Big TPs schraubstockartiger Umarmung steckte. Sie wandte den Blick ab, weil sie sich so lächerlich vorkam.

»Das ist Miss Deirdre O'Dare«, sagte Big TP und ließ sie endlich los. »Deirdre O'Dare – Simon Doorley, unser Mann fürs Licht. Deirdre ist unser Star, Simon. Sie spielt die Tracey!«

Simon lächelte sie an. Deirdre glaubte, so etwas wie Mitleid in diesem Lächeln zu entdecken. »Nett, Sie kennen zu lernen, Deirdre«, sagte er und gab ihr die Hand. »Tut mir Leid, dass ich mich nicht länger mit Ihnen unterhalten kann. Wir sind ohnehin schon im Verzug mit dem Drehplan.« Dann verabschiedete er sich von ihnen und ging in Richtung der großen Lastwagen weg.

»Haben die Ihnen schon Ihr Kostüm gegeben?«, fragte Big TP und legte den Arm um ihre Schultern.

»Nein, ich bin gerade erst angekommen«, sagte Deirdre.

»Tja, dann machen wir uns mal auf die Suche nach AB, unserem Regieassistenten.« TP marschierte übers Feld. Deirdre hatte keine andere Wahl, als ihn zu begleiten, weil er den Arm nicht von ihrer Schulter nahm.

»AB steht für Anthony Brian. Er ist mein Cousin. AB O'Reilly wird sich um Sie kümmern, Miss Deirdre.«

Da trat ein kräftiger Mann aus einem Wohnwagen und kam unbeholfen die Stufen herunter. »Hallo, AB!« Big TP winkte dem Mann zu. »Komm, ich stelle dir unsere Hauptdarstellerin vor!« Der kräftige Mann watschelte breit lächelnd zu ihnen herüber.« Er hätte gut und gern TPs Zwillingsbruder sein können. »AB, das ist Miss Deirdre O'Dare – unser Star für *Die Rache des irischen Bob*!«

»Nett, Sie kennen zu lernen, Deirdre.« AB packte sie mit festem Griff und ließ sie gute dreißig Sekunden nicht mehr los.

»Sie freuen sich wahrscheinlich schon auf die Reitszene. Das Pferd, das wir für Sie haben, ist wirklich ein strammer Gaul.« Sein Lächeln wurde noch breiter.

»Halt den Mund, AB.« Big TP versetzte ihm einen jovialen Stoß in die Rippen. »Lady Tara soll doch eine Überraschung sein für unsere Miss Deirdre!« Big TP schaute zu einem Feld hinüber, auf dem eine moderne Pferdebox stand, und grinste zufrieden. Deirdre folgte seinem Blick widerwillig und mit schlimmen Vorahnungen. Big TP wandte sich wieder Deirdre zu. »Nun begleiten Sie mal AB, Miss Deirdre. Er zeigt ihnen, wo der Wohnwagen zum Umziehen ist.« Endlich nahm er den Arm von ihrer Schulter. Deirdre hatte fast das Gefühl, als könne sie fliegen.

»Kommen Sie mit, Deirdre«, sagte AB und legte den linken Arm um sie. Wieder lastete ein schweres Gewicht auf ihren Schultern.

»Hey! Miss Deirdre!« Sie blieben stehen und drehten sich gemeinsam um.

»Ja, Big TP?« Sie gab sich Mühe, fröhlich zu klingen.

»Vielleicht könnten wir heute nach den Dreharbeiten miteinander zum Abendessen gehen.«

Darauf war sie nicht vorbereitet, deshalb fiel ihr nicht schnell genug eine Ausrede ein. »Vielleicht«, sagte sie. Der Versuch, ihre Stimme begeistert klingen zu lassen, missglückte. So eine gute Schauspielerin war sie auch wieder nicht.

»Sag das mal lieber nicht Charlene, Big TP!«, rief AB ihm zu.

»Ha ha ha!«, lachte Big TP.

»Ist Charlene Big TPs Frau?«, fragte Deirdre AB, während sie sich wieder auf den Weg zum Garderobenwagen machten.

AB O'Reilly bedachte Deirdre mit einem Augenzwinkern. »Nein. Big TP hat seine Frau in Texas gelassen. Sagen wir mal, Charlene ist eine Freundin von Big TP, Deirdre! Ha ha ha!« AB rieb sich mit dem Finger die Nase und sah sie mit viel sagendem Blick an.

In der Garderobe wurde sie von einer stirnrunzelnden Frau mit einem viktorianischen Reitkleid ausgestattet. Das Mieder saß ziemlich eng. »Warum haben Sie uns nicht angerufen und uns gesagt, dass Sie zugenommen haben?«, fragte sie mit säuerlicher Stimme. »Sie haben ja eine ganze Größe zugelegt. Ich werde ein neues Hochzeitskleid für Sie besorgen müssen, das ist nämlich noch kleiner. In das passen Sie auf keinen Fall mehr rein.«

»Tut mir Leid«, sagte Deirdre.

Da streckte jemand sein gelangweiltes Gesicht zur Tür herein. »Kann mir jemand sagen, wie lang's noch dauert?«, fragte die Stimme mit starkem texanischem Akzent.

»Sie kommt zu Ihnen, sobald ich mit ihr fertig bin, Charlene, okay?«

Zwei verblüffend blaue, stark geschminkte Augen mit dichten schwarzen Wimpern sahen Deirdre an. »Ich warte schon Ewigkeiten im Schminkwagen auf Sie, Honey. Sehen Sie zu, dass Sie bald kommen. Das »Honey« klang alles andere als freundlich.

»Würde es Ihnen was ausmachen, nicht ganz so viel Haarspray zu verwenden, Charlene?«, fragte Deirdre eine halbe Stunde später. »Sonst kriege ich nämlich einen Asthma-Anfall.« Sie hüstelte. »Und außerdem habe ich nicht gern klebrige Haare.« Charlene hatte ihr die Haare mit der Brennschere in starre Löckchen gelegt, ihr dabei zweimal den

Hals verbrannt und schwang gerade die Dose mit dem Haarspray.

»Keine Sorge, Honey. Das Spray hier ist ganz, ganz leicht. Da, lesen Sie selber. Steht alles auf der Dose: leicht und sanft.«

Deirdre warf einen Blick auf das Etikett. *Leicht und Sanft*, las sie, *ist ein besonders wirksames Deo-Spray.* »Das ist ein Deo-Spray, Charlene«, sagte sie.

»Ach, tatsächlich? Hoppla, wie dumm von mir! Und dabei bin ich staatlich geprüfte Kosmetikerin!«, lachte Charlene.

Vielleicht ist sie staatlich geprüfte Kosmetikerin, aber von Film-Make-up und der viktorianischen Zeit versteht sie definitiv nichts, dachte Deirdre, als sie im Spiegel ihre türkisfarbene Wimperntusche, die starren Haare und die orangefarbenen Wangen sah. Ihre Lippen waren sogar noch greller orangefarben als ihr Gesicht und deutlich größer als die von Julia Roberts. Charlene beschäftigte sich gerade mit etwas, das Ähnlichkeit mit toten Spinnen hatte. Es waren falsche Wimpern. Am liebsten hätte Deirdre geweint, aber stattdessen atmete sie tief durch und rief sich das ins Gedächtnis, was Maeve gesagt hatte: Nimm das Geld und vergiss die Sache.

Sie verließ den Make-up-Wagen eine Stunde später und dankte Gott dafür, dass keiner ihrer Freunde in dem Film mitspielte.

»Hey! Sie sehen phänomenal aus!«, rief Big TP, als er sie sah. »Wir sind in ungefähr zehn Minuten so weit, kleine Lady. Holen Sie sich doch in der Zwischenzeit einen Kaffee.«

Deirdre holte sich einen Becher Kaffee aus einer riesigen Thermoskanne und wollte sich gerade ein Schokoladen-Muffin nehmen, als sie den finsteren Blick der Frau sah, die für die Garderobe verantwortlich war. Also ließ sie es bleiben.

Die zehn Minuten, von denen Big TP gesprochen hatte,

wurden zu einer guten Stunde. Wenn sie in diesem Tempo weiter machten, konnten sie froh sein, wenn sie die Szene vor Einbruch der Dunkelheit in den Kasten bekamen. Sie wollte sich gerade den dritten Becher Kaffee einschenken, als ein Junge mit fettigen Haaren kam, um sie zum Set zu holen. Deirdre folgte ihm den Hügel hinunter, wo die Kameras postiert waren. Sie hatte das Gefühl, dass alle, an denen sie vorbeikamen, hinter ihrem Rücken über sie lachten.

»Na, wie fühlen Sie sich, Deirdre?«, dröhnte Big TP, als er sie sah. Er stand neben seinem Klon AB.

Deirdre sagte kein Wort, weil sie das Pferd anschaute, das gerade auf sie zugeführt wurde.

»Das ist Lady Tara«, sagte Big TP voller Stolz. »Sie ist mein Pferd, kleine Lady. Ich hab sie eigens einfliegen lassen. Lady Tara muss schließlich in meinem Film mitspielen, finden Sie nicht auch? Ha ha ha!«

Lady Tara war ein wunderschönes Pferd mit ungefähr einssechzig Schulterhöhe. Sie sah viel größer aus als Minerva. Ihr goldbraunes Fell glänzte, und ihre Mähne und ihr Schweif hätten sich auch in einer Werbung für Shampoo gut gemacht.

Sie tänzelte ein bisschen hin und her, und ihr Pfleger hatte Schwierigkeiten, sie zu bändigen. Deirdre starrte Lady Tara voller Entsetzen an und verfluchte sich selbst. Sie hatte Rory so wenig wie möglich über den Film erzählt, damit er nicht allzu viele Angriffspunkte für seinen Spott hatte. Sie hatte unter anderem auch nicht erwähnt, dass er in der viktorianischen Zeit spielte. Lady Tara trug einen Damensattel.

Sie begann zu schwitzen. Die Ärmel ihres engen Kleides schnitten in ihre Unterarme.

»Nun, Deirdre, wie finden Sie sie?«

»Sie ist einfach großartig, Big TP«, sagte sie mit leiser Stimme.

»Heute brauchen Sie nicht allzu viel auf ihr zu machen – bloß ein bisschen den Fluss entlangreiten und sich an der Natur erfreuen.«

Nun, dachte Deirdre, vielleicht würde sie es irgendwie schaffen. Probieren würde sie es auf jeden Fall. Und wenn sie es nicht schaffte, konnte sie ihnen immer noch sagen, dass sie noch nie im Damensattel geritten war. Sie versuchte, sich an den Drehplan zu erinnern. »Wann werde ich sie das nächste Mal reiten, Big TP?«, fragte sie so beiläufig wie möglich.

»Ha ha ha! Sie sind ja ganz schön gierig auf das Pferd, was, kleine Lady? Tja, tut mir Leid, aber Sie werden erst in ungefähr einer Woche wieder was mit ihr zu tun haben. Bis Samstag stehen nur Innenaufnahmen auf dem Drehplan.«

Deirdre atmete auf. Sie wusste, dass sie in der folgenden Woche drei Tage frei haben würde, und da konnte Tommy Connors ihr einen Schnellkurs im Reiten im Damensattel geben.

»Nun, Miss Deirdre O'Dare. Wie steht's mit einer kleinen Probe?«

»Ja, warum nicht, Big TP.« Hoffentlich, dachte sie, spürte Lady Tara ihre Nervosität nicht. Sie wusste von Rory, dass Vollblutpferde ziemlich temperamentvoll sein konnten.

Sie ging auf das Pferd zu. Hätte sie doch bloß einen Apfel mitgebracht! Dann streckte sie die Hand aus und streichelte ihre weichen, kaffeebraunen Nüstern, und Lady Tara warf den Kopf zurück. Deirdre rief sich ins Gedächtnis, was Rory ihr in ihrer ersten Stunde gesagt hatte. Sie begann, leise auf das Pferd einzureden, so leise, dass niemand sonst sie verstehen konnte. »Gut, du großer blonder Gaul«, sagte sie. »Ich steige jetzt auf dich drauf, und du wirst dich gefälligst benehmen, kapiert? Wenn du das nämlich nicht tust, bringe ich dir deine hübsche Mähne durcheinander und versetze dir einen ordentlichen Tritt, wenn niemand hinschaut. So«, meinte sie und holte tief Luft, »dann wollen wir's mal miteinander versuchen. Reiß dich zusammen, Tara-Schätzchen.«

Sie hatte keine Ahnung, wie man in einen Damensattel kam, also bat sie den Pfleger mit der Ausrede, ihre weiten Röcke behinderten sie, ihr hinaufzuhelfen. Irgendwie gelang es ihr, sich so zu drehen, dass ihr Hinterteil mit einem dumpfen Schlag auf dem Sattel landete. Sie fühlte sich alles andere als wohl, als sie sich mit der einen Hand an Lady Taras Mähne und mit der anderen am Sattelknauf festhielt. Lady Tara machte ein paar Schritte seitwärts, und Deirdre hatte das Gefühl, als bewege sich ein Berg unter ihr. Sie atmete noch einmal tief durch und versuchte, ihr Gleichgewicht zu finden. Trotz ihres üppigen Kleides, das wusste sie, sah sie nicht gerade elegant aus. »Bitte, lieber Gott, lass es gut gehen«, betete sie und schloss die Augen.

»Steig von dem Pferd runter, Deirdre«, hörte sie da Rory McDonaghs Stimme. Sie schlug die Augen verwirrt auf. Was machte der denn hier?

Rory kam gerade den Hügel herunter auf sie zu. »Steig von dem Pferd runter«, wiederholte er. Die Leute drehten sich nach ihm um und sahen einander neugierig an. »Sie verantwortungsloser Clown«, sagte er zu TP O'Reilly, als er bei ihm anlangte. »Warum haben Sie ihr nicht gesagt, dass sie im Damensattel reiten muss?«

»Wer zum Teufel sind Sie?«, fragte Big TP. »Was geht Sie das an?« Big TP wurde vor Zorn ganz rot im Gesicht.

»Steig von dem Pferd runter, Deirdre«, sagte Rory noch einmal mit gefährlich ruhiger Stimme. Die Filmleute schwiegen unsicher. Deirdre rührte sich nicht. Lady Tara bewegte sich weiter tänzelnd. Sie hatte die Ohren angelegt.

»Verschwinden Sie vom Set!«, brüllte Big TP. »Jetzt erinnere ich mich wieder. Sie sind doch der Schlaumeier, dieser Pferdekenner von eigenen Gnaden.«

Da war ein lauter Knall zu hören. Eine Lampe war durchgebrannt. Lady Tara scheute und bäumte sich auf. Deirdre klammerte sich an der Mähne fest, doch das nützte nichts. Sie rutschte ab, landete mit einem schweren Schlag auf dem Boden und rollte über die Böschung und die Wurzeln der Weide geradewegs in den Fluss. Sie hörte nur noch Rorys Rufe und ein Platschen, als er hinter ihr ins Wasser sprang. Dann stürzte der blaue Himmel über Deirdre O'Dare ein.

Als sie die Augen wieder aufschlug, glaubte sie, in Eva Laverys Garderobe zu sein, weil überall Blumen herumstanden. Als sie sich zu bewegen versuchte, merkte sie, dass ihr alles wehtat. Sie lag in einem Bett, und an ihrem Arm war etwas befestigt.

»Hallo, Liebes.« Das war die Stimme ihrer Mutter. Deirdre drehte den Kopf ein wenig und sah Rosaleen. »Es ist alles in Ordnung. Du bist in der Blackrock-Klinik, Deirdre, aber mach dir keine Sorgen. Du hast eine leichte Gehirnerschütterung und einen hässlichen Schnitt an der Schulter, wo du auf den Felsen gefallen bist, doch den haben sie schön vernäht. Es wird alles wieder gut, Deirdre.« Dann drückte sie auf die Klingel beim Bett.

Deirdre sah ihren Arm an, aus dem ein Schlauch ragte.

»Du hängst am Tropf, Liebes, weil du ziemlich viel Blut verloren hast. Es hat ganz schön lang gedauert, bis die Sanitäter da waren. Das Vale of Clara liegt ein bisschen abseits, weißt du.« Rosaleen streichelte das Gesicht ihrer Tochter. »Soll ich dir alles erzählen?«

Deirdre nickte. Ihr Mund war trocken, und ihre Lippen fühlten sich wund und rissig an. »Kann ich was zu trinken haben, Mum?«, fragte sie heiser.

»Klar. Komm, ich helfe dir, dich aufzusetzen.« Rosaleen schob ihr ein paar Kissen in den Rücken und schenkte ihr

Wasser aus einem Krug ein. Da ging die Tür auf, und eine Schwester kam herein.

»Aha, wir sind wieder im Land der Lebenden!«, sagte sie, durchquerte den Raum und musterte Deirdre. »Na, wie geht's Ihnen, Deirdre?«

Deirdre wusste es nicht so genau. Sie war immer noch ziemlich verwirrt. Sie wusste lediglich, dass sie starke Schmerzen hatte. »Mir tut alles weh«, sagte sie. Und sie war müde.

»Ich gebe Ihnen gleich ein Schmerzmittel«, sagte die Schwester, nahm das Klemmbrett vom Fußende ihres Bettes und warf einen Blick darauf. Dann lächelte sie Deirdre an.

»Was ist das Letzte, woran Sie sich noch erinnern, Deirdre?«, fragte sie.

Deirdre dachte nach. Das war anstrengend, und der Kopf tat ihr weh. Völlig klar konnte sie sich eigentlich nur daran erinnern, dass Rory McDonagh sie tropfnaß über die Bühne des Phoenix Theatre getragen hatte.

»Ich bin von Lady Tara gefallen und dann in den Fluss gerollt. Daran erinnere ich mich noch.«

»Wissen Sie, wo Sie jetzt sind?«

»Ja, in der Blackrock-Klinik.«

»Genau.« Die Schwester notierte etwas auf das Klemmbrett und hängte es wieder ans Fußende von Deirdres Bett. »Sie brauchen sich keine Sorgen zu machen. Wir werden Sie nicht lang hier behalten. Ich hole nur schnell die Ärztin, damit sie einen Blick auf Sie wirft. Dann sollten Sie sich ein bisschen ausruhen. Bin gleich wieder da«, sagte sie und verschwand.

»Was ist passiert, Mum?«

»Ich will's nicht zu sehr ausführen, Liebes. Das mache ich morgen, wenn's dir ein bisschen besser geht. Jetzt musst du dich erst mal schonen.«

»Wie viel Uhr ist es?« Plötzlich merkte Deirdre, dass sie nicht einmal wusste, welcher Tag es war. »Ist immer noch Sonntag?«, fragte sie.

»Ja, gerade noch. Es ist fast Mitternacht.« Rosaleen erhob sich. »Tut mir Leid, Liebes, ich kann dir jetzt nicht alles erzählen. Ich habe Dad versprochen, ihm Bescheid zu sagen, sobald du aufwachst. Er macht sich wahrscheinlich schon schreckliche Sorgen.«

»Ist er zu Hause?«

»Nein, er ist auf dem Weg zurück von Westport. Er müsste im Moment gerade in der Gegend von Longford sein. Zum Glück hat er das Handy dabei.« Rosaleen nahm das Telefon in die Hand.

»Bitte erzähl mir, was passiert ist, Mum.« Plötzlich war es sehr wichtig für sie, dass sie das erfuhr.

Ihre Mutter sah sie an und ließ sich überreden. »Tja, ganz kurz ausgedrückt: Dein Freund Rory McDonagh hat dir das Leben gerettet. Er hat dich aus dem Fluss gezogen und deine klaffende Wunde zusammengepresst, bis die Blutung gestillt war.« Rosaleen setzte sich wieder und nahm Deirdres Hand. »Die Sanitäter sind gekommen, so schnell's ging. Sie haben die Wunde genäht, während du bewusstlos warst und alles geröntgt, um zu sehen, ob deine Knochen auch was abgekriegt haben.« Rosaleen strich Deirdre über die Haare. »Die Filmleute haben darauf bestanden, dass du ein paar Tage zur Beobachtung hier bleibst. Sie wollen kein Risiko eingehen.«

Deirdre schaute sich in dem Zimmer um. Es sah aus wie in einem Luxushotel. Die Wände waren in dezenten Pastelltönen und der Teppich in geschmackvollem Grau gehalten. In der Ecke stand ein Fernseher, neben dem Bett befand sich ein Telefon, und eine Tür führte, wie Deirdre vermutete, zum Bad. »Aber wie können wir uns das leisten, Mum? Das kostet doch sicher ein Vermögen! Und woher kommen die vielen Blumen?«

»Das ist alles von Big TP Productions, Liebes. Denen hast du einen ganz schönen Schrecken eingejagt. Die haben Angst davor, dass du einen kostspieligen Prozess gegen sie anstrengst.« Rosaleen beugte sich ein wenig vor und lächelte ihre Tochter an. »Du bist wirklich ein Dummkopf, Deirdre. Wieso um Himmels willen bist du auf den Gaul gestiegen? Ich habe mich zu Tode erschreckt, als Rory McDonagh mich angerufen hat.«

»Was hatte denn Rory dort verloren, Mum? Er hat doch nicht mal in dem Film mitgespielt.«

»Er wollte sichergehen, dass alles in Ordnung ist. Er wusste, dass du eine Szene auf einem Pferd hast, und wollte da sein, um zu sehen, dass alles gut läuft. Er ist wirklich ein guter Freund, Deirdre.« Rosaleen legte den Kopf ein wenig schräg. »Offenbar hat er sich auf TP O'Reilly gestürzt. Wahrscheinlich hätte er ihm die Nase gebrochen, wenn die Filmleute ihn nicht zurückgehalten hätten.«

Von draußen waren Stimmen zu hören. »Da kommt die Ärztin. Dann gehe ich mal lieber raus und rufe deinen Vater an.« Rosaleen strich noch einmal über Deirdres Haar und erhob sich dann. »Ich liebe dich wirklich, du Dummerchen. Ich bin so froh, dass alles wieder in Ordnung kommt.« Als Rosaleen draußen war, fing Deirdre zu weinen an.

Zwei Tage später packte sie die wenigen Sachen, die ihre Mutter ihr gebracht hatte. Ihr Vater sollte sie gegen Mittag abholen und nach Hause fahren.

Deirdre fühlte sich inzwischen wieder besser, obwohl sie wegen ihrer Schulter immer noch Schmerzmittel nahm. Ihr Zimmer sah jetzt noch mehr wie ein teures Hotelzimmer aus, weil zusätzlich zu den Bouquets noch Blumen von Eva und David, Sebastian, Maeve und Sally Ruane gekommen waren.

Nach ihrem Unfall war die Produktionsfirma in ernste Schwierigkeiten geraten. Einer der Sponsoren – ein weiterer Cousin von Big TP – hatte, nachdem er von der Sache erfahren hatte, seine finanzielle Unterstützung zurückgezogen. Sally hatte gemeint, es sei sehr unwahrscheinlich, dass der Film jemals zu Stande käme oder sie bezahlt würde. Sie hatte versucht, ihr das so schonend wie möglich mitzuteilen und sie noch einmal an die potenzielle Rolle in *Ardmore Grove* zu erinnern, doch Deirdre war die Angelegenheit inzwischen ziemlich egal. Sie freute sich nicht einmal, als Sally ihr mitteilte, dass das Abbey Theatre nachgefragt hatte, ob sie für Tschechows *Drei Schwestern* die Rolle der Irina übernehmen könne.

Als sie ihren Pyjama in eine Plastiktüte stopfte, klopfte es an der Tür. »Herein«, sagte sie. Es war Rory. Er hatte einen riesigen Strauß Orchideen in der Hand, die so perfekt waren, dass sie fast ein bisschen künstlich aussahen.

»Hallo, schwarzes Schaf«, sagte er und warf die Blumen auf einen Stuhl.

»Die sind wunderschön, Rory. Danke«, sagte sie.

»Die sind nicht von mir«, erklärte er. »Die Schwester hat mich gebeten, sie dir mitzubringen. Die hier sind von mir.« Er reichte ihr eine Schachtel Pralinen mit einer Karte, auf deren Vorderseite sich eine Reproduktion des Millais-Gemäldes befand, von dem sie ihm einmal erzählt hatte. Auf der Rückseite stand:

Zu viel des Wassers hast du, Ophelia.

»Danke, Rory, das sind meine Lieblingspralinen.« Sie versteckte sich hinter der Karte und gab vor, sie zu lesen, damit er sie nicht weinen sah.

Er setzte sich neben sie aufs Bett und strich ihr die Haare aus dem Gesicht. »Was heulst du denn?«, fragte er.

»Ich weiß es nicht«, schluchzte sie.

»Ich würde dich am liebsten auf der Stelle auffressen, Deirdre O'Dare«, sagte Rory und küsste ihren Hals. Dann legte er einen Finger unter ihr Kinn, sodass sie ihm in die Augen sehen musste.

»Du hast mir das Leben gerettet, Rory«, sagte sie.

»Ach, halt den Mund, Deirdre«, sagte er und küsste sie. Dann stand er auf und ging in Richtung Tür.

»Wo willst du denn hin?«, fragte sie.

»Ich hole das Schild mit der Aufschrift ›Bitte nicht stören‹ und hänge es an die Tür.«

Deirdre lachte. »Wir sind in einem Krankenhaus, nicht in einem Hotel.«

»Stimmt. Das habe ich ganz vergessen.«

Er nahm den Umschlag von dem Zellophanpapier, in das die Orchideen gewickelt waren. »Möchtest du denn gar nicht wissen, von wem die sind?«, fragte er und ließ den Umschlag auf ihren Schoß fallen. Eigentlich war Deirdre das egal, aber wenn sie die Karte las, musste sie nicht die ganze Zeit Rory anschauen. Sie wollte nicht, dass er ihren Gesichtsausdruck sah, bevor sie sich einigermaßen unter Kontrolle hatte. Sie wusste, dass sie sich mehr denn je wie eine liebeskranke Teenagerin aufführte.

Sie holte die Karte aus dem Umschlag und musste schallend lachen.

»Was steht denn drauf?«, fragte Rory. »Muss ja ganz schön witzig sein.«

»Allerdings.« Sie reichte die Karte Rory.

»Liebe Deirdre«, las er laut vor. »Ich habe voller Entsetzen von Deinem Unfall gehört. Ich hoffe, Dir geht es wieder ein bisschen besser. Ich wollte Dir mitteilen, dass wir uns eine Weile nicht sehen werden, weil ich die kommenden Monate sehr viel zu tun haben werde. Ich habe die Rolle der jungen Grace O'Malley bekommen, für die Du Dich auch interessiert hast. Alles Liebe, Sophie.«

Rory knüllte die Karte zusammen und warf sie quer durchs Zimmer. Dann konnte Deirdre nicht mehr lachen, weil er sie küsste. Er begann, die Knöpfe an ihrer Bluse zu öffnen, und ließ die Hand darunter gleiten.

»Rory«, sagte sie schließlich völlig außer Atem. »Meinst du nicht, du solltest aufhören? Es könnte jemand reinkommen.«

»Ich hab der Schwester gesagt, sie soll klopfen«, sagte Rory McDonagh, als er sie aufs Krankenhausbett drückte.

Und Deirdre O'Dare blühte auf wie eine Blume.